国家出版基金项目
NATIONAL PUBLICATION FOUNDATION

改革开放以来中国马克思主义文艺理论建设丛书

传承与弘扬

改革开放以来中国古代文论的现代价值

国家社会科学基金重大项目成果

马龙潜／主　编
陈士部／执行主编

河南人民出版社

图书在版编目(CIP)数据

传承与弘扬：改革开放以来中国古代文论的现代价值 / 马龙潜主编．—郑州：河南人民出版社，2022.6
(改革开放以来中国马克思主义文艺理论建设丛书)
ISBN 978-7-215-12262-8

Ⅰ.①传… Ⅱ.①马… Ⅲ.①中国文学-古代文论-研究 Ⅳ.①I206.2

中国版本图书馆 CIP 数据核字(2020)第 117159 号

本书编写者 陈士部 段吉方 高 波
袁 宏 张静斐

河南人民出版社 出版发行
(地址：郑州市郑东新区祥盛街 27 号 邮政编码：450016 电话：65788060)
新华书店经销 河南金之汇信息技术有限公司印刷
开本 710 毫米×1000 毫米 1/16 印张 22.5
字数 324 千字
2022 年 6 月第 1 版 2022 年 6 月第 1 次印刷

定价：85.00 元

前　言

认真总结改革开放以来文艺运动的经验和规律，反思改革开放以来文艺理论与批评发展的经验和教训，对于提高我国文艺理论与文艺批评的整体水平，深入认识文艺科学的发展规律，有着重要的意义。改革开放以来，我国文艺理论与批评的建设尽管取得很大成绩，但依然处于调整和转型期，还明显存在一些值得探讨的问题。学者们在改革开放以来的文艺理论与批评的基本性质、思想路线、理论走向、基本特征与形态等一系列问题上都出现了分歧和论争。而其中，最根本的则是如何认识和把握马克思主义文艺理论的思想路线问题。我们只有对马克思主义文艺理论之于中国特色社会主义文艺的性质、特征、规律、过程、方式、经验和教训等的基本规定有一个全方位的认识，才能全面总结改革开放以来文艺理论与文艺批评建设的历史经验，推动中国特色马克思主义文艺理论不断创新和发展。

一、问题的提出

党的十九大报告中明确提出了“培育和践行社会主义核心价值观，不断增强意识形态领域主导权和话语权，推动中华优秀传统文化创造性转化、创新性发展”的战略目标。习近平总书记在全面系统阐述改革开放以来党和国家建设发展的若干重大理论和现实问题的系列讲话中，又明确提出了“要高度重视文艺理论研究，加强文艺评论队伍和阵地建设，支持开展积极健康的文艺批评”的具体要求，这对于深化作为社会主义文化重要组成部分的文学艺术与社会主义核心价值体系之间内在的必然联系和一致性的认识，尤其是对于深化习近平新时代中国特色社会主义思想之于文艺理论和文艺批评研究的重要价值和意义的认识，都具有重要的意义。

习近平新时代中国特色社会主义思想作为当代有中国特色马克思主义的世界观和方法论，是马克思主义中国化的全面、具体、生动的体现。深入研究和把握习近平新时代中国特色社会主义思想之于当代思想文化领域，特别是文艺思想领域所具有的重大理论价值和实践意义，将其作为指导当前文艺运动的基本原则，这已成为摆在广大文艺理论工作者面前的一项重要而紧迫的任务。当前马克思主义文艺理论的发展、马克思主义文艺理论中国化的进程正面临着一系列新变化、新问题和新挑战。在这个时候，认真研究习近平新时代中国特色社会主义思想对中国特色社会主义文艺发展的本质和规律的规定，对于提高我国文艺理论与文艺批评的整体水平，深入认识文艺科学的发展规律，推进社会主义文化事业的大繁荣、大发展，都具有重大的现实价值和理论意义。

作为国家社科基金重大项目，本课题的提出正是基于党中央提出建设社会主义核心价值体系、推动文化大发展大繁荣的战略目标这一难得的历史机遇，旨在对以有中国特色的马克思主义文艺理论为主导的当代中国文学理论的整体结构形态做深入的学理分析与探索，并以此对改革开放以来马克思主义文艺理论中国化的进程做历史性的回望与前瞻式研究，进而总结在这一历史性过程中的成绩、贡献、矛盾与挑战。

该课题是整个思想理论界、文化艺术界很关注的一个研究项目。它在系统、完整把握当代中国文艺理论与文艺批评发展最新现实的基础上，对中国特色的马克思主义文艺理论的基础与来源、全球化时代中国马克思主义文艺理论研究的基本问题与理论意义等问题做深入探索。

这种研究，对认真总结改革开放以来文艺运动的经验和规律，反思改革开放以来文学理论与批评发展的经验和教训，冷静、客观地评价改革开放以来我国文艺学学科的基本状况有重要意义。只有通过这种实事求是的总结和反思，我们才有可能在面对成绩的同时发现妨碍学科建设和发展的因素和问题，从而促进我们在进一步的探讨中沿着正确的途径前进。

这种研究，对深入理解和把握中国特色的马克思主义文艺理论的基本性质、整体结构和历史发展趋势，准确把握当前文学艺术基本格局的特征与规律有重要的意义。只有奠定牢固的马克思主义文艺理论基础，我们才能正确处理文学艺术的一元与多元、雅与俗、普及与提高等众多范畴之间的辩证关系，才能既有利于形成文学艺术的百花齐放格局，又有利于核心价值体系统领社会主义文化，从而实现主旋律与多样化的辩证统一。

这种研究，对凸显邓小平理论、“三个代表”重要思想、科学发展观和习近平新时代中国特色社会主义思想的理论引领作用，推进中国特色的马克思主义文艺理论的建设，推进中国特色社会主义文艺学建设，提高广大理论工作者、文化与艺术工作者的马克思主义文艺理论水平，提高贯彻中国特色社会主义文艺精神的自觉性和自信心，促进社会主义市场经济条件下文艺创作的繁荣和文化艺术事业的健康发展，也会产生积极的作用。同时，对促进中西文化艺术交流，确立中国文化艺术在世界文化发展格局中的地位，也具有重要的理论意义和现实意义。

尤为重要的是，这种对社会主义核心价值体系与文学艺术之间的辩证关系进行的全面、系统、整体的研究，有利于我们深入理解社会主义核心价值体系的理论内涵，把握社会主义核心价值体系建设之于文艺理论与文艺批评发展的内在意义，使文艺成为社会主义核心价值走向大众、影响大众、教育大众、内化为大众素质和行为的重要桥梁，有利于实现文艺弘扬社会主义核心价值体系、推动社会主义文化大发展大繁荣的目标。

二、研究现状的回顾与反思

党的十一届三中全会以来，我国文艺理论和文艺批评伴随着改革开放的伟大事业，在风雨兼程中已走过了四十年的光辉历程。从拨乱反正和恢复马克思主义文艺理论传统、同西方现代文艺理论和我国古代理论资源碰撞融会，到构建中国特色的马克思主义文艺理论，这样三个相互渗透和转化的基本层面，较充分地体现了改革开放以来文艺理论发展的本质和规律。四十年来，我国文艺理论和文艺批评的建设取得了很大的成绩，也存在一些亟待解决的问题。认真总结改革开放以来文艺理论和文艺批评发展的经验和教训，冷静、客观地评价改革开放以来我国文艺学学科的基本状况，已成为时代赋予广大理论工作者不容推卸的历史责任。

我国理论界关于改革开放以来文艺理论发展进程的研究，近年来呈现出前所未有的活跃局面，特别是在2008年纪念改革开放三十周年的时候，文艺界出现过一个回顾与反思改革开放三十年中国文艺理论发展历程的热潮，《文学评论》等刊物发表了系列性文章，各地也召开了多次全国性的学术讨论会。学者们对改革开放以来文艺理论的分期、文艺理论的基本结构和形态、文艺理论研究和解决的基本理论问题等畅所欲言，各抒己见，在许多问题上达成了共识。

从1978年到20世纪80年代中期，是"文革"后出现的学科反思阶段，也是传统马克思主义文艺理论的恢复阶段。对这一阶段文艺理论与批评新的探索和发展，学者们做了认真的梳理和总结：首先，邓小平结合我国人民建设有中国特色的社会主义的伟大实践，发展了马克思主义和毛泽东思想的文艺理论，正确地阐明了文艺与政治、文艺与生活、文艺与人民的关系，为文艺理论工作者指出文艺为人民、为社会主义服务的正确方向，这确立了改革开放以来文艺理论研究的思想路线和理论基础；其次，广大理论工作者努力研究和传播马克思主义经典作家包括毛泽东、邓小平的著作，编辑、出版了大批这方面的论著，如蔡仪、陈涌、陆梅林、程代熙、陆贵山、董学文等人的有关著作。与此同时，许多学者还借鉴、吸取和参照了西方20世纪以来的文艺理论著作，深化了文艺学基本理论的研究。如钱中文的《文学原理：发展论》、杜书瀛的《文学原理：创作论》等著作和高校教师编撰的一批新的文艺学教材。在文艺社会学、文艺心理学、文艺语言学等方面均出现进行深入探讨的著作，有的著作还对形象思维的规律进行了探讨。对社会主义文艺的规律进行探讨的则有何国瑞的《社会主义文艺学》和张炯的《社会主义文学艺术论》。此外，还新出版了许多中国文学理论批评史方面的著作，如敏泽、王运熙等分别编撰的多卷本文论史著作，在梳理我国传统文论脉络方面各有建树。有些专著还在传统文论观念与今天接轨方面做出了新的努力，除了对儒家的文艺思想有较广泛和深入的研究外，某些著作还对道家和佛家的文艺思想的研究有新的拓展。

从1985年至20世纪90年代初期和中期，伴随着西方“新潮”理论的大量涌入和理论界不同学说矛盾和冲突的加剧，中国文艺理论的发展进入了一个急剧分化和重新整合的时期，也进入了一个艰难的探索阶段。对当时所展开的与文艺创作关系密切的现实主义和典型问题、人性与人道主义问题、文艺主体性和人文精神问题等的讨论，学者们充分肯定了这些讨论的价值和意义，认为虽然讨论中存在分歧，最后也未曾获得一致的结论，但毕竟活跃了理论思维，促进了对有关问题更深入的思考，并纠正了以往明显偏离辩证唯物主义和历史唯物主义的认识。有的学者对这一时期的各种学术论争进行了综合考察，认为这些论争大多是在马克思主义文艺理论范围内进行的。它们表面上看似是一系列观念的冲突，本质上却是马克思主义文学理论空间的开拓，是马克思主义文学理论从传统形态向当代形态的转换。他们认为在这一阶段，比较符合时代需要、有学理价值且具有连贯性和推进性的文艺理论主张，是相当一部分学者提出的构建“马克思主义文学理论当代形态”的意见。学者们充分肯定了这一阶段在文艺理论建设上所取得的成就，肯定了广大文艺理论工作者在马克思主义文艺理论中国化的大目标下，打破旧有僵化观念的束缚，坚持批判的研究精神，积极转化外国的理论成果，并提出焕发生机与活力的新命题，把文学理论不断推向前进的理论贡献。

从20世纪90年代初期至今，改革开放以来的文艺理论迈入了一个新的理论开拓的阶段、一个理论自觉的时期。这一时期文艺理论与批评取得的成就，尤其是马克思主义文艺理论中国化的日益深入人心，引起了国内外学术界极大的关注并获得了高度的评价。这一阶段，从整个社会范围看，中国特色社会主义理论日臻成熟。在文艺理论上，经过对探索过程中各种文艺思潮的清理，经过对现代文化和文艺理论发展进程的思考，关于如何在争鸣中把文艺科学推进新境界，如何建设中国特色的文艺理论，如何与时俱进地建构马克思主义文艺理论的新形态，已经成为实际的关键和主题。这一阶段建设性的学术论著成果是很多的，各种体例和形态的文艺理论教材也普遍地建设起来，除新编的各种“文学概论”“文学原理”外，“艺术生产原理”“主体论文艺学”“感受论文艺学”“认识论文艺学”“社会主义文艺学”“元文艺学”“生态文艺学”等，都显示了主动建构的努力。关于文艺理论书写及学科未来构想问题，学科的定位与可能存在的边界问题，文艺理论研究热点背后的偏失问题，文艺理论研究的科学性问题，学科殖民化与文艺理论自主创新问题，文艺理论研究的文化战略问题，我国文艺理论现代进程中形成的传统问题，网络时代与文艺理论发展问题，以及怎样看待文艺理论再次面临的危机等，都逐一进入了人们的理论视野。最能代表这一阶段文艺理论建设性质和特征的，是对于马克思列宁主义的文艺理论、毛泽东文艺思想、邓小平文艺思想，“三个代表”重要思想、科学发展观和习近平新时代中国特色社会主义思想的文艺观的研究，以及2004年启动的“马克思主义理论研究和建设工程”中对《文学理论》教材的编写。这一加强基本理论的战略地位、加强马克思主义在学科中的指导作用的有力举措进一步表明，尽管我国实际存在着文艺理论“多元化”的现象，但是坚持马克思主义的统领地位和作用，依然是我国文学理论沿着正确方向发展的根本保证。

改革开放以来，我国文艺理论与批评的建设尽管取得很大成绩，但依然处于调整和转型期。这就决定了改革开放以来的文艺理论与批评还有不甚成熟的方面，还明显存在一些值得探讨的问题。

我国理论界对改革开放以来的文艺理论的研究，在一系列问题上都出现了分歧和论争。这些分歧和论争归根到底都是对改革开放以来文艺理论与批评的性质和发展趋势的不同认识的反映。而这些认识的不同，又是学者们在研究对象、范围上的差异，以及他们在理论研究时依据的概念、范畴和思维方式、研究方法的不同，即文艺学观念的不同所决定的。在这些研究中，有的学者偏重对一些专题性问题的研究，如对文学的主体性问题、人类学本体论的美学与文艺学问题、文艺学方法论问题、文学研究的文化学转向与语言学转向问题等的探讨，而较少把这些问题放在改革开放以来文艺理论与批评的整体结构之中，放在其发展的逻辑行程中来加以综合把握；而有的学者则偏重对一些"新潮"理论，如西方现代主义、后现代主义、新历史主义和"西方马克思主义"（以下简称"西马"）的一些流派和观点的引进和移植，而较少把它们与中国社会发展和文学艺术发展的历史与现实相结合；也有的学者虽然偏重对马克思主义文艺理论的研究，但较少对马克思主义文艺理论在当代中国的新发展以及马克思主义哲学文化思想与人类现代化历史进程的关系进行更为全面深入的研究和把握。应该说，这些研究虽然从不同角度对改革开放以来文艺理论的发展进程都有所论述，但由于缺乏对构成改革开放以来文艺理论与批评基本格局的各种条件和因素的整体把握，缺乏对改革开放以来文艺理论的整体结构特性及其历史与逻辑发展过程的辩证综合考察，尤其缺乏对在改革开放以来文艺运动中居于主导地位的马克思主义文艺理论在当代中国的新发展并形成其开放性、包容性的体系结构特性的综合研究，致使其对改革开放以来文艺理论发展进程的研究还不够系统、全面和深入。而在此基础上产生的对文学艺术本质问题的认识，特别是对改革开放以来文艺理论的性质和发展趋势的认识，就难免以偏概全，以致不同程度地脱离改革开放以来我国社会发展和文学艺术发展的实际。

对改革开放以来文艺理论发展总体进程的把握，是改革开放以来文艺理论与批评研究的基础和前提，这理所当然地引起了学者们的极大关注。有论者将改革开放以来文艺理论的发展进程，概括成"形象思维论—二重性格组合论—文学主体论—向内转论—审美意识形态论”的“转型”模式。这种概括，在个别理论线路的描述上应该说有一定的现实根据。但如果只着眼于对改革开放以来文艺理论发展的某一个方面、某一个部分、某一个阶段、某一个环节乃至某一种文学因素、理论因素的研究，并试图把这个模式扩展到整个改革开放以来的文艺理论领域，或者将其说成唯一的“转型”模式，那就忽视了更实质的转变，有以偏概全之嫌了。20 世纪 80 年代中后期的“文学主体性”论争相当激烈，意见对立十分尖锐。有论者对其给以充分肯定，有论者对其给以鲜明质疑，有论者指出这一理论把作家和作品中人物的主观能动性“作了无限夸张”，“违背了历史科学”，其中“包含着主观唯心主义的实质”，“基本上背离了马克思主义”。这是历史的真相，可是 20 年后，有的“转型”论者居然消解了这场论争的意义，在回顾时只是单方面地肯定“文学主体性”理论，这就不实事求是了。

除了上述“转型”模式，那种把改革开放以来文艺理论的变迁简单概括为从“政治化”到“审美化”再到“学科化”的意见，也值得商榷。因为把改革开放以前和改革开放初期的文艺理论通称为“政治化”的文艺理论，是不准确的。把个别理论上和政策上的错误混同于整个学说，认为改革开放以来的文艺理论就是从“政治化”走向“审美化”，也是以点代面、不及其余的。尽管改革开放以来文艺理论呈现出多元和多样的格局，但从时代的需要和现实的进展出发，从当今世界文艺理论格局的深刻变化和我国文艺事业发展的目标出发，坚持唯物史观和辩证法的指导，建设中国特色社会主义文艺理论，依然是改革开放以来文艺理论前进的主航道。多元共生、多样统一，依然是中国未来文艺理论不断寻求的发展格局。

改革开放以来的文艺理论与批评的基本性质、思想路线、理论走向、基本特征与形态，是改革开放以来文艺理论研究中的重要论题。建设中国特色社会主义文艺理论，是就其总体而言的。它并不排斥其他各种形态文艺理论的存在与发展，也不排斥中国特色文艺理论内部的多样化探索与争鸣。强调建设马克思主义文艺理论中国化的当代形态、建设中国特色社会主义文艺理论，关键是要对中国的文艺理论运动主体有一个性质上的规约，有一个时代价值性质上的限定。因为在多种选择与多种可能的情况下，如果没有性质上与价值取向上的规定，那就可能在“转型”时与其他种类现代文艺理论形态划不清界限，就可能抹杀根据我国实际赋予文艺理论中国特色的科学精神。毋庸讳言，改革开放以来的中国文艺理论，在相当一段时间内对中国传统文论尤其是对马克思主义文论陷入了认同危机。文艺理论界诸多的论争与挑战，其主流实际上也是围绕着对哪种文艺理论加以认同的问题而展开的。向现代西方文艺理论倾斜，一度占据了主导的位置。这就在客观上向我们提出了对改革开放以来文艺理论发展进程回顾和反思所面临的一系列亟待解决的基本理论问题。而其中，最根本的则是如何认识和把握改革开放以来文艺理论发展一以贯之的思想线索和体系精神问题。

在对改革开放以来文艺理论走向的判断上，有一种以现代性思想为指导，以对现代性的诉求为指向的理论观点。这种观点一方面认为，改革开放以来的一个重要成就，就是在现代性的指引下，大体明确了文学也包括文学理论的自主性问题，使文学理论初步回归自身，并认为建设具有我国自身特色的文学理论，必须要有坚实的现代性思想为指导。这种观点另一方面认为，我国20世纪初的文论开头原是很有希望的，但由于我国国情、文化制度的关系，在后来的70多年间，王国维的文学思想或者说这条文学思想路线一直是忽隐忽现、处于被抑制状态；在这期间，我国的文学主张大体承袭了梁启超早期的文学观，并随着时代的发展逐步演化，把它发展到了极端，而到20世纪70年代末不得不改弦更张。这种对改革开放以来文艺理论走向的判断，对文学理论“现代性”的诉求，总不免让人产生疑虑：姑且不说早有学者指出王国维接触德国美学并借以解读《红楼梦》“是一个相当个人化的案例”，就算中国现代文艺理论从王国维开始，那他所遵循的“现代性”是否就是唯一的现代性？难道中国现代文艺理论其后的途程，真像这种意见说的那样“抑制”了文艺的“自主性”和“独立性”，走上了一条违背艺术规律的、没有希望的歧途？难道半个多世纪马克思主义文艺理论的传播、确立和发展的作用与功绩，真的无须进入视野？建设具有“我国自身特色”的文艺理论用不着以马克思主义为指导，单靠“现代性思想为指导”就行了？难道中国文艺理论到了改革开放时期真的“不得不改弦更张”，非得重新回到王国维昔日的叔本华、康德维度不可？显然，这样的历史总结，是把改革开放以来我国文艺理论的发展方向给定错了，而用这种思路去构制改革开放以来的文艺理论，势必会产生许多弊端。

对文学艺术审美特征的强调，一度成为某些学者判定改革开放以来文艺理论成绩的一个重要标准。但“审美”是否就是文学本质的唯一规定、“第一原理”，“审美”是否能说明改革开放以来文艺的一切方面，却是值得商讨与研究的。如何界定“审美”在文艺中的地位，如何评价“审美论”模式在改革开放以来文艺理论中的作用和意义，归根结底还是个理论的“科学性”问题。审美本是文艺的重要属性和功能，这在文艺理论史上多是被承认和重视的。但是，当某些文艺“审美特征论”出现以后，“审美”在有些理论家那里却成了改革开放以来文艺理论的基本模式，或者把文艺的“审美”当作人生救赎的主要途径。在这种对“审美”的作用的无限制强调和夸大中，遮蔽或抑制了对其他本质性因素，如认识、道德、政治、宗教等的认知。本来，在对改革开放以来文艺理论发展历程的回顾中，突出文艺的审美功能有纠偏补正的积极意义，可一旦理论走上全然“审美论”的模式，那它本身也就失去了原有的价值和意义。

追求文艺理论的“原创性”和“创新精神”，是改革开放以来一代学人肩负的神圣使命，也是推动改革开放以来文艺理论发展的重要动力。但有些文艺理论研究却打着追求“原创性”的招牌，编造一些模糊的、歧义的、虚假的、反常识的概念，且多以对“审美”“现代性”片面、抽象的理解为理论指向。如果以为只要把所谓“新潮”的东西，不管它科学不科学、正确不正确都拿来展示一番，就可以冒充和替代改革开放以来文学理论的进展与功绩；如果以为只要把花样翻新的当代西方文艺理论的方法和概念，不管是适用的还是不适用的都引入中国当代文艺理论体系，就可以认为是解决了中国文艺理论的创新问题，那么，这种想法至少是不切实际的。在文艺理论研究中，学习和借鉴当代西方文论和“西马”文论是合理和必要的。作为他山之石，它们不仅是推动我国马克思主义文艺理论建设的重要参照,而且也是推动中国特色文论建设可资汲取的成分。但是,这里的借鉴,不是生吞活剥,不是不顾一切条件、地点、时间任意拿来乱用,更不是用硬搬进来的西方文艺思潮对马克思主义的理论概念与思维方法进行代替和转换,而是要首先鉴别它们是否科学、客观地反映了客观事物。同时,更重要的是要将其与我们的实践经验相比较,把它放在我们的历史和现实的大背景下来加以考察,把其中符合我们实际情况的部分拿来为我所用。那些离开了中国现实的土壤,不符合中国国情的东西,只能是无源之水、无本之木。我们应该看到,由于当代西方资本主义发生了巨大变化,"西马"学者在相当程度上已重新定位了"马克思主义"概念,他们讲的"马克思主义",同我们眼下讲的"马克思主义"已经常常不是一个等同的概念。他们所运用的方法论,也已未必是唯物辩证法和唯物史观。我们还应该看到,当代西方文论家们所使用概念的内涵有着其特定国情和地域的规定,比如他们讲的"现代性"就是"私人性世界",是"语言瀑布"和"叙述怪圈",是单纯"强调个人价值的发展和效率",这种对"现代性"的判断,显然难以为当今中国的实践所接受。因之,我们在使用和借鉴"西马"文论和当代西方文论的时候,是不能不加以鉴别、区分和辨析的。实践已经证明,热衷于用"西马"文论和当代西方文论来构制中国当代文艺理论体系,迷信"西马"文论和当代西方文论的选题和研究方式,将马克思主义研究方法视为"过时"而弃如敝屣,或只口头上承认而实际上背离,这对发展当代中国特色的马克思主义文艺理论是极其不利的。目前亟须对"西马"文论和当代西方文论进行客观理性的分析,实事求是地辨别其中错综交织的各种观念。同时,防止简单化地将它们的一些观点和方法直接移植到我国文艺理论的建构中来。我们只有对它们进行批判性借鉴、消化和提升其理论的话语功能,才能科学地汲取一切有益的滋养,推动中国特色社会主义文艺理论的建设和发展。厘清"西马"文论和当代西方文论与中国当代文艺理论体系的关系以及相互间的交集,是改革开放以来文艺理论与文艺批评研究亟须解决的一个重大问题。

一般来说,人们总是习惯于把文艺批评作为文艺理论在各个时期、各个部分的一种运动着的形态来研究的,主要是考察它在文学思潮、文艺理论演变中的状态和作用。因此,人们一般在单独使用“文艺理论”这个概念时,文艺批评均是其题中应有之义,是它内涵的一个部分。就文艺批评的相对独立性而言,对改革开放以来文艺批评的研究无论是在批评的理论观念和形态构建的探索上,抑或是在批评著作出版及实绩上,都取得了令人瞩目的成绩。但由于社会急剧转型、思想观念新变、市场经济的冲击,理论界对改革开放以来文艺批评功能的认识却出现了某些偏失,不仅对诸如网络(新媒介)文学、大众文化、文艺创作的市场化倾向等新问题、新挑战反应迟钝,应对左右失据,甚至出现了时尚化、商业化、广告化的价值取向,改革开放以来文艺批评的发展遭遇了严重的困境。该课题试图以“文艺批评的功能”为纽带,对改革开放以来文艺批评的价值转型及其当前困境进行深入研究。

三、基本思路与研究方法

该课题以中国特色马克思主义的世界观和方法论为指导,以对社会主义核心价值体系与中国特色社会主义文艺之间辩证关系的把握为理论前提,力求对改革开放以来文艺理论建设和文艺批评的本质和规律,对改革开放以来马克思主义文艺理论中国化的本质和规律做全面、深入、系统的学理探索与研究。

该课题在总体框架上把“史”和“论”、专题研究与综合研究有机地结合起来,既注重对改革开放以来文艺理论和文艺批评的历史地位和复杂多样的结构因素及其相互间关系的揭示和论证,形成一种逻辑运动的链条和结构;又注重从当代中国社会和文艺发展的具体问题和实际需要出发,注重对具体文艺现象和理论现象的分析和考察,力求生动、具体地描述出改革开放以来文艺理论建设和文艺批评发展的历史面貌,准确、完整地展现出改革开放以来马克思主义文艺理论中国化的具体全景。同时,在历史回顾和反思的基础上,对中国文艺理论发展的未来作适当的前瞻性考察。

在理论框架的建构过程中，我们要采取“史论结合，论从史出”的方法，力求历史与逻辑的统一，通过认真总结改革开放以来文艺理论建设和文艺批评发展的经验和教训，在冷静、客观地对改革开放以来我国文艺学学科基本状况的分析评价中，对改革开放以来中国文艺理论和文艺批评发展的不同层面和所涵盖的基本问题及其相互联系和转化的关系进行全面、系统的考察，以把握作为当代中国文艺理论主流的中国特色马克思主义文艺理论对文学艺术的本质特征和当代中国文艺学的基本性质、整体结构和历史发展趋势的基本规定。

在“史”这一方面，主要是以梳理和把握改革开放以来文艺理论和文艺批评形成和发展的历史轨迹为基础，从中透视改革开放以来文艺理论和文艺批评发展的曲折过程，揭示它的变化轨迹、运动沿革、历史面貌和思想脉络；在“论”这一方面，主要是以阐述改革开放以来马克思主义文艺理论中国化的基本内涵、体系形态、理论本质和功能结构为基础，通过对改革开放以来围绕重大文艺理论问题所展开的论争中各种代表性观点的理论定位和对比分析，把握当代中国文艺理论与批评发展的逻辑行程，揭示它的基本经验、主要教训、指导原则及其可能的发展前景。

我们将马克思主义中国化和马克思主义文艺理论中国化这两条线索结合起来，作为贯穿课题研究的主导线索；把揭示改革开放以来中国文艺理论与批评发展的不同层面和所涵盖的基本问题及其相互联系和转化的关系，作为课题研究的重心。在历史和逻辑的动态结构中，将改革开放以来文艺理论与批评的发展分为一条主线、三个阶段。其中，首先研究改革开放以来文艺理论和文艺批评形成与发展的基本动因，其基本动因主要包括：改革开放的社会现实及其所带来的人们思想观念的变化；经济与文化的世界性对话与当代西方哲学文化和文学艺术思潮的引进与输入；马克思主义思想体系面对新的挑战所做出的应答。在此基础上，我们对改革开放以来文艺理论发展的不同层面及其逻辑关系进行系统梳理、综合把握和对比分析。这主要包括三个层面的内容：

一是对改革开放以来文艺理论整体结构的基础层面的研究，这是对“文革”后出现的学科反思阶段、传统马克思主义文艺理论恢复阶段的反思和总结。它包括两个方面的内容:一个方面是对从20世纪70年代末开始逐步形成的对存在主义文论、精神分析学文论、形式主义文论等西方当代主流文艺理论的移植模式、对“方法年”和“观念年”所形成的众声喧哗的理论格局的比较分析,同时,也包括对形象思维论、人道主义与人性论、二重性格组合论、“新感性”论、纯审美论等文论的基本观点所进行的梳理和与西方当代主流文艺理论的比较;另一个方面是对以邓小平文艺思想为标志的有中国特色的马克思主义文艺理论观念重新确立的价值和意义的论述,并以此确立建构本课题理论框架的逻辑起点。

二是对改革开放以来文艺理论整体结构的中介层面的研究,这是对改革开放以来文艺理论进入了一个急剧分化和重新整合的时期、一个艰难的探索阶段的回顾和总结。它也包括两个方面的内容:一个方面是对20世纪80年代末90年代初开始逐步形成的对引进和移植西方现代主义、后现代主义和“西马”的一些流派和观点的分类和总结,并对文学主体性理论、文体革命论、文学“向内转”论、文化工业论、大众文化论、文学理论的文化学转向、文学理论的语言学转向等理论观点进行系统的梳理和综合的分析;另一个方面是对一部分学者提出的构建“马克思主义文学理论当代形态”构想的理论内涵、理论价值及意义进行实事求是的分析和评价。这构成了改革开放以来文艺理论历史和逻辑发展的链条中承上启下的中介环节,也确立了建构本课题理论框架的逻辑中介。

三是对改革开放以来文艺理论整体结构的主导层面的研究,这是对改革开放以来的文学理论迈入了一个新的理论开拓的阶段、一个理论自觉时期的总结和展望。首先,揭示了从20世纪90年代初期至今,伴随着中国特色社会主义理论的日臻成熟,提出建设中国特色社会主义文艺理论即中国特色马克思主义文艺理论的新形态这一主题的历史必然性。其次,对一系列基本理论问题,如文艺理论书写及学科未来构想问题,文艺理论研究的科学性问题,文艺理论研究的文化战略问题,我国文艺理论现代进程中形成的传统问题,以及网络时代与文艺理论发展问题等,都逐一进行辩证的分析。而对马克思列宁主义的文艺理论、毛泽东文艺思想、邓小平文艺思想,“三个代表”重要思想、科学发展观和习近平新时代中国特色社会主义思想的文艺观的研究，以及对2004年启动的“马克思主义理论研究和建设工程”的评价，则进一步显示了尽管我国存在着文艺理论“多元化”的现象，但是坚持马克思主义的统领地位和作用，依然是我国文学理论沿着正确方向前进的主导力量和根本趋势。

在这种历史与逻辑相统一的理论框架和研究过程中，我们通过对改革开放以来文艺理论建设与文艺批评发展的经验和教训的系统总结和整体把握，把改革开放以来中国文艺理论建设和发展的具体全景准确地、扎实地、细致地、完整地呈现出来。在这一研究中，我们把握当代马克思主义文艺理论中国化进程与改革开放以来文艺理论发展的关系问题，探讨西方文艺思想特别是现当代西方文艺理论与改革开放以来的文艺理论的关系问题，摸索中国古代文艺思想在改革开放以来的文艺理论建设中的作用问题，总结中国社会主义文艺实践对改革开放以来的文艺理论发展的推动问题，关注中国的学者和文艺理论家在他们的理论实践中对马克思主义文艺理论中国化的贡献问题。同时，从学科的角度，研究在改革开放以来文艺理论与批评发展的过程中，当代文艺理论与批评的概念、范畴、体系、关键词、话语方式等的演变问题。经过这种研究，我们在学理上对中国共产党的几代领导集体及其理论成果对马克思主义文艺理论中国化的贡献有了一个明确的认识，并自觉地把这种认识与已有的经验结合起来，将其进一步转化为系统的理论认识，以期对改革开放以来的文艺理论的性质、特征、规律、过程、方式、经验、教训、未来走向和可能前景等有一个全方位的、更加科学的把握，从而进一步推动中国特色社会主义文艺理论的不断创新和发展，发挥文艺在建设社会主义文化、弘扬社会主义核心价值体系方面的重要作用。这些既是课题研究的基本目标，也是课题研究的基本思路和内容。

四、研究成果主要内容概述

该项目的最终成果“改革开放以来中国马克思主义文艺理论建设丛

书”，是国内第一部全面、系统地研究我国改革开放以来文艺理论与批评的多卷本学术专著，共一套四卷、130 余万字。该丛书立足于文艺学所涵盖的文艺理论、马列文论、中国古代文论和文艺批评这几个基本部分，力图多层面、多角度、整体地把握改革开放以来中国文艺理论与批评发展的总体面貌，认真总结和深刻反思改革开放以来文艺理论与批评发展的经验和教训；丛书通过对改革开放以来围绕重大文艺理论问题所展开的论争中各种代表性观点的理论定位和对比分析，深入理解和把握中国特色马克思主义文艺理论的基本性质、结构形态和历史发展趋势。其中：

《转型与创新——改革开放以来中国文艺理论基本问题的进展》（第一卷）着眼于改革开放以来文艺理论与批评在“转型”背景下发展的思想脉络，通过对形象思维、人性与文学主体、现实主义和文学典型等问题研究的一般过程，对“向内转”“纯文学”“文学性”“重写文学史”“文学现代性”等一般概念的梳理和分析，探讨了改革开放以来文艺理论与批评的学科范式与文化转型问题。该书全面论证了改革开放以来文艺理论研究发展的核心主脉是以马克思主义文艺观为指导的基本路径，马克思主义文论是在与其他文学理论的相互撞击、融合、借鉴中，在其理论自身的不断变革中不断前进的。

《行进中的沉思——改革开放以来马克思主义文论中国化的历史进程与基本规律》（第二卷）以研究马克思主义文艺理论中国化进程与改革开放以来文艺理论发展的关系为主线，深入研究中国特色社会主义理论之于当代思想文化领域，特别是文艺思想领域的重大理论价值和实践意义，力求对改革开放以来文艺理论与批评的本质和规律、改革开放以来马克思主义文艺理论中国化的本质和规律做全面、深入的学理探索与研究。该书从多个层面总结概括了中国化马克思主义文艺理论发展的历史进程和基本规律，分析了中国化马克思主义文艺理论研究中的问题与症结，并提出了相应的对策建议。

《传承与弘扬——改革开放以来中国古代文论的现代价值》（第三卷）从对改革开放以来中国文艺理论的发展进程中出现的西方文论话语的迅猛势头、中国古代文论愈发被置于边缘化境地的分析入手，通过对有关“失语症”“转换论”“中西比较诗学”“意境”“新儒家诗学”“古代叙事理论”以及“龙学”等中国古代文论研究的重要议题的比较分析，找到传统与现代的结合点，以确立中国传统文论在改革开放以来文艺理论发展格局中的地位和作用，弘扬中国古代文论的优秀传统。

《文艺批评四十年——改革开放以来中国文艺批评的发展路向与价值嬗变》（第四卷）认真梳理了改革开放以来中国文艺批评发展演进的基本脉络，从知识语境、思想资源和价值取向等方面深入分析了制约20世纪80年代文艺批评走向的原因；探析在20世纪90年代社会转型、市场经济和思想分化的时代波澜中文艺批评的现实选择；剖析了文化批评、大众批评对新世纪文艺批评探索与转型的启示，以及新媒体环境下新的文艺生产消费机制对新世纪文艺批评的塑造；提出在中国传统文论、西方文艺批评思潮与改革开放以来文艺批评的互动中，重构一种能有效处理“中国经验”的有中国特色的文艺批评形态的理论观点。

五、相对于该领域已有研究成果的理论特色

(1)我国文艺理论界对改革开放以来文艺理论与批评发展进程的研究，局限于某一个问题或某一个阶段的零散、浮泛的成果居多，全面、系统研究的学术专著尚未见到。该课题通过对构成改革开放以来文艺理论与批评基本格局的各种条件和因素的整体把握，尤其注重对在改革开放以来文艺运动中居于主导地位的马克思主义文艺理论在当代中国的新发展的综合研究，展现出一个全面、立体的中国文艺理论与批评发展的图景。无论在内容的丰富性、可靠性上，还是在体例的完备性和严整性上，该丛书都超过了以往在这方面的研究。

(2)改革开放以来的中国文艺理论，在相当长一段时间内对马克思主义文论陷入了认同危机，向现代西方文艺理论倾斜一度占据了主导的位置。在对改革开放以来的文艺理论走向的判断上，一种以现代性思想为指导的理论观点较有代表性。持此论者热衷于用“西马”文论和当代

西方文论来构制中国当代文艺理论体系，迷信“西马”文论和当代西方文论的选题和研究方式，这就不能不削弱中国特色马克思主义文艺理论的地位和影响。本课题研究坚持辩证唯物论和历史唯物论的基本原理，在冷静、客观地对改革开放以来关于我国文艺学学科发展的各种观点的分析评价中，提出尽管我国实际存在着文艺理论“多元化”的现象，但是改革开放以来文艺理论发展的核心主脉依然是以马克思主义文艺观为指导思想的基本路径。马克思主义文论在与其他文学理论的相互撞击、融合、借鉴中，在其理论自身的不断变革中前进。坚守马克思主义文艺理论中国化的立场和观点，这是该课题研究的突出特点。

(3)改革开放以来，西方大量、多元的学术思想涌入国门，被中国文艺理论界大量借鉴，由此形成了文艺研究多视角的理论格局，中国特色的马克思主义文论就是在这样的环境中发展的。但已有的相关研究显然还缺乏对构成当代中国马克思主义文艺理论发展环境的各种条件的辩证分析和综合研究。建构当代中国的马克思主义文论话语，并不是简单地套用马克思主义理论来解释今天的文艺现象，也不仅仅是对马克思主义文论真理性的证明，而是要强调文艺研究中的中国问题和中国视角。本课题对马克思主义文艺理论史的研究，不是只停留于罗列表面现象，而是在一些理论关节点以专题的形式做深度的理论开掘，这较一般性理论史研究更为深入、更为具体。该课题设专章“中国特色社会主义文艺理论的新境界”来阐述习近平总书记的文艺论述，这是对马克思主义文艺观的新的阐释。

(4)如何在新的历史条件下正确认识文学与政治、审美的关系，这是改革开放以来文艺理论的“转型”研究中面临的理论难题。文学与政治、审美的关系是一个复杂、动态的过程，而不是一种单项的因果关系。无论是以往的文学工具论所主张的“文艺为政治服务”的观点，还是审美独立论所倡导的“文艺非政治化”的主张，都表现出一种简单化与极端化的倾向。文学既不能简单地从属于政治，做政治的奴婢，也不能脱离政治，不能打着回归所谓“纯文学”的幌子，为热衷于搞“去政治化”“去思想化”“去意识形态化”“去价值化”的错误主张推波助澜。就文学的本性和特征而言，文学的本质与核心功能是审美的。但文学除了审美属性，还具有社会属性、文化属性、历史属性以及文学特有的语言符号属性等多种属性。审美主义文论把形式化审美和娱乐性审美视为文学的唯一功能，忽视甚至否认文学实用的、道德的等功利性价值目标，是一种片面的文学本质观。本课题对文学社会功用问题的研究，是对以往相关理论的超越。

（5）该课题坚持以辩证逻辑为基础的研究方法，注重对改革开放以来文艺理论与批评的历史地位和复杂多样的结构因素的揭示和论证。这种研究避免把各种理论的分歧和争论机械地分割开来、对立起来，单一地从某一层面、某一视角做出非此即彼的绝对性论断，而是把它们作为一个个发展的中介和环节，在总的联系中进行考察，从而形成对改革开放以来的文艺理论与批评完整而全面的把握。加强对众多理论家、批评家和学者在改革开放以来文艺理论建设的过程中发表的大量学术论著的辩证分析，确定它们之间的相互关联性和理论层次关系，找到成为普遍共识的"中国化"观点，这是中国特色社会主义文艺理论开放性、包容性的体系结构特性的必然要求。该课题的研究不再单纯强调改革开放以来文艺理论与批评研究中各种不同观点的对立和冲突，而是注意各种不同意见之间潜在的关联性，致力于消除由于时间、语境不同而产生的理论差异，从而获得对改革开放以来文艺理论与批评的本质特征和发展规律更为全面的认识。这是区别于以往相关研究的特点。

（6）在改革开放以来文艺理论与批评的发展中，由于长期以来对"现代性"的误读，特别是由于西方文论的介入与强势所导致的中国自身文论话语的"虚脱"，致使中国古代文艺理论的研究愈发被置于边缘化的境地。该课题研究力求通过对"失语症""转换论""中西比较诗学""意境""新儒家诗学""古代叙事理论"以及"龙学"等中国古代文论研究重要议题的分析，通过对中国古代文艺思想中"比兴""游艺""意境""意象""滋味""天人合一""神与物游"等范畴与命题在现代学术视域中的重新清理和总结性评估，重审中国古代文论的价值取向与本体论诉求，以确立中国传统文论在改革开放以来文艺理论发展格局中的地位和作用。

（7）该课题通过对改革开放以来中国文艺批评发展基本脉络的认真

梳理,对改革开放以来文艺批评领域的几次重要论争进行了深刻反省和理性重估。这种反思和重估深刻剖析了改革开放以来中国文艺批评多热衷于对西方理论的追踪和跟进,时兴用西方的理论筛子来淘选中国的文艺作品的倾向。它们往往忽视对中国文艺发展道路和文艺实践经验的历史分析和现实阐释,甚至认为马克思主义文艺批评是“旧的模式”,已经老套过时。这导致了文艺批评在市场经济背景下和新媒介环境中,出现站不稳脚跟、迷惘无措的局面,也间接地放任了文学创作的私人化、无根化、模式化,以及文学生活的拜金主义、庸俗化倾向的滋生。改革开放以来,文艺创作、文艺批评的失范与马克思主义文艺批评的缺失有着重要的内在关联。

(8)该课题对市场经济和网络时代文艺批评的特征和发展规律做了全新的概括。网络写作与网络阅读的快速发展和崛起,对整体的文艺创作、生产、传播和消费产生了重大影响,形成了全新的文艺生态,并由此产生了全媒体时代的“媒体批评观”。这种批评观以马克思主义文艺批评为主体,吸纳各种文艺批评理论中的有益思想、观点、方法,做到五个“转变”:一是文艺批评更加关注意见表达的渠道,尊重接受者的主体地位和重要作用,使其从“观点的提供者”转变为“观点的引导者”。二是强化对话精神,在马克思主义文艺批评的统领下,摄取多元化批评价值取向中的一些有益原则和方法,对其进行萃取、提炼、熔铸,使其转变为一套新的符合现实要求和时代精神的批评原则和价值标准,重新建立一种新的文艺秩序。三是加强了与全媒体的对接、融合,从传统纸媒评论一花独放转变为加强电视、网络、移动媒体的评论渠道建设,实现文艺批评的多媒体、全媒体、新媒体的传播和深度融合。四是从文学评论一枝独秀转变为加强各艺术门类、各新兴文艺业态的文艺批评,对文艺门类及文艺生态进行全覆盖。五是从传统的单向度评论转变为依靠大数据的统计分析、数据分析,构建起一套高效、全面、科学的文艺评价体系,真正发挥出文艺批评固有的强大功能。

六、研究成果的主要不足及其原因

(1)由于各子课题组之间、课题组成员之间相互联系欠紧密,又受所把握问题的局限,致使各卷本、各章节在写作的思路、方法和风格上协调性和统一性不够,写作的质量也参差不齐。

(2)课题组人员多为1970年以后出生、具有博士学位的青年学者。他们对改革开放四十年的历史感受偏弱,致使其理论反思的自觉性不强,对所把握问题理论开掘的广度和深度不够。

(3)由于写作时间的零碎和仓促,有的成果对改革开放以来文艺理论与批评发展的历史线索的梳理和把握显得粗糙和简单,这限制了对问题进行深入和全面的把握与解决。

(4)课题组人员的知识储备有限,马克思主义理论素养不够深厚,致使有的成果缺乏对相关材料的准确把握,缺乏对相关理论问题论争中各种观点正误得失的辩证分析,这限制了对所研究问题进行比较完整的规律性认识。

该丛书是由笔者主持承担的国家社科基金重大项目"新时期文艺理论建设与文艺批评研究"的结项成果,是课题组全体同志集体智慧的结晶。在主编提出全书立意、体系框架、写作计划和写作要求并与各分卷执行主编商定写作提纲后,由各撰稿人分头写出初稿。书稿先由四位执行主编分卷统稿,最后由主编统一修改、加工、整合、定稿。所以,本丛书如有疏漏和失误,当由主编负责。本丛书所提出的一些观点作为一家之言,欢迎读者、同行和专家们批评指正。

该丛书撰写的分工情况:

前言:马龙潜

《转型与创新——改革开放以来中国文艺理论基本问题的进展》(第一卷)的绪论第一节至第三节:杨杰;绪论第四节:李龙、宋刚;第一章第一节：赵耀；第一章第二节至第四节：宋建林；第二章第一节：杨杰、王成功；第二章第二节至第四节：梁玉水；第三章：刘洁；第四章、第五章：李龙、宋刚；第六章、总论：李志宏。

《行进中的沉思——改革开放以来马克思主义文论中国化的历史进程与基本规律》(第二卷)的绪论、第三章第三节、第五章第二节、第六章第三节和第十一章第三节、第四节：马建辉；第一章、第二章、第四章：盖生；第三章第一节、第二节：杨厚均，硕士研究生戴黄、张梦、刘超彪为这部分内容做了材料搜集和初步整理的工作；第五章第一节、第三节和第六章第一节、第四节以及第七章：李立；第八章：郑丽平；第九章：王晓宁；第十章：王晓宁、马建辉；其他未列诸章节内容均由马建辉选文编定。

《传承与弘扬——改革开放以来中国古代文论的现代价值》(第三卷)的绪论、第一章、第五章、第八章、结语：陈士部；第二章：段吉方；第三章、第四章、第十一章：高波；第六章、第七章：袁宏；第九章、第十章：张静斐。

《文艺批评四十年——改革开放以来中国文艺批评的发展路向与价值嬗变》(第四卷)的总论、第五章、第六章、结语：饶先来；第一章、第二章：张春华；第三章、第四章：陈亚民。

该丛书是笔者于2012年受时任上海交通大学校长张杰院士、人文学院院长王杰教授之邀，就聘于上海交通大学人文学院特聘教授期间所承担的国家社科基金重大项目的最终成果。从项目的立项、完成到结项，该丛书得到了张杰院士、王杰教授以及上海交通大学文科建设处、山东大学文学院自始至终的关心、支持和帮助。河南人民出版社的陈智英、张继成同志为本丛书的编辑和出版付出了艰辛的劳动，谨在此一并表示衷心的感谢！

马龙潜

2018年7月12日于山东大学文学院

目　录

绪　论

改革开放以来的古代文论研究与中国古代文艺思想的现代价值

改革开放以来，文艺理论的建构是同中国古代文论研究紧密地联系在一起的。之所以这样说，是在于改革开放以来在文化多元化语境中，学界逐渐达成这样的共识：马克思主义文论、西方文论、古代文论和百年来形成的现代文论，是建设中国当代文论不可或缺的思想资源。问题的关键聚焦在一个学术难题上，那就是究竟如何处理诸多思想资源共生的理论格局。显而易见，它们并不是具有彼此天然融合的话语体系，甚或说，四种思想资源分明就是四种理论范式。如果想要开掘中国古代文艺思想的现代价值，就必须直面这四种理论范式所营构的张力性格局。

改革开放以来的古代文论研究既有允可大展身手的良好条件，同时又面临新语境带来的时代难题，既收获了前所未有的丰硕研究成果，也难免存有值得后续进一步反思的理论局限。习近平总书记在《在文艺工作座谈会上的讲话》中明确提出了“中华优秀传统文化是中华民族的精神命脉，是涵养社会主义核心价值观的重要源泉，也是我们在世界文化激荡中站稳脚跟的坚实根基”“我们要结合新的时代条件传承和弘扬中华优秀传统文化，传承和弘扬中华美学精神”①的这个古代文论研究的基本原则。显然，在谋求中国文论的现代性进程中，中国古代文艺思想所蕴涵的审美精神与诗思路径值得我们在当下的文化语境中作更深入的体认与开掘。

一、改革开放以来古代文论研究的学术分期

要看清改革开放以来古代文论研究的崭新格局，可以先简要回顾一下古代文论研究在中华人民共和国成立前后六十年来的发展情况。在中华人民共和国成立前的三十年中，复杂动荡的中国社会生态滋生出形形色色的文化思想，外来的各种文化观念催醒了蛰伏的中国文化众生态。传统文论话语在20世纪初的十多年里尚占据主导地位。而20世纪二三十年代以来，随着欧美文论被大量翻译和引进，中国传统文论话语开始被推向了边缘。虽然在中华人民共和国成立前的三十年中，从整个学术情势上看中国古代文艺思想有被冷落之嫌。但另一方面，还应看到西方文论话语精神恰恰引起我们用另一种眼光看待中国古代文论。显在的学术事实是，陈钟凡的《中国文学批评史》、杨鸿烈的《中国诗学大纲》、朱东润的《中国文学批评史大纲》、罗根泽的《中国文学批评史》以及郭绍虞的《中国文学批评史》等著述，都酝酿、问世于中华人民共和国成立前的三十年中，它们标示着中国古代文论作为现代学科的诞生与成熟。也就是说，在中华人民共和国成立的前三十年中古代文论研究已经成为现代学术的一部分，而迥然有别于传统语境中的校勘注释，“古代文论或中国文学批评史实际上是伴随着中国现代新文学的发展而发展的，可以说是新的文学观念向中国古代的延伸，即用来自西方的文学观念重新整理中国古代的文学遗产，又反过来借用古代文学批评资源建构新的批评观。因

① 习近平：《在文艺工作座谈会上的讲话》(2014年10月15日)，《人民日报》2015年10月15日。

此，古代文论研究可以说是中国现代新文学运动的一个组成部分”①。

如果说，在中华人民共和国成立前的三十年由于强有力的国家意识形态宰制尚未形成，影响、制约中国古代文论研究的主体，主要表现为不同文化政治的思想观念冲突；那么，在中华人民共和国成立后的三十年中，国家主流意识形态业已形成，影响、制约中国古代文论研究的实质性主体则是政治文化乃至政治国家机器。中华人民共和国成立后的“十七年”（1949—1966 年），主导的思想倾向是“文艺从属于政治”，苏联的文论话语成为主要的外在模仿对象，西方文论话语与中国古代文论话语受到强势的苏式马克思主义文论话语的遮蔽与挤压。及至“文革”十年，由于极“左”意识形态霸权的肆虐，传统文化、传统文论更是遭到了灭顶之灾。不难看出，从总体上看，就中国古代文论学科的发展和中国传统文论话语存活“品量”来说，在中华人民共和国成立后的三十年中，中国古代文论的现代价值问题仍未得到深入、持久的学术考量。历史进入改革开放新时期，这一时期的文学理论本身也有一个转型与发展的过程，历经了批判反思、自主发展与深度创新等不同阶段。改革开放以来出现的学术史反思盛况，表明了改革开放以来的文学理论发展进入了一个崭新的时期，昭示着学科破解困境、获得提升的理论诉求。这类文学理论学术史方面的著述所及的改革开放以来的文学理论发展问题，同古代文论研究有其相关性，或者说，这种文学理论的“元问题”必然会辐射到古代文论的研究领域中来。改革开放以来中国古代文论研究的精神脉动，从中国古代文学理论学会的年会主题上得到了集中的体现。为此，我们这里主要联系中国古代文学理论学会历代年会主题的演变，并结合整个改革开放以来文艺学学科的发展过程来确定中国古代文论研究的发展阶段。改革开放以来的中国古代文论研究可以区划出四个发展节点：反思与重审阶段（1979—1984 年）；比较与深化阶段（1985—1995 年）；转换与重建阶段（1996—2008 年）；综合与前瞻阶段（2009 年至今）。

① 李春青等：《20 世纪中国古代文论研究史》，山东教育出版社 2008 年版，第 2 页。

(一)反思与重审阶段(1979—1984 年)

伴随整个文艺学研究的新启动,改革开放以来古代文论研究开始复苏,其标志就是 1979 年中国古代文学理论学会的成立与第一次年会的召开。这次大会把古代文论研究提到了新的日程,对于改革开放以来古代文论研究具有开创意义,“这次大会讨论了研究古代文论的意义,认为建立民族化的文艺理论需要认真研究古代文论,从而批判继承,推陈出新。研究方法方面,认为应采取实事求是的态度;要克服中国文论与外国文论、现代文论各自分家的情况,要把它们进行比较,发现我们的独特经验和规律。……在新的开始面前,人们重新确定了古代文论的研究目的和研究方法。新的研究首先需纠正过去把马克思主义文论简单化甚至歪曲的思路”[①]。这种对古代文论研究的反思与重审在后续两次年会中得到了体现。与全国文艺学学科研讨相关联,1980 年在武汉大学召开的第二次年会就中国古代文学理论中的现实主义与“风骨”“文气”“意境”等范畴展开了讨论;接其余绪,1983 年在中山大学召开的第三次年会重申中国古代文论的民族特点,并联系意象、意境、境界与艺术形象等中国古代文论中的重大范畴进行了热烈研讨。改革开放起始的五年内,既反思了过往古代文论研究的缺陷与弊端,又着眼于民族化问题重审了中国古代文论中本应引起重视的若干范畴与命题,这显然是一个良好的开端。

(二)比较与深化阶段(1985—1995 年)

一直以来,学界对比较研究并不陌生。在改革开放前五年,为了强调中国古代文论的民族特色与重构民族化的马克思主义文艺理论,中国古代文学理论学会年会已关注到比较研究方法,并警示了比较中的简单化、西学化的倾向。在中国古代文学理论学会第四次年会上,针对中国古代文学理论的民族特点,与会学者分别从对中西方社会历史、经济政治状况、思想文化传统的对比研究的宏观角度进行了分析,这种本源性的宏观

① 蒋述卓、闫月珍:《八十年代以来中国古代文论学术活动评述》,《福州大学学报(哲学社会科学版)》2002 年第 1 期。

分析显示出中西比较文论研究的深入。1987 年在四川大学召开的第五次会议以“如何将中国古代文论研究引向深入”为主题,并提出了“走向世界文学的中国古代文论”的学术口号,意在立足于更高的理论层次,在宽阔的文化背景和广泛的联系中将古代文论置于世界文学的大框架中来认识其本质特征。1989 年第六次年会再次叩问“中国古代文学理论的价值及其在当代的作用和意义”问题,与此相连,1991 年的第七次年会、1993 年的第八次年会都涉及古代文论的古为今用、古今结合点以及中西比较、比较方法多样化等重大问题。而 1995 年召开的第九次年会则提出了“重建中国文论话语”这一“跨世纪的重大命题”。在 20 世纪八九十年代,虽然学界在古代文论的中西比较方面涌现出许多重要的研究成果,但仍然存在诸多有待进一步克服的问题,“单纯的范畴比较似乎自成系统,但距离整体、全方位的在大系统中的比较是遥远的。之于历史的召唤,比较文论的前进显得步履蹒跚。它需要克服自身视角的单一性,立足于更为广阔的文化历史背景,从外部入手,寻找中西文论各自的历史、文化之根”①。由此可见,中西比较的文论研究有待稳实的学术沉淀,有待进一步的深入与优化。

(三)转换与重建阶段(1996—2008 年)

面向 21 世纪的古代文论研究当然需要“重建中国文论话语”,而“重建中国文论话语”就必须将古代文论进行“现代转换”。1996 年中国中外文艺理论学会在陕西师范大学召开了“中国古代文论的现代转换”学术

① 蒋述卓、闫月珍:《二十世纪八十年代以来中西比较文论研究评述》,《上海社会科学院学术季刊》2001 年第 4 期。但不管怎样,中西比较阐释方法对于中国古代文论研究来说还是很重要的研究路径、研究策略,因为古今与中西是文化时空密切交错相关的问题,中国古代文论的现代价值必然要在中西比较中去识见与挖掘。“龙学”界同样很重视比较研究方法,有学者在“《文心雕龙》研究的未来展望”的“结语”中指出:“文学理论比文学创作在不同国家、不同民族中有更多相同的东西,比较文论的研究可以使我们更好地把握中国古代文论的基本原理和发展规律,同时也可以使中国古代文论走向世界,把我国古代丰富多彩、具有东方特色的文学理论批评介绍给广大的西方朋友。为此,我们应当努力发展从中西比较的角度来研究《文心雕龙》,这也有助于对《文心雕龙》文学理论的进一步挖掘,更深刻地认识它的意义和价值。”(张少康等:《文心雕龙研究史》,北京大学出版社 2001 年版,第 591—592 页。)问题的焦点在于:中西两方各有两千多年时间跨度的文艺思想历程,各拿什么样的思想话语资源去比较?比较对话的立足点在哪里?牵引思想对话的内在学术机制是什么?这些根本性的问题应该先深入思考,否则,无根的游谈、浮表的中西比对是毫无建设性的学术价值的。

研讨会,《文学评论》设专栏探讨该命题,季羡林、钱中文、张少康、陈良运等大批专家学者参与了讨论,并引起激烈的学术争论。接着,1997 年在广西师范大学举办了中国古代文学理论学会第十次年会,年会主题为“我国古代文论研究如何向现代转化”,古代文论的现代转换、古代文论与当代文论的融合成为中心议题,在本次会议中带有“现代”二字的呼声频繁出现,这是古代文论现代转换的自觉追求。从学理上说,“中国古代文论的现代转换”命题同中国文论的“失语症”诊断有关,与“中国文论话语重建”有关,也同中西比较文论这个“跨世纪论争”有关。人们不难发现,在 1999 年至 2007 年间所召开的中国古代文学理论学会的五次年会上,古代文论与当代文论的关系、中西文论比较、文化诗学和中国文论的现代转型等问题一再出现在年会议题中。而就实际的研究成果而言,不仅出现了大量“中西比较”的著述,也出现了像童庆炳的《现代学术视野中的中华古代文论》、顾祖钊和郭淑云合著的《中西文学理论融合的尝试——兼及中国古代文论的现代转换研究》等“转换论”的成果,还出现了像蒋述卓、刘绍瑾的《古今对话中的中国古典文艺美学》和李春青等人所著的《20 世纪中国古代文论研究史》之类的学术史研究专著,这是中国古代文论研究趋于壮大成熟的标志。

(四)综合与前瞻阶段(2009 年至今)

21 世纪之初,学界已经出现了不少中国古代文论研究学术史方面的论文与专著,这是对中国古代文论研究的学术研究,它本身就表明中国古代文论研究进入了综合发展的阶段。2009 年在四川师范大学举办了中国古代文学理论学会第十六次年会,该次年会的主题就是“回顾和总结中国古代文学理论研究三十年”,中国古代文论与中国传统思想关系再次成为谈论的重点。同样,在 2011 年召开的中国古代文学理论学会第十七次年会上,中国古代文论建构及其当代意义、“儒释道易”与中国诗学专题研究、中西文论的契合以及中国古代文论名著的创新研究等问题又一次成为学术讨论的热点话题。如果说,2013 年的第十八次学会年会关注到先秦两汉至近代各时段文论的“综合性的研究”,那么,2014 年的第十九次学会年会则以“建设性的后五四时代的中国文论”的大会主旨，标示着中国古代文论研究进入视野更为广阔的研究。改革开放以来，古代文论研究在不断的学术总结中更深入地发展着。

在某种意义上说，改革开放以来的古代文论研究是对过往传统文论研究的进一步扩充与深化，贯穿其中的主导线索就是中国古代文艺思想的现代转型问题。在五四运动前后，由于西学新的思想方法的输入与影响，中国传统文化中的“诗文评”得到新的学术眼光的观照，引发以西学的视域重新“整理国故”，并由此导致中国文学批评史、中国古代文论学科以及中国现代文艺学的诞生。有学者对文艺学学科的诞生给出如下的描述：“中国20世纪文艺学学术史，是由古典文论的传统的‘诗文评’学术范型向现代文艺学学术范型转换的历史（现在正处在这个现代化的历史过程之中），是现代文艺学学术范型由‘诗文评’旧范型脱胎出来，萌生、成形、变化、发展的历史；也可以说是中国传统文论在外力冲击下内在机制发生质变、从而由‘古典’向‘现代’转换的历史，是学术范型逐渐现代化的历史。这是中国文论历史性的转变和发展。这是近代以来中国文化危机中强制性的选择，同时也是从不自觉到自觉的选择。因此，应该紧紧盯住近百年来从古典文论到现代文艺学的历史发展中学术范型转换这个最显著的特点。”①这种学术观念似乎早已成为学界的共识：一者，中国文学批评史、中国古代文论学科隶属于现代文艺学大学科，即两者均是属于现代学术的大家族，而非传统意义上的“杂文学”观念；再者，中国文学批评史、中国古代文论学科缘生于西学的刺激影响，而非自身的自然而然的文化裂变。所以说，问题的关键不在于中国古代文论学科是怎样演化而来的，而是中国文化的现代化进程本身的特点所导致的这一新学科存在的复杂性与潜在的生长性，后者更值得我们花费心思去作进一步的学术史清理。

由此可见，经由改革开放以来的学术演化，上述四个时段的划分并不意味改革开放以来古代文论研究有着明显的主题断裂，可以说，这种学术

① 钱竞、王飚：《中国20世纪文艺学学术史》第1部，上海文艺出版社2001年版，第23页。

时段的存在只是改革开放以来的学术研究自身积累、社会文化思潮影响以及由学术组织或学术名家引发而留下的些许变异痕迹而已。实际上，彼此之间仍然有学术思想上的内在关联，其表征体现在三个彼此关联的问题上：一是中国古代文论的民族特色、中国特色问题，二是中西文论的深度比较问题，三是中国古代文论之于重建中国当代文论话语的意义。而这些问题彼此之间的内在关联又恰恰是中国古代文艺思想发生深度现代转型的集中体现，而隐含在这些问题背后的学术冲动就是追问中国古代文论、中国古代文艺思想的现代价值。从实质上说，改革开放以来的古代文论研究和20世纪中国古代文论研究学术史已然连接成一个整体，它们只是中国文论现代性诉求的不同历史时段而已，只不过，因为改革开放以来古代文论研究置身于愈发鲜明的现代转型的学术格局中，所以有着更为清醒、更为自觉的现代意识。久已研讨的中国古代文论的民族特色、中国特色问题其实已暗示着某种危机感，在这种危机感中，任何的学术运思就必然包孕有对现代性的反思意识，正如卡林内斯库所说的那样，“区分古代和现代似乎总隐含有一种论辩意味，或者是一种冲突原则”[①]，现代性话语的“最深层使命”是“追随其与生俱来的通过断裂与危机来创造的意识”[②]。可见，改革开放以来的古代文论研究的阶段性演化只是内在的学术思想创造性意识有所区别的体现。

二、改革开放以来古代文论研究的学术成就

改革开放以来，古代文论研究取得了显赫的学术成就，涌现出一大批丰硕的研究成果。这些学术成就、研究成果主要体现在文献整理、史性研究、范畴命题研究和叙事理论研究以及相关专题研究等诸多领域。与这些研究领域的不断拓展相联系，改革开放以来的古代文论的研究方法、研

① ［美］马泰·卡林内斯库：《现代性的五副面孔》，顾爱彬、李瑞华译，商务印书馆2002年版，第20页。
② ［美］马泰·卡林内斯库：《现代性的五副面孔》，顾爱彬、李瑞华译，商务印书馆2002年版，第102页。

究视角也得到了进一步的充实完善，其中所凝聚的研究思想观念的变化同样值得关注。

（一）文献整理方面的研究成果

有关“诗文评”文献的校勘、注疏、考释与辑录是历史久远的传统治学方式，刘勰《文心雕龙·序志》有云：“若乃论文叙笔，则囿别区分；原始以表末，释名以章义，选文以定篇，敷理以举统。”由于中国古代文艺思想往往与中国哲学、政治、历史和教育等文化形态杂糅在一起，实为一种“文史哲”不分的共生形态；由于中国古典诗学所涉及的概念范畴大多具有形象直观的特性，它所触及的思想境界往往采用具象化的传达方式；同时也由于中国古典文艺思想的生发具有极强的文艺审美现场性与本文语境性，它是文艺审美活动的经验总结，常常借助于“诗话”“诗品”“序跋”或“评点”等词语来标示，而不是“坐论”之玄思。所以，古代文论研究中的文献整理与注疏工作就成为一项十分重要的基础性、前提性的工作。甚或说，缺失基础性的文献学环节，任何理论建构都像空中楼阁一样，是靠不住的。其实，古典文献的整理与校释并不单纯是文献资料的搜集与罗列，这种整理与校释是在一定的学术思想指导下进行的，也就是说，文献整理是有其内在的文艺思想观念作为参照的，它仍然具有潜在的理论研究的思维特质。比如，以文献资料搜集整理之功著称学界的郭绍虞，就是以“杂文学”与“纯文学”相区分的思想观念去搜集整理材料从而著成《中国文学批评史》的。

除了对钟嵘的《诗品》、刘勰的《文心雕龙》、司空图的《二十四诗品》和严羽的《沧浪诗话》等专题的考证、注疏与辑录外，有关中国古典文论全局性的资料整理汇编的著述主要有：陈良运主编的《中国历代文学论著选》、郭绍虞主编的《中国历代文论选》、黄霖和韩同文选注的《中国历代小说论著选》、徐中玉主编的《中国古代文艺理论专题资料丛刊》、胡经之主编的《中国古典文艺学丛编》、贾文昭主编的《中国古代文论类编》、唐圭璋的《词话丛编》、萧华荣的《魏晋南北朝诗话》，等等。此外，陈应鸾的《岁寒堂诗话校笺》、张伯伟的《全唐五代诗格汇考》和蒋寅的《清诗话考》等，则是考证整理、搜罗集释方面的力作，其中尤见其“小学”功底。

古典文论文献的整理要想获得拓展与推进，需要花费更多的时间与精力对浩若烟海的古籍作进一步的爬梳翻检，乃至有待考古挖掘或田野调查以寻求新的资料佐证。但不管怎样，这些挂一漏万的文献整理成果，表明了改革开放以来学人对基础性研究工作的关注，这些历史还原意义上的考释与整理工作为古代文论的理论阐释奠定了坚实的基础。

（二）中国文学批评史方面的研究成果

很有意思的是，中国古代文论这一现代学科最初是以“中国文学批评史”的名头出现的，学界一般把1927年陈钟凡《中国文学批评史》的出版视为该学科的第一部著作，也往往以这个学术事件作为该学科诞生的标志。随后，郭绍虞、罗根泽、朱东润、方孝岳、傅庚生等现代学术大师都有中国文学批评史方面的力作，这种学术典范一直影响到改革开放以来此类著作的撰写。尤其是郭绍虞的《中国文学批评史》，确实为中国文学批评史学科的建立奠定了坚实的基础，且铺设了未来中国文学批评史撰写的基本框架。郭绍虞在该书中已指出：“我以为自古代以至北宋，恰恰成为文学批评之分途发展期。在此分途发展期中的前一时期，——自周、秦至南北朝，是文学观念由混而析的时期；而其后一时期，——自隋、唐以至北宋，却又成为文学观念由析而返于混的时期。”①这种“纯文学”与“杂文学”的核心观念成为郭著的核心学术理念，反映出西方学术思想方法对中国文学批评史学科建构的内在影响，这也恰恰构成了中国文学批评史作为现代学科的明证，后续中国文学批评史著作的编写便有了中西比较的宏阔视野。

改革开放以来，由于众所周知的原因，中华人民共和国成立后单一僵固的思维模式被打破，多元化的学术研究被尝试，各种学术文化进入新的繁荣时期。其中，中国文学批评史、中国古代文论研究同样进入鼎盛时期。据不完全统计，改革开放以来单是用于或服务于高校教学的中国文

① 郭绍虞：《中国文学批评史·自序》，百花文艺出版社1999年版，第1页。

学批评史或古代文论的教材类著作就有60部左右。由此,既巩固了中国文学批评史的学科建设,同时也为该学科的后续发展培养了专业队伍。在20世纪80年代,敏泽的《中国文学理论批评史》、张文勋的《中国古代文学理论论稿》和蔡钟翔等人合著的《中国文学理论史》(五卷本)等著作扭转了意识形态因素对古代文论研究的影响,基本上仍采用郭绍虞的“笔法”。但是,这些著作大多回归客观务实的学术风范,虽学风谨严,但似乎不宜作为教材。这种境况及至20世纪90年代有了很大的改观,出现蒋凡与郁沅合编的《中国古代文论教程》、张少康与刘三富合著的《中国文学理论批评发展史》、杨星映的《中国古代文学理论批评纲要》、彭会资的《中国古代文论教程》和王思焜的《中国古代文学理论教程》等。①及至21世纪,又出现了赖力行和李清良合著的《中国文学批评史》、李壮鹰和李春青主编的《中国古代文论教程》和李建中主编的《中国文学批评史》等一批新著。受学界的研究热点的策动,这批新著在延续传统教材编写的某些特点之外,另在编撰的侧重和切入角度等方面还注重“历史还原”,运用文化诗学的学理思路原生态地再现中国古代文论的真实图景;注重在中西比较的视野中挖掘中国古代文论的现代价值,揭示其当代意义的新的特征。

(三)中国古代文论的范畴命题研究

在很大程度上,中国古代文艺思想是凝聚为大量的范畴命题而存在的。同时,中国古代文论的范畴命题因传统文人体悟性的思维方式,有着模糊性、直觉性和浑融性的话语特征,并且在历史通变中有审美意义的增

① 20世纪90年代,上海古籍出版社陆续出版了由王运熙、顾易生主编的《中国文学批评通史》,共有七册。“全书把文论思想的介绍纳入到时代背景之中,同时也比较注意从文学实践中析出文论思想。可以说,这套丛书以其宏大的规模达到了中国文学批评史的极致,这套批评通史把中国文学批评史的研究推到了顶点。”(李春青等:《20世纪中国古代文论研究史》,山东教育出版社2008年版,第479页。)这套丛书的出版是当时重大的学术事件,引起学界的高度注目。张少康、周勋初等学者对此作了隆重的推荐,周勋初认为:“对中国古代学术,有一种全面的观照,对古代文学,有一种总体的把握。这些治学方面的长处,可以使人很容易地区别出复旦所编批评史的特色。”(周勋初:《〈读中国文学批评通史〉有感》,《复旦学报》(社会科学版)1996年第6期。)很明显,这套宏伟巨制是科研著作,但不适宜作教材使用。或许正因为如此,21世纪初王运熙、顾易生共同主编了“普通高等教育‘十一五’国家级规划教材”《中国文学批评史新编》(两卷本),并在2007年、2008年再版。

生、辐射、变异等复杂境况。如此一来,中国古代文论的范畴命题研究就成为学界研究的重要课题与难题,更何况还有来自学术官方的倡议:“在美学上,中国古代形成了一套自己的范畴、概念和思想,如比兴、文与道、文与情、形神、意境、情景、韵味、阳刚之美、阴柔之美等等。我们应该对这些范畴、概念和思想作出科学的解释。”①在某种意义上说,对这些问题的研究成为中国古代文论研究中既有潜在生长性又有学科建构性的领域。

改革开放以来的古代文论范畴命题研究,“往往更多地与哲学范畴、美学范畴研究相交叉,与书法、绘画等艺术门类相结合,呈现出综合研究的态势”②。暂撇开铺天盖地的研究论文不谈,单是这方面研究的学术专著就有:叶朗的《中国美学史大纲》、曾祖荫的《中国古代美学范畴》、张海明的《经与纬的交结——中国古代文艺学范畴论要》、詹福瑞的《中古文学理论范畴》、汪涌豪的《中国古代文学理论体系:范畴论》、涂光社的《中国古代美学范畴发生论》、张皓的《中国美学范畴与传统文化》、胡家祥的《气韵:艺术神态及其嬗变——中国传统的艺术风格学研究》等。除此之外,牵涉“意境”这一中国古代文艺审美理想的核心范畴,在改革开放以后更是引起学界普遍的关注,并成为学术热点问题。其中,专著就有刘九洲的《艺术意境概论》、林衡勋的《中国艺术意境论》、蒲震元的《中国艺术意境论》、蓝华增的《意境论》和古风的《意境探微》等。与此相关,“意象”“比兴”方面的研究也有数量不菲的著述。

中国古代文论的范畴命题研究在改革开放以后得到强化,既有发生学意义的史性清理,又有理论阐发上的概念梳理,也有文化学、美学或心理学视角的多维审视。可以预见,古代文论的范畴命题研究仍有进一步开拓与深化的学术空间,而要达至这一学术目标就应在承续已有研究成果的基础上变换阐释路径、放大学术视域,并将其置于中国当代文艺学、文艺批评的建构语境中予以文艺实践方面的考量。

① 周扬:《关于建立与现代科学水平相适应的马克思主义的中国美学体系和整理美学遗产问题》,《美学》1981 年第 3 期。

② 蒋述卓、闫月珍:《80 年代以来中国古代文论范畴研究的展开与深入》,《华南师范大学学报(社会科学版)》2001 年第 5 期。

(四)叙事理论研究与相关专题研究

毋庸讳言,中国古代文艺思想长于表达对生活世界的诗性体验而疏于营设叙事理念,即使是叙事观念,也会被代入抒情性氛围中去表达。在西学叙事理论的影响下,改革开放以来的古代文论研究也关注到中国古代文艺思想中的叙事观念,并取得了一定的成果。比如:论文方面有徐岱的《中国古代叙事理论》、刘梦溪的《中国古代文论何以最重文体——汉译佛典与中国的文体流变之一》和蒋凡的《韩愈、柳宗元的古文"小说"观》等;论著方面有吴承学的《中国古典文学风格学》、王先霈和周伟民的《明清小说理论批评史》、陈洪的《中国小说理论史》、林岗的《明清之际小说评点学之研究》、姚文放的《中国戏剧美学的文化阐释》,等等。虽然中国古代叙事理论研究已收获成果,但中国古代小说文本、古典戏曲文本所体现出的叙事观念还有待作进一步的探究,戏曲、小说评点的行文特色与话语风格值得联系中外文学批评实践作深度的考察。

至于古代文论的专题研究,也引起学界的注意,这种连点成线的个案性研究更能引发我们关注中国古代文艺思想的生态问题,有助于我们在相对独立的文化时空中去把握古代文论的范畴命题的精义。从史性宏观意义上说,这种专题研究是微观研究,而从某种单一的文艺思想扭结点来说,这种专题研究又是宏观研究。诸如孔老庄禅研究、"龙学"与《诗品》研究、金圣叹与李渔研究以及王夫之、王国维研究等,皆属此类专题研究,研究成果同样丰富厚重,值得重视。

对于中国古代文艺思想研究、古代文论研究而言,不论是文献整理、史性研究,还是范畴命题研究抑或叙事理论研究、专题研究,都是基于某一特定视角切入问题的研究,这种研究必然带有"身在此山"中的"我执"或"他执"而缺少自我反思的学术维度。为此,在盘点改革开放以来古代文论研究的成果时,还应密切关注对古代文论研究方法的讨论。研究方法的反省是一种与本体论情结相关联的"研究的研究",或者进一步说,对研究方法的反省,说明学界开始对过往研究进行自觉省察,并力图有所突破;也表明学界已瞩目其他相关人文学科的新进展,并有汲取新成果而开辟新的研究境界的意向。所以说,在改革开放以来的古代文论研究中,方法论问题得到了关注，这方面的研究成果不能被漠视。除了早期不算成功的借鉴系统论、控制论的研究方法外，还有中西比较方法、阐释学方法、文化学方法以及美学方法、心理学方法等，均被纳入古代文论的研究中，这尽管带来了一些新的局面，但也存在一系列问题。方法论本身也是应该深入探讨方可尝试性运用于研究实践的，否则就有牵强附会、削足适履之嫌。

三、改革开放以来古代文论研究的困境与中国古代文艺思想的现代价值

在世界文艺理论史中，中国古代文艺思想是一种独特的精神存在，在全球化思潮与反思现代性危机的双重语境中，这种独特的审美精神的存在已经引起国内外学者的普遍关注，以至成为学术热点问题。中国古代文艺思想所蕴含的诗性精神及其潜隐的现代价值，有待我们作更深入的开掘。改革开放以来的古代文论研究所取得的著述成果远不是上述胪列所能涵盖的，在"知网"论文中，单是以"古代文论"字样检索"主题"出现的论文有九千余篇，而检索"全文"出现的论文有近十万篇，这些巨量论文大都是改革开放后涌现出来的研究成果。但改革开放以来的古代文论研究的学术成就并不能成为我们回避其存在问题与濒临困境的理由，相反，我们应该从追问中国古代文艺思想的现代价值出发，面对当前中国文艺学学科的难题，去批判反思这些问题与困境，以便在更高、更合理的平台上推进古代文论的研究工作。

在 20 世纪八九十年代，西方冠以"新""后"名号的诸种文艺思潮势头凶猛涌入中国学界，中国传统文论话语在学人追"新"逐"后"中被闲置于边缘化的荒凉境地。改革开放以来的文艺理论的发展，在相当的时间里，事实上已成为一个逐渐摆脱中国古代文论的传统影响，并逐步接受西方种种现代文艺观念的过程。重新关注传统文论的地位和作用，通过实现传统文论之现代价值来改变中国当代文艺理论缺乏独创理论和话语的

尴尬局面,已成为建设中国特色社会主义文艺理论所必须面对的一个基本理论问题。“人类的理解活动证明,传统是活的,它没有死去,它为一代又一代人提供理解活动的基础,并在新的一代人参与下,创造出新的价值来。”①不过要指明,学界至今有两种学术观念值得我们再度深思:一者认为,古代文论衍生于、适宜于农耕文明语境中,只具有古典性,不可能将其更改、重建为完备的现代理论形态,这种时代的巨大差异是无法弥补的;再者认为,传统文论是以古代汉语书写的、针对诗文发言的经验性体悟,它与用现代汉语言说的、针对当下文学经验的理论话语体系,有着话语形态与言说对象迥异之隔。显然,这两种学术观念意在消解传统文论话语的现代价值,在某种意义上也构成学人热衷西学而疏远传统的深层心理动因,同时也是文艺学界一些专家学者主张当今文艺理论建设应该倚重现代文论资源的学术考量途径之一。

中国古代文艺思想的现代价值究竟表现在哪里?我们到底应该怎样去具体开掘这种价值与意义?这是我们要首先搞清楚的问题。我们应该在学术思想的清场中作出还原性的省思:朱自清、郭绍虞、钱钟书、宗白华和朱光潜等现代大师的学术努力所成就的现代文论传统,并不简单是“西学的中国变体”,现代文论毕竟是中国化的经典性产物,也可以说它是传统文论在现代转型中的阶段性成果;探求中国古代文艺思想的现代价值,固然不能舍弃现代文论传统,但又不能局限于此,我们要重返本源性的思想场域去检讨传统文论的当下活性价值与意义。如果以语言操作的便利为理由而迷恋现代文论,那也同样没有探准古代文论研究困境的“正穴”,古代文论研究的难题与其说在于古代汉语与现代汉语的语言之隔,反倒不如说在于时代文化语境的差异而带来的理论体验与理论想象的抵牾错位。

不论是西方文论,还是现代文论,或者是古代文论,都是中国当代文艺理论体系建构的思想资源,它们各自的价值与意义应在古今深度精神对话中被激活。就中国古代文艺思想的现代价值而言,问题的症结趋归

① 童庆炳:《中国古代文论的现代意义》,北京师范大学出版社2001年版,第320页。

于一点，就是如何在中国当下语境中去寻求传统与现代之间的张力结合点，正像伽达默尔所说的那样："正如当我们在理解活动中取得进展时令人惊奇的东西便失去其陌生性一样，对传统的每一次成功的运用都化为一种新的显然的熟悉性，使得传统属于我们而我们也属于传统。新奇的东西和传统一起汇入一个共同占有和分享的世界，它包容了过去和现在并在人与人的对话中获得其语言表达。"①这种思想精神的张力结合点意味着，中国古代文艺思想的意义生成是基于诗性体验、生存智慧感悟而整体在场的直觉体认，从而去认知超越文化时空的生命境遇与应对情怀。所以说，探究中国古代文艺思想的现代价值，不是摘录古籍中的只言片语，从中剥离出锦心绣肠的诗性话语去镶嵌在当今的文论话语中，而是要在古今对话的"视域融合"中去开悟思想创新的境界。只有如此，才能真正弘扬中国古代文化的优秀传统，才能真正确立中国传统文论在改革开放以来的文艺理论发展格局中的地位和作用。

改革开放以来的古代文论研究至今仍未从"失语症"与"中国古代文论的现代转换"的争议中干净利索地摆脱出来，很多重要问题尚未达成共识；与此相关，中西文论比较研究和文化诗学研究同样没有获得实质性的重大突破。只要我们承认改革开放以来的中国当代文论建构有着食洋不化、效颦学步的迷恋西学倾向，只要我们也承认具有中国气派的文论话语重建不能舍弃民族传统之根，那么，侈谈、申辩"失语症"与"转换论"就是出拳乏力的清谈。关键的问题不是"失语"与否、"转换"能否，而是有效切实的文论话语如何言说，中国文论现代转型的可行性路径在何方。将佶屈聱牙的古籍文献译成流畅典雅的现代汉语，既不是"得语"也不是"转换"。中国古代文论的意义在于，它作为一种历史存在的言说，对于当今的文艺思想表达仍然具有激发、参照的启示功能。德国哲学家卡西尔指出："历史知识是对确定的问题的回答，这个回答必须是由过去给予的；但是这些问题本身则是由现在——由我们现在的理智兴趣和现在的

① ［德］汉斯－格奥尔格·加达默尔：《哲学解释学》，夏镇平、宋建平译，上海译文出版社1994年版，第25页。

道德和社会需要——所提供和支配的。”[①]正如克罗齐所说，“一切历史都是当代史”，中国古代文艺思想史同样也是由当代文化语境来建构，中国古代文艺思想的现代价值要在古今对话中被确认。而中西文论比较研究和文化诗学研究实质就是古今文论对话在跨文化视野中的进一步掘进。

中西比较研究已有百年学术经验积累，我们曾经指出，中国古代文论学科就是在中西文论比较的大视野中诞生，早期的中国古代文学批评史研究就有明显的中西比较意识。时至今日，古今对接、中西比较几成习得的“口头禅”，但改革开放以来，古代文论研究中所形成的古今对话与中西对话决不能简单等同于以往的比较方法：前者衍生于经济与文化一体化的全球化思潮中，中西古今对话立足于本土性与全球性、民族性与世界性辩证关系的自觉反思基础上；改革开放以来的中西古今对话同先前的“古为今用”与“西为中用”有别，前者改变了后者的“以今释古”“以西释中”之偏失；两者比较、对话的思想资源也有所不同。但不管怎样，在某种程度上，当前古代文论的中西比较研究仍滞留于困境中，长期沉积下来的诸如古代文论话语被边缘化、中西文论对话的基点和接续古脉的具体路径是什么等难题，并未得到真正的解决，“‘转化’‘贯通’的历史要求并未落实，最多只能拿出一些用来炫耀与装饰的皮毛功绩、一堆思考与探索的半成品：模型与工事。彼此对对方的掘进方案与技术深怀疑团，结果是日长师劳，知难而退，悄然收工。——西自西，东自东，古自古，今自今”[②]。此外，学界有一种学术观念认为，中西文论相似之处表明双方有沟通的可能性，中西文论相异之处则表明双方有彼此不可取代的独立价值。其实，“求同存异”存有学术隐患：“同”带来的对话的通畅极可能使其流于“闲谈”，而湮灭了对“同”之背后隐藏的审美旨趣歧异的深度拷问；“异”导致的对话阻塞极可能使其被打入“存而不论”的冷宫，从而丧失了“辨异”有望带来的学术思想生长的潜能。

至于与中西整体比较研究相关的文化诗学研究，有两点值得注意：一

① ［德］恩斯特·卡西尔：《人论》，甘阳译，上海译文出版社1985年版，第226页。
② 胡明：《新世纪中国文学理论体系的建构伦理与逻辑起点》，《中国文化研究》2002年春之卷。

方面，文化诗学作为一种视角与阐释视域，是适宜古代文论研究的，也就是说，与西方理性主义的“纯文学”观念不同，中国古代文论是前现代的“杂文学”观念，为此，理论研究既需要考察历时演化，也需要辨析诸种观念间的思想关联，这种内部研究与外部研究的结合必然要走向文化诗学。另一方面，文化诗学又有自己的限度与场域，而不能成为可以取套的现成公式，它必须限定自己的阐释领域，必须在历史还原与意义建构之间找到融洽自如的收结点，否则，容易沦为无根游谈，或者陷入单纯的“知识考古学”。

中国古代文论不是经由理论思辨提升了的概念范畴体系，而是同传统文人的鉴赏、酬唱连成一体而以经验形态出现的“大文论”，即使像钟嵘的《诗品》、刘勰的《文心雕龙》这样“体大虑周”之作，也是以隐喻式的“潜体系”、具象的感性话语书写的。学界从批评学、文体学、接受美学、阐释美学角度研究古代文论，虽有一定的成果，但仍显得不够深入系统。中国古代文艺批评话语有自身的基本特征：它紧密联系文艺作品去言说，从作品中来，到作品中去，这才是真正的文学批评；它还注重以批评者的创作经验去应对作品，并强调“面向事实本身”，回归诗文本身去品味；此外，中国古代文艺批评非常强调阅读经验的重要性，注重文艺识见的博达与批评家的丰富履历。中国古代文艺批评所含有的批评态度、批评方法与批评话语等，理应引起当前文艺批评界的关注。童庆炳曾指出，改革开放以来的文艺批评工作是不可缺少的，是有意义有价值的，但也存在诸如文艺批评的商业化、文艺批评与文艺创作的关系和文艺批评的价值取向等方面的问题；熊元义也撰文批评当今的文艺批评界，他在论文摘要中说道：“为了从根本上改善日益恶化的当代文艺批评生态环境，就必须纠正文艺批评家在文艺理论发展上的片面认识和提高文艺批评家的素养。文艺批评家绝不能只是跟在文艺创作后面跑，还要承担他们在社会分工中的社会责任，反映不同时代的民族和阶级或集团对文艺的根本要求。文艺批评家只有较好地处理文艺批评的理论分歧，才能从根本上解决文艺批评分歧。”[①]显然，中国古代文学批评在当今文艺批评的语境中仍有启示意义，它的批评精神与批评方法仍有借鉴价值，值得我们在新的文化语境中结合文艺创作、文艺批评的现状，去作进一步的清理挖掘、甄别活用。

其实，中国古代文论、中国古代文艺思想的现代价值，并不是要将其思想话语活用到现行文论话语中，更重要的是，在中国古代文论、中国古代文艺思想中，诸如“体用一源”“天人合一”“和而不同”以及“情景”“兴味”“风骨”和“妙悟”等命题范畴，它们所体现出的审美精神、批评观念更值得我们深悟借鉴。与其生搬硬套古代诗学话语，不如置身于古人的人文世界中而获得精神的涵泳，从而真正习得古人的诗性生存智慧。与西方自古希腊以来的信仰与理性的断裂有所不同，中国传统文论的范畴命题并不是理论建构的产物，而是精神生命营构的自性结晶，是自下而上的精神生命升华的结果，这是中华优秀传统文化浑融性思维特质的体现，也是西方学者景仰中国传统文化的根本原因之所在。为此，可以说开掘中国古代文论、中国古代文艺思想的现代价值是文化实践本身的事，而并不是学者汲汲劳作的学理思辨所能完成的。

最后，对于改革开放以来古代文论研究来说，还应提及对域外汉学研究成果批判借鉴的问题，这方面是研究的薄弱环节，这是当前古代文论研究难有活力的原因之一。改革开放以来，由于国内学者忙于引进西方新鲜花哨的时髦学说，本该重视的域外汉学研究有意无意被忽视了。域外汉学研究，特别是有关中国古代文论、古典美学研究，不论有多大的困难，都应该给予充分的重视：一方面，域外汉学研究是国外学者反思现代性危机以突破理性主义困境、谋求学术思想更新的话语资源，即是说，域外汉学研究本身就是域外学界用西学眼光探求中国古代文论、中国古代文艺思想的现代价值的表征，这对于我们探讨中国古代文论的现代价值、反思西学的理论局限与思想盲区，都有深刻的启示意义；另一方面，对于国内学者来说，中西文论比较其实是以域外汉学研究作为对话平台的，在很大程度上域外汉学研究成果已成为中西对话重要的思想资源与运思路径，

① 熊元义：《当代文艺批评的困境与出路》，《华中师范大学学报（人文社会科学版）》2015 年第 1 期。

我们缘此才能更深刻地把握中国古代文论的独特价值。

可见，不仅中国文论“失语”了，中西诗学比较也面临“失语”的困境，“目前在国际学坛上，中国文化的发言权，显然不在我们手中，如果从现在起还不加紧努力，我们的文化仍将继续由外人曲解，甚至诽谤”①。要想实质性打破改革开放以来中国古代文论研究的困局，要想在深层次上挖掘中国古代文艺思想的独特价值、增强中国古代文论的影响力，中西比较仅仅局限于同刘若愚、杜维明、叶维廉、叶嘉莹和宇文所安等汉学家对话是不行的。“新世纪以来，随着海内外学术交流的频密，对海外华人学者中国传统文学批评的考察日渐成为理解‘传统之现代转化’的重要视角。这一涉及中国古典文论、西方文论、比较文学、海外汉学、华侨华人研究诸领域的崭新论题，因以海内外文化交流、融合的视野来观照文学的传播、阐释和发展，为传统的文学研究注入了新的内容，而日益为不同科际学者所关注和思考。”②虽然如此，我们只有深度把脉中国古代文艺思想特质，并在中西诗学比较中持有中国立场，才能改变人云亦云的跟风做派，开辟古代文论研究的新局面。

中西比较研究已有百年的学术史积累，海外汉学研究确实也日趋热烈繁盛，但学术研究经验告诉我们，宽幅过大的中西比较难免会犯有大而无当的毛病。在西方现代文化转型的语境中，我们应当特别关注中西文化、中西文论遇合之处，并以此作为古代文论研究的新契机。在镜鉴域外汉学研究成果时，有两种境况值得我们注意：一种情况是，域外汉学尊尚中国文艺思想中的浑整性观念，比如瑞士学者耿宁希望通过现象学来“‘补充’唯识学中的‘时间’分析”，张隆溪从阐释学角度揭示“道”的意涵，杜维明心仪“曾点精神”和“听的艺术”，吴光明则推崇中国人的“身体思维”，等等。此类研究成果视角独特，需要进一步厘清与借鉴。另一种情况是，域外汉学在一定程度上误读中国古代文艺思想，比如徐复观把现象学的“纯粹意识”与“心斋”类同起来，刘若愚将“妙悟派”称为“形而上

① 陈序经：《东西文化观》，牧童出版社1976年版，第2页。

② 李凤亮等：《移动的诗学：中国古典文论现代观照的海外视野》，暨南大学出版社2012年版，第2页。

学的批评家”，德国学者顾彬把中国文人的“自然”视为“自身之外的物质世界”，美国学者信广来则妄断儒家伦理美学缺失“自我”等，皆有以西学框架肢解中国美学之嫌，亟待我们作深入考辨。对域外汉学研究做深入的学术清理，无疑会拉动当前的古代文论研究，有助于借鉴“他者视域”而走出困境。

总之，在谋求中国文论现代性重建的路途中，改革开放以来的古代文论研究是学术实践中极为重要的一翼，它直接关涉中国文论话语重建的学术水平与未来理论效应，中国古代文论、中国古代文艺思想的学术生态应该受到整个文艺学界的高度重视。虽然西方文论有自身的理论优势，但也有其自身难以消除的理论盲点与思想局限；同样，中国传统文论有其自身时代语境的局限性，但其绵延深厚的诗性精神与生存智慧也值得我们深入考究。目前，古代文论研究出现中西古今交流沟通的新契机，中国文论话语重建有了境界提升后更稳固的基点，“中国文论建设的基点，一是抛弃对外来理论的过分倚重，重归中国文学实践；二是坚持民族化方向，回到中国语境，充分吸纳中国传统文论遗产；三是认识、处理好外部研究与内部研究的关系问题，建构二者辩证统一的研究范式”①。结合当下中国文学实践经验发言，催生问题意识，既重视中国古代文论的思想精华，又不回避外来的思想资源，在古今中外的文论资源中探寻新一轮整合的理论支点。凡此种种，只有在特定良性的对话机制中才能得以实施。古代文论研究将何去何从，这既在现实层面上关联着我们对传统诗性智慧的体认与承续，也在理论层面上牵涉中国文论的建构基点与价值诉求，值得我们持续关注并进行理论深究。

① 张江：《当代西方文论若干问题辨识——兼及中国文论重建》，《中国社会科学》2014年第5期。

第一章
“中国古代文论的现代转换”与“失语症”辨析

“中国古代文论的现代转换”是中国当代文艺学界在20世纪末明确提出来的一个重要理论命题，也是中国古代文论研究与古代文论知识形态发展到20世纪末的又一次理性自省与自救行动。从中西比较视域出发来研究古代文论，以学科整合、话语重构的形式推动古代文论的现代转换，是古代文论进入现代社会之后的一种历史必然。中国古代文论要想同西方乃至世界交流与对话，就必须从传统走向现代，从封闭走向开放，从独语走向对话，从东方走向西方。但这并非意味着曾在中国文论界引发重要讨论的“中国古代文论的现代转换”与“失语症”问题就以此具备学理上和逻辑上的可靠性，从中国文论的发生发展及其现实处境出发，辨析“中国古代文论的现代转换”与“失语症”问题的目的、内涵、策略与意义，并由此解释中国文论现实发展之处境与困难，仍然是我们清理改革开放以来中国文论发展症候的一项重要工作。本章以20世纪90年代后期学术界对中国古代文论“失语症”的学理性诊断为切入点，在反思中国古代文论的现实困境基础上，对20世纪90年代学术界提出的“中国传统文论的现代转换”命题作进一步的学理探讨。

第一节
中国文论罹患“失语症”：正诊抑或误诊？

中国古代文论现代转换的滥觞，似乎可以上溯至19世纪末20世纪初。王国维可谓近百年来自觉尝试对古代文论进行现代转换的第一位中国学者。在《人间词话》中，他把西方哲学美学理论同我国传统文艺理论相结合，提出“境界”、“造境”与“写境”、“有我之境”与“无我之境”等一系列新的文论范畴，开始在古文论话语结构中创造性地植入西方文艺思想的因子。《〈红楼梦〉评论》从西方的悲剧理论出发来评论中国古典小说《红楼梦》，开启了比较诗学“以西释中”文论模式的理论先河。陈寅恪就曾指出，王国维研究传统诗学的路径是“取外来之观念，与固有之材料互相参证”[①]。梁启超1902年发表于《新小说》的《论小说与群治之关系》，一反传统文论评点、妙悟式的批评范型，转而以西方心理学理论为基础，对小说的审美价值进行了理性的分析论证，并创造性地运用西方文论的一些基本术语，如“理想派”“写实派”等。其对小说功能的理解，更多是从西方启蒙政治与文学社会学出发进行论述，而同传统文论之“文以载道”思想有了明显差异。鲁迅的《摩罗诗力说》虽仍旧采用文言文的话语范式，但在文论结构上明显沾染了西方文论理性思辨的痕迹，注重理论的引介、评价、分析和归纳。在文艺精神上则突破古典主义的和谐而开始凸显西方现代以来的悲剧意识。宗白华是中国现代美学的开拓者和奠基人之一，也是古文论现代转换的重要开拓者。他以意境理论为中心，进而把意境、理趣、意味、神韵、风骨、飞动、空灵等古文论范畴用于现代文艺批评，实现了古文论话语同现代文艺现象、文艺经验的对接与融合。此

① 陈寅恪：《王静安先生遗书序》，见《陈寅恪文集之三·金明馆丛稿二编》，上海古籍出版社1980年版，第219页。

外,陈钟凡、郭绍虞、方孝岳、罗根泽、朱东润等人对"中国文学批评史"学科的建制,更为集中地反映出古代文论现代转换的历史性进程。1927 年陈钟凡出版《中国文学批评史》一书,他在该书中采用"以远西学说,持较诸夏"的方法进行学术研究。此后,郭绍虞的《中国文学批评史》、方孝岳的《中国文学批评》、罗根泽的《中国文学批评史》以及朱东润的《中国文学批评史大纲》等,虽大大拓展了由陈钟凡建立起来的古代文学批评史学科构建,但其研究理路和操作策略,则并没有太大变化。杨鸿烈撰写《中国诗学大纲》时曾言及自己的研究是"把中国各时代所有论诗的文章,用严密的科学方法归纳排比起来,并援引欧美诗学家研究所得的一般诗学原理来解决中国诗里的许多困难问题"①。这种以西方文学批评学科和诗学原理为参照系,通过中西诗学比较与对话,进而对中国古代文论话语进行发掘与整合的学术行为,可谓是当时学术界的普遍共识。朱自清就曾指出:"'文学批评'一语不用说是舶来的。现在学术界的趋势,往往以西方观念(如'文学批评')为范围去选择中国的问题;故无论将来是好是坏,这已经是不可避免的事实。"②鲁迅言"比较既周,爰生自觉";钱钟书强调"东海西海,心理攸同;南学北学,道术未裂""颇采'二西'之书,以供三隅之反";朱光潜认为:"一切价值都由比较得来,不比较无由见长短优劣。现在西方诗作品与诗理论开始流传到中国来,我们的比较材料比从前丰富得多,我们应该利用这个机会,研究我们以往在诗创作与理论方面的长短究竟何在,西方人的成就究竟可否借鉴。"③

一、文论"失语症"及其问题的提出

"失语症"原本是一个医学术语,指脑部疾病而导致的语言理解与表达能力的丧失。1990 年,黄浩在批判新小说"语言革命"问题时提出"文

① 杨鸿烈:《中国诗学大纲》,商务印书馆 1933 年版,第 1 页。
② 朱自清:《朱自清古典文学论文集》下册,上海古籍出版社 1981 年版,第 541 页。
③ 朱光潜:《朱光潜美学文集》第 2 卷,上海文艺出版社 1982 年版,第 4 页。

学失语症”的命题，他所说的“失语症”主要指新小说“说话困难”，即“把话说的太不像‘话’了”，从而形成“孤独的文本”并陷入理解与阐释的困境。[①] 1991 年，王一川在分析韩少功小说《爸爸爸》里的人物丙崽时谈到“失语症”问题，他说：“丙崽的失语症意味着‘自我’话语能力的历史性丧失。在两座同样神圣而富于权威的话语体系——中国传统文化和西方现代文化之间，‘自我’发现自己置身于不可超越的历史性话语‘空白’之中。”[②]很显然，王一川所谓的“失语症”指文化上的无根与漂浮，是一种文化病症。1995 年，曹顺庆提出中国文论的“失语症”问题，从而将其隐喻化为一个文学理论关键词。究竟何为中国文论的“失语症”？学术界对“失语症”的诊断秉持什么样的理论态度？我们又该如何理解中国古代文论在当代的“失语症”？下面，我们结合曹顺庆对“失语症”的论述及其学术界对“失语症”问题的论争，谈谈我们对中国古代文论“失语症”诊断的看法。

1996 年，曹顺庆在反思当代文论现状时指出：“当今文艺理论研究，最严峻的问题是什么？我的回答是：文论失语症！”“所谓‘失语’，并非指现当代文论没有一套话语规则，而是指她没有一套自己的而非别人的话语规则。当文坛上到处泛滥着现实主义、浪漫主义、表现主义、唯美主义、象征、颓废、感伤等等西方文论话语时，中国现当代文论就已经失落了自我。她并没有一套属于自己的独特话语系统，而仅仅是承袭了西方文论的话语系统。”“中国现当代文论的失语症，其病根在于文化大破坏，在于对传统文化的彻底否定，在于与传统文化的巨大断裂，在于长期而持久的文化偏激心态和民族文化的虚无主义。因为一个民族文化话语系统，不可能从虚空中诞生，割断了传统，必然导致失语，这就是我们的结论。”[③]“所谓‘失语症’，并不是说我们的学者都不会讲汉语了，而是说我们失去了自己特有的思维和言说方式，失去了我们自己的基本理论范畴和基本

① 黄浩：《文学失语症：新小说“语言革命”批判》，《文学评论》1990 年第 2 期。

② 王一川：《卡里斯马典型与文化之镜(三)——近四十年中国艺术主潮的修辞学阐释》，《文艺争鸣》1991 年第 3 期。

③ 曹顺庆：《文论失语症与文化病态》，《文艺争鸣》1996 年第 2 期。

运思方式,因而难完成建构本民族生存意义的文化任务。”[①]“传统的学术话语没有能够随着时代生活的发展变化而及时得到创造性的转换,因而在新的时代条件下失去了精神创生能力,活的话语蜕变为死的古董,传统精神的承传和创新也就失去了必要的手段,这就是我们所说的当今文论的严重‘失语症’。”[②]“所谓‘失语’,是说在这种中西知识的整体切换中我们丢失了自己的知识方式。一方面,我们坚信,只有现代西学质态的知识才是唯一的知识。……另一方面,经由一个世纪的演化,移植的知识已成为我们的新传统。”[③]结合曹顺庆对“失语症”的话语论述,我们认为,“失语症”的诊断包含如下几个方面的意思:其一,“失语症”的提出,是曹顺庆等人在反思中国当代文论现状的基础上提出来的。其二,“失语症”的具体症候表现为中国文论完全被西方文论话语挟持,成为西方文论话语的复制与模仿,最终失去了自己的历史性、本土性与民族性特质。其三,文论“失语症”的病根在于对传统文化的彻底否定和破坏,以及在重建文化“现代性”过程中,因盲目追随西方所导致的民族虚无主义。其四,从“失语”走向“得语”的关键在于传统文论的现代转换,在于中西诗学的对话以及西方诗学的中国化等。

曹顺庆等人对中国文论罹患“失语症”的诊断,引起了文论界的广泛思考和关注。一些学者认为“失语症”的说法较客观地概括出了中国当代文论的现状,是对中国当代文论之殇的理性诊断。钱中文就认为:“在当代世界上,还听不到我国当代文论的声音。”所谓“听不到我国当代文论的声音”,也就是“失语”。之所以听不到“我国当代文论的声音”,是因为我们既没有很好地继承自己的文论传统,又没有创造出真正属于中国本土的当代文论话语。因此,他呼吁学术界为“创造具有中国特色的当代文论”而努力。[④] 蒋述卓指出,西方大量理论话语的涌入,造成了当代中国批评的“失语”。面对这种“失语”状态,最紧迫的问题是要继承中国

① 曹顺庆、李思屈:《重建中国文论话语的基本路径及其方法》,《文艺研究》1996 年第 2 期。
② 曹顺庆、李思屈:《再论重建中国文论话语》,《文学评论》1997 年第 4 期。
③ 曹顺庆:《从“失语症”、“话语重建”到“异质性”》,《文艺研究》1999 年第 4 期。
④ 屈雅君:《变则通　通则久——“中国古代文论的现代转换”研讨会综述》,《文学评论》1997 年第 1 期。

古代文论的优秀传统,对其进行创造性转化,立足本民族立场,加强古今对话,从失语走向得语。陈洪、沈立岩认为,“失语”最起码表征着三重含义:一是“形容同一指涉领域中语言共同体的瓦解局面。当然,也可以说得好听一点,就是所谓的‘多元化’”。二是指“一种理解与沟通上的隔膜感和转化中的无力”。三是指“一种文化上的病态,主要表现为当代的中国文论完全没有自己的范畴、概念、原理和标准,没有自己的体系,也就是没有自己的话语,每当我们开口言说的时候,使用的全是别人也就是西方的词汇和语法。……‘失语’的意思就应当精确为‘失母语’”。[①] 陈洪、沈立岩在认同文论界“失语症”诊断的同时,又对其进行了批判性的反思。童庆炳说:“我们基本上还没有建立起属于中国的具有当代形态的文学理论。我们只顾搬用或只顾批判,建设则‘缺席’,中国具有世界‘第一多’的文学理论家却没有自己一套‘话语’,这不能不使我们陷入可悲的尴尬局面。”[②]陈炎认为,中国美学和文论在20世纪的发展中所遇到的问题不外乎两个:一个是“失范”,一个是“失语”。在他看来,“失语”的问题“绝不仅仅是一种民族自尊心的伤害,更重要的是那种外来的、或借助外来方式改造过的术语并不足以解释我们民族自身的审美经验和艺术问题。于是,美学也好,文论也罢,最后只成为同行学者讨论的话题,对具体的审美活动和艺术实践并不助益”[③]。黄曼君在其主编的《中国20世纪文学理论批评史》中讨论了“中国当代文论‘失语’与‘话语重建’问题”,详细介绍了曹顺庆等关于文论“失语症”与重建中国文论话语的思想,肯定其“较早批评中国文论‘失语’并提出‘话语重建’方略”的学术意义和价值。[④] 还有一些学者则认为,“失语症”的诊断乃是对中国当代文论现状的“误诊”,从而秉持不同程度的异议。蒋寅认为,“失语症”是一个地地道道的伪命题,“失语”的不是中国文论,而是中国文论的学者,特别是比较诗学的学者。他为“失语症”作出了诊断:“失语症,一种传播

① 陈洪、沈立岩:《也谈中国文论的“失语”与“话语重建”》,《文学评论》1997年第3期。
② 童庆炳:《中国古代文论的现代意义》,北京师范大学出版社2001年版,第327页。
③ 陈炎:《走出“失范”与“失语”的中国美学和文论》,《文学评论》2004年第2期。
④ 黄曼君主编:《中国20世纪文学理论批评史》,中国文联出版社2002年版,第821页。

速度极快的传染病。通常由心理障碍引起，属功能性意识、思维能力衰退，由此诱发话语能力失常的幻觉，久之导致器质性病变，完全丧失话语交往能力。此症多发作于国际文化交流的场合，经常伴有严重的文化自卑感与精神焦虑。比较文学与比较诗学界为其高发病率区。”他甚至认为，“失语症”的扩散反映出当代文学研究的一种病态：“为什么一个十分无聊的虚假命题会被炒得沸沸扬扬，就像邮市上谁也不要的‘臭票’竟被炒得价格腾上？”[①]当然，这种批判显得有些过激，学术任性削弱了学理性的深度。在随后发表的一些文章中，蒋寅虽仍未完全苟同“失语症”的提法，但在态度上有所转变。如在《如何面对古典诗学的遗产》一文中，蒋寅说：“我曾经不太赞同‘失语症’的提法，认为它发自文化上的自卑和理论创造上的浮躁，是个虚假命题，但现在我的看法有所改变：这种说法的流行本身就说明了文学理论的学术困境。”蒋寅认为要“从学理上认真剖析一下，看它到底是按什么逻辑虚拟，并依托什么样的理论错觉而让学界认同的”，其“认真剖析”的结果：“所谓‘失语’就绝不是什么有没有自己的话语，用不用西方话语的问题，而是有没有学问，能不能提出新理论、产生新知识的问题。一言以蔽之，‘失语’就是‘失学’，失文学，失中国文学，失所有的文学。什么时候，真正的文学研究专家多了，举世钦佩的学者多了，中国学术界就不‘失语’了。”[②]董学文明确反对用“失语症”来描绘和概括中国当代文论现状，他认为：“用‘失语’一词武断地抹杀本已存在并仍在发挥作用的包括中国化马克思主义文艺学在内的整个现代中国文学理论的功能和意义，无论怎么说也是不够实事求是的。”因为“五四以来的中国文论并没有‘抛弃传统’，西方文论和马克思主义文论，恰恰是在与传统文论结合的过程中才得以生根，从总体上说，现代中国文论并没有‘跟着西方人的脚步走’，并没有成为某种学说的‘附庸’”[③]。高楠认为，20 世纪中国文艺学“并未失语”，西方文论进入中国后“大都被作了中国文艺学的‘同化’”，“即是说，本世纪的文艺学转换中，思想总

① 蒋寅：《文学医学：“失语症”诊断》，《粤海风》1998 年第 5 期。
② 蒋寅：《对“失语症”的一点反思》，《文学评论》2005 年第 2 期。
③ 董学文：《中国现代文学理论进程思考》，《北京大学学报（哲学社会科学版）》1998 年第 2 期。

是被及时地组织为话语,话语也总是被及时地转化为思想。中国文艺学始终在说着历史要求它说的话,时代要求它说的话,它说出了自己的思想理论,它并未‘失语’”。[①] 周宪从全球化与本土化的关系出发,对“失语症”进行了较为深入的思考。在他看来,全球化与本土化并不是绝对二元对立的关系,而是相互依存并行不悖的。“失语症”的失误之处正在于它“以传统来解释、定义和捍卫传统,而不把传统本身看作一个发展的变化的范畴”[②]。在另一篇文章中,周宪将文论“失语症”与汉语新诗“西化”问题结合起来进行分析,认为“文论‘失语症’说和汉语新诗‘西化’的一个共同立论是:现当代文论和汉语新诗已经变了,变得‘他者化’或‘西化’了。这种说法的另一种表述也就是文论和诗歌已经不纯了,渗透进了太多的‘异质’因素”。这种对传统本真性和纯粹性的维护,往往是“虚幻的,带有乌托邦性质”。反对在“重新传统化”过程中陷入狭隘的“文化政治化”和“文化原教旨主义”,倡导重建“现代意义上的传统”。[③] 陶东风对文论“失语症”的批判,与周宪的观点极其相似,他认为,传统并非固定不变,构成一个民族认同的一些基本要素如语言、习俗等实际上已经全球化,已经与他者文化混合,不可能还存在所谓的纯粹的、绝对的、本真的族性或文化整体。那种把中国民族文化与所谓的本土经验实体化、绝对化,试图寻找一种本真的、绝对的、不变的民族性、中华性和自身话语,那种把中国的现代化等同于西化,把中国的现代史概括为全面的他者化的历史,不过是知识分子的一种话语虚构。以上是中国当代学者对“失语症”问题的话语论争状况,这种话语的论争,直接构成了一个关乎当代文论建设与传统文论之再生的“话语事件”,其间涉及如何认识当下,如何接续传统,如何面对西方等多维复杂的理论与现实问题。话语论争的背后,折射出20世纪90年代以来中国人文知识界的群体焦虑意识,其所表征的话语意义,亦待于进一步思考。

---

① 高楠:《中国文艺学的转换之根及其话语现实》,《社会科学辑刊》1999年第1期。

② 周宪:《中国当代审美文化研究》,北京大学出版社1997年版,第258页。

③ 参见周宪:《“合法化”论争与认同焦虑——以文论“失语症”和新诗“西化”说为个案》,《南京大学学报》2006年第5期。

我们都知道，自五四新文化运动以来，中国社会文化的现代性进程一直以追慕西方为主导，王一川称其为“艳羡的现代性”。对西方文化的过度信任和追捧，以及对传统的反叛与疏离，最终造成中国现代文化的后殖民情结与文化“失根”意识。当年学衡派曾提出“论究学术，阐明真理，昌明国粹，融化新知。以中正之眼光，行批评之职事”的学术宗旨，其目的在于矫正当时过于盲从西学、毁弃传统的文化激进主义思想。但这种理性的文化构想，在当时却被新文化运动的健将们称为文化复古与保守主义，而最终失去文化话语的“合法性”。20 世纪 80 年代的人文知识界，其学术精神与话语范式基本上延续了“五四”以来的文化激进主义传统，如立足于中/西、传统/现代的二元对立模式来反思和建构改革开放以来的文化，将西方现代文化思潮和启蒙精神作为建构中国文化现代性的重要话语资源，在具体的文化实践层面，往往“扬西抑中”。追溯 20 世纪 80 年代的文化、文学和文论的历史便可以发现，“新启蒙”思想、自由主义精神、现代主义文学、先锋派艺术、结构主义、存在主义、现象学、精神分析学、英美新批评、接受美学等基本占据了 20 世纪 80 年代的文化话语阵营，传统文化理论的阐发幽微则相对显得滞后。这种文化格局的形成，与改革开放以来的总体性意识形态及文化知识分子对西方现代性的信仰有着很大关系。汪晖曾指出：“1980 年代以至‘五四’以降，中国知识界对于中国社会问题的思考是在中国/西方的二元论中展开的，从而它对中国问题的批判无法延伸到对于殖民主义历史和启蒙运动所提供的那些知识和真理的反思之中，相反，对于中国传统的批判变成了对于西方现代性模式和现代历史的自我确证。”[①]这也意味着，20 世纪 80 年代的文化知识界不可能感受到文化与文学的“失语”，也不可能提出“失语症”的问题。那么，何以到了 20 世纪 90 年代，文化与文论的“失语症”现象日渐浮出历史地表呢？这就必须要分析 20 世纪 90 年代的文化场究竟发生了哪些本质性的改变。换句话说，不管“失语症”的提法是否具有话语的“合法

① 汪晖：《中国“新自由主义”的历史根源——再论当代中国大陆的思想状况与现代性问题》，见汪晖：《去政治化的政治：短 20 世纪的终结与 90 年代》，生活·读书·新知三联书店 2008 年版，第 158 页。

性”，作为20世纪90年代文化知识界颇受关注的“话语事件”，它的出场必然有特定的知识社会学逻辑与思想根源。

首先，当代社会文化语域的改变，是导致“失语症”这一“话语事件”出场的根本原因。20世纪80年代文化知识界对“现代性”的理想召唤与对西方之“他者”的神圣化，同中国政治、经济与文化重建的总体性意识形态诉求保持着高度的一致。而到了20世纪90年代，由于改革开放进程的加剧、市场经济体制的建立、全球化格局与大众消费社会的形成，致使20世纪80年代形成的总体性意识形态框架和同一性话语逻辑逐步走向分裂与解体。激进政治变革的严重受挫，使文化知识界开始从偏执的后殖民情结中走出来，转而冷静面对西方；工具理性的滥觞，市场法则与消费逻辑的普及，日渐释放出曾被盲视与遮蔽的现代性负面元素；后现代主义对现代性的批判使中国的文化知识界开始重新反思中国与西方、现代与传统的关系；文化全球化格局的形成，使中国的文化知识分子更多地从全球性视野，而不是从狭隘的本土立场来辩证地审视中国的现代性问题。这种文化语域的改变，必然带来整个文化场知识生产与话语陈述范式的断裂与重构。

其次，文化语域的改变与“五四”激进主义文化传统的中断，导致20世纪90年代的文化知识界出现多重话语转向，如从西学转向国学、从现代转向传统、从思想转向学术、从信仰转向研究等。这种转向与知识分子对自身身份与角色的调适有很大关系，市场经济与消费主义文化对知识分子启蒙精神的放逐，祛除了其作为思想主体的合法性，政治意识形态对文化知识界的重新体制化，最终将文化知识分子导向职业化与专业化的领地。这种转变使20世纪90年代的文化知识分子不再将自身视为毋庸置疑的立法者与文化英雄，而是自觉从文化与思想的神坛上走下来，转而以一个学术研究者与阐发者自居。淡化思想、回归国学、退守书斋，通过专业化的学理选择去寻找应对现实的价值根据，构成了20世纪90年代知识分子与20世纪80年代迥然不同的文化立场。如贺桂梅所言，20世纪90年代的学术界“首先是有关‘学术史’与‘学术规范’的讨论，对80年代‘空疏’的学风以及为‘五四’所限的学术范式提出批评；继而是在反省‘激进主义’的命题下，对从‘五四’延续至80年代的激进‘革命’传统进行批判”[①]。这种反思与批判必然会改变20世纪80年代“扬西抑中”的学术话语范式，进而形成国学复归与重估传统的学术趋势。

再次，20世纪90年代民族主义和新保守主义思潮的滥觞，进一步助长了文化知识界对民族本位文化和传统学术的持重。张婷婷认为：“由于政治激进变革的受挫和大规模反传统思潮的销匿，新保守主义的兴起成为毋庸置疑的历史事实。作为对80年代文化激进主义及‘西学热’的反弹，文化民族主义情绪的日渐高涨与中国民族本位文化的回归，为90年代中国社会稳定和意识形态重建提供必要的精神纽带和文化依据。”[②]陈晓明在《回归传统与文化民族主义的兴起》中也指出：“回归中国文化本位明确折射出保守性和‘反激进’的双重含义。这使90年代的中国知识分子的学理追求，成为对现代中国文化保守主义的重新阐释和读解；不管其主观意愿如何，在客观的历史效果上，它及时连接了回归民族文化本位的学术史（思想史），有效地强调了中国文化的民族性特征。这样一种学理式的追寻无形中滋长了一种民族主义的情绪。”但是，20世纪90年代的民族主义和新保守主义思想，在反“五四”激进文化传统的时候似乎有点走过了头，其矫枉过正之举反而促成了一种新的激进主义思想，即过于强调中国本土的传统文化资源而彻底否定一个世纪以来的西化文明形态，甚至将西方影响下形成的现代文化视为文化虚无主义和文化病态。“由于百年来，对中国传统文化的评价总是陷入与西方文化相参照的二元对立模式，如此全面肯定中国文化，当然也就意味着可以对西方文化全面质疑。……以反激进为起点试图回归传统本位的学院知识分子，想不到他们提示的文化转折，如此迅速就酿就了激进化的思潮。”[③]

最后，20世纪90年代之后总体性话语格局的弥散与多元文化时代的到来，使得任何一种学术话语都很难获得绝对的认同，而是形成了一种多声部的话语生态格局。民族主义和新保守主义、新自由主义与新理性

① 贺桂梅：《“新启蒙”知识档案：80年代中国文化研究》，北京大学出版社2010年版，第2页。

② 张婷婷：《中国20世纪文艺学学术史》第4部，上海文艺出版社2001年版，第327页。

③ 陈晓明：《回归传统与文化民族主义的兴起》，《天津社会科学》1997年第4期。

主义，整理国故与反思西学等交相并置。文化知识分子在反省百年现代性的时候，深知文化传统与本土之根的重要性，试图通过回到民族本位、退回书斋以接续断裂的学术传统，并将其转化为构建新文化话语范式的重要话语资源；同时，他们又深知中国的现代文化不可能彻底与西方文化割裂，特别是自 20 世纪 90 年代之后，文化的全球化意味着任何异质性文明都必须被放置在全球性的文化语境之中进行辩证综合的考察。这也就意味着，所谓的学术理性和学术规范都只是相对而言的，而话语的论争、批判、对话与融合则成为 20 世纪 90 年代以后文化知识界的话语常态。

二、"失语症"：正诊还是误诊

重新再来反思"失语症"的问题，我们就会发现，已很难再用"正诊"或"误诊"对其作简单的话语裁判与区隔，而应从辩证综合的立场上来理性审视这个典型的"话语事件"。就曹顺庆所提出的中国文论"失语症"问题而言，我们认为，这一提法之所以会在学术界引起反响与共鸣，其根本原因不是说它真正概括出了中国文化、文论话语的现实，对当代中国的学术现状，特别是中国文论的发展现状作出了理性而客观的分析，对其存在的问题、发展的不足作出了正确的病理学诊断，而是说"失语症"较为形象地击中了自 20 世纪初期以来"扬西抑中"之激进主义学术思想的软肋，部分地道出了中国当代文化知识界普遍存在的一些问题，如骨子深处的西方文化中心主义情结、对传统的非理性拒斥、因缺乏理性的学术精神和学术规范而形成的空疏学风等。就中国当代文论话语而言，问题则表现为文论界对西方文论话语的过分持重，将西方文论设定为普遍适用的话语范式，在转译、移植与接受西方文论时表现得过于生硬与机械，缺乏创造性转化，再生能力贫弱，无法实现西方文论话语与中国本土具体文学经验的有效对接，一些学者囫囵吞枣般地吸收西方文论话语，对西方文论话语表现出过分的谄媚，完全无视传统文论话语资源的存在，在中西文论话语对比研究过程中，没有建立其有效的对话机制，而是以中就西、以西释中，在不对等的话语阐释过程中消解了中国传统文论话语的民族特质等。这些问题虽然自“西学东渐”以来就一直存在，但长期被激进主义文化思潮所遮蔽和悬置。恰恰是到了20世纪90年代，随着市场经济与全球化时代的到来，激进政治变革的受挫和“后革命”语境的形成，迫使知识分子从西方转向中国，从他者转向本土，从世界转向民族，从思想转向学术，从信仰转向研究，这些问题意识才开始真正显现出来，并遭遇文化知识界的诉讼、审判和清算。当然，正如我们在上面的分析中所言，以“失语症”来诊断中国当代文化与文论话语，其实有矫枉过正之嫌，把百年来的文化与文论史视为完全的文化殖民史，视为文化病态与文化虚无主义，有危言耸听的味道，况且也并不符合百年中国文化与文论发展的实际。后发现代性国家对先进的文明与文化形态，本身就有一个从简单模仿、学习到创造性转化的发展过程，我们不应简单将中西文化的交媾、博弈、冲突与融合视为西方文化霸权压制、殖民中国文化，之所以这个过程在中国被认为是西方文化侵凌、解构、蚕食民族文化，改变民族文化心理结构与文化话语范式的殖民化行为，最终“失语”乃至“失根”，究其根本原因，无怪乎有四个方面：一是文化知识分子潜在的殖民文化心理与殖民属地的文化自卑情结；二是“五四”滥觞的激进主义文化造成民族文化发展滞后和文化之根断裂的具体历史事实，以及在此基础上导致的民族自信心衰竭；三是中西文化交流与融合过程中主动顺应与被动接受造成民族主体意识孱弱，文化创生能力弱化；四是民族主义与文化保守主义复兴之后，对中国文化现代性“镜像”的偏执性误识，或者说是话语修辞的产物。事实上，即便是赞同中国文化与文论罹患“失语症”的学者，也不可能完全否定中西文化和文论在交流融合过程中所取得的实际成就，不能不客观认识、理解和评价西方文论对中国文论所产生的积极影响，不能不以辩证和发展的眼光来看待传统文化与文论的现代历史境遇。曹顺庆之所以说“从某种意义上说，‘失语症’的提法是一个策略性的口号。因为我们痛感学术界缺乏学术创新，一味追随西方话语，没有自己的理论话语,因而提出'失语症'以警醒学界"[①]。正在于他充分认识到"失语症"诊断的矫枉过正,因而将其置换成一个话语策略,其目的不是彻底批判与否定中国当代文化与文论,而是"警醒学界"。这一方面是对"失语症"诊断的偏激与片面作出了理性的自省,另一方面也是在告诫学术界,应该抛却文化思想上的偏见,立足于文化交流与对话的立场,以视界融合为目的来反思和建设中国当代文化与文论话语形态。不管是拥簇还是批判"失语症"的学者,都不要各自为政、画地为牢,而是应秉持实事求是的学术态度,在尊重学术、尊重真理的基础上,实现文化与文论在相对主义文化语境之中的共通与共荣。我们通过反思"失语症"这一典型的"话语事件"亦认识到,中国文论要想真正走向独立自主与繁荣发展,就不能不走与西方乃至世界文论对话、交流、融合与创生之路;中国古代文论要想真正走向现代,走向世界,就不能不实现传统话语范式的现代转型。但愿我们的文化知识界能以"失语症"的诊断为警钟,时时提醒、告诫自己,采取兼容并包的方针,以静心慎独的学术态度,用跨文化、跨学科的学术方法,努力实现王元化所说的古今结合、中西结合、文史哲结合,以创造出具有中国民族特色又能与西方乃至世界对话,包孕传统意蕴又颇具现代意识,既有理论自觉又可解决现实问题的文论话语新样态,最终将中国文化与文论发扬光大。

第二节

"中国古代文论的现代转换":目的、内涵、策略

"中国古代文论的现代转换"这一命题是学术界在回顾和反思百年以来中国文论发展道路的背景下提出来的。如我们在前面分析中国文论

① 曹顺庆、邹涛:《从"失语症"到西方文论的中国化——重建中国文论话语的再思考》,《三峡大学学报(人文社会科学版)》2005年第5期。

“失语症”问题时所言，自“西学东渐”以来，中国文论话语一直是在传统文论、马列文论与西方文论的相互龃龉与纠缠中艰难演进。而由于“扬西抑中”之激进主义文论话语范式长期主导中国文论话语场，遂形成了西方文论话语的霸权格局。传统文论研究长期停留于“清点财产”的整理阶段，理论建设的力度不够，难以有效投入现代文化和文学批评的具体实践之中去，甚至日渐沦为一种自说自话的私人化研究和古代文论学者专业圈子里的行话。随着“新时期”的终结、激进主义文论话语范式的式微、民族主义与保守主义思想的兴起，中国文论界，特别是一些研治古代文论和长期从事比较诗学研究的专家和学者，在批判中国文论场过于倚重西方文论话语、完全忽视民族文论“灵根再植”的同时，转而开始认真考虑传统文论在当下的现实境遇问题。一方面，他们理性地认识到，随着整个社会文化结构的变革、语言和文学传统的断裂、文化心理结构与生活方式的转型，古代文论话语所赖以依存的文化地基已不复存在。中国现当代文论话语主要是在西方文论范式的影响焦虑下形成的，其整个话语形态和话语结构的特征表现为追求严密的形式逻辑推理、明晰的概念和范畴以及宏大的结构体系等，而古代文论则是注重体悟、轻体系，概念具有一定的模糊性和不确定性。这种话语的异质性，使古代文论很难以传统的话语形式和结构样态在以西方文论话语为主导的现当代文论场中圆融自洽。另一方面，古代文论毕竟又是中国传统文化重要的话语表征形态，它蕴藉着中国传统文化心理意识和民族精神，是中华民族之文化根性的符号象征。这就意味着，要想真正建立民族文论话语形态，就必须充分汲取古代文论的话语资源，通过对古代文论的认真研究和创造性转换，以实现文论话语的古今对接与中西交融。正是带着这样的问题意识，文论界开始全面反思古代文论的现代转换问题。

一、“中国古代文论的现代转换”的目的

如前所述，中国古代文论的现代转换的滥觞，以追溯至20世纪初期

为宜。自晚清伊始，随着传统的断裂，古代文论就面临着如何进入现代文化语境、实现现代转化的问题，一大批的学者亦为此做了许多的前瞻性工作。陈钟凡、郭绍虞、方宗岳、罗根泽、朱东润等先后出版中国古代文学理论批评史著作，老舍采用"古代文说整理"与"新的理论比证"相结合的方法编写了《文学概论讲义》，朱光潜以中西文论的结合为坐标点撰写出版了《诗论》，钱钟书的《谈艺录》《管锥编》运用了传统诗话批评的形式，但在诗学内容方面则以"化和中西"为旨要，这些成果都具有转换的性质，从中可以看出中国学者对中国古代文论向现代转换所做出的努力。20世纪80年代，一些文艺理论家也对古代文论研究的整体意识和方法思路进行了深刻的反思，如王元化在1983年就曾提出古文论研究要克服分工过细、各学科彼此隔绝和孤立的状态，采用古今结合、中外结合和文史哲结合的"综合研究法"。在研究方法和学科意识方面，已开始有了巨大的突破和创新，并产生了一些可喜的成果。但总体而言，相对于西方文论与马克思主义文论而言，古代文论的发展明显滞后，甚至可以说，在西方文论霸权话语的挤压之下，古代文论有被边缘化的迹象。有学者认为，之所以说中国文论话语罹患了"失语症"，根本原因就在于古代文论被西方文论绑架，难以在当下进行有价值的言说。正是带着这种强烈的学科危机感和对民族文论的拯救与重建意识，1996年10月，中国中外文艺理论学会、中国社科院文学所和陕西师范大学中文系在西安联合召开"中国古代文论的现代转换"学术研讨会，自此开始，"古代文论的现代转换"的话题才真正浮出历史地表，进而成为文论界的话语焦点。1997年年初，《文学评论》开设《古代文论的现代转化》专栏，集中探讨这一理论命题，试图矫正百年来文论研究过于追慕西学、忽视古代文论遗产的做法。杜书瀛、张少康、罗宗强、钱中文、曹顺庆、郭德茂、陈伯海、童庆炳、党圣元、蒋述卓等一大批文论研究专家，从不同层面对其进行了认真思考，从理论与实践层面共同推动了古代文论在当下语境中的创造性转换与发展。

钱钟书曾在《古典文学研究在现代中国》中说，古典诚然是过去的东西，但是我们的兴趣和研究是现代的，不但要承认过去的东西的存在，并且要认识到过去的东西的现实意义。这句话大致道出了传统文论现代转换的目的所在。任何传统的东西，要想使其发挥作用，不能只将其视为一种实然的历史存在而对其进行纯客观的观照，而是要化静为动，用现代的眼光去激活传统、化育传统、创生传统，从而使传统在辩证的发展过程中走向现代，传统成为融入了现代文化因子的传统，而现代则是建基于传统文化之根的现代。克罗齐言“一切历史都是当代史”，“因为显然只有现在生活的兴趣才能促使我们探究一个过去的事实；由于过去的事实同现在生活的兴趣相联系，因此，它不符合过去的兴趣而适应现在的兴趣”。① 历史以当前的现实生活作为参照系，过去只有在和当前的视域重合时，才能为人所理解，也才能发挥其真正的精神作用。正是立足于这样的理解，有学者将“古代文论的现代转换”的目的理解为“古为今用”。蔡钟翔认为，古代文论的现代转换包含着两个命题，即研究和利用，应联系历史文化背景力求准确地诠释古人用语的实质，利用古代文论中的有用成分来构建当代文艺学，以“六经注我”的方式搞当代文艺学建设，恰恰要改造古代文论，实现古代文论的现代转换。蒋述卓强调古文论“古为今用”的原则，“古代文论价值的转换，古代文论理论观点与思维方法的发扬，以及古代文论话语的转型，只有在参与现实之中，才可真正发挥出民族精神与特色的魅力，也才可进入到当今文艺理论的主潮之中，也才有古代文论在真正意义上的实现‘今用’，亦即所谓‘意义的现实生成’”②。党圣元认为，转化的重点“应该放在传统文化范畴体系的体认和建构方面，同时尝试运用传统文论概念范畴进行思维以及运用于理论批评实践，以激活之，或曰活化之，从而使其真正渗入、融合到当代文论话语系统中来，如此也就实现了‘现代转化’的目的”③。陈伯海认为，“立足于古文论自身体性的转变，由‘体’生发出‘用’，才能从根底上杜绝那种生拉硬扯、比附造作的实用主义风气”④。也有学者认为，不能因强调“古为今用”而忽略了古文论自身的研究。罗宗强认为，应“以一颗平常心对待古文论研究，求

---

① ［意大利］B. 克罗齐：《一切历史都是当代史》，田时纲译，《世界哲学》2002年第6期。
② 蒋述卓：《论当代文论与中国古代文论的融合》，《文学评论》1997年第5期。
③ 党圣元：《传统文论范畴体系之现代阐释及其方法论问题》，《文艺研究》1998年第3期。
④ 陈伯海：《“变则通，通则久”——论中国古代文论的现代转换》，《文学遗产》2000年第1期。

识历史之真，以祈更好地了解传统，更正确地吸收传统的精华。通过对于古文论的研究，增加我们的知识面，提高我们传统文化的素养；而不汲汲于'用'"[1]。蒋寅则担心过于强调"用"会导致学术的功利化，而忽略了对具体文论的研究，他认为，古代文论毕竟是古代文学的理论，属于历史范畴的东西，我们在研究这份文化遗产时，应首先将其作为纯粹的认知对象。结合以上学者的论述，我们认为，"中国古代文论的现代转换"之目的，应包含如下几个方面：其一，古代文论的现代转换应坚持"古为今用"的原则，但不应简单地将"用"理解为一种实际操作层面的话语技术学，"用"既指古代文论话语范畴经过当代阐释之后，能够进入具体的文学批评实践活动，从而产生话语的实际效用；同时，"用"还指古代文论话语所蕴藉的传统文化精神与价值，如何经过当代的创造性阐释和生发，成为文化生产、文学创作和文化接受的软资源，进而内化为民族文化心理结构的集体无意识与文化原型结构，成为"无用之用"。其二，"古为今用"并非是说任何传统文论的话语形态都可"用"，而是要结合当下的具体文化现实，反思古代文论话语的可用与不可用之处。相当多的古文论学者认为，古人留下来的传统都要认真研究、全盘吸收，祖宗的遗产不可丢，丢了就是不肖子孙，殊不知话语的生产总是不断地以新的范式否定和取代旧的范式，一些陈旧的范式被淘汰，另外一些则被赋予新的内涵，成为新的话语范式。这就意味着，"用"必须是选择性地用，真正需要转换的，是我们今天用得上的文论话语范式。其三，何者可以转换，何者应被大胆地舍弃与淘汰？我们认为，古代文论的现代转换过程，同时也是古代文论的辩证扬弃过程，但这种辩证的扬弃应以学理性研究为前提，既要坚持童庆炳教授所说的"历史优先"原则，也要坚持在古今融合、中西比较的基础上使古代文论与时俱进地发展。

① 罗宗强：《古文论研究杂识》，《文艺研究》1999 年第 3 期。

二、“中国古代文论的现代转换”的内涵

立足于这样的目的来反思“中国古代文论的现代转换”的内涵，我们认为，首先应对古代文论传统进行系统化的发掘、整理和研究，应坚持古代文论是古代的文论，但又是面向现代的文论，应始终秉持历史唯物主义与辩证唯物主义相结合的研究方法，既要看到古代文论话语的历史性生成逻辑与特定的历史内涵，又要持辩证发展的眼光，认真钩沉其在历史演绎过程中所发生的话语流变踪迹。举一个例子来说，古代文论中“诗可以怨”“发愤著书”“不平则鸣”“穷苦之言易好”“诗穷而后工”等话语，许多古文论研究者将其归结为“痛苦出诗人”，钱钟书在《诗可以怨》中如此解释：“苦痛比快乐更能产生诗歌，好诗主要是不愉快、烦恼或‘穷愁’的表现和发泄。这个意见在中国古代不但是诗文理论的常谈，而且成为写作实践里的套板因。”①但“诗可以怨”与“诗穷而后工”真的可以同质化为“痛苦出诗人”吗？我们认为，源生于春秋战国时期的“诗可以怨”，同秦汉之后演化生成的“诗穷而后工”诗学话语，其实有着显著的区别，我们应结合历史的发展变化去辩证分析，而不应用“一言以蔽之”的方式对话语进行同质化，这样必然会忽略话语的差异性，最终遗漏掉诗学话语丰富的历史文化意蕴。事实上，古代文论中有相当多的概念范畴，都要将其放入具体的历史文化语境之中详细加以考察。特定的概念范畴何以在特定的历史时期生成？它们在历史演变的过程中发生了怎样的流变？何以会发生这样的流变？这是我们在创造性地转化古代文论话语时必须要注意的问题，因为我们的转换，其实就是对古代文论话语进行新的历史化，必须遵从历史化的逻辑。其次，所谓的转换不是简单地指将古代文论知识翻译成现代汉语，翻译是古代文论现代转换的最基础性、最常规的工作，但还是浅层次的。有学者认为，对古代文论的阐述，建构古代文论的理论范畴、

① 钱钟书：《七缀集》，生活·读书·新知三联书店2002年版，第116页。

体系，即使是阉割地限于原有范畴、观念之内，即“照着讲”，也已是一种现代阐释，一种现代转换。同样，对一些原有理论范畴、给以新的阐释，形成新的理论，即“接着讲”，更是一种当代阐释，一种现代转换。这种理解似乎赋予“转换”过于宽泛的意义。传统文论的现代转换，并非纯粹语言技术方面的转换，更是话语范式的重建和话语思想的重塑，要认识到，转换并非仅仅是理论上的重新阐释，而且是思想上的重新历史化，是要让古代文论真正融入当代文学批评话语的结构之中。转换工作应紧密结合当代的学术实践，结合具体的文化语境和文学批评实践，遵循德里达所谓的“旧语移植逻辑”，实现古代文论话语的创造性转化。曹顺庆说：“所谓古文论的现代转换，并不是说定要将古汉语、古文论中的某些概念、范畴生硬地搬到现代来使用，或将其‘翻译’成现代汉语，而是试求以传统诗学的言路言诗。所谓重建中国文论话语也不是要复古，而是在西方诗学全面取代中国传统诗学并已出现‘失语’危机的情形下，试求传统诗学与现代诗学这两种知识形态的互相校正、融合与互补。”①最后，中国古代文论的现代转换，应从当代文论视界着眼，在其基础上对古代文论进行改造、翻新与盘活。钱中文认为，现代转换实际上就是用“当代性”来审视古代文论，对古文论遗产的转换，必须“以当代意识为基础的现代性，和与之相通的不断生成的、不可阻挡的历史性为准则”，要“结束过去的那种绝对化的非此即彼的思维方式，即在学术思想上，避免那种绝对对立的、独断式思维”，“倡导一种走向宽容、对话、综合与创新的思维，即包含了一定的非此即彼、具有价值判断的亦此亦彼的思维”。② 陈伯海认为：“变原有的封闭体系为开放体系，在开放中逐步实现传统的推陈出新，这就是我对‘现代转换’的基本解释，也是我所认定的古文论现代转换应取的朝向。”③程勇认为：“对于古文论研究来说，现在最迫切的是要回到文化创造的思路上来，古文论研究者对当代文化状况的隔膜的状态不能再持续下去

① 曹顺庆：《从“失语症”、“话语重建”到“异质性”》，《文艺研究》1999年第4期。
② 钱中文：《文学理论：在新世纪的晨曦中》，《文学评论》1999年第6期。
③ 陈伯海：《“变则通，通则久”——论中国古代文论的现代转换》，《文学遗产》2000年第1期。

了。”[①]这些意见较为深刻地道出了古文论现代转换的内涵。

三、“中国古代文论的现代转换”的策略

关于“中国古代文论的现代转换”的策略问题，也就是在明白“转换”的目的与内涵之后，如何从理论与实践层面将古代文论的概念、范畴与话语范式等转换为当代可用的文论话语资源。党圣元指出：“中国古代文论现代转化并非仅仅是一个属于观念认识层面的问题，而更主要地是一个属于学术实践层面的问题。”[②]我们认为，古代文论是有可能，而且必须转换为现代文论话语资源，其所具备的文论价值才得以最终凸显出来。也就是说，古代文论的现代转换，同时涉及一个话语重建的问题。但是，如果找不到合适的方法和策略，古代文论的现代转换与话语重建也就成了一句空话。自20世纪90年代以来，文论界就如何实现古代文论的现代转换与话语重建提出了许多宝贵意见。如杜书瀛提出古代文论的现代阐释的具体操作方法：实谓——原作者实际上说了什么；意谓——原作者（或原典）想要表达什么；蕴谓——原作者可能想说什么；当谓——我们诠释者应该为原作者说出什么；创谓——为了救活原有思想，或为了突破性的理路创新，我必须践行什么，创造地表达什么。郭德茂提出古代文论转换的五种操作模式：一是顺水推舟式，对某一概念或范畴，从新的角度根据时代内容加以填充和推演；二是脱胎换骨式，对一些命题加以新的解释；三是举一反三式，对原有的理论概念进行再次检视甚至反向思维；四是嫁接生成式，通过概念的重构与升华，构成新的具有丰富内涵的理论形态；五是另起炉灶式，在前人的基础上，结合时代特点寻求理论形态的变异与新造。[③] 童庆炳认为，现代视野中的古代文论研究在策略上应该坚持“三项原则”：一是历史优先原则，即有必要通过科学的考证和细致的

① 程勇：《解释型与创造型：中国古文论研究的两种类型》，《文艺理论研究》2001年第1期。
② 党圣元：《传统文论范畴体系之现代阐释及其方法论问题》，《文艺研究》1998年第3期。
③ 参见屈雅君：《“中国古代文论现代转换”的新信息》，《人文杂志》1997年第2期。

分析，尽可能接近古代文论原有的历史语境，恢复其本源性的意义存在，如作者论点的原意、与前代思想的承续关系、现实针对性等；二是“互为主体”的对话原则，即以中西和古今两个维度的对话来激活古代文论，从而达到彼此之间的互补、互证和互释，从而对古代文论的遗产进行转化，使其能为今天所用；三是逻辑自洽原则，即在对话中达成逻辑的自洽，对话不是各说各的话，而是要有必要的沟通、融合、吸收、交锋、碰撞，要通过对话有所发现，有所创获。[①] 曹顺庆、李思屈从四个方面谈到重建中国文论的路径和方法：一是“传统话语的发掘整理”，“从现代的学术视点出发，对传统文论的重要概念和范畴进行清理，对传统文论的范畴和言说方式的内在文化意蕴进行更深入的发掘”。二是“在对话中凸现与复苏”，通过古今对话、中西对话，形成不同话语之间的“复调式”对白，从而使异质话语达成交流与融合的可能。三是“在广取博收中重建”，广取博收必然形成一个“杂语共生的阶段”，在杂语共生中既与他者交流对话，又确保自身话语的独立性。四是“在批评实践中检验其有效性与可操作性”，重建的最终目的还在于指向具体的文学批评实践。[②]

总体而论，文论界对古代文论现代转换策略与方法的思考，基本上可以概括为这样四个层面：一是整理国故、研究传统；二是激活传统、走向创生；三是古今对接、中西化合；四是重建话语、介入实践。我们从这四个层面出发，谈谈对古代文论现代转换策略的看法。

第一，就“整理国故、研究传统”而言，我们在前面已经谈到，对传统的整理和研究，必须运用辩证唯物主义和历史唯物主义相结合的方法，对古代文论的概念、范畴、运思方式、话语体系及其所映照的民族文化心理等进行客观化、具体化与历史化。这是一项复杂而浩大的基础工程。这一环节做不好，转换也就变成不切实际的空话。在整理和研究的过程中，我们可以将古代文论的研究区分为理论研究与应用研究。所谓理论研究，指将古代文论视为一种纯粹的传统文化知识结构和民族文化精神的

① 参见童庆炳：《中华古代文论研究的现代视野》，《东方丛刊》2002 年第 1 辑。
② 参见曹顺庆、李思屈：《重建中国文论的基本路径及其方法》，《文艺研究》1996 年第 2 期。

符号载体，对其进行全面综合的研究，这样的研究可以事无巨细、锱铢必究。应用研究则是要通过具体的研究，分辨出哪些概念和范畴已然作古，难以实现或无须转换，哪些概念和范畴同今天的民族文化心理有血脉勾连，可以经过话语的重新阐释获得转化的可能。古代文论的现代转换命题，主要可以归结为古代文论话语的应用研究。当然，应用研究不能脱离理论研究，双方应实现辩证的统一，才能夯实古代文论现代转换的学理性基础。有学者认为，一定的范畴与产生它的文学思潮密切相关，并不适于文学发展的一切阶段，范畴自身的这种性质是否为我们提供转换的可能性？此外，我们现在对范畴研究的水平是否已经达到了应用的层次？这种质疑是有道理的，也是我们在研究"传统文论的现代转换"课题时必须面对的。

第二，"激活传统、走向创生"主要指我们的古文论研究，不要陷入所谓的"私人化研究"之中，而是要努力实现视界的融合，让传统和现代脐带相连。这就需要研究者能够抛却纯粹客观主义的理论立场，吸收西方解释学的话语精髓，从现代文化语域与文化主体的接受视界出发，来实现传统文论话语的创生。这意味着，对传统的激活与创生，必然包含着对历史的某种误读和偏见，因为我们不可能超出特定视域的限定以及文化结构对主体的规约。但这种误读与偏见又是合理的，正如伽达默尔所言，偏见是"合法的偏见"，"偏见并非必然是不正确的或错误的，并非不可避免地会歪曲真理。事实上，我们存在的历史性包含着从词义上所说的偏见，它为我们整个经验的能力构造了最初的方向性。偏见就是我们对世界开放的倾向性"①。主观的解释学要求我们构建文论话语的效果历史，要深入话语的深层生成机制，如民族的文化心理结构、生命运思方式和传统文学经验等，以发掘出传统中隐秘的现代质素和现代文化中沉潜的传统因子，进而实现传统的激活与创生。

第三，"古今对接、中西化合"更多地涉及转换的策略与方法论问题。

① [德]汉斯－格奥尔格·加达默尔：《哲学解释学》，夏镇平、宋建平译，上海译文出版社 1994 年版，第 9 页。

如何实现古今对接、中西化合，这其实给从事中国文论研究的学者提出了很高的学理性要求。要想真正实现古今对接、中西化合，文论学者就必须做到精通古今、学贯中西，而当代文论界恰恰缺乏这样既精通国学、又谙熟西方文论的文论家。有的古文论学者长期沉湎于古籍的考据与整理，钻入故纸堆后却发现不知今夕为何年。这种严守学科壁垒、不参与当代文论话语建设、不介入当代文学经验现场的文论研究模式，几乎成为古文论研究界的通病。要想真正实现古代文论的现代转换，就必须打通古今和中西文化的界域，实现古今中西文论话语的比较研究与对话研究，而这种打通、比较和对话，并非是20世纪初期以来形成的“以西释中”“以中注西”的被动型阐释，而是要在恪守中国古代文论的本土性、民族性和异质性的前提之下，实现古今与中西的多元共存与平等对话。我们不反对像叶维廉、刘若愚、宇文所安以及台湾的“阐释学派”对中国文论所做的西化阐释，但我们更希望研究者能够立足本土的文化视域，使中西文论话语能够平等地交流碰撞，最终实现民族诗学话语的建构，进而在民族性中生发出世界性。

第四，“重建话语、介入实践”主要指古代文论通过各种有效的转换策略，生成新的话语范式或话语形态，从而可以参与到当代文学批评现场。“重建话语”一方面指我们通过创造性转化，赋予某些古文论话语以新的文化语义和时代症候，这种新的赋意构成了古代文论话语绵延的生命张力；另一方面指我们可以创造性地运用诗话、诗品、诗格、评点等古代文论批评的话语形式，以及以感悟性批评为主导的话语运思方式。“介入实践”就是运用新的话语范式来拓展古代文论研究的边界，并能在当代文学的批评实践活动中发出自己的声音。这是古代文论现代转换的终极目标，也是衡量古代文论是否真正转换为现代文论话语资源的重要标准。

第三节

古代文论研究境遇与未竟的难题

19 世纪末 20 世纪初，随着中国传统文化的断裂与“西学东渐”格局的形成，中国古代文论话语开始面临解构的危机与阐释的困境，这主要表现在：封建政治、经济与文化的衰朽腐败，使古代文论日渐丧失其文化意识形态的权力“合法性”；以古汉语为介质的传统文学的退隐和汉语新文学的出场，造成了古代文论话语言说语境的陌生化；中国文化的现代性进程对传统的过于偏激的审判与拒斥，造成了传统文化与现代世界的精神隔膜，最终导致古代文论在现代经验世界陷入话语“独白”的尴尬境遇；西方文艺思潮的涌入和文艺知识分子对西方现代理性文明的艳羡，给中国的文论话语场隐蔽植入西方文论中心主义的后殖民情结，使古代文论无形中变成了演绎、注释西方文论话语的工具性符码；等等。这些理论与现实困境，既让中国古代文论学者感受到了强烈的危机意识，同时也促使他们理性思考中国古代文论的现代命运。一些精通国故、深谙西学的新锐学者，开始从狭隘的民族主义精神桎梏与保守主义文论传统中解放出来，并站在中西比较的视域来反思和观照中国古代文论话语。

一、“现代转换”是否可能

基于这样的理论处境与现实，可以说，中国古代文论从 20 世纪初走到现在，中国文论似乎一直没有停止过现代转换的步伐，一代代学者为传承、发展古文论，推动古代文论与西方和世界文论话语的交流、融合作出了巨大贡献。但总体而言，中国古代文论在当代的境遇还显得不容乐观，从“别求新声于异邦”到如今被西方文论绑架而重新“反求诸己”，中国古代文论发展到现在，并没有走向“凤凰涅槃”般的新生，反而再度陷入了话语言说的焦虑与困境。有学者认为，当代中国古代文论研究，作为一门学科已经完全西化了。它是五四运动中传统文化遭受空前危机而学界恰逢“西学东渐”的内外夹击下形成的，一开始就未曾顾及中西方文论的异质性元素，从而使中国古代文论在西学视野下丧失了本然的生命力。“中国古代文论在呈现出规范化、理论化、系统化的同时，也成了西方文论思想的一种注脚；而中国本身的文论话语则丧失了其自觉性。”[①]这样的说法虽然未免极端化，但中国古代文论在当代的现实际遇，确实引起了诸多学者和文艺知识分子的广泛关注，他们一方面客观总结中国古代文论在百年历史进程中所取得的成就，另一方面又开始理性回顾、审视20世纪以来中国文论与西方文论话语的龃龉与纠缠，反思、诊断中国古代文论现代性进程中的迷误与偏执，并在此基础上开出救治的药方，使中国古代文论能重新回归本土化与历史化的话语轨道，进而成为能真正同西方文论进行交流对话的、具有中国民族特色的、能有效介入当代文艺批评场域的现代文论话语形态。

当代学者童庆炳曾主张用“现代转化”“现代视野”或“现代意义”来“盘活”或者更新中国古代文论资源。他认为：“中西对话、古今对话是实现新形态的文艺理论建设中的基本途径。我不太同意用‘转换’这个词，我喜欢用‘转化’这个词。古文论不可能‘转换’成现代文论，但古代文论可以融化、转化到现代形态的文论中来。就是说，对于古代文论的研究，不是单纯‘发思古之幽情’，而是现实的文论建设之一个方面，因此揭示古代文论的现代意义是古今对话的根本目的。”[②]在古今对话的基础上，进行古代文论的“现代转化”或进行现代阐释，建设一种与当代文学创作实践相契合的具有时代精神和民族特色的文论体系，既是当代文论建设的主要目标，同时也是古文论研究未竟的主要难题。这样的理论路径有其合理之处，当然更值得尝试，因为中国古代文论主要建立在中国古代思

① 曹顺庆、王超：《论中国古代文论的中国化道路——对“中国文学批评”学科史的反思》，《中州学刊》2008年第2期。

② 童庆炳：《中国古代文论的现代意义·导言》，北京师范大学出版社2001年版，第3页。

想文化资源的基础之上，古文论研究不可避免地要追溯甚至回归中国古代文化思想资源，但是，这并非意味着古文论研究就一定要抱着古代的思想文化资源不放，甚至走回到以往的理论路径上去。事实上，无论从理论话语来说，还是从批评实践上看，也无法真正回到古文论原初的理论路径。在这个意义上，中国古代文论的“现代转换”还是“现代阐释”就显得意味深长了，说白了，这是一个很合时宜的问题，但路径与实践方式困难不少，所以，在尊重古文论原有的思维方式、理论方法及其批评实践的基础上实现守正更新不失为一种可谓的方向，正是在这样的层面上，童庆炳才提出古文论研究必须在强化原有的思想文化传统的基础上走向现代阐释。

那么，究竟什么是“现代阐释”？这个“现代阐释”倒不一定就是所谓的“现代转化”。就中国古代文论的现代发展而言，“现代转化”或者“现代转换”都带有一种人为的硬性调整的意味，这在理论的层面上是困难的，在现实的层面上也难以真正将中国古代文论的概念、范畴与理论落实于批评实践之中。正像有的学者所说：“研究者深感中国文论在世界文坛的微弱，便疾呼通过古代文论建立中国的批评话语，其初衷不可谓不佳，但这与争论中西方文化的体用关系一样，显然又是一个永无休止的话题。……其实此种设想充其量不过是一厢情愿的理想期待而已。”[①]“现代阐释”则不同，它强调的是一种阐释性的理解分析的方法观念，不强求人为的硬性理论调整，而是重在批评阐释中的理论继承与革新，特别是在面对具体文本批评中将中国古代文论话语资源及其相关的概念、范畴落实于批评实践过程。因为“古代文论当代意义需要不断地生成，它不是一个既成的结论体系，而是一个不断阐释的过程，而且用以阐释的方法应该是多样化的，因而它就不是一个封闭的体系，更不是一个完美无缺的系统。因此，与其说古代文论的‘当代性’是一种目标性的知识形态，毋宁说它是一种有待激活的精神资源”[②]。所以，古代文论能否进入所谓的现

① 左东岭：《古代文论研究的三种对话关系》，《天津社会科学》1997 年第 6 期。

② 党圣元：《在传统与现代之间——古代文论的现代遭际》，山东教育出版社 2009 年版，第 223 页。

代发展，不但要看中国古代文论话语能否与今天的文学理论和批评话语系统相衔接，更主要的，还要看具体的批评实践效应如何，这就包含了今天的文学理论和批评话语与中国古代文论的阐释沟通问题。更何况，从古代文论研究的历史而言，无论是文献考证研究，还是文本批评阐释，其实具体的研究过程中，人们并没有刻意“转换”，而是一种体验与阐释式的分析占据了上风，所谓“理清旧义，激活新意”，其实就是一种现代阐释的工作。

二、“中国古代文论的现代转换”研究的理论意义

“中国古代文论的现代转换”命题的提出，具有重要的理论与现实意义。它标志着20世纪初期以来激进主义话语传统的终结和民族主义文化精神的回归。自此开始，中国当代文化与文论知识界开始真正从历史化与本土化的层面出发，理性反思全球化时代中国文化与文论话语的民族性建构。这种话语趋势，反映出中国民族知识分子强烈的文化自觉意识。一方面，他们认识到全球化时代文明与文化冲突的现状，试图祛除百年中国现代文化进程中蕴藉的后殖民主义情结，通过“灵根再植”“体用结合”“古今对接”“中西化合”的方式来激活传统、张扬传统，从而接续民族文化的血脉脐带；另一方面，他们在强调传统文化与文论话语民族根性的同时，并没有陷入狭隘的民族主义和文化相对主义的拘囿之中，没有偏执地否定百年来中国文化与文论受惠于西方文化和文论话语的既定历史事实，而是试图通过运用对话主义的策略，使中西文论话语在交流与融合的文化语境之中走向范式的创生。“中国古代文论的现代转换”既是古代文论走向现代的必然吁求，也是中西文论话语走向交往与对话的关键所在。当然，由于诸多方面的原因，“中国古代文论的现代转换”历史进程的推进还十分缓慢，我们在转换方面所取得的成果还不是很多，有学者甚至对这一举措抱着怀疑与抵制的态度，如陈洪、沈立岩就认为，传统文论的某些命题迄今仍被广泛认可和采用，并不意味着它可以在不远的将

来再生、复兴，传统文论概念术语使用的随意、分体文论的不平衡、理论创新动力不足等弱点，使得古代文论话语很难直接转化为现代文论话语系统。王志耕认为中国古代文论的语境已经缺失，只能作为一种背景的理论模式或研究对象存在，如果将它运用于当代文学批评，则正如两种编码系统无法兼容一样，不可在同一界面上操作。郭英德认为："就其极端的意义而言，'传统'是拒斥现代化的，是不可能实现所谓'现代转换'的；如果谋求'传统'的'现代转换'，只会伤筋动骨，不能脱胎换骨。"[①]胡明则认为，"'转化'、'贯通'的历史要求并未落实，最多只能拿出一些用来炫耀与装饰的皮毛功绩、一堆思考与探索的半成品：模型与工事。彼此对对方的掘进方案与技术深怀疑团，结果是日长师劳，知难而退，悄然收工。——西自西，东自东，古自古，今自今"[②]。这些质疑和反对意见也并非完全没有道理，而是从否定的视域为我们指出了问题所在。要想真正实现古代文论的现代转换，也就必须正视这些问题的存在。我们认为，"中国古代文论的现代转换"命题的提出具有历史的必然性与合理性，是当代文化与文论知识界必须坚持和坚定的一项文化事业，也正如童庆炳所言，"中国古代文论的现代转化的研究工作将不受任何干扰继续进行下去，他们正守在'家'里，守在中华古代光辉灿烂的文化的'根'旁，请放心，一代又一代的学者有足够的诚心与决心、耐力与能力，他们绝不会'收工'，他们也不会迷失自己的路。我们看好'现代阐释'、'现代转化'的学术前景"[③]。而这也正是我们对"中国古代文论的现代转换"所秉持的基本学理态度。

1996 年西安会议上中国古代文论的"现代转换"这一说法提出并进入中国当代文论研究领域以来，各种讨论意见不一而足，各种截然相反的意见自然存在，更有甚者，同一研究者在不同的时期不同场合的观点都明显前后矛盾，20 多年过去了，这说明中国古代文论研究围绕"现代转换"

---

① 郭英德：《文学传统的价值与意义》，《中国文化研究》2002 年春之卷。

② 胡明：《新世纪中国文学理论体系的建构伦理与逻辑起点》，《中国文化研究》2002 年春之卷。

③ 童庆炳：《再论中华古代文论研究的现代视野——兼与胡明、郭英德二位先生商榷》，《中国文化研究》2002 年冬之卷。

的各种论争仍然没有一条清晰的线索，虽然，究竟是“正诊”还是“误诊”，恐一时难以说清，但在具体的批评实践中缺乏成功的“转换”案例却是人们的基本共识，当然，这也是我们所长久期待的。除此之外，围绕中国古代文论的“现代转换”研究其实还有一个重要的问题值得我们反思，那就是，这么多年来，在理论的层面上反思中国古代文论研究的现代阐释，大部分的焦点都集中在“现代转换”的理论论争上了，它已经成为中国当代文论研究中的一个重要“事件”，但具体的理论与实践经验却乏善可陈，结果变成了一种为追求热点而进行的“热点研究”，这也正是中国古代文论的“现代转换”研究给我们当代文论提出的一种重要的理论警醒。

第二章
中西比较诗学的兴起及其发展趋势

中西比较诗学是改革开放以来中国古代文艺思想研究中重要的研究领域，它既是中国古典文艺思想研究不可或缺的一环，同时又对探索中国古代文艺思想的现代价值这一问题有着特殊的意义。在建设中国特色的现代文艺理论这一目标下，古典诗学思想的价值只能在其转化为现代文艺理论的有机组成部分时才有意义，而要实现这一转化，则须在一参照系中对它进行深入的分析，这一参照系当然就是现代文艺理论的主流——西方文艺理论，自觉地进行这种比较的理论则是中西比较诗学理论。

第一节
中西比较诗学的兴起与研究范式

改革开放以来，中西比较诗学获得了很大发展，既有诸多主题文章，也有系统的理论专著，从这些著作的情况看来，我国的中西比较诗学研究形成了一定的理论观点和研究范式，这种范式对于中西比较诗学作为一项专门的研究领域的完备具有重要作用，但其本身也存在着很大问题，从而限制了这项研究的发展。

一、改革开放以来中西比较诗学的兴起

虽然从20世纪二三十年代西方文学及文艺理论传入中国开始，我国学者就开始了对中国与西方文学思想的比较研究，但很长时间内，这种研究只是零星的和片断的，或者体现在对中国古典文艺思想的梳理和研究当中，即借鉴西方的理论方法和学术规范来研究中国古典文艺思想。直到20世纪中叶比较诗学的概念提出之后，尤其是改革开放以来，中西比较诗学才真正蓬勃发展起来。

中西比较诗学的兴起，一是基于源自西方的比较诗学理论方法的影响。比较诗学是在比较文学研究的基础上产生的，其理论方法20世纪50年代在美国等西方国家出现并发展成型，比较文学和比较诗学都对中国的文艺理论发展产生了影响，尤其是改革开放之前的比较文学研究为后来比较诗学的兴起提供了条件。二是因为在改革开放之前，部分学者的相关研究中已经涉及了比较诗学的内容，部分港台学者和海外华人学者在这一领域也取得了比较丰富的成果，而改革开放以来的这些学术观点传入大陆，对我国的比较诗学研究产生了重要的影响。

自20世纪初梁启超、王国维等学者将西方文艺理论的观念和方法引入中国文学研究以来，这种新的方法和观念便逐渐成为我国文艺理论方法和文艺观念的主流，不仅是现代文学和文艺理论领域，对传统文学和文艺思想的研究也同样受到西方理论的深刻影响。虽然当时的学者还没有明确地意识到中西比较诗学作为一门独立学科的意义，但他们的研究却在客观上必然包含着比较的因素。更为直接地对改革开放以来比较诗学研究产生影响的则是钱钟书，他在《管锥编》《谈艺录》等著作当中，不仅进行了大量比较文学问题的探索，还将文学比较研究的方法上升到了较

高的理论层面;同时他也是国内最早提出比较诗学研究的学者之一。1981 年,张隆溪在《读书》第 10 期上发表了《钱锺书谈比较文学与“文学比较”》一文,介绍了钱钟书关于比较诗学研究的观点:“钱锺书先生认为文艺理论的比较研究即所谓比较诗学(comparative poetics)是一个重要而且大有可为的研究领域。如何把中国传统文论中的术语和西方的术语加以比较和互相阐发,是比较诗学的重要任务之一。”这是国内较早的明确提倡比较诗学研究的观点,有学者认为这应该算作中国比较诗学研究趋于自觉的一个标志。

除此之外,改革开放以来中西比较诗学的兴起还有更为现实的社会原因和学术发展自身规律的原因。

从现实层面看,首先,比较诗学的兴起是在改革开放以来西方文学和文学理论大量输入的背景下发生的,同时这一时期古典文艺思想也重新受到重视,从后者的立场出发,一方面试图建立有中国特色的文艺理论体系,另一方面又不得不面对西方文艺理论的冲击,所以中西比较是一个必须解决的问题。其次,中国现代文学传统与古典文学传统存在一定程度的断裂,也就是说现代文学受到了古典文学和西方现代文学两种文学观念的影响,要弄清这两种文学观念如何决定了中国现代文学的发展轨迹,将中国古典文艺思想与西方文艺理论的关系搞清楚就是必要的。

从理论层面看,诗学或者文艺理论作为一门严格的理论形态,要求它具有普遍性和一般性,即对各种文艺现象具有统一的解释能力,而对中国文学传统来讲,许多文学现象,包括文艺思想,恰是现在的以西方现代文艺理论为范式的文艺理论尚未能充分解释的,这就要求文学理论研究必然将中西比较诗学纳入其中。

较早正式提出中西比较诗学重要性的,除钱钟书之外,还有胡经之、张隆溪、刘纲纪等学者。20 世纪 80 年代早期,胡经之发表了《比较文艺学漫说》、张隆溪发表了《钱锺书谈比较文学与“文学比较”》及《应该开展比较诗学的研究》、刘纲纪发表了《中西美学比较方法论的几个问题》等文章,这些文章主要是提出比较诗学研究的意义与价值,还未对这一问题进行深入的研究。其后对中西比较诗学中具体问题的研究迅速展开了,张隆溪的《诗无达诂》、王元化的《刘勰的譬喻说与歌德的意蕴说》、周来祥的《东方与西方古典美学理论的比较》、蒋孔阳的《中国古代美学思想与西方美学思想的一些比较研究》、张月超的《中西文论方面几个问题的初步比较研究》、苏丁的《中西方文学批评的心态层次比较》等论文都产生了一定的影响。而比较引人注意的是曹顺庆的中西比较诗学系列论文。自1981年起,曹顺庆陆续发表了《亚里士多德的"Katharsis"与孔子的"发和说"——中西美学理论研究札记》《"风骨"与"崇高"》《"移情说""距离说"与"出入说"——中西美学理论研究札记》《"物感说"与"模仿说"——中西美学思想研究札记》《意境说与典型论产生原因比较》《论西方现代派文艺表现说与中国古代文艺表现说》等论文,这些文章既包括比较诗学研究总体的界定,也包括这一领域重要问题的研究,为其后中西比较诗学的发展奠定了基础。

到20世纪90年代,中西比较诗学研究发展到了一个比较成熟的阶段,出现了一批系统研究的著作,如曹顺庆的《中西比较诗学》、饶芃子等人合著的《中西比较文艺学》、黄药眠和童庆炳主编的《中西比较诗学体系》等,这标志着中西比较诗学研究达到了比较成熟的阶段。

其后,相关学者又开始关注中西诗学对话问题,即意识到比较研究不能局限在比较这个框架之内,必须真正达成与西方文艺理论界的交流对话,才能取得真正有价值的成果,这一时期的文章有曹顺庆的《中西诗学对话:现实与前景》、乐黛云的《中西诗学对话的必要性与可能性》和《中西诗学对话中的话语问题》、钱中文的《对话的文学理论——误差、激活、融化与创新》等。

经过几十年的发展,中西比较诗学研究达成了共识,即诗学比较以融通中西诗学、建立一般文艺学为目的,在路径上多方开拓,从文化比较、哲学比较、语言比较到范畴比较和国别比较都有创获。

二、中西比较诗学研究范式的形成

随着中西比较诗学的发展，逐渐形成了一套相对成熟的研究范式，这种范式是比较诗学研究所取得的重要成果，但对研究的深入和创新又有一定的限制。

比较诗学是对两种或更多具有不同文化背景的诗学或者说文艺理论的比较研究，既然是对理论的比较，这种研究的思路自然会受到研究对象，也即诗学自身理论特性的影响，很多比较的角度和层面是被比较的理论自身所固有的。就中西比较诗学而言，这种比较研究明显地受到了西方文学理论形态更深刻的影响，这与西方文学理论严整的结构特性以及中国古典诗学相对较为散漫的特点有关，也是比较诗学作为一种现代的理论形态自身的研究范式决定的。

纵观改革开放以来我国中西比较诗学的发展，相关学者的研究文章十分丰富，但基本上限于几个固定的角度，例如对中西诗学的话语方式、思维方式的比较研究，对中西诗学背后的文化传统的比较研究，对某些具有可比性的著作或理论家的比较研究，更多的是选出一对或几对相关概念或命题进行比较等。几部综合性专著，如曹顺庆的《中西比较诗学》、黄药眠和童庆炳主编的《中西比较诗学体系》、刘介民的《中国比较诗学》等，更是明显地呈现出这种相对固定的研究思路，即将中西比较诗学划分为哲学背景比较、文化背景比较、语言文体比较和概念命题比较等几个领域，分别从这几个领域入手进行一一对应的比较研究。

例如，《中西比较诗学体系》一书分为三编，其中第一编是从民族传统精神、文化背景和哲学背景的角度各选取了中西历史文化中的某一对特点作为比较对象，由此推导出中西诗学的不同特点；第二编则是范畴比较，即在中西诗学当中各自选取一些概念和命题，将其中具有可比性的概念命题一一配对加以比较，由此进一步印证所预设的中西诗学的不同特点。而曹顺庆的《中西比较诗学》更侧重于概念范畴的比较，除绪论部分从社会文化各个方面对中西诗学的背景做简要比较之外，此书的主体部分就是中西诗学范畴的比较，曹著的特点在于，他将中西诗学传统当中的大量重要概念和命题依照现代文学理论、具体说是文学理论教材的撰写方式，划分为本质论、起源论、风格论、创作论、鉴赏论等不同类别，这也形成改革开放以来中西比较诗学研究的一种重要方式，刘介民教授的《中国比较诗学》的体例与此类似。①

哲学背景和文化背景的比较是多数学者都关注的一个问题，因为中西比较诗学研究面对的首要问题在于，中国古典诗学的产生和发展相对于西方诗学是完全独立的，这就导致了中国古典诗学在思维方式和概念命题等各个方面都是自成体系，与西方诗学没有对应关系，即便是相近似的观点，背后总有深层次的差异，或者说随着比较研究的不断深入，中国古典诗学总会被揭示出西方诗学方法所无法完全解释清楚的内涵。这种理论内涵的差异性，追本求原，似乎只能归结到中国与西方不同的哲学传统与文化传统上去。具体来说，此一层面的比较主要体现在哲学原理的比较、思维方法的比较、文化传统的比较等方面，例如，曹顺庆在《中西比较诗学》中认为："中国的内向型心态与西方的外向型心态，皆对中西文艺与诗学产生了影响。内向型的心态，反映在文艺上必然注重内在的气质，神韵，认为'充实之谓美'，认为美是内在的神气而不是外在的形体。……而西方的外向型心态，反映在文艺上必然注重外在形象的摹仿，认为美就在真实地、惟妙惟肖地摹仿自然，象镜子似地反映自然。注重外在形式的比例、对称、和谐，认为美在形式的和谐""外向型的'思物'又形成了西方注重逻辑关系的分析性的思维方式。""中国直觉的、感悟式的思维方式，它用不着分析得丝丝入扣，用不着时间与空间的精确限定，原因与结果的反复寻求，而只追求在直观中的感悟。"②

事实上文化传统与哲学传统是分不开的，就中国古典诗学而言，从哲学传统来说要涉及儒家哲学、道家哲学和佛教哲学，而从文化传统的角度

---

① 参见曹顺庆：《中西比较诗学》，北京出版社1988年版；黄药眠、童庆炳主编：《中西比较诗学体系》，人民文学出版社1991年版；刘介民：《中国比较诗学》，广东高等教育出版社2004年版。

② 曹顺庆：《中西比较诗学》，北京出版社1988年版，第26—27页。

来说，不论儒释道，具体分析的还是它们的哲学原理问题，因为在比较诗学的范围内，不论是文化传统的比较还是哲学传统的比较，事实上都可归纳为思维方式和核心概念等几个方面。

关于语言文体的比较，语言的巨大差异一向是中西比较文学和比较诗学面对的一个重要问题，乃至有学者认为，汉语的独特性是中西比较诗学最重要的难题。事实上，侧重于从语言方面进行中西诗学比较，除了汉语言与西方语言的巨大差异之外，还有一个重要原因是受到西方文学理论当中所谓“语言学转向”的影响，即从俄国形式主义文论到英美新批评和法国的结构主义文论、叙事学研究等，都强调从语言的角度进行研究，这一倾向明显影响到了改革开放以来的比较诗学研究。因此改革开放以来的学者从语言特性的差异入手对中西诗学进行比较，就不仅是比较其语言特性的差异，更是从语言哲学的角度分析其背后的语言观和思维方式。许多学者都认为，相对于西方语词、实体和意义明确分开的语言观，中国的语言观更倾向于实用主义，强调名实相副，并且较为忽视语词本身的作用，所谓“言者所以在意，得意而忘言”等都是这种语言传统的产物。余虹在《中国文论与西方诗学》一书中认为，从语言之维，我们终于找到了中西传统诗思最为内在的入思方式与论说之域：以实在为中心的“语词与实在”之域和以语词为中心的“语词与语词”之域，在这两大界域之外的是非中心的“语词与意义”之域，后者标划了前者的范域与限度。就此我们可以看到实用主义和审美主义的语言观基础，并得以在现代语言思想新维度上来审理这一基础。同时，也是对这一隐秘基础的追踪，使我们得以在几乎不可比的中国文论和西方文学理论之间找到一块可比性地基，这地基不是别的，就是使中西传统诗思成为可能，且限定这种诗思的信念之域：以实在为中心的“语词与实在”之域，以语词为中心的“语词与语词”之域。

语言问题关联到文体问题，所谓文体在这里指的是理论的书写方式，也就是如何来阐释或证明理论观点，相对于西方诗学规范化的论说性文本，中国古典诗学的文体比较随意而复杂，除少数成体系的专文与专著外，大都散见于诗话、词话、曲话的只言片语中。与此相关的一个重要问题是,对中国古典诗学有无体系问题的争论。

我们知道现代西方文艺理论形成了一套严密的理论表述方式,而中国古典诗学一方面本就少有组织严密的论著,大部分是片段化和独断式、感悟式的评论,即便是《文心雕龙》这样的专著,其立论和推理的方式也与西方诗学迥然不同。因此便有不少学者受西方诗学影响,认为中国古典诗学缺少“体系”。所谓“体系”,一方面是指涵盖全面,另一方面是指论证严密。从这个角度来说,中国古典诗学的确有所欠缺,但多数研究者还是试图从不同的角度阐释它的文体的独特价值,乃至试图构建起一种成体系的中国诗学。

概念命题的比较是中西比较诗学研究当中数量最多的,可以说概念命题的比较构成了中西诗学比较的主要内容,因为按照现代文学理论的学术范式来说,一个理论体系本就是由一系列存在着紧密逻辑关系的概念命题构成的。在改革开放以来的中国古典诗学研究当中也存在着这样一种努力,即重建或构建其中国古典诗学的理论体系,但无论这样的理论体系如何构建,都必然是以西方诗学为参照的,因此中西比较诗学研究当中也大都内含着这一学术目标。然而在此学术目标之下,就会出现两方面的问题:其一,即如何来确定中国诗学的核心概念和命题,关于这个问题中国学者便有不同的意见,如有的以“意境”为核心概念,有的以“言志”“载道”为核心命题等,但中国古典诗学的特点正在于它不像西方诗学那样有严密的逻辑框架,概念与概念之间的逻辑关系并不明确,如此则很难像西方诗学那样产生明确的核心概念,这就导致了确定中国诗学核心概念时的随意性;其二,中国诗学中的多数概念和命题与西方诗学的重要区别在于,它们不具备概念的明确性,通过配对来比较很容易导致以西方诗学的观念来曲解中国诗学。

在比较诗学研究当中还有一个普遍的做法是按照现代文学理论的既有框架来套中国古典诗学,如前所述,中西比较诗学的研究范式受到了学科化的现代文艺理论的深刻影响,尤其是将文学理论划分为本质论、创作论、鉴赏论等几大理论问题,将中国古典诗学中的一些概念按照这个套路划分出来,再与相关的西方诗学的相关概念配对,只是如此划分和配对难免存在随意性,例如改革开放以来的比较诗学研究中,“意境”与“典型”的比较就是一个相对集中的课题,许多学者将这两个概念分别作为中国诗学与西方诗学的核心概念,这本身就是值得商榷的,而关于二者的比较则众说纷纭。其他关于“神思”与“想象”、“物感”与“摹仿”等,大都如此。

三、改革开放以来中西比较诗学研究的代表性观点及其存在的问题

改革开放以来中西比较诗学形成的研究范式在很大程度上限定了研究的方向和提出的观点,改革开放以来的中西比较诗学的研究成果相当丰富,许多学者从各种角度提出了两种诗学传统的比较问题,但在这些丰富的问题和观点当中,有几项主要观点占有特殊的地位,它们成为许多学者进行中西诗学比较研究的指导思想,这几个问题主要体现在中西诗学的思维方式问题、文学本质论问题、研究方法问题,这三个方面的问题实际上恰恰是一个整体,体现了一种重要的中西比较诗学研究的理论范式。

首先,关于中西诗学的思维方式,一个代表性的观点认为西方诗学的哲学根基在于强调主客体的二元对立,而中国诗学的哲学立场则是强调“天人合一”,很多学者接受了这样一种观点,即认为西方文明从古希腊开始就将人与自然对立起来,一方面将自然看作恐怖的、崇拜的对象,另一方面又将其视作征服的对象,这种人与自然的割裂导致了整个西方文化传统偏重主客二元对立的思维方式,在《中西比较诗学体系》中,作者认为:“西方文化的一系列划分,明晰和模糊,理性和非理性,科学和非科学……又是以人的认知能力,以具有历史性的实践,以工具、科学、逻辑为基础来进行的。随着历史的前进,科学的进步,这些划分不断被否定,但只是以新的划分来代替旧的划分。在工具异化下难以解决人和世界的分

裂。”[1]西方诗学就是在这种主客二元对立,或者说人和世界的分裂的基础上,形成了其学科化的理论形态和人对自然的摹仿的基本观点。而对于中国诗学,论者认为由于中国文化在其发展过程中没有经历这种自我意识觉醒从而与世界割裂开来的发展阶段,而是保持了一种与自然和谐相处的中间状态,因而导致中国文化更偏重人与自然紧密相连、和谐相处的思维方式。“中国文化中人与自然的和谐,首先在于整体功能。整体功能使中国人不把自然作为三个层次来划分,而是当作有机整体来看待。明晰性的部分是整体功能的显现,模糊的部分也是整体功能的显现。……整体功能在有限领域把握住了无限,其秘密就在以无为本(以气为本)的模糊性。中国文化有后面的无,形深处的气是生命之根,生化之源。它不象西方文化那样成为可怖对象、压迫力量,而是可亲可敬受崇敬的对象。体无是哲学的最高境界,大象无形,大音希声,景外之景,韵外之致是艺术的最高境界。”[2]

这种看法有一定的根据和道理,因为不论是中国古典诗学还是西方诗学,从根源上来说都受到了哲学传统的影响,这从它们理论的角度和具体应用的概念上都可以看出,例如西方诗学中的“摹仿”“崇高”“典型”等概念有的本身就是哲学概念的借用,有的是由哲学概念演变而来,背后有着深厚的哲学意义;同样,中国诗学中的“意境”“风骨”“妙悟”等概念,也无不与哲学思想紧密相关。而将西方思维方式与中国思维方式的区别归结为主客对立与天人合一的区别,虽然是抓住了一个特别容易进行理论分析的关键点,却有将问题简单化的危险。一是这样的类比实际上是从西方的主客二元论的立场出发来理解“天人合一”,与这一命题的原本意义是不完全相符的,所谓“天人合一”的“天”并不等同于西方的客观世界或自然,人也不是西方现代主体性哲学意义上的人,它们之间的关系不能用简单的主客体关系来论证;二是这种类比实际上是从美学乃至哲学的角度来区别中西文化传统中的一项差异,并非从诗学本身出发,因

① 黄药眠、童庆炳主编:《中西比较诗学体系》,人民文学出版社1991年版,第57页。
② 黄药眠、童庆炳主编:《中西比较诗学体系》,人民文学出版社1991年版,第58页。

此落实到具体的诗学比较当中未必能够符合实际。因而,持此种观点的学者往往容易陷入牵强附会或以偏概全的境地当中。

其次,中西诗学的文学本质观问题和思维方法问题,是这种类比模式的进一步延伸,就文学本质观问题而言,一种主流的观点是将中国诗学与西方诗学分别定义为表现论与再现论。摹仿论的确是西方诗学当中长期占有主导地位的思想观念,而且有着深厚的哲学背景,然而对于中国古典诗学来说,不论是言志说、载道说、缘情说还是物感说,似乎都不能简单规定为表现论。事实上,所谓的表现论也是西方诗学中的重要概念,是从西方诗学的逻辑发展中得到规定的,它的逻辑前提同再现论一样是对人与世界关系的一种设定,而中国传统文艺思想中恰恰没有这种设定。由此可见,表现论的这种规定并不完全符合中国古典诗学的相关概念,以此划分来解释中国古典诗学,也同样难免有牵强附会的危险。

关于思维方法问题,一种代表性的观点是将西方诗学的方法定义为分析的,而将中国诗学的方法定义为综合的。所谓中国古典诗学的综合方法,很多学者归结为“以少总多”或“执两用中”的思维方式,并认为这种带有朴素辩证法思想的思维方式就是一种与西方诗学的分析方法相对的综合方法。事实上,不论是分析还是综合,都是西方学术尤其是现代科学的理论方法,事实上很少存在单纯的分析方法或综合方法,分析离不开综合,综合也离不开分析,它们都是建立在抽象思维与实证思想相结合的基础上的现代理论方法。而中国传统的思维方式却极少将对象完全客观化而加以分析,并在分析的基础上进行综合,而是倾向于直观感悟式的思维,也就是说它不是将对象视作超越于经验之外的对象,而是直接在经验之中,凭借对其的直观感受来作出判断,所谓的以少总多也就不是分析基础上的综合,而是一种对对象的多元化存在方式的直觉式把握。

综上所述,改革开放以来的中西比较诗学研究取得了丰富的成果,建立起了比较健全的理论体系,提出了比较全面的理论问题,并通过深入和广泛的讨论,得出了很多重要的学术成果。但毋庸讳言,中西比较诗学研究仍然存在着一些问题,其中最基本的问题就是对中国传统诗学的定位问题,即在西方诗学的对照之下,中国古典诗学究竟是否可以被看作与其相对等的一种理论体系。这个问题在改革开放以来的中西比较诗学研究中在很大程度上并没有被明确地提出来,而是被作为一个前提被接受。但这一问题还是应该严肃地对待,中国古典诗学在思维方式、话语方式、概念系统等各方面与西方诗学传统迥异,中西诗学的比较应该充分考虑到这种差异性,否则就容易受到西方文艺理论范式的影响,遮蔽了中国传统诗学的特色;同时,在此比较中,中国古典诗学的比较对象也应该加以严格的界定,即进行比较的是西方传统诗学还是现代文艺理论,二者虽然有很大的共同性,但仍然是两个不同的范畴,在多数比较研究中,二者没有被明确区分开来,这也造成了很多概念和观点上的误解。

第二节
由“比较”到“对话”

发掘中国古典文艺思想的现代价值有三个层面的基本途径:一是古典文艺思想本身的研究整理,这同时又是一种对古典文艺思想进行话语转换的过程;二是中国古典文艺思想与西方诗学传统的比较与对话,即通过某些特定的概念、命题或理论问题,研究二者的异与同,以及相互结合、补充的可能性;三是古典文艺思想与现代文艺实践相结合的尝试。这三个层面是不可分割的,其中古典文艺思想与西方诗学或现代文艺理论的比较与对话则有着关键的作用,它是古典诗学作为一种理论形态实现其现代价值最直接、最重要的途径。

一、改革开放以来关于“中西诗学对话”的讨论

毋庸讳言,现代文艺理论虽然是一种科学化的理论形态,但毕竟与自然科学不同,它还无法完全摆脱其文化背景的限制,它与中国古典诗学的

比较与对话就不只是现代与古典之间,同时也是西方与中国之间的比较与对话,也正因如此,这种比较与对话对于突破文化传统的限制、推进文艺理论的科学化和普遍化才更有意义。中国古典文艺思想现代价值的实现,也就不能单纯地理解为其或多或少地符合了源自西方的现代文学理论,而是在看其能否在现代的、科学的理论架构当中占有一席之地,为解决现代文艺理论所面对的问题发挥作用。因而我们就既不能将古典诗学看作简单的思想素材,也不能将其看作一种静态的、僵死的理论形态,而将其视为与西方诗学关注共同的理论问题,并能够做出有效阐释的有生命力的理论形态。这一对古典文艺思想的定位是中西诗学比较尤其是对话的前提,承认这一前提,中西诗学的对话才有现实的意义,古典文艺思想的现代价值也才有现实的可能性。

如前所述,诗学比较的根本目的是建立普遍的文学理论,这一点已成为理论界的共识,而所谓的比较,应该包含递进的两个层面:一是狭义的比较,即异与同的比较;二是在此基础上实现中国诗学与西方诗学的对话,只有实现中西诗学的真正对话,才能谈到中国传统文艺思想与西方诗学传统在一个普遍的理论框架中的共存。而所谓对话应当是指,首先中国诗学传统与西方诗学传统有所不同,正因不同才有对话的必要;但其次,二者在阐释对象和话语逻辑上必须有一个共同的平台,唯此才有对话的可能。因此对话是比较诗学的题中应有之义,从比较到对话是自然的逻辑发展。

改革开放以来学者关于中西诗学对话的问题,主要认为应寻找双方对话的平台:一是共同语境、共同话题,二是通过互译互释、话语辨析等方式来进行。人们已经普遍意识到,要实现中西诗学对话,必须做好四个方面的工作。

第一,必须对两种诗学传统都有相当程度的理解,因此互译互释的意义就特别重要。

第二,基于对两种诗学传统的了解,就必须做出它们是否有对话的可能性的判断,关于这一点并非没有争论,但主流的意见是二者存在对话的基础,如曹顺庆认为:“无论中西诗学在基本概念和表述方法等方面有多大的差异，但它们都是对于文学艺术审美本质的共同探求，换句话说中西方文论虽然从不同的路径走过来，但它们的目标是一致的，其目的都是为了把握文学艺术的审美本质，探寻文艺的真正奥秘。这就是中西诗学可以进行对话和沟通的最坚实的基础。”①

乐黛云认为：

> 总之，中西诗学对话的共同话题是十分广泛的，这样的对话有几个特点：
>
> 第一，对话双方都是从历史出发，从自己的文化传统出发，并不以某一方的概念、范畴、系统来截取另一方。……
>
> 第二，由于对话引入了时间轴而不只是并时性的平面比照，中西诗学对话就有了历史的深度。……
>
> 第三，由于历史的全面开放，中西诗学双方相互选择和吸取的范围大大扩展，不一定新的就是好的，也许旧的倒能在某些方面给予新的启发。②

一方面，这一时期在中国产生巨大影响的西方现代文学和现代哲学思潮，恰好为这种“对话”提供了条件，西方现代派文学和艺术在风格上发生了重要的转变，呈现出了某些与东方传统艺术相近的特征，甚至某些艺术家或艺术流派的确受到了东方传统文艺的影响，如庞德的意象派诗歌、印象派的油画等，有些学者据此认为，中西文学艺术自现代派以来就开始了相互交流与影响，因而也就有了实际上的文学观念的对话；另一方面，西方现代哲学的某些流派，尤其是非理性主义思潮如存在主义等，在某些观点、方法，尤其是论说方式上也出现了与中国传统哲学思想相近的特征，有些哲学家也受到了中国哲学的影响，如海德格尔受到《老子》的影响，这又在思维方式和研究方法的层面上为中西诗学的“对话”提供了

① 曹顺庆：《中西诗学对话：现实与前景》，《当代文坛》1990 年第 6 期。
② 乐黛云：《文化转型时期与中西诗学对话》，《传统文化与现代化》1993 年第 3 期。

"证据",有些学者就依据这些"证据"将西方非理性主义思潮与中国传统思维方式的类似之处理解为双方相互影响的例证。

第三,在进行中西诗学对话中必须坚守一定的原则,如曹顺庆提出的"话语独立"原则、"平等对话"原则、"双向阐释"原则、"求同存异,异质互补"的原则①等。也有学者清醒地认识到,在现实的文艺理论研究中,这种理想化的对话是很难达成的,"由于中西方所面临的对话语境存在着明显的分野,两者对于对话的期望是不尽相同的。对于中国诗学而言,对话的最终目的是为了实现中国传统诗学的现代转型,以此来推进当代文艺学的建设,……而对于西方诗学而言,对话的真正目的在于调整自身诗学体系的偏狭与不足,使之上升为一种更具普泛性及适用于更大范围的共同诗学。毫无疑问,中西诗学在展开平等对话的同时,仍然存在着一个以谁为主的问题。我们决不应该将对话的主动权拱手相让。这就要求我们在坚持与西方诗学对话中寻求传统诗学现代转型的同时,必须对西方式的'共通性'、'一致性'保持一种民族性的警觉"②。

第四,人们也大都同意,诗学对话的直接目的是实现中国古代文艺思想的现代价值,而其最终目的则是建立一种融通中西诗学传统的"新诗学"。

但改革开放以来学者关于中西诗学对话的思考,大都还停留在比较抽象的层面上,讨论的主要是必要性、可能性、对话的原则与目的之类的问题,而对于通过何种具体的渠道进行对话,对话的双方如何落实为现实的人等问题,并没有深入的讨论,因此这种所谓的对话实际上仍然局限在自身的话语环境当中,与中西诗学的比较研究没有根本的区别,并不能算是真正意义上的对话。

比较诗学研究本身在某种程度上可以算作一种对话,即学者自身站在中国诗学与西方诗学不同的立场上的自我对话,但这种"对话"的"对手"其实是自身对西方诗学传统的理解,并非真正的西方诗学,因而难免

① 参见曹顺庆:《中国文论话语及中西文论对话》,《浙江大学学报(人文社会科学版)》2008年第1期。
② 范方俊:《中西比较诗学的对话危机及诗学话语转型》,《江淮论坛》2013年第2期。

陷入主观性。真正的对话应当是中西文学理论的主流能够实现大规模的对话,进而中西诗学互相成为对方的一个参照系统,成为对方不能忽视的一种理论背景。但现实的情况是,中西诗学的对话缺乏一个共同的平台,一方面,我们尚未真正能够将古代诗学话语转化为能与西方交流的话语,也就是尚未形成独立的中国诗学话语;另一方面,西方学术主流对中国文化传统了解不足,对中国诗学仍然漠视。西方诗学的确已经成为中国诗学的参照,乃至有取代中国诗学之势,而中国诗学则远未能进入西方诗学的视野。

二、西方学界对中国古典诗学研究的两种路径

改革开放以来,随着中西文化交流的日益频繁,西方的中国学研究发展比较迅速,对中国自身的学术研究也产生了越来越大的影响,但其中仍然存在着一定的问题。因此,考察西方的中国古典诗学研究的具体情况,尤其是其自身的学术定位和理论范式,是中西比较诗学不应忽视的问题。

我们首先应该对西方的中国古典诗学研究的基本思路和方法有所了解,并将其与改革开放以来我国的古典诗学研究及中西比较诗学研究的范式进行对比。西方学者对中国古典诗学的研究有着很长的历史,但早期学者大都不是专门的文学理论研究者,并没有真正将中国古典诗学作为一种文学理论形态加以研究,而是将它作为中国文学研究乃至中国文化研究的一部分,这种中国古典诗学研究其实是属于汉学或者中国学的一部分,而非文学理论研究的一部分。

所谓汉学或中国学,是将中国作为一个区别于西方的同时又具有自身独立的社会形态和文化传统的社会系统和文化系统,对其政治、经济、文化、社会等各个方面进行研究的学科。西方的中国学研究涵盖各个方面,如中国历史研究、文学研究、哲学思想研究、语言文字研究、民族人种研究、社会形态研究、经济研究、政治研究等。“欧洲传统的汉学主要以中国历史文化和语言文学为研究中心,即属人文科学范畴。而以美国为

代表的现代汉学研究则以跨学科和对比性为特点展开对中国的全方位研究。”①汉学和中国学在英文中有两个词,即 Sinology 和 Chinese Studies,分别带有古典学说和国别研究的含义,这两重含义恰好说明了汉学研究的基本特性,即将汉学理解为一种古典文化研究或国家的整体文化研究。

在早期的中国学研究中,中国古典诗学往往作为中国古典文学传统的一部分被涉及,较少学者专门研究这一课题。西方汉学研究大体经历了三个阶段:一是 19 世纪以前根据某些间接的材料对中国的模糊理解,客观地说,这一时期对中国文学和文艺思想的理解难以称得上是严格的科学研究,而是以臆测为主,所掌握的材料也是零星的、间接的乃至不准确的;二是随着西方传教士大量进入中国,中国的相关文化典籍被译介到西方,这一时期随着直接材料的丰富,对中国文学的研究开始规范化,并出现了翟理斯的《中国文学史》《中国古代文学史》等专著,但中国古典诗学并没有得到特别的关注;三是第一次世界大战之后,美国的中国学迅速发展,不仅材料更为丰富,人员更为集中,而且研究领域更为专门化,这为专门的中国古典诗学研究奠定了基础。②

在这样的学术背景下,西方中国古典诗学研究在学科定位上就存在一个问题,即它应当归属于中国学研究,还是归属于文艺理论研究。中国学是一种较为完备的学科或研究方向,因而中国历史、中国文学、中国哲学等研究领域从属于这一独立学科而与一般的历史学、文学史和文学理论以及哲学史等相区别,中国诗学研究当然也如是。但同时,中国诗学研究又可以被看作文艺理论研究的一个方向,因而应该被纳入文艺理论的学科体系当中。事实上这个问题并没有得到清楚的辨析,西方学者们或者以“中国”为基点,或者从“诗学”出发,并无一定之规;同时,中国学的各个领域发展状况也很不一致,有些研究领域更容易被纳入严格划分的现代学科当中,而有些研究领域则难以做到这一点。就中国古典诗学研究而言,长期以来它并没有被作为一种文学理论而得到特别的关注,只是

① 王晓路:《中西诗学对话——英语世界的中国古代文论研究》,巴蜀书社 2000 年版,第 2 页。
② 参见王晓路:《中西诗学对话——英语世界的中国古代文论研究》,巴蜀书社 2000 年版,第 7 页。

到了20世纪中叶之后，尤其是在“比较诗学”的概念被提出之后，才有学者真正从文学理论研究的角度重新审视中国古典诗学。

比较诗学虽然也涉及非西方传统的异质文化研究，但从根本上说，它还是以文学理论研究为出发点，其目的是通过西方诗学传统与其他文化的诗学传统中对于共同的理论问题不同观点和方法的比较，更深入地解决这些理论问题。可以说，比较诗学使西方的中国古典诗学研究真正超越了中国学总体性和笼统性的局限，深入中国古典诗学的理论内涵之中，开拓出了西方中国古典诗学研究的新局面。刘若愚、叶维廉以及宇文所安等教授的中国诗学研究，就都明显地偏重比较诗学的研究范式而非中国学的研究范式，因而取得了更为深刻的研究成果，对我国改革开放以来的比较诗学也产生了更大的影响。

目前，大部分西方中国古典诗学研究都还是被归入中国学研究的范畴，那么我们如何来理解中国学的研究范式与文学理论或比较诗学的研究范式的差别呢？不论是中国学还是文学理论，对中国古典诗学的研究都是要阐释其意义，分析其概念和命题，二者之间必然有着极大的相通性，但又有显著的区别。我们认为，对中国古典诗学的研究着眼点在“中国”还是“诗学”，对于其研究的方法和可能得到的成果是有重要的影响的。如果是前者，则其对中国古典诗学的研究是为了更好地了解中国的文学传统，进而更深入地了解中国的文化传统，从而对中国这样一个西方文化的“他者”有更为全面的把握，因而中国古典诗学的价值不在于其对各种文学问题的理论解释上，而在于其对中国独特的文化特征的反映上；如果是后者，那么中国古典诗学就是以一种独特的方法对一般的文学现象的分析与解释，对其进行研究的意义在于丰富和完善文学理论自身。这一区别表面上看起来似乎微不足道，然而在实际的研究过程当中却会产生决定性的影响，一方面是研究者对中国古典诗学研究定位的不同会导致其研究深度的极大差别，只有以诗学自身为研究目的，才能更深入地理解这种理论的内涵；另一方面更重要的是，只有将中国古典诗学作为一种独立的理论形态而非一种文化的表现形式，才能以平等的心态对待这一研究对象，达成中西诗学的有效对话。

可见这种研究立场的区别直接影响到了中国古典诗学对于西方文学理论的价值和意义，从中国学的角度出发，中国古典诗学只是被当作一种文化素材或者文学素材，对它的研究只能对文学理论产生间接的借鉴和启示作用，也就是说与西方诗学传统相比，中国古典诗学仍旧是被看作非理论化的和非现代化的，中西诗学的对话就是一种奢望了；而从比较诗学的立场出发，则说明西方学者已经认识到了西方诗学自身的局限性，同时承认中国古典诗学的理论价值，如此在建立一种普遍的、科学的文学理论的目标之下，中国古典诗学就取得了与西方诗学相对平等的地位，两者之间的对话也就有了可能。

三、西方学者对中国古典诗学的研究的基本状况

当前我国许多学者关注中西诗学比较与对话问题，希望通过比较与对话发掘古典文艺思想在现代文学理论研究中的独特价值，然而“对话”就意味着两种诗学传统的共同参与，落实到具体的研究者身上，西方学者关于两种诗学传统关系的理解以及他们与中国学者的交流，同样是中西诗学对话的不可或缺的一环。一方面，由于文化传承与知识背景的不同，西方学者更能代表西方诗学传统对中国古典诗学所持的理论立场；另一方面，这种“对话”的目的也不仅仅是针对中国诗学传统，同样针对西方诗学传统，显然西方学者的相关研究更容易对主流的西方文学理论产生影响。因此，我们应该关注西方文化背景与诗学传统当中中国古典诗学思想的地位和意义，考察西方的中国诗学研究者如何来理解这一理论。

所谓西方的中国诗学研究，我们认为应当是指以西方的语言文字，针对西方相关研究者和一般读者所进行的学术研究，不论作者本人的背景如何，其研究立场是西方的，这是其与中国学者的根本不同。基于这一界定，我们认为当前西方的中国古典诗学研究者基本可以分为两类：一是在中国接受教育，然后到西方进行学术研究的华裔学者，如刘若愚、叶维廉等，这些学者具有与中国本土学者相差无几的文化和知识背景，但其研究

工作是在西方学术环境中展开的，从各方面看，仍然是属于西方的中国诗学研究；二是完全西方文化背景和知识背景的学者，如宇文所安等。从传统上看，欧洲的中国文化研究历史更为长久，积淀更为深厚，然而美国的相关研究却发展迅速，尤其是第二次世界大战之后，美国成为西方的中国文化研究的中心。目前这一领域的西方学者主要集中在美国。①

从西方的中国诗学研究者的总体情况可以大致看出中国古典诗学在西方学术界的地位，总体来看，很难说中国古典诗学研究已经在西方学术界占据了比较重要的地位，其学术成果也不能与西方主流的文学理论研究相提并论。以英语世界的中国诗学研究为例，“相当长的历史时期内，英语世界里的中国古典文论研究从总体上说进展迟缓。到本世纪 50 年代以前相关的论著和译作只有张彭春所译严羽《沧浪诗话》(1929。张氏另著有《严羽的〈沧浪诗话〉》一文，见《日晷》73 卷 2 期，1922)、D. Huff《黄节〈诗学〉》(1947)等区区几部，此外便是零星的几篇论文”②。自 20 世纪 60 年代之后，相关的教育条件和研究成果大大丰富了，但总体而言，“其研究重心是不平衡的，也是不够全面的。其一是对中国古代文论的总体框架涉及较少，其二是对与西方文类相似的文本研究较多”③。

西方的中国诗学研究的处境可以从两个方面进行分析：一是相关学者的基本条件，包括研究资料等外部条件；二是他们对中国古典诗学的基本态度。

首先，在这些学者当中，相当一部分并不能熟练掌握中文，对相关文献的掌握存在很大缺陷：一方面是对材料的直接掌握不足，往往通过翻译的文献进行研究；另一方面是对材料的掌握不够全面，大都未能全面系统掌握中国古典诗学思想的整体脉络。美国拉特格斯大学的涂经诒教授指出：“西方对中国文论的研究较之中国诗词、小说和戏剧的研究来说还处于劣势。原因之一就是材料难以收集。除了少数几部系统的专著，如

① 参见中国社会科学院文献情报中心编，孙越生、陈书梅主编：《美国中国学手册》，中国社会科学出版社 1993 年版，第 3 页。

② 黄鸣奋：《英语世界中国古典文学之传播》，学林出版社 1997 年版，第 62 页。

③ 王晓路：《中西诗学对话——英语世界的中国古代文论研究》，巴蜀书社 2000 年版，第 59 页。

《文心雕龙》、《诗品》和《原诗》外，大多数中国文论都在诗话、词话和曲话当中以及私人的信件和对作家的评述之中。搜集这些材料犹如在深山中搜寻美玉一般艰难。”①

这从一个侧面也证明了在中国古典诗学研究领域中，目前中国与西方的交流仍是比较欠缺的，因为在文献整理方面，中国学者做了大量工作，已经取得了比较成熟的学术成果，如张少康主编的《先秦两汉文论选》《魏晋南北朝文论选》《中国文学理论批评发展史》，郭绍虞的《中国文学批评史》，蔡钟翔与黄保真、成复旺合著的《中国文学理论史》，等等。此外还有很多工具类、资料类和专门的文学批评类型的专著。但这些著作大都没有被翻译成西方语言，目前在西方的相关学术界也是没有影响和作用的，这就直接影响了西方的中国古典诗学研究的进展，影响了中西诗学对话的进行。

其次，西方学者中有一个较为普遍的看法，即认为中国古典诗学的发展水平较之西方诗学，或者较之中国古典文学是相对落后的。这是因为按照西方诗学传统的写作方式，中国古典诗学大部分既不够“系统”，又不够“深刻”，从文本上说是零散的，极少有大部头的专著；从概念和命题上说是模糊的，不像西方诗学那样确定和一致；从论证上来说往往缺少了严密的逻辑推导过程，而常常表现为感悟性的断语。美国芝加哥大学的费威廉教授就指出：“在中国写作所有的主要类型中，文学批评显然是最不重要的。”②法国学者 D. 霍尔兹曼则认为：“文学理论（或称文学批评）在中国古代未能发展是因为古代思想家，尤其是儒家，在谈论文学时根本不把文学看作是一种与道德、礼仪、政治平行的独立存在，不把文学看作是一种应该独立考虑的东西。他们在道德、礼仪、政治等问题上倾注了全部兴趣。此外，他们对世界、人以及人的创造物的看法是综合性而非单一性的。这种过于东方化的对外部事物、客观世界、国家以及人的诸问题的看法，使他们只把文学看作治理国家的手段，而对文学的其他因素视而

① 转引自王晓路：《中西诗学对话——英语世界的中国古代文论研究》，巴蜀书社 2000 年版，第 61 页。
② 转引自王晓路：《中西诗学对话——英语世界的中国古代文论研究》，巴蜀书社 2000 年版，第 63 页。

不见。”①

这样的观点虽然不能说是完全的偏见，但显然是不符合中国古典诗学的真实情况的，这一方面是因为西方学者还没有真正超越出其文学理论模式的局限，未能充分理解中国古典诗学独特的理论架构和论说方式；另一方面也说明相当一部分西方学者对中国古典诗学的了解还是不够全面的。

可喜的是，由于一方面得到比较诗学研究方法的启发，另一方面受到中西文化交流逐渐深入的影响，几十年来，在刘若愚、叶维廉、宇文所安等人的努力之下，西方的中国诗学研究获得了长足的发展：一是对中国古典诗学的思维方式、话语特色、概念命题等有了更为深入的理解；二是逐渐认识到中国古典诗学独特的理论价值和独立的理论地位；三是其基于不同学术背景的研究角度、方法和观点，对于中国的古典诗学研究也具有一定的启发作用。

综上所述，从学科的完备程度、研究者的整体状况、材料的掌握程度、研究方向的领域以及研究成果的情况来看，西方的中国古典诗学研究虽然获得了很大进展，取得了丰富的成果，但总体而言仍然是存在很大缺陷的。首先，中国古典诗学研究尚未能进入西方主流的文学理论研究视野，仍然带有很浓重的中国文化研究色彩，而非文学理论研究当中的一个重要领域。其次，虽有个别例外，但从总体上看，西方学者大都从其感兴趣的、与西方诗学更有可比性的角度对中国古典诗学的某一方面进行研究，而非将中国古典诗学作为一个独立的文艺理论形态进行全面研究。最后，西方学者与中国学术界的交流尚不畅通。由此可见，中西诗学的对话尚任重而道远。

① 宋柏年主编：《中国古典文学在国外》，北京语言学院出版社1994年版，第47页。

四、西方的中国古典诗学研究中存在的问题及其启示

对于我们的中西比较诗学研究而言，西方学者的研究成果具有重要的意义，这不仅体现在具体观点的启发上，更重要的是西方学者的许多问题恰恰也是我们自身的问题，双方相互理解与交流，对我们反思自己的研究路向并最终达成中西诗学的对话意义重大。

当前西方的中国古典诗学研究存在的问题中最重要的一点在于，文学理论作为一种现代的学科化的理论形态，毕竟是从西方诗学的传统中发展而来的，其思维方式、话语方式、研究方法、学术规范等都受到了西方文化的深刻影响。我们知道，现代学科体系是在源自西方的现代化进程当中形成的，我们必须承认它在事实上的普遍性，但同时也应注意到它对于非西方的学术传统的压抑与遮蔽，这一点尤其体现在人文学科领域。虽然许多西方学者已经不同程度地认识到了西方诗学传统的局限性，以及中国诗学传统特殊的话语方式，甚至承认中国古典诗学思维方式在很大程度上是西方诗学所无法通约的，然而在研究中国古典诗学时，他们仍旧无法彻底摆脱西方诗学传统视角的局限，仍然只能以西方诗学的架构来“套”中国古典诗学，于是自然得出了某些对中国古典诗学较为负面的评价，事实上这一点即便是接受了现代文学理论基本训练的中国学者也是难以避免的。

如华裔学者叶嘉莹也承认这种观点：

中国的思维方式还有一个特征，那便是重视个别的具象的事物而忽略抽象的普遍的法则。中国人喜欢从个别的事例来观察思索，而不喜欢从多数个别者之间去观察其秩序与关系以建立抽象的法则，所以中国的诗话词话便大多乃是对于一个诗人的一首诗或一句话甚至一个字的品评，或者竟然只是一些与作品无关的对诗人之轶事琐闻的记述，而却从来不愿将所有作品中的个别的现象归纳出一

个抽象的理论或法则。……总之中国人忽略客观的抽象法则之建立，乃是中国文学批评缺乏理论精严之著述的一个重要原因。[①]

这种观点归结起来就是认为中国古典诗学没有发展成为完备的理论形态，按照西方诗学传统，一种理论应当具有明晰、确定的基本概念和基本命题，从概念到各命题乃至理论观点之间有严密的逻辑论证，从而形成一种能够自圆其说的、各个观点和论据之间相互支撑的理论系统。而中国诗学传统乃至中国思想传统中，恰恰缺乏抽象的、一般的概念和论证，而较多体验式的、感悟性的理论话语，在这样的情况下，中国古典诗学被视为不完备的理论形态也就在所难免了。

但是如何来理解“理论”，尤其是不同于自然科学和其他社会科学的文学理论，其实尚是一个有待探索的问题。叶维廉认为：“所有的理论都受到文化、历史一定的限制，所以，说它们‘放诸四海而皆准’是大可怀疑的……我们必须对不同文化体系理论的基源作哲学的质疑：问它们源于何处，它们作了何种衍变，并努力去了解它们在单一文化系统里和在多种文化范围里的潜能、限制及派生与变化。”[②]宇文所安说得更为明确：“至于中国文学批评的主要特点，我以为它有一系列的问题提出来讨论，强调多样性和个别性，用不同的方式处理不同的问题，而并没有像西方那样，形成完整的传统意义上的概念系统。这不是中国文学批评的缺点，而正是它的特点，它是一种文体，处理任何一种文体，都要看它发生发展的历史条件和全部过程。人们有时会被词语限制住，其实有没有完整的理论体系和有没有理论完全是两回事，理论可以用不同的方式来表述。”[③]宇文所安的观点是发人深省的，因为即便是国内的很多学者也是从西方诗学传统的角度出发，认定中国古典诗学缺乏“体系”，而没有从根本上重新思考理论是否存在不同的，尤其是区别于西方诗学传统的表述方式这

① 叶嘉莹：《王国维及其文学批评》，河北教育出版社 1997 年版，第 115—116 页。

② 温儒敏、李细尧编：《寻求跨中西文化的共同文学规律——叶维廉比较文学论文选》，北京大学出版社 1987 年版，第 35—36 页。

③ 张宏生：《“对传统加以再创造，同时又不让它失真”——访哈佛大学东亚语言与文明系斯蒂芬·欧文教授》，《文学遗产》1998 年第 1 期。

一重要问题。

所谓缺乏体系，实际上指的是中国古典诗学的表述方式或者说“文体”与西方诗学传统有着极大差别，而这种差别又与中西语言文字的巨大差别有着密切的联系。汉语与中文相较于印欧语言和拼音文字的独特性在此不再赘述，就理论的表述而言，汉语尤其是古代汉语语法的确缺乏一种稳定性和严密性，叶嘉莹就认为：

> 中国的民族似乎一向就不长于西方之科学推理的思辨方式。这样说虽似乎有些武断，可是我们只要对中国语言的特征一加反省，便可知道这话乃是可信的，因为语言的组合方式也便是民族思维方式的具体表现。中国语言的组合在文法上是极为自由的，没有过去、现在与未来的时态的区分，没有主动与被动的语气，也没有阳性与阴性及单数与复数的区分，而且对于一些结合字句的词语如前置词、接续词、关系代名词等也都不加重视，一切都有着绝大的自由，因此在组成一句话时，主语、述语与宾语以及形容词或副词等都可以互相颠倒或竟尔完全省略，而且在行文时也一向没有精密的标点符号。具有这种语言特征的民族，其不适于做严密的科学推理式的思考岂不乃是一件显而易见的事。[1]

与此相关，中国古典诗学的“文体”也就与西方诗学有着显著的差别，尤其是体现在诗话之类片段式的文学批评当中，往往呈现出碎片化、断语式、散漫化乃至离题的情况。有些西方学者意识到了中国古典诗学的独特性，并从中国语言文字的独特性上来分析这一问题，但往往将中西语言的差别推向了极端，一方面肯定中国语言的艺术性，另一方面却否定了中国语言具有表述抽象思维的能力。语言是思维的工具、交流的工具，在历史发展过程中又积淀了深厚的文化因素，汉语和中文要满足思维和交流的功能，当然与西方语言文字没有本质上的区别，但其文化内涵以及

① 叶嘉莹：《王国维及其文学批评》，河北教育出版社 1997 年版，第 115 页。

表述方式的确具有明显的特点，反映在诗学的文体上就呈现出了中国古典诗学的独特之处乃至难解之处，比如理论语言与文学语言没有明显的区别。但不应将语言问题视为理论发展的制约因素，恰恰相反，中国古典诗学发展出了一套区别于西方诗学传统的、不与文学语言截然分开的理论话语。它既与中国语言的独特性有密切关系，更是理论自身的一种独特的发展方向。对语言限制的过度强调，正是对这种独特的理论形态的否定。

除对中国古典诗学理论形态的总体评价，西方学者对其具体的理论观点的理解也存在一些问题，往往陷入中西二元对比的思维模式当中，以西方诗学的某种特征对举中国古典诗学的某种特征。

对中西文学观的比较集中在“摹仿”和“虚构”这两个关键词上，一是认为西方诗学倾向于摹仿论，而中国古典诗学则缺乏模仿论，如加拿大汉学家林理彰认为：“‘摹仿’在中国诗歌理论中指涉作品与宇宙的关系时，并不是一个恰当的术语，因为……在中国却并没有发展出与之相应的诸如柏拉图的‘超验’理想形式或亚里士多德的‘宇宙’观。……中国传统最终似乎将神圣的、精神的或本体的均视为自然界所固有的，而非超越自然的东西，因而诗人‘神圣’的力量并不会被认为将导致其它宇宙或‘客体’……然而会导致完美的‘自然’诗性创造——与自然完美地交流。”① 二是认为西方诗学注重文学的“虚构性”，而中国诗学则更侧重于非虚构性，宇文所安教授认为，中国和西方的文学解读传统的区别与“虚构”问题有着密切的关系，“假定文本的虚构性和存在一个隐喻的真理贯穿了西方的文学解读的模式”。而在中国解读传统中，却存在着避免隐喻性的解读的倾向，也就是说倾向于假定文学是非虚构的。由此宇文所安认为，中国诗学思想的基本特点是非虚构的，或者反过来说，是将文学视为历史和景观的真实呈现。②

西方学者的这些观点对我国的比较诗学研究产生了一定的影响，或

① 转引自王晓路：《中西诗学对话——英语世界的中国古代文论研究》，巴蜀书社 2000 年版，第 83—84 页。
② 参见［美］宇文所安：《中国传统诗歌与诗学：世界的征象》，陈小亮译，中国社会科学出版社 2013 年版，第 30 页、第 31 页。

隐或现地体现在部分我国学者的比较诗学研究的著作中，因此它们存在的问题与我国比较诗学研究存在的问题就有一定的相通性。首先，这种研究方法仍然是不自觉地以西方诗学传统的基本特征来对照中国古典诗学，而非立足于中国古典诗学自身。其次，这种方法的局限必然导致对中国古典诗学思想的认识出现偏差，或者至少不能切中要害。中国古典诗学的确没有明确的“摹仿”观和“虚构”观，站在西方诗学传统的立场上，这也确实是中国诗学传统区别于西方的一大特点，然而非摹仿和非虚构只是相对于西方诗学传统而言才是重要的，对于中国古典诗学自身，这种重要性就不那么明显。这一论证过程至少是隐含着一种潜在的判断，即摹仿和虚构是文学的本质特性，侧重于摹仿论和虚构论的西方诗学传统是文学理论的主流，而非西方的诗学思想如中国古典诗学的基本特征，也只有以此为标准来进行评价，它们的本质特征就只能或者是摹仿论和虚构论的某种变体，或者是反摹仿论和虚构论的。然而以这种否定性的属性来界定中国古典诗学思想的本质特征，毕竟是不符合学术规范的，同时大多数学者也有意识地避免这种带有西方中心主义色彩的表述，因此他们由这种否定性的判断进而推导出与“摹仿”“虚构”相对应的“自然”观和“历史真实”观等观念，认为这就是中国古典诗学思想的核心内涵。然而我们需要思考这样的判断是否符合中国古典诗学的实际，不强调摹仿和虚构与完全没有摹仿论、虚构论思想显然不同，这样的判断证据是不充分的；而所谓的文学与“自然”的融合，以及将文学视为历史经验的呈现，我们在中国古典诗学当中当然会找到许多相近的思想，但仍然没有充足的理由认为这些特点是中国古典诗学最重要的理论特征。问题的关键还是在于，部分西方学者以及受其影响的部分中国学者，没有真正摆脱西方诗学传统的局限，没有深入和全面地把握中国古典诗学传统，因而也就不能对中国古典诗学思想做出客观的评价。

总之，通过以上对西方的中国古典诗学研究的梳理，我们可以发现：一方面，改革开放以来，不仅西方文艺理论的引进产生了巨大的影响，西方汉学也引起了国人的关注，西方的中国古典诗学研究虽不是其中最重要的部分，但也在一定程度上对我国的古典诗学研究，尤其是中西比较诗学的兴起产生了影响。尤其是刘若愚、叶维廉、叶嘉莹、宇文所安等人的研究成果得到越来越多人的关注,虽然这种影响也尚未构成真正的中西诗学"对话",但毕竟已经带有双向交流的意味。另一方面,不论从广度与深度还是学术观点上,西方的中国古典诗学研究都存在一些问题,同时西方与中国学术界的交流仍不够通畅,而以它为中介达成中西诗学的真正对话更是一个需要不断努力的过程。

第三节
中西比较诗学发展的学术空间

改革开放以来的中西比较诗学研究对于发掘古典文艺思想的现代价值,乃至对当代文艺理论建设都具有特别重要的意义,它不仅是当代古典文艺思想研究不可或缺的一部分,在文艺理论科学化的理论背景下,它对于解决古典文艺思想与现代文艺理论的关系问题更具有特殊的价值。当然,在这一研究领域当中还存在着很多问题,但这项研究的潜力是巨大的,当下我们应当认真反思改革开放以来中西比较诗学研究的得失,探索更广阔的学术空间。

一、中西比较诗学研究中的"中西"问题与"古今"问题

我们首先应该关注的是中西比较诗学中一对复杂的"关系",即"中西"关系和"古今"关系。中国古代文艺思想的现代价值虽然是一种"古""今"关系问题,但从另一个角度来看,它又是"中""西"关系问题,二者是密不可分的。在中国现代文学和文学理论的产生和发展过程中,文学的现代化及其西化是两个关系复杂的向度,中国现代文学是在西方现代文学的直接影响下产生的,与西方文学有着极为密切的联系,现代文艺理

论同样如此。因此,长期以来学术界就形成了将现代文艺理论等同于西方诗学的倾向。改革开放以来的"失语症""古代文艺思想的现代转化"等问题,正是针对现代文艺理论西化以及相应的古典诗学边缘化的现象提出的。

改革开放以来,中西比较诗学研究中存在一个关键性问题,即如何认识古典诗学与现代文艺理论、中国古典诗学与西方古典诗学这两组关系之间的关系问题。中西比较诗学是对中国与西方两种诗学传统的比较性研究,但它又不是纯粹的古典诗学的比较,尤其是对于我国的比较诗学研究而言,不论从这项研究的最终目的,还是实际的研究内容来看,它都与学科化的现代文艺理论有密不可分的关系。在这个问题上之所以产生种种认识上的偏差,是由于没有区分开西方诗学,尤其是西方古典诗学与现代文艺理论,因而在比较研究时也就掩盖了中西比较与古今比较的区别。这对中西比较诗学的深入发展,尤其是对通过比较研究实现中国古典诗学的现代价值是一个严重的妨碍,因而,正确认识"中—西"与"古—今"的关系,是打开中西比较诗学学术空间的关键。

首先,应当明确现代化与西方化的根本不同,认识到发掘中国古代文艺思想现代价值的可能性和重要性。

中国现代文艺理论的西化趋向是一个客观事实,不论对这一事实持肯定或否定态度,都不能否认中国现代文艺理论所受到的西方诗学的深刻影响,以及其与中国古典诗学在某种程度上的断裂。问题在于,关于这一事实的争论,其实包含着两个层面的问题:一是西方诗学的概念、命题和方法越来越深刻地影响中国现代文艺理论的发展,从而导致中国古典诗学的影响力越来越小;二是这一趋向本身也是中国诗学从古典走向现代,成为一门独立的现代学科的过程。因而,西方化与现代化的关系就成为中国现代诗学发展的一个复杂问题,对此关系的各种片面观点造成了诸多争论,如对西方诗学影响的否定,或者对古典诗学思想价值的否定等。那么,理清西方化与现代化的关系,对于我们的现代文艺理论建设以及古典诗学思想在现代文艺理论中的价值研究就具有十分重要的意义。

西方化是指中国现代文艺理论受到的西方诗学的影响,涉及不同诗学传统之间的关系；而现代化指的是中国诗学从古典走向现代，涉及一个诗学传统自身发展与变革的问题。二者之所以有密不可分的关系，是因为从古典诗学到现代诗学的演化不是一个封闭在自身传统内部的自然演进过程。人类社会的现代化不仅是一个时间维度上的历史进程，是一整套与古代社会迥然不同的生产方式、制度体系和思想观念的建立过程，同时也是一个空间维度上的不同文明传统的碰撞、交流、融合的过程。它打破了不同文明传统之间的阻隔，使其按照现代性的规则逐渐融为一体。在此背景之下，中国诗学与西方诗学、古典诗学与现代诗学这两个不同层面的问题才结合成一个更为复杂的问题。

关于这一问题，一方面，我们必须承认，现代化进程是历史发展的必然趋势，从古典诗学向现代诗学的演变，不论是自然的发展还是受到外来影响的突变，都是不可避免的过程；另一方面，问题的关键在于我们能否将西方化与现代化等同起来。

从事实层面来看，我国现代文学的观念可以说是直接在西方文学和诗学的影响下兴起并受其影响而进一步发展的，从白话文运动之后的现代文学发展到改革开放以来的各种文学思潮，其与西方文学的关系是显而易见的；同时，现代文学观念的兴起伴随着对传统文学观念的批判乃至抛弃，使得今天我们对传统文学观念已经十分隔膜，也使得古典诗学思想在现代的文艺理论建设中是否有价值成为一个问题。因而，中国现代文学观念的形成不像是一个自然演进的过程，而更像是一种彻底的断裂和转变过程。

这是否意味着中国诗学的现代化就是抛弃自身传统而全盘接受西方诗学传统呢？我们认为，现代化与西方化并不是同一的。从经验层面来看，全盘接受西方影响的文学实践、文学批评乃至诗学研究都曾经出现过并且现在仍存在着诸多问题；而对文学传统的批判乃至抛弃也是失之偏颇的。从理论层面来看，从西方诗学传统产生了现代文艺理论这一前提，也不能推导出西方诗学等于现代文艺理论的结论，二者有交叉之处，但不能完全等同。

我们说现代文艺理论不能等同于西方诗学，指的是西方文艺理论不只是一套抽象的理论和方法体系，它一方面的确形成了较为成熟的现代理论形态，但另一方面，它是由西方诗学传统发展而来，并且仍然在这一传统之中。也就是说，它既有科学理论的特性，也有文化传统的特性。我们的现代文艺理论建设所要做的，恰是区分并区别对待这两种特性。

一方面，我们当前的文艺理论建设的目标是将文艺理论和批评建立为一套关于文艺本质与规律的科学的研究方法与理论体系，这一理论的自身定位恰是现代文艺理论区别于古典诗学，不论是中国古典诗学还是西方古典诗学的根本所在。具体来说，现代文艺理论逐渐形成一门独立的学科，拥有自己明确的理论定位、科学的方法和特定的理论基础是必不可少的条件。从这个角度来说，西方的现代文艺理论的确是一种典型的学科化的现代理论。

另一方面，作为一种人文学科，文艺理论又不像自然科学那样具有严格的自我规定，也就是说，它无法或者说至少目前还没有彻底抽象化为一种纯粹的、放之四海而皆准的理论体系。因而西方现代文艺理论也不能说就是一种标准化的、不带任何偏见和盲点的科学理论，事实上，它自身包含着前现代的西方诗学传统的因素，而作为一种传统，就不可避免有自身的特定立场。

因而，我们当前的文学理论建设就不应照搬西方那些尚不能完全称得上科学体系的文艺理论，而是应从文学实践出发，运用科学的方法，为建立科学的文艺理论而努力。在此过程中，西方诗学传统中的许多思想资源自然是有价值的，而中国古典诗学的思想资源也是同样有价值的。

其次，应该在发掘“中国古典文艺思想的现代价值”这一前提下，重新来思考中西比较诗学研究的方法与方向，如此才能进一步推进这项研究的发展。

我们的现代文艺理论研究的目标是建立起科学的、成熟的理论观念和研究方法，但像西方现代文艺理论一样，我们无法超越古典诗学传统，凭空建立起这样一种理论，而只能在诗学传统的基础上向这个目标努力。与西方现代文艺理论不同的是，我们的文艺理论传统是双重的，一是数千年的中国古典诗学传统，二是百年来受其影响的西方诗学传统，尤其是其中的现代诗学传统，二者构成我们现代文艺理论建设的坐标系。只有在这个坐标系中，文艺理论建设才能既是现代性的又是中国的，任何一种参照都不能单独成为我们文艺理论建设的标准。因而，中西比较诗学对于当代文艺理论建设就有着特殊的意义。

比较诗学研究的目的是分析不同诗学传统中相关思想的异与同，以达成它们之间的汇通，但又不仅如此，尤其是对于我国的中西比较诗学研究而言，这种比较与汇通还隐含着一个理论取向，即通过与西方诗学传统的比较来考察与发现我国的诗学传统在现代文艺理论中的价值，既实现中西诗学传统的汇通，同时又实现传统与现代文艺理论的汇通。比如曹顺庆认为："比较不是理由，只是研究手段。比较的最终目标，应当是探索相同或相异现象之中的深层意蕴，发现人类共同的'诗心'，寻找各民族对世界文论的独特贡献，更重要的是从这种共同的'诗心'和'独特贡献'中去发现文学艺术的本质特征和基本规律，以建立一种更新、更科学、更完善的文艺理论体系。"[①]这已经明确认识到比较的最终目的是超越于中西两种诗学传统之上，建立一种更为完善的、也更为现代化的文艺理论体系。

中西比较诗学研究之所以有这种强烈的倾向，是因为我国学者逐渐认识到：一方面，我国现代文学不可能对西方文学亦步亦趋，而是植根于我国社会文化的现实土壤之中，对于古典文学的传统也不应彻底抛弃，而应有所继承；相应地，现代文艺理论研究，必须以文学实践为基础，也应深入挖掘古典诗学中有价值的思想。另一方面，研究古典诗学思想在现代文艺理论中的价值，通过与西方诗学的比较是一种必要的也是可行的途径，因为西方诗学是唯一一个自发实现现代化的诗学传统，与西方诗学的比较在某种程度上包含着与现代文艺理论的比较；另外，对于我们而言，西方文学和诗学虽然是外来的，但目前的现实是，它相较于古典诗学反而是一种更为切近和熟悉的文学观念和理论话语，古典诗学通过与它的比较，反而更容易被我们所接受和理解。

① 曹顺庆：《中西比较诗学》，北京出版社 1988 年版，第 270—271 页。

二、中西比较诗学进一步发展的难点与重点

中西比较诗学研究是实现中国古典文艺思想现代价值的重要途径，那么，如何通过中西比较诗学的研究来探索中国古典诗学思想在现代文艺理论建设中的价值呢？

一是应区分西方古典诗学与现代文艺理论。所谓中西比较诗学，主要是指中国古典诗学与西方诗学的比较，即对二者异与同及其原因、作用等的研究，这种研究本身对我们更深入地理解古典诗学与西方诗学，从而更深刻地思考现代文艺理论就有着重要作用。从古典诗学思想在现代文艺理论中的价值这一问题的角度出发，我们进行中西比较诗学思考时必须明确，西方诗学是现代文艺理论的典范，对各国的现代文艺理论产生了深刻影响，但它自身也有古典诗学与现代诗学之分，如上文所言，西方诗学本身也是一种独特的诗学传统，是从西方古典诗学发展而来的。因此，这种比较同时包含中国古典诗学与西方古典诗学及现代诗学的比较，也就是它既包含着古典诗学与现代诗学的比较，也包含着两种诗学传统之间的比较。

但我国现有的中西比较诗学的研究当中往往对西方的古典诗学与现代诗学不加区分，将中国古典诗学中的某些概念、命题等笼统地与西方古典诗学与现代诗学中的概念与命题加以比较，比如曹顺庆的《中西比较诗学》中，既有意境与典型、出入与移情这种中国古典诗学与西方现代诗学的比较，也有迷狂与妙悟、物感与摹仿等与西方古典诗学的比较，二者完全是不加区分的。我们认为这是欠妥的，虽然西方古典诗学中大量的命题在现代诗学中也有其影响，并得到现代性的再阐释，从而使古典诗学与现代诗学成为一个整体，但西方古典诗学本身与中国古典诗学一样，也不具有现代理论的特性，因而单纯的中国古典诗学与西方古典诗学的比较不包含古典诗学与现代诗学的关系问题，而其与西方现代诗学的比较则必然包含这一问题。当然，这并不是说中国古典诗学与西方古典诗学

的比较研究就完全与现代性问题无关,相反,这种比较研究能够探索现代文艺理论如何能够从西方诗学传统中产生出来、它与其古典传统的关系如何等问题,从而对中国古典诗学在现代文艺理论中是否具有价值也有参照的意义。总之,在中西诗学比较中,首先明确西方古典诗学与现代文艺理论的关系是很有必要的。

二是在比较研究中应尽量避免对西方与中国两种诗学传统产生成见。如上文所述,现代化进程形成了一套新的思想观念,它渗透到人们的思想和情感的各个层面,使文学和文艺理论在观念和语言形式等方面呈现出与传统迥然不同的面貌,对于中国现代文学和诗学来说更是如此。因此,我们当前的文艺理论建设就必须符合两个条件:一是理论话语必须符合现代化的思想观念,这样才能在逻辑上自洽;二是必须符合当下的文学经验。对于古典诗学在改革开放以来文艺理论中的价值这一问题,需要解决的重要问题包括:一是古典诗学的范畴和思维方法中是否有符合现代思想的内容,或者能否通过再阐释从而符合现代思维;二是经过再阐释的古典诗学思想是否能符合当下的文学经验。

又由于历史的原因,这一套思想观念乃至话语规范主要体现为西方的理论话语传统,尽管我们尚不能说对西方诗学有了足够深入的理解,但客观上我们已经完全接受了这一话语传统,从反面来说,中国古典诗学的话语传统已经在当下的文艺理论研究中消失殆尽,甚至古典诗学的部分概念、命题也显得难以索解。因此,如果古典诗学思想在现代文艺理论建设中是有价值的,那么这种价值的实现必须通过话语转换的方式实现,而不可能直接搬用,这一点通过与实际文学经验的印证也可证明。在当前的现实条件之下,话语的转换不可避免地要以西方诗学话语为参照,通过再阐释来实现,改革开放以来的主流的中西比较诗学研究也正是在这个方向上花费了最大精力,主要体现为中西诗学经典概念和命题的比较研究等。

但这种比较研究也存在一定问题,比如存在将中西诗学的某些概念、命题牵强对应,以西方诗学强解中国古典诗学的概念、命题,从而导致对它们的误解等,这就违背了中西比较诗学研究的理论定位和出发点。一方面，比较研究的前提是对两种诗学本意的深入了解，如果预设了二者的某种统一性而导致对它们的误解，那么这种比较也就失去了意义。另一方面，比较诗学研究既要注重中西诗学的相通之处，也要重视其相异之处，分析其相通之处有利于促进不同诗学传统的汇通，进而探究对各种文学传统而言普遍有效的一般规律；而分析其相异之处则具同样重要的意义，可以让我们看到中国古典诗学中的某些西方诗学传统所不具备的特质，从而可以补西方诗学之不足，也可以让我们看到西方诗学传统中中国古典诗学所不具备的要素，补中国诗学之不足。通过相互补充弥补两种诗学传统的缺陷和盲点，才能促使现代文艺理论逐渐超越出诗学传统的局限，真正成为一种科学的文艺理论。

除此之外，中西比较诗学研究还应当解决当下面临的一些关键问题，才能进一步发挥其学术价值。

首先，应该认真反思比较诗学与比较文学的关系。比较诗学的研究，首先是一种不同文化传统中文艺思想的比较研究，是比较文学研究的进一步深化。比较诗学作为一个专门术语，始见于当代法国学者艾金伯勒1963年撰写的《比较不是理由：比较文学的危机》一文。艾金伯勒认为："历史的探寻和批判的或美学的沉思，这两种方法以为它们是势不两立的对头，而事实上，它们必须互相补充；如果能将两者结合起来，比较文学便会不可违拗地被导向比较诗学。"[①]也就是说，比较诗学与比较文学表面上看在方法上有着很大的差别，但随着比较文学的发展，必然会从两种文学传统较为表层的艺术特性的比较转向更为深层的文学本质规律的比较，从方法上看，就是在以文学发展史为纲、对具体的文学现象的比较之外，必然要求加入理论的分析方法，研究的对象也从具体的文学作品或作者转向更深层的文学观念。

比较诗学应与比较文学研究相结合的另一个重要理由在于，改革开放以来的中西比较诗学研究往往单纯从理论自身出发，忽视了对中西文

① [法]艾金伯勒：《比较文学的目的，方法，规划》，见干永昌、廖鸿钧、倪蕊琴选编：《比较文学研究译文集》，上海译文出版社1985年版，第116页。

学交流和相互影响的现实情况的关注。比较诗学虽然是对理论的比较，并不必然涉及具体的文学现象，但从根本上来说，文艺理论所针对的文艺观念的发展变化，终究是通过实际的文艺现象体现出来的，具体的文艺现象是抽象的文艺理论的基础，脱离了中西文学相互交流与影响的现实，中西比较诗学所谈论的问题也就丧失了根基；忽视了中西文学相互融合的情况，中西诗学的融通也就无从谈起。而比较文学研究正是对中西文学相互关系的分析与总结，这种分析和总结应该成为比较诗学的基础，为比较诗学研究提供新的材料与视角，提出具有现实意义与理论价值的问题。因此将比较诗学与比较文学研究结合起来具有重要的理论意义。在改革开放以来的中西比较诗学研究中，已有学者在这方面做出了努力，并取得了一定的成绩，例如狄兆俊著的《中英比较诗学》，就结合具体的文学现象，运用现代文艺理论的方法，对中英两国诗学思想中的许多具体问题进行了对照式研究，其研究就避免了空泛的讨论；朱徽编著的《中英比较诗艺》则更具体地分析中英两国的诗歌作品，在此基础上以现代批评理论作为指导，探讨了格律、修辞、语法等更为具体而又不乏理论意义的问题。这应该是中西比较诗学应该更多关注的一种研究路向，它拓展了比较诗学的视野，拉近了比较诗学理论与现实的文学现象的距离，能够为比较诗学的发展提供源源不断的动力。

其次，应积极探索新的、能够通约中西两种诗学传统的比较研究方法和架构，从而达到建立一般文艺理论的目标。比较诗学的研究方法，按照艾金伯勒在《比较不是理由：比较文学的危机》一文中的说法，是历史的与美学的。所谓历史的，是指承认不同诗学传统的不同之处；所谓美学的，则是指通过比较研究将不同的诗学传统融汇，形成一种一般的理论。这二者之间有一定的矛盾，改革开放以来的中西比较诗学研究中就存在着因此矛盾而产生的种种问题，如过于侧重两种诗学传统的差异性，从而将中国古典诗学一些不符合现代文艺理论规范的特点强调为它的理论特性乃至理论优势；或者过于侧重现代文艺理论的学术规范，从而以西方诗学尤其是现代诗学的模式来解释中国古典诗学的概念和命题，反而造成了对中国古典诗学的曲解。

这两种情况虽然相反，但实际上都是比较研究的传统范式的局限造成的，比较诗学的目的是建立一般文学理论，而现有的文艺理论框架实际上带有西方诗学传统的片面性，在很多方面无法涵盖中国传统诗学，因此在比较研究中，应综合考虑中西两种诗学传统的结构框架，尤其是应在整体上认真梳理中国传统文艺思想，发现其潜在的理论架构，在此基础上建立一种能够融汇二者的新的理论架构。所谓融汇，不是一方取代另一方，而是能够使二者并存且相互融通，也就是说，文艺理论不同于自然科学和一部分社会科学，它的学科性质应该一方面是规范的、科学的，具有一定的普遍性与统一性，同时又是多元的，可以容纳不同观念与方法的存在。

总之，改革开放以来的中西比较诗学研究不仅取得了重要的理论成果，更重要的是，由于古代文艺思想研究本身面临着“古典思想的现代价值”这一无法回避的理论任务，比较研究就具有特别的意义。又由于当下的学术规范和理论话语处在西方化色彩相当明显的环境之下，进行古典文艺思想研究无法回避与西方文艺思想的比较问题，因此在专门的比较诗学研究之外，可以说古代文艺思想研究的各个领域都渗透了比较的方法和立场。因此，中西比较诗学既有着广阔的学术空间，也面临着严峻的学术责任。

第三章

新儒家诗学研究及其学术价值

新儒家之意有两种：一是宋明时期以儒为本、融合道佛思想而形成的新儒学各派；一是指产生于20世纪20年代、力图恢复儒家思想主导地位的学术思想流派，又被称为现代新儒家。本章“新儒家”则指后一种。现代新儒家发展历程大体经历了三个阶段。第一个阶段是20世纪20至40年代，在西方列强入侵、西方文化涌入并与中国传统文化碰撞之下，新儒家产生。中国传统文化被边缘化，儒家思想的主导地位丧失，当代文化应选择怎样的发展路径？新儒家倡导接续传统文化，并吸收、融通西方文化，重建儒家文化的价值系统，出现了梁漱溟、熊十力、马一浮、张君劢、冯友兰、贺麟、钱穆、方东美等第一代代表人物。第二个阶段是中华人民共和国成立后直至20世纪70年代，新儒家思想在大陆的发展受到了严重的影响，而在港台等地区得以传续，出现了唐君毅、牟宗三、徐复观等第二代代表人物。第三个阶段是20世纪80年代改革开放至今，思想束缚被打破，新儒家思想重新得到关注，出现了余英时、刘述先、成中英、杜维明等第三代代表人物。新儒家经过近一个世纪的发展成为一个学术宗旨鲜明、治学理路明晰的学术流派。“诗学”在中西方有着不同的含义，在中国传统文论中,“诗学”是指《诗经》学或古代诗词学,在西方学术传统中则泛指文艺理论,本章旨在探索新儒家文艺思想对当今文论建设的影响,所言“诗学”是指文艺理论。新儒家诗学是新儒家思想的重要组成部分,是新儒家贯通古今中外以传承传统诗教而形成的。新儒家诗学突破了传统诗学注重内部研究的局限,注重从心性修养、生命意识等角度探求诗学的文化本源,具有独特的学术风格。改革开放以来的中国文论在西方文论观念、方法、体系等全方位的影响下,面临着“失语”困境,在改变困境、重建当代文论的情势下,新儒家诗学的精神追求、思想方法得到了当代文论界的关注与推崇。新儒家诗学贯通古今与中西的开阔视野,“中体西用”与“返本开新”的治学方法,为当代文论接续中国古代文论传统提供了思想基础和可资借鉴的方法与途径。在对马一浮、方东美、徐复观、钱穆、唐君毅等新儒家文艺观的概括与梳理的基础上,对新儒家诗学的思想方法、精神追求及学术价值进行了深入的探讨,成为改革开放以来文论研究的重要内容之一。

第一节 新儒家诗学研究概述

新儒家作为一个思想文化流派,研究领域主要集中在思想文化领域,因此改革开放以来新儒家研究在哲学、文化领域成果颇丰。由于中国文史哲互通互融的特点,从文化的角度探索新儒家的诗学思想逐渐成为新儒家研究的新角度。改革开放以来的新儒家诗学研究主要包括两个方面:一是对新儒家诗学的总体评述,对其产生的社会文化背景以及诗学思想、学术路径、价值指向等方面进行研究;二是对新儒家代表人物的诗学思想进行梳理、概括,并结合其所创作的诗歌作品进行具体分析。新儒家诗学研究的开展,不仅为现代文论建设提供了借鉴,而且有助于更为精准地把握新儒家的思想文化特征。

一、对新儒家诗学的总体评述

现代新儒家并非只是对宋明理学的传承与发展，而是民国时期传统文化受到西方文化冲击下的产物，是笃信儒学的学者重塑儒家价值体系、坚守传统文化而自觉形成的思想文化流派。特定的社会文化背景为新儒学思想留下了深深的烙印，也直接影响着新儒家诗学的思想特征及价值指向。因此，在对新儒家诗学的总体评述中，主要是结合新儒家及其诗学产生的社会文化背景，梳理新儒家诗学思想形成的哲学基础和文化渊源，探究新儒家诗学思想与人的生命意识、心性修养的内在关系，从而呈现出新儒家诗学重诗教传统、富哲理意趣的特征。

首先是对新儒家诗学总体特征的概括。特定的社会文化背景决定了新儒家诗学迥异于前代的诗教传统，与 20 世纪其他诗学研究也有所不同。一是在研究领域方面，新儒家诗学属于"诗学扩展"的研究。胡晓明将 20 世纪的中国诗学研究分为两类，"一是诗学本身的研究，一是诗学扩展的研究"。不同于诗学文献的辑佚、整理、辨伪、训诂、考订与诗歌史、诗歌理论梳理总结的"诗学本身"研究，新儒家诗学是顺着中国传统思想本身脉络所进行的研究，属于"诗学扩展"研究。新儒家诗学对研究领域的拓展，体现了社会文化由传统向现代变迁背景下学生格局的变化。[1] 二是新儒家诗学建立在文化观照的基础上，形成了注重探究诗学的文化内涵及源流演变的"文化诗学"。新儒家诗学主要通过对新儒家文化哲学内含的诗学思想挖掘耙梳、概括分析而建立的，是新儒家思想文化有机的组成部分。新儒家文化诗学关注的核心问题是儒学诗教传统、心性修养、天地境界等，是对中华诗学精神的探寻，对诗学最根本问题的阐释。新儒家文化诗学高屋建瓴所形成的文化品格及精神追求成为其最

① 参见胡晓明：《重建中国文学的思想世界如何可能——以新儒家诗学一个案为中心的讨论》，《文艺理论研究》2002 年第 6 期。

鲜明的标签,并得到了学术界的认可。三是新儒家诗学传承了传统文化融通品格,返本开新,形成了清晰的治学思路。宋明理学是面临儒学道统的式微而融合儒、道、佛思想而建立的新儒学,体现了传统文化特别是儒学融合会通的品格。在传统文化受到西方文化的冲击向现代文化转型的过程中,新儒家以融会贯通古今中西文化的开阔视野,以儒学为本,对传统诗教进行创造性转换。通过新儒家三代人近一个世纪的努力,新儒家诗学的治学理路与学理形态日渐成熟,逐渐建构了一个文化底蕴深厚、富有生命活力的中国文论话语场。

其次是对新儒家诗学重要概念、观点的分析。鉴于中国诗学与传统思想文化之间内在的联系,新儒家诗学的基本概念范畴亦是从思想文化领域直接借用过来,并以开放融合的姿态“援西入儒”,进行创造性转换,建立了既保持了传统文化之根又富有时代特色的范畴群。对新儒家诗学范畴的研究主要集中在“道”“境”“和”“气”等。同时对传统诗学的重要命题如“诗言志”“温柔敦厚”等结合时代做了新的阐释。

“道”是中国思想文化和传统诗教的核心概念,也是现代新儒家诗学的元范畴。传统诗教遵从了传统文化崇“道”的特点,自《文心雕龙·原道》中对“自然之道”“文之道”的探源分析开始,到“文以载道”“文以明道”,“文”则成为“道”的载体。现代新儒家诗学传承了传统诗教的治学思路与逻辑,并融合了时代内容,提出“文”应该是时代社会思想,即所倡导的“道”的承载者。新儒家各代表人物从自身所崇尚的传统文化思想出发,结合对时代的不同理解,对诗之“道”做出了不同的解释,但都强调了传统诗教的传承与现代性转化。如钱穆尚儒家的人伦之道,并将之与人生结合起来,认为文艺要以人生道路为表现的中心内容,从而将文所载之“道”的内涵进一步放大。“境”是古代诗词审美价值评判的重要标准,形成了“境界”“意象”“意境”等概念。境界亦是新儒家诗学的重要范畴,虽然由于对传统文化关注的角度和内容不同,形成了不同的境界观,如钱穆的“有我之境”、唐君毅的“立我之境”、徐复观的“忘我之境”、方东美的“化我之境”等,但是,新儒家诗学的境界理论都强调对生命的体悟,追求自由、超越的境界,倡导人生境界与审美境界的统一,并在保有传统诗学审美特性的基础上进行了进一步的丰富与发展。“和”作为传统诗学的审美范畴之一,主要是指儒家的“人伦之和”和道家的“天人之和”。新儒家诗学秉承了中和适度的审美观念,但对“和”的阐释突破了传统诗学的局限,从人生与心性修养的角度揭示了“以人生和合为理想,以中和刚柔为基调,以生命谐调为趋赴的‘和乐之美’”[①]。“气”是中国古代思想、美学、文艺学的重要范畴,传统诗学在孟子“养气”说的启发之下,以“气”论文,曹丕提出了“文以气为主”的“文气”说,刘勰从多个角度深化了“气”对文的影响,韩愈提出了“气盛言宣”的观点,明清文论家对此进一步发展深入。新儒家诗学对于“文气”范畴进行了贯通古今的梳理,并提出了富有创见性的见解。徐复观“文气观”认为“气”是由内在的情性通到外在的文体的桥梁,是沟通“人”与“文”的媒介,这一观点是在深入研究传统文论尤其是《文心雕龙》的基础上提出的。

“诗言志”是儒家诗教的重要观点,也是新儒家诗学的重要内容,不同的代表人物对此作了深入的探讨,虽见解有所不同,但前后延续连贯形成了较为系统的认识,这一认识的变迁也体现了新儒家思想发展的基本趋势。马一浮认为“诗以道志,志之所至者,感也。自感为体,感人为用”,突出了“感”在“诗言志”中的重要作用。并提出“史”与“玄”,即历史与哲学,是志之感的结果,“得失之迹为史,感之所由兴也。情性之本为玄,感之所由正也”[②]。同时着力探讨中国诗学的本源,将诗学指向了性情与心性,融入思想文化的大本源中,形成了“六艺兼摄一切艺术”“六艺摄于一心”的论断。马一浮对“诗言志”的阐释展现了新儒家诗学开阔的视野和诗、思、史相结合的特征,蕴含了新儒家关注心性修养的忧患意识和道德情怀。钱穆对于“诗言志”的分析则具有鲜明的现代学术的知识性与逻辑性。钱穆从文化史学的角度区分了“《诗》言志”与“诗言志”的不同,对“诗言志”的言说对象及所言之“志”进行了对比分析,对“赋诗言志”到“教诗明志”演变的历史文化根源进行梳理分析,诸多观点进一

① 侯敏:《现代新儒家文化诗学研究》,苏州大学博士论文,2002 年。

② 马一浮:《蠲戏斋诗自序》(1943 年),见马镜泉编校:《中国现代学术经典·马一浮卷》,河北教育出版社 1996 年版,第 692 页。

步凸显了新儒家诗学的历史文化特征。对于“诗言志”,徐复观根据历史文化发展的现实,较为客观地阐明了“温柔敦厚”诗教形成的社会根源是中国专制制度,并辩证地分析了诗所言“个人之心”与“天下之心”、诗之“文学性”与“道德性”、诗之性情的“真”与“正”的不同及内在联系,并从仁心教化、心性修养的角度阐明了二者贯通融合的可能性与必要性。徐复观将新儒家诗学的观点与学术规范进一步细化、深入,并具有一定的开拓性。

二、对新儒家代表人物诗学思想的研究

现代新儒家学术宗旨是在现代社会转型中发展、复兴儒学,重建以儒家为本的中国传统文化价值思想体系,诸多代表人物研究领域主要集中在思想文化领域,对于每一位代表人物诗学思想所做的研究相对出现得较晚。此类研究主要分为两类:一是对具有文艺创作经验或对文艺理论进行探索的新儒家进行研究,整理其中内含的诗学思想体系;二是随着新儒家诗学思想研究的深入,对文艺没有进行专门论述的新儒家也得到关注,进而挖掘新儒家代表人物思想文化领域中所蕴含的文艺思想及其对文艺理论的影响。

新儒家诗文等创作颇丰的代表人物则首推马一浮。马一浮是“现代造诣极深,成就甚大的新儒家诗学奠基人”①,不仅善作诗,一生作诗三千一百余首,而且能评诗,著有《蠲戏斋诗自序》《诗教绪论》,并有若干批语、评论散见于各种著述之中。同时,马一浮学贯中西,曾学习、翻译大量的西方文学作品。徐复观在为台湾版《蠲戏斋诗全集》所作的序言中对马一浮在诗学上的贡献评价极高:“凡是看到马先生所作的诗的人,只要稍有这一方面的修养,便不难承认他是当代第一流乃至是第一人的手

① 胡晓明:《重建中国文学的思想世界如何可能——以新儒家诗学一个案为中心的讨论》,《文艺理论研究》2002 年第 6 期。

笔。”改革开放以来，马一浮研究由初期侧重其生平、哲学思想的研究，至21世纪初则逐渐走向专业化和专门化。由于马一浮诗歌创作以及诗歌评论颇丰，有关其诗学思想和诗歌创作的研究成为这一时期马一浮研究的重要课题。“六艺论”是马一浮思想的核心内容，其诗学思想是“六艺论”的重要组成部分，是六艺论在诗歌领域的具体体现，因此“六艺论”与“诗歌理论”成为马一浮诗学思想研究的两个重要内容。相关研究梳理了马一浮“六艺论”中三个命题的具体内容，指出命题“六艺统摄一切学术”是针对近代学术分科趋势而提出的，“六艺”所统摄的“一切学术”不仅包括“中土一切学术”，而且包括“西来一切学术”与“佛学”；命题“六艺统摄于一心”意为六艺之道根源于人的内在心性，这是马一浮“六艺论”思想的核心；根据马一浮相关论述总结出“六艺互相统摄”的命题，认为六艺《礼》《乐》《易》《诗》《书》《春秋》之间可分为“体”“用”两个层面，前三者为“体”，后三者为“用”，六艺体用互相统摄，蕴含了儒家人格由“内圣”开出“外王”的修养功夫。三大命题不仅各自逻辑条理清晰，且三者之间先后联系，浑然融为一体，成为马一浮思想的基本内容，也成为其诗学思想的理论基础。对于马一浮诗学思想研究，主要集中在“诗以感为体”“诗教主仁”两个方面。相关研究通过梳理“诗以感为体”的内涵及思想本源，提炼出马一浮诗学思想以“感”为体、以“史”“玄”为用的诗歌本体论，从“言志与缘情”“物感说”“感因玄而正”“精神境界”“感人觉人”等方面分析了本体“感”的具体内涵。马一浮诗教观注重诗歌对人的内在德性的培养，形成了“主仁”诗教观，并通过诗歌创作践行其诗学主张，体现了“去习复性”“心忧天下”的情怀。

新儒家对传统诗学思想进行现代化理论阐释的代表人物是徐复观。徐复观认为道德、艺术、科学是人类文化的三大支柱，而中国传统文化中“实有道德、艺术的两大擎天支柱”[①]。徐复观在中西文化比较融合的背景下，运用思想史的治学方法对中国古代艺术精神进行挖掘与再阐释，著有《两汉思想史》《中国文学精神》《中国艺术精神》等，对当代文学艺术

① 徐复观：《中国艺术精神》，商务印书馆2010年版，第2页。

研究提供了新的视野和新的观点，因而成为改革开放以来新儒家诗学重要的研究对象。有关徐复观诗学思想研究主要包括以下三个方面：一是从不同角度对其诗学思想的基本内容、主要范畴、艺术精神、理论体系、文化特征、心性特征的阐释与评论。徐复观诗学思想是在其文化思想、艺术精神研究的基础上逐步得到关注的，其诗学思想研究的角度大多侧重诗的个性与社会性、诗对人格修养的作用等，分析其诗学思想的社会文化特性与心性特征。进入 21 世纪，徐复观诗学思想研究逐渐转入诗词创作与鉴赏等实践论、《文心雕龙》研究、传统诗论重要命题分析等。二是从美学的角度探讨其诗学的美学价值，将诗学放置于整个文艺美学或中国美学精神的研究领域，分析其对中国传统美学精神的传承与创新。徐复观的《中国艺术精神》久负盛名，部分研究从美学的角度探索徐复观的诗学精神，认识到"心性"是认知徐复观美学、诗学的立足点，认为徐复观诗学是富有丰富文化内蕴的心灵诗学。三是对其诗学思想的阐释方法及治学理论的探索。徐复观思想观点的形成与其贯通中西的现代学术治学理路有着密切的关系，其历史意识、主体间性理论、"追体验"的思维理路及其诠释体系成为这一类研究的重要内容。

钱穆治学尚通不尚专，涉及文史哲艺等多个领域，其中对文学的研究主要集中在著作《中国文学讲演集》《理学六家诗钞》《中国文学论丛》中。由于钱穆认为"五四"新文学"失其正趋""失其本心"，并提出"倡新莫如复旧"的观点，其文学思想一直被边缘化。直至进入 21 世纪，随着新儒家诗学思想研究的深入，钱穆的文学观点得到重新审视与解读。钱穆认为中国文学有独特的文化生命和内在的人生思想建构，概括了中国文学的"心学"特质，在文化生命本体论的基础上建立了"心学文学观"。钱穆注重文学史的研究，并将其放置在宏观视野中，从文学观念自觉、传统"比兴"理论、文学辨体理论、文学考据理论、中国语言文字观等方面建立了系统的文学史论。为了更清晰地把握钱穆的文学观，相关研究探讨了钱穆对西方文学的文化基础以及对西方文学的整体认识，在此基础上阐述了钱穆"即彼显我"（即"中体西用"）的文学观，从而从一个侧面反映了钱穆对待中国文学的真实态度。钱穆文学思想的形成秉承了"和合会通”的治学思想:文学的古与今的和合、诗与史的和合、文学与心学的和合。其“和合会通”的治学思想对当今文论建设具有很高的借鉴价值。

随着新儒家诗学思想研究的深入,其他新儒家如梁漱溟、熊十力、唐君毅、方东美等的文艺思想、美学思想逐渐得到关注。梁漱溟学术重心在于中国文化与哲学,而且自称“才非艺术型,平素于文学艺术方面甚少用心”,但其思想体系中蕴含了对文艺本质属性的探讨,认为文艺作品的本质是“真切地动人情感”,文艺作品表现了人的意欲、豪情以及生命本性,其灵魂是“生命本性的流畅”,文艺作品的意境应“直入人类生命深处”[①]。熊十力在哲学上颇有创新,是现代新儒家哲学思想的奠基人,其哲学“以本心建基,重在生命,视宇宙人生为一大生命,而这也正是中国诗学的最显著的特点”[②],因此其哲学中蕴含有丰富的传统诗学精神。其中《原儒》阐发了传统诗学的言志传统与人文旨趣,将“兴于诗,立于礼,成于乐”的诗学观纳入其哲学思想体系中,作为道德修养的演进历程和追求的最高境界。冯友兰建立的“新理学”中以“理一分殊”阐释了艺术的本质,以人生四境界中“天地境界”作为文艺作品的最高境界。此外,由于方东美、唐君毅的美学思想研究逐步得到深入,其文艺美学思想不断被挖掘出来。方东美把西方柏拉图、柏格森、尼采、怀特海等人的价值哲学、生命哲学与中国传统哲学中的生命观、价值观相会通,建立了全新的生命思想体系,在对其生命美学的研究中包含了对其诗学思想的关注。唐君毅建立了以“道德自我”为中心观念的哲学体系,确立了“心”的本体地位,在此基础上对传统的“心物关系”做出新的阐释。唐君毅的文艺美学思想则是在“心本体”论以及“心灵九境”论的基础上发展而来。

综上所述,改革开放以来的新儒家诗学研究不仅综合分析了新儒家诗学学术视野开阔、富有文化特性、贯穿融通品格等总体特征,而且分析了新儒家诗学理论中“道”“境”“气”等基本范畴和“诗言志”“温柔敦厚”等诗教理论。同时对于新儒家代表人物的诗学思想的研究也逐步展开,

① 侯敏:《现代新儒家早期学者的哲性诗学》,《学术探索》2003年第12期。
② 曹传安:《熊十力哲性诗学研究》,苏州大学硕士学位论文,2009年。

从对传统文艺精神进行系统阐释的徐复观和诗作甚丰的马一浮，到对论诗较少的熊十力等人，个案研究不断丰富，从而为全面认知新儒家诗学提供了系统而丰富的资料。

第二节 新儒家诗学的思想方法及其精神追求

产生于中西文化和古今文化冲击、碰撞的历史背景下的新儒家，虽然代表人物学术领域侧重不同，且有着各自不同的理论建树，但在思想方法、价值观念、精神追求上却存在鲜明共性，正是这一特质将新儒家与其他学术思想流派区别开来。1958 年元旦，牟宗三、徐复观、张君劢、唐君毅联合发表了《为中国文化敬告世界人士宣言——我们对中国学术研究及中国文化与世界文化前途之共同认识》一文，不仅对新儒家思想及主要观点进行了阐述，也进一步明确了新儒家的治学方法和精神追求。

一、新儒家诗学的思想方法

新儒家诗学以新儒家思想为理论基础，立足于儒家诗教传统，坚持“中体西用”的治学原则，广泛借鉴西方文艺美学的观点与方法，以期接续传统并建立具有现代特征的诗学。与注重考据的古代文论研究不同，新儒家学者具有学贯中西的理论视野，新儒家诗学既回归传统，又不拘泥于传统，而是注重诗学的现代性转化；与按照西方文论体系、框架建构中国当代文论的治学观念不同，新儒家诗学出入西学而返归传统诗学，从而形成了具有独特治学旨趣的流派。改革开放以来，在对新儒家诗学的系统研究中，我们概括总结出的新儒家诗学的思想方法有跨界融合的思想方法、追根溯源的历史分析方法、中西贯通与比较分析方法等。

首先是跨界融合的思想方法。新儒家旨在复兴以儒学为主体的中国传统文化，以应对时下儒学衰微、传统文化被抛弃的格局，因此新儒家学者皆学贯中西，对中学、西学皆能出入、博采，治学上“尚通不尚专”，以大文化为研究领域，从哲学、思想到政治、历史、文艺等各领域皆有涉及，形成了打破界限壁垒、跨界融合的思想方法。一方面，新儒家诗学是文化研究的组成部分，诗学研究突破了专业、学科壁垒，回归到大文化领域。新儒家是以文化研究为基础，以人的心性修养为核心，为社会文化转型时期的人们寻求安身立命之本。由于传统诗教注重教化功能，在政治、道德、个体的心性修养功夫以及内圣外王的境界追求等方面的作用举足轻重。鉴于这一传统，新儒家将诗学纳入其思想体系，注重阐发诗学的文化底蕴和人文情怀，发挥诗学对传统文化的延续以及对道德、心性的修养价值。梁漱溟对中国文化研究颇为系统深入，虽然他本人对文学艺术很少用心，但仍然在《人心与人生》一书中专章论述了文学艺术的本质属性，将诗学作为其文化思想体系中不可缺少的一部分。新儒家认为，传统诗学所追求的至美境界与心性修养的至高境界是同一的，都是与天地参的天地境界，诗学是修养自身、体悟天地境界的重要渠道，因此，对新儒家诗学思想的研究部分选择了美学的角度，通过美学来贯通诗学与心性修养功夫，有效发挥诗学的社会价值。另一方面，哲、诗的跨界融合形成了“哲性诗学”。改革开放以来，对新儒家诗学的研究是随着哲学领域新儒家思想的研究而逐步展开的，在融合哲学思想与诗学思想的基础上概括诗学特征，既体现了新儒家融通一体的治学理念，又宜于把握新儒家诗学的精髓。对于熊十力等以哲学为治学领域的新儒家学者，其文艺观需要在哲学思想中去阐发。中国传统诗学以儒道思想为基础，中国传统文化重体验与感悟，具有鲜明的诗性特色，根据诗与思想的关系去梳理、挖掘学者思想中最能代表中国诗学精神的元素成为研究新儒家诗学的基本路径。对于马一浮、徐复观、钱穆等建立了诗学思想体系的学者，对其诗学思想的把握同样需要梳理其产生的理论背景、思想基础，并纳入思想史的研究领域来把握诗学思想的价值根源与价值追求。同时，对于新儒家诗学中“文学”与“心性”之学的关系探究也是研究的重要内容之一。新儒家认为，文学艺术作品是作者将个人的感悟、体验、情感、生命投入其中的产物，文学即心学，文心即人心，文学创作的这一规律与新儒家的心性文化具有内在的一致性，从新儒家思想的心性论去推演文艺的本质，成为新儒家诗学的特点之一。“在学术理论研究中，新儒家致力于思、诗、史的融合，集学问、思想、性情于一身，他们是中国文化哲学的探索者，其学术话语得到宽博的民族哲学体系的支撑。虽然其专攻不在文学艺术，但其身上体现了艺理兼重的精神以及诗性浪漫的气质。”①相关研究将新儒家诗学特征概括为“哲性诗学”，这一概括精准地把握了新儒家诗学与其哲学思想之间的内在联系。

此外，新儒家诗学传承了宋明理学融合儒、道、佛思想的治学思路，不仅融合了传统儒家、道家、佛学的逻辑和重要的观点，而且打破中西方地域、国家、民族的界限，真正体现了中国文化圆融会通的传统。

其次是追根溯源的历史分析方法。新儒家学者秉承了历代有志之士的历史责任感，在传统文化面临传承危机中自觉承担起了创新发展的历史重任，认为对于传统思想不仅要“照着讲”，而且要“接着讲”，需要“返本开新”。“开新”的前提与基础是“返本”，不了解传统，何谈传承与创新呢？纵观新儒家近一个世纪的发展史，不论是新儒家的奠基阶段的代表梁漱溟、熊十力、冯友兰、贺麟、张君劢，还是活跃于港台地区及海外的第二、三代新儒家代表唐君毅、牟宗三、徐复观、方东美、余英时、成中英等，都有深厚的国学底子，并运用了追根溯源历史分析法，对传统文化的基本问题、重要观点进行源流梳理、厘清辨析，以正本清源、转型创新。基于这一理论诉求，新儒家对诗学研究也是从历史的角度进行系统的梳理，在深入认知中国古典文学及文论史的基础上，传承“文以载道”的观念，将文学作为阐释新思想的载体。徐复观对中国文学艺术进行了系统研究，所采用的研究方法主要就是历史分析法，其中对中国艺术精神的认知与概括是在梳理孔子、庄子以及中国传统画论的基础上完成的，《中国艺术精神》一书的内容鲜明体现了艺术理论的流变历史。徐复观本应牟宗三的

① 侯敏：《现代新儒家学术理念探论》，《徐州工程学院学报（社会科学版）》2012 年第 4 期。

要求著《中国文学史》,由于种种原因未能完成计划,而将自己有关文学史及传统文论的研究结集出版了《中国文学精神》一书,该书序言分析了历史方法的正确运用,并对时下文学史研究中急功近利的做法进行了批评:“研究文学史的人,多缺乏‘史地意识’,常常是以研究者自己的小而狭的静地观点,去看文学在历史中的动地展出。不以古人所处的时代来处理古人,不以‘识大体’的方法处理古人,也不以自己真实地生活经验去体认古人,而常是把古人拉在现代环境中来受审判,拉在强刑逼供,在鸡蛋里找骨头的场面中来受审判,拉在并不是研究者自己真实地生活经验,而只是在自己虚骄浮薄的习气中来受审判。我年来发现,有的人写文章的目的,似乎是在造成历史地冤狱,认为只要这样才可以抬高自己的地位。”①钱穆对文学研究运用了治思想史的理论与方法,注重对中国文学史的研究,建立了系统的文学史论,在文学史研究的基础上树立了心学文学观。对于新儒家诗学的观点、思想及重要范畴等的阐释则从孔孟儒家诗教观念入手,沿着历史的发展脉络梳理其发展流变的历程,特别是通过对宋明理学中陆王心性之学的文艺观的探究,把握新儒家诗学的特质。如在对徐复观“文气”观的研究中,该研究成果从历史的角度阐释了“文气”观的渊源及发展流变,在此基础上分析了徐复观对传统“文气”观的发展及学术价值②。历史分析方法不仅丰富了新儒家诗学思想,更重要的是为新儒家诗学传统的传承与创新提供了理论支撑。

最后是中西贯通与比较分析方法。新儒家所倡导的诗学精神不仅源于古今对话,而且是在中西对话的开阔视野中形成的。新儒家学者不仅拥有学贯中西的学缘背景,而且有的生活在港台地区或海外,学者在“中体西用”的观念下,自觉运用了对话与比较的治学方法,借鉴西方文论思想,以实现传统诗学的现代化发展。中西方比较方法运用的前提是全球化文化视野,新儒家思想建立在全球文化的格局上,这是与国粹派、保守主义的根本区别。梁漱溟在《东西文化及其哲学》中对全球文化进行对

① 徐复观:《中国文学精神》,上海书店出版社2006年版,第2页。
② 参见霍伟:《徐复观文气观研究》,苏州大学硕士论文,2012年。

比分析，提出了“三大文化路向”，即“意欲向前要求为其根本精神”的第一路向，“意欲自为调和、持中为其根本精神”的第二路向，“意欲反身向后为其根本精神”的第三路向，与这三个路向相对应的分别是西方文化、中国文化、印度文化，通过对三种文化特质的分析，预测新儒家复兴的中国文化将是世界未来的文化。冯友兰对中西方哲学的思维方式进行了对比分析，指出了西方重逻辑分析、中国重直觉体认的特征，认为未来哲学的发展需要中西方思维方法的互补与融合。在全面认知世界文化特别是中西方文化的基础上，对中西方文化进行异质对比分析是新儒家诗学思想建构的重要方法。从文化基础、哲学思想、思维方式到文学观念、文学功能、文学价值、文学手法等进行深入的对比分析，探究各自的文学传统及不同的特质。同时在中西方诗学异质对比分析的基础上，寻求相通点为文学“开新”提供新的视野和观点。现代新儒家受到柏格森生命哲学的影响，在柏格森的“生命”“直觉”“创造进化”等观念的引导下，与传统儒家的心性修养相结合，建立了生命本体论，心性也成为新儒家诗学思想的核心。徐复观对于传统文论中的“意象”“意境”“境界”等范畴的现代转换，借用了康德“第二自然”的概念加以涵盖并上升到本体论层面。方东美则“把西方之柏拉图、柏格森、尼采、怀特海等人的价值哲学与生命哲学与中国之《周易》《中庸》《老子》《庄子》等原典中的生命观与价值观会通起来，提出了普遍生命这一形而上的本体概念，用以概括中国人之宇宙观与人生观的基本特征”①。此外，为了进一步促进中西文论思想的交流与对话，中国和海外的新儒家学者多次举办了有关新儒家思想研究的国际学术会议，形成了国内外新儒家研究互相促进的局面，一方面增强了中国诗学的主体意识和影响力，另一方面则进一步拓宽了学术视野。

① 李春娟：《方东美生命美学研究》，浙江大学博士论文，2007年。

二、新儒家诗学的精神追求

新儒家是在新文化运动中奋起保护、传承被打入“故纸堆”的传统文化时出现的，学者们怀着强烈的忧患意识，以接续、复兴传统儒学道统为己任，要“返本开新”，为传统文化寻求立足于现实并得以弘扬光大的路径。在20世纪社会急剧变革、思想文化领域风起云涌的背景之下，新儒家作为一个学术流派，它的形成与发展始终伴随着各种论争。新儒家学者历经社会政治思想文化变革，坚持本心，将价值取向与精神追求的鲜明统一作为他们精神的旗帜，这一特质在其诗学思想中也得到了集中体现。

首先，坚持传统诗学的根性。新儒家对传统诗学根性的坚持，建立在文化自觉的基础上。对于外来文化的强势登陆和国内反传统的高涨情绪，新儒家摒弃了“拿来主义”和“保守主义”，而是以开放的姿态和理性的态度重新审视传统文化的特质。一方面是追根溯源，正本清源，从历史的角度认知传统文化，避免认知的盲目性与片面性；另一方面是中西比较，全面认识中西方文化不同特质及其形成的社会根源。对传统文化的自觉认知，为新儒家坚守传统文化带来了自信。一方面，新儒家不讳言传统文化自身存在的问题及当下的处境，“我们亦不否认，中国文化正在生病，病至生出许多奇形怪状之赘瘤，以致失去原形。但病人仍有活的生命”①。另一方面，通过对世界文化发展史的梳理以及对中西方文化沟通交流的历程及特点的分析，新儒家认为“中国文化问题，有其世界的重要性”，预言中国文化将成为世界文化的未来。同时，新儒家对于传统文化的自觉与自信还源于一份历史使命感与责任担当。对于几千年来传统文化的成就，如何在当今世界文化格局中得以代代相传，对于在传统文化熏陶、浸染下生活的中国人失去了原有的文化土壤如何安身立命，他们提出

① 牟宗三、徐复观、张君劢、唐君毅：《为中国文化敬告世界人士宣言——我们对中国学术研究及中国文化与世界文化前途之共同认识》，1958年。

“如果中国文化不被了解，中国文化没有将来，则这四分之一的人类之生命与精神，将得不到正当的寄托和安顿”[1]。新儒家愿意承担起这一历史重任。

新儒家坚守传统文化的精神追求，也必然体现在其诗学思想中。新儒家诗学立足于传统诗学，对传统诗学的重要命题进行了挖掘、阐释，并提出富有创见性的见解。纵观马一浮的治学经历，涉猎广泛而最终坚守儒学："余初治考据，继专攻西学，用力既久，然后知其弊，又转治佛典，最后始归于六经”[2]，并建立复性书院以践行其坚守儒学的主张。马一浮诗学思想是从儒学“六艺”中生发出来的，是其六艺论的组成部分。马一浮诗学思想的核心内容“诗以感为体”“诗教主仁”。诗以“感”为体，以“史”“玄”为用，且“玄史互用”，“能玄能史”“诗以感为体”的理论是对传统诗学中“感”的阐释与创新，突出了诗的创作与鉴赏对提升人们精神境界的积极作用，从而进一步丰富了诗的思想内容，扩大了诗的表现领域。“诗教主仁”，注重诗对人的内在德性的培养，是对传统“温柔敦厚”诗教的发展。马一浮的诗歌创作最重要的特点就是对儒家传统的“温柔敦厚”诗教的秉承，追求“怨而不怒”“哀而不伤”的审美风格。马一浮作为一位诗哲型学者，“其儒学思想之醇厚，其诗歌艺术之精微，百年以来，恐无出其右者”[3]。钱穆对时下倡导的新文学进行了省察分析，在肯定了新文学在新文化运动中的积极作用的同时，认为新文学革命曾是新文化运动的一面旗帜而引发了社会道德思想的革命，但新文学革命将新文学与文言文对立起来，称文言文为“旧文学”“死文学”“封建文学”，“务求尽情摈弃”，钱穆尖锐地指出新文学思想过激，“失其正趋”“失其本心”，而成为新文化运动的工具。钱穆提出文学的发展“倡新莫如复旧”，需要回溯传统诗学的源流去寻求中国文学史的客观真相，“化旧成新”以开启新时代的文学。钱穆“返本开新”观点是以其对传统诗学特征及审美价值

① 牟宗三、徐复观、张君劢、唐君毅：《为中国文化敬告世界人士宣言——我们对中国学术研究及中国文化与世界文化前途之共同认识》，1958 年。

② 马一浮：《马一浮集》第 3 册，浙江古籍出版社 1996 年版，第 1191 页。

③ 高迎刚：《马一浮诗学思想研究》，山东大学博士学位论文，2005 年。

的研究为基础的。钱穆认为中国文学具有“博雅悠久”的特点，文字精练，描写空灵，善用比兴，以诗为代表，“中国文学各体裁都含有诗的因素，则表现内心情感以符合诗的情趣和意境是中国文学作品的文学性的要素”①。新儒家将中国传统文学放置在世界文化、世界文学的背景之下，通过对中国文学与西方文学的对比，对中国传统文学的基本问题进行了重新阐释，为坚守传统找寻到了依据与动力。

其次，追求诗学的心性修养价值。新儒家“返本开新”传承发展传统文化的根本宗旨是为世人安身立命提供精神支持，新儒家诗学也是在传统诗教源流梳理和再阐释的过程中力图追求一种精神上的把握，“把文学艺术的根源直追至人的具体生命的心性之中”②。

新儒家学者从传统诗学中为人安身立命探寻不同的修养功夫与路径。钱穆认为中国文化的重心在于“心”，是以心为本位的富于生命性的、注重内在精神涵养的文化。以文化生命本体论为基础，钱穆将中国文学称为“心学”，形成了心学文学观：“凡中国文学最高作品，即是其作者之一部生活史，亦可谓是一部作者之心灵史。此即是作者之最高人生艺术。”钱穆对传统文论中的文之“修辞”与“立诚”的关系作出了创造性阐释，认为“立诚”不仅指道德修养，而是直指“人心”；“修辞”不仅是“立诚”的工具、媒介，而且本身也有相对独立的生命价值。钱穆通过对“修辞”“立诚”的全新阐释，提出了“以文传心”的观点，从而消除了传统“诗教”与“诗艺”内在的紧张关系，将二者圆融地统一起来。同时，钱穆不仅从创作的角度提出“以文传心”，要求所传之“心”“绝非限于一时一地的普通‘人心’，而是贯注着中国文化生命精神的‘道心’或‘文化心’”，而且从读者鉴赏的角度提出“以心会心”，要求读者从自我性情出发，反之己心，感悟“文心”，以心会心。“以文传心”“以心会心”构成了钱穆心学文学观的主要内容。

① 谢小舟：《现代新儒家“自觉”意识下的文艺观和美学观——以徐复观先生艺术理论为例》，四川师范大学硕士学位论文，2008年。

② 张重岗：《从熊十力到徐复观：就本源而言的文艺定位》，《北京科技大学学报（社会科学版）》2008年第3期。

徐复观认为“形而上学的抽象思辨往往离人类具体真实的生活很远”,因而“提出了一个‘形而中学’,主张以‘形而中学’回归孔子”[①]。徐复观《中国思想史论集》对《易传》中“形而上者谓之道,形而下者谓之器”进行了创造性阐发:“在人至上者为天道,在人之下的是器物,这是以人为中心所分的上下。而人的心则在人体之中,假如按照原来的意思把话说完全,便应添一句‘形而中者谓之心’。所以,心的文化,心的哲学,只能称为‘形而中学’,而不应讲成形而上学。”“道”指天道,“形”指人(人的身体),“器”指人所用的器物,而在“道”“器”之间的“心”才是文化哲学的核心。《〈文心雕龙〉的文体论》将“心”置于文学的本源位置,徐复观亦将“心”定位为文艺的根源,并以“心”涵盖了中国儒、道的文艺精神。徐复观认为儒家的“仁义之心”与道家“虚静之心”是两种不同的心性修养方式,在不同的历史时期作为文学艺术的精神追求交替出现,而更重要的是二者也有着相融的基础与必要,成为文学艺术精神的核心内容:“道家‘虚静之心’与儒家‘仁义之心’,可以说是心体的两面,皆为人生而所固有,每一个人在现实具体生活中,经常作自由转换而不自觉。……儒、道两家精神,在生活实践中乃至于文学创作中的自由转换,可以说是自汉以来的大统。”[②]在诗学上,马一浮“诗以感为体”“诗教主仁”的诗学思想也是建立在心性修养的基础上,并在诗歌创作中灌注了“去习复性”的主题。

第三节

新儒家诗学的学术价值与学术盲点

新儒家诗学以复兴传统诗学为己任,通过古今梳理、中西贯通探寻传

---

① 石永之:《形而中者谓之心——徐复观易学思想研究》,《周易研究》2014 年第 5 期。

② 徐复观:《儒道两家思想在文学中的人格修养问题》,见徐复观:《中国文学论集续篇》,九州出版社 2013 年版,第 8—9 页。

统诗学在当下的价值与发展趋势，构建了一个富有文化特色及时代特点的思想体系。深入剖析新儒家诗学的思想内容、思想方法及精神追求，可以看到新儒家诗学独有的学术价值，同时也可以看到所存在的学术盲点以及局限性。

一、新儒家诗学的学术价值

新儒家诗学立足儒家诗教传统，基于传统文化会通的特点，融通古与今、中与外、诗与史、文学与心学，在开阔的学术视野中返本开新，重建中国现代诗学。新儒家诗学致力于中国诗学的重建，在“合和会通”的观念下，对传统诗学观念、思想、范畴做出来新的阐释，为诗学重建积累了丰富的理论资源。同时新儒家诗学在中西方文论对话中凸显了中国文论的价值与影响，顺应了近年来中国文论研究的“去西方中心主义”思潮，有效地消解了“文论失语”的困境，成为改革开放以来文论的重要流派之一。

首先，新儒家诗学确立了打通学界门户与阻隔的学术理念。新儒家治学以司马迁所追求的“究天人之际，通古今之变，成一家之言”的境界为目标，“追求一种抵达文化的通境”[①]。通境的实现一方面需要融合诗学与哲学、历史以期站在更高处探寻更高深的问题，另一方面需要打破门户偏见，以开阔的视野容纳来自不同思想文化背景的诗学观念，以理性的态度审视、取舍。一方面，新儒家文化诗学以传统哲学的宇宙观、人生观、价值观为理论基础，探寻文学与人文关怀、文学与心性之学、文学与人生内在的联系，诗、思、史的贯通与融合不仅是传统文化自身特性的体现，而且彰显了新儒家诗学以中国诗学为本位的宗旨。新儒家学者对诗学思想的阐发皆建立在哲学思想体系的基础上，共同运用了历史分析方法、中西比较方法，体现了相通的价值追求，将诗学作为阐发其哲学思想的一种方式，真正实现了哲学与诗性的融合，因此，新儒家思想被称为诗性哲学，新

① 侯敏：《现代新儒家学术理念探论》，《徐州工程学院学报（社会科学版）》2012年第4期。

儒家诗学则被称为哲性诗学。钱穆倡导“返本开新”建立心学文学论，则以“天人合一”文化观念为指导，形成了“古今和合、文学与文化和合、诗史（文学与人生）和合、文与心和合”的“和合会通”的文学思想①。另一方面，在西方文化强势植入的背景下，新儒家与时下流行的“西体中用”的治学观念不同，而是“敢于挣脱‘西方中心主义’的束缚”，“坚持认为，中国现代的文化转型不能靠‘西化’或靠西方的世界经验来完成，而取决于现代中国人如何认识、继承和发扬光大自己的传统”②。对于西方文论思想，则借鉴了宋明理学“援道入儒”“援佛入儒”的治学思路，在学贯中西的学术背景下，“援西入儒”，这一治学思路不仅体现了新儒家诗学治学的理性精神，而且表明其不囿于门户的开阔融通的学术视野。

其次，新儒家诗学有助于缓解当下“文论失语”的困境，为中国诗学的重建提供了实践经验。新儒家诗学被关注、挖掘是源于理论界对中国文论“失语”与现代重建问题的论争。自五四新文化运动至今，“中国现、当代文艺理论基本上被西方的一整套文论话语所控制”，针对这一现状，学者们提出了“重建中国文论话语”的命题。“失语”的原因不仅在于五四新文化运动以来，中国文论缺乏自己的思维、言说方式，更重要的是精神上的缺失。新儒家诗学立足传统诗教，“返本开新”，将诗学与“人学”“心学”“生命”相融合，阐述了中国诗学追求人文关怀的价值取向，突出了中国诗学与西方文论迥异的学术旨趣。新儒家诗学的这一特质对文论重建具有一定的启示作用，也可以这样说，对新儒家诗学的研究是学者们参与中国文论重建的尝试。同时，在传统文化遭到西方强势文化强力冲击的情况下，新儒家思想的形成体现了对传统文化的坚持与自信，这种文化“自觉”意识贯穿、渗透在新儒家诗学中。新儒家诗学的“自觉”意识并非是故步自封、妄自尊大，而是“学习中国传统文化和外来文化（主要是西方文化），认识其固有的优势与缺陷；汲取外来的优势文化因素，以替代落后的传统文化因素；同时，批判外来文化之缺陷，维护传统文化的优

① 参见徐波：《和合会通之魂——钱穆文学思想研究》，山东师范大学硕士论文，2006年。

② 侯敏：《返本开新的诗学建构——现代新儒家文化诗学的启示》，《江苏大学学报（社会科学版）》2005年第3期。

势，避免其被外来文化糟粕所遮蔽甚至取代”[1]。新儒家诗学的“自觉”意识及倡导的文化策略对当今文论重建具有一定的借鉴意义。同时，新儒家诗学建立新的学术格局，确立了新的治学思想，为古代文论的现代性转换进行了尝试。改革开放以来，社会转型带来了学术思想界的变革，文论界提出了古代文论的“现代转换”的命题。虽然对于“现代转换”，学术界有不同的观点和声音，但仍然可以看到这一命题的提出体现了时代的诉求，也体现了复兴古代文论的治学态度。新儒家学者在学贯中西的背景下对传统文化的选择与坚守，并非源于盲目尊大和保守排外的民族情感，而是通过深入的认知与理性的分析后做出的选择，新儒家诗学思想则是在贯通古今、中外的基础上对古代文论所作的一种“现代转换”。“新儒家诗学以大义和史识，不仅守住了中国诗学的精魂，而且顺着时代的需求，开拓了新问题、新领域”[2]，新儒家诗学不仅拓宽了学术视野，扩展了学术格局，而是为当今“现代转换”的治学思想提供了依据。

最后，新儒家诗学进行了治学态度与治学方法的探索与尝试。新儒家以“为天地立心，为生民立命，为往圣继绝学，为万世升太平”为宗旨从事学术活动，抱负远大，治学境界高妙，形成了学养渊博、专静功夫、循序渐进、沉潜证悟、追求纵深学术境界的治学风范与学术理念，在学术上取得了卓越的成就，为当今颇为浮躁的学术界提供了矫正的良方。一方面是沉潜专静的治学态度。新儒家学者学术成就的取得不仅由于高妙的治学境界，更重要的在于扎实深入的治学态度。熊十力提倡治学要宁静致远、实事求是，要恬淡、专业、恒久，不应追逐时尚，哗众取宠。马一浮“沉潜周孔六艺之场，贯穿华梵百家之奥，践履敦实，义解圆融，庶几扶持中国哲学文化之坠绪”[3]。另一方面是探索多样化的治学方法。新儒家学者在治学过程中都不断地总结治学的方法，为当今治学提供了有益的借鉴。熊十力认为治学要由浅入深、由博返约；唐君毅认为治学要经历“沉浸”

① 谢小舟：《现代新儒家“自觉”意识下的文艺观和美学观——以徐复观先生艺术理论为例》，四川师范大学硕士论文，2008 年。

② 胡晓明：《重建中国文学的思想世界如何可能——以新儒家诗学一个案为中心的讨论》，《文艺理论研究》2002 年第 6 期。

③ 侯敏：《现代新儒家学术理念探论》，《徐州工程学院学报（社会科学版）》2012 年第 4 期。

"质疑""开悟""乐道"四个阶段;方东美则形象地概括了三种治学方法分为"蚯蚓垦园""骊龙戏珠""老鹫搏云";徐复观则特别注重"直感"在文艺鉴赏中的重要性,正是基于这一方法,徐复观完成了《〈文心雕龙〉的文体论》《中国艺术精神》等著作。

综上所述,新儒家诗学在文论"失语"、重建文论的学术背景下因返本开新、"和合融通"的学术特性而被广为阐发。新儒家学者治学过程中,注重高妙治学境界与远大抱负的培养,确立了打通学界门户与阻隔的学术理念,形成了沉潜专静的治学态度,在实践中总结了多样的治学方法,不仅有助于消解当代文论"失语"的困境,而且对于当今治学环境与风气的改善都有一定的借鉴意义。

二、新儒家诗学的学术盲点

新儒家诗学学术价值的再发现,顺应了去西方中心主义的文论思潮而备受推崇,但一味地褒奖、缺乏理性批判的声音,在一定程度上影响对新儒家诗学学术价值的客观判断。在挖掘其学术价值的基础上分析其学术盲点以及理论局限性,才更能发挥新儒家诗学对当今文论建构的功用。

首先,新儒家诗学注重从文化思想的角度探究诗学的根本宗旨、社会功能与价值,而对于诗自身的规律及特征研究较少。新儒家研究的领域是思想文化,研究的宗旨是复兴传统文化尤其是传统儒学,诗学思想并非新儒家思想体系的主体,因此新儒家诗学还没有形成统一的真正的学术流派,也缺乏富有影响力的理论主张。诗学在部分新儒家学者建构的思想体系中的地位无足轻重。熊十力哲学以"本心"为核心,重视生命,体现着中国传统诗学的根本精神,其思想体系具有鲜明的诗性与灵性,但熊十力并不专注于诗学,甚至将诗逐出其"思想王国",他"不仅是自己不作诗文,而且像程夫子那样极端地认为'作文害道',将韩愈、苏轼等文士一概鄙为沽名钓誉、耸动视听之徒”[①]。部分新儒家学者虽然重视诗学，但大多关注诗学的“大义”，而视诗法、修辞等问题为细枝末节，探讨颇少。马一浮诗歌创作颇丰，且对诗论探讨较多，但其诗学思想是“六艺论”的组成部分，其中“诗以感为体”是对“诗言志”与“物感说”“诗缘情而发”等诗歌理论的梳理、概括及阐发，“诗教主仁”则集中体现了对传统诗教观的传承与发展。虽然马一浮在诗歌创作过程中强调诗的格律与神韵的重要性，但在《马一浮集》中明确提出诗人的“胸襟”“魄力”要比“格律”“神韵”重要：“诗，第一要胸襟大，第二要魄力厚，第三要格律细，第四要神韵高，四者备，乃足名诗”。徐复观对于文学精神、艺术精神等问题进行了专门深入的研究，其诗学思想的“乐教”观，是对孔子“兴于诗，立于礼，成于乐”的阐释与创造，认为人的本心是诗与道德的根源，诗是培养人达到“乐”的境界的重要途径；“文体论”则是对《文心雕龙》“文体”理论的阐发，认为“文体”的“体裁”“体要”“体貌”都与作者的“情性”“本心”是一致的，是作者知识积累和情感陶冶的结果，同样读者在阅读鉴赏过程中可使自己的本心得到升华，提高人生境界的高度。由此看来，徐复观诗学思想具有鲜明的“为人生”的使命感，对文学、艺术的关注是为人的本心的培养提供有效的途径。新儒家诗学对诗的“大义”的追求和“为人生”的使命感，致使对文学艺术本身尤其是文本的关注较少，致使理论流于空泛。

其次，新儒家诗学思想建构的过程中注重“感悟”与“体验”，在一定程度上消解了诗学的理论性。新儒家在借鉴西方学术的基础上，对传统诗学进行创造性转换，形成了具有代表性的观点。与传统诗学相比，新儒家诗学思想具有鲜明的现代学术特征，对概念范畴的内涵与外延进行辨析阐释，致力于思想体系的构建，在一定程度上改变了传统诗学思想模糊、碎片式的表述方式。但从诗学思想的理论性的角度分析，仍然具有重“感悟”、轻理论的特征，虽然这是新儒家传承传统诗学所形成的特质，但在一定程度上消解了诗学的理论性。深受传统诗学与佛学诗学的影响，

① 曹传安：《熊十力哲性诗学研究》，苏州大学硕士学位论文，2009 年。

马一浮不仅对于作诗、读诗提出了“贵神悟”的观点，而且提出诗学研究需要感性与理性相结合，认为研究者“神悟”能力至关重要。基于这一观点，马一浮“实际上并不特别看重任何理论著作对于‘诗学’本身的意义”，“也没有特别强调‘诗话’之类近于‘语录体’的著作与现代那种动辄十万言的鸿篇巨制之间的具体差异”，认为二者“只是两种不同的表达方式而已”[①]。徐复观认为文学艺术研究不同于其他领域，提出以“追体验”方法把握中国文学艺术的本质和精神主体：“我把文学、艺术都当作中国思想史的一部分来处理，也采用治思想史的穷搜力讨的方法。搜讨到根源之地时，却发现了文学、艺术有不同于一般思想史的各自特性，更须在运用一般治思想史的方法以后，还要以‘追体验’来进入形象的世界，进入感情的世界，以与作者的精神相往来，因而把握到文学、艺术的本质。”[②]徐复观运用“追体验”的方法，借鉴胡塞尔现象学“主体间性”理论进行文学艺术研究，提出了“形而中学”，力图通过贯通中西建立体现民族文化身份的思想体系。徐复观运用“追体验”的思想方法建立的思想体系存在一定的理论困境：一方面，虽然在逻辑上徐复观对文学艺术的研究具有“准现象学和准诠释学的学术特性”[③]，但难以对形而上、形而中、形而下进行清晰辨析，而是时有混淆，同时忽略了“道”在中国传统诗文艺术中的统摄地位和深层意义；另一方面，由于对于主体间性理论的过度使用，而影响了对传统诗文及艺术作品原意的阐释。

最后，在坚持传统诗教的同时，也存在厚古薄今、抱残守缺的局限性。在对新儒家诗学思想形成社会文化背景及其内涵梳理过程中，大多数研究肯定了新儒家诗学在接续诗教传统、建设当代文论中的积极作用，但同时也发现新儒家诗学的学术局限性。一方面，新儒家诗学对于“五四”新文学的批判与否定，否定了新文学革命的时代价值。新儒家与新文学主流观点有着严重的分歧，甚至是相互对立的。新儒家认为胡适、陈独秀等人掀起的新文学革命致使文学失去了优良的传统，而沦为新文化运动的

① 高迎刚：《马一浮诗学思想研究》，山东大学博士学位论文，2005年。

② 徐复观：《中国文学精神·自序三》，上海书店出版社2006年版，第2页。

③ 张宏：《徐复观中国古典美学研究论评》，山东大学博士学位论文，2007年。

工具。新儒家诗学的这一局限性与其所产生的时代有着内在的关系。新儒家产生于20世纪20年代社会转型时期,“五四”新文学革命作为新文化运动的重要组成部分,形成了反传统、学西方的价值追求,并从语言观、文学本体论、文学价值论等方面与传统文学形成了尖锐的对立,大力批评传统文学,并与之坚决决裂。新儒家学者为了保护、传承传统文学,保留传统文学的根性,不仅通过会通古今中外以寻求更高的理论支点,而且会以更保守的态度与更偏激的话语来对抗新文学革命。另一方面,新儒家诗学提出回归传统诗学以开新,来回应文学现代化这一问题。钱穆明确提出“现代化不等于西化”,对于文学如何开新,则提出了“倡新莫如复旧”的主张。钱穆认为文学在历史发展过程中虽然有变化与发展,但其内在的文化生命则是恒常存在、循环往复的。他在《现代中国学术论衡》中认为,“故居今言文学,果真欲提倡新,莫如复兴旧。古代诗、骚乃其含苞初放期,唐宋则其群艳灿烂期,明清则其凋谢零落期。然终为同一花朵,同一生命。器物可以除旧布新,生命则有起死回生。贞下起元,循环往复,一阴一阳之谓道,此惟中国人能知之,能言之”。因此,虽然新儒家诗学对于文学生命价值的挖掘与阐释具有积极的意义,但可以看到其文学演化论与文学开新论具有鲜明的文化保守的倾向。

综上所述,改革开放以来相关研究充分肯定了新儒家诗学的现代意义,认识到新儒家诗学的学术理念、治学态度与治学方法对于缓解当今传统文论“失语”的困境具有一定的指导意义与实践示范价值。但是,对于新儒家的批评性研究尚不够深入,如何辩证地认识新儒家诗学的价值与局限,并将之真正运用到当今文论的建构中,应该是新儒家诗学研究的重要课题。

第四章

改革开放以来中国文学批评史学科演化与建构

中国文学批评史学科是当代中国文艺理论学科中的一个重要组成部分，学科研究对象主要是中国古代的文学理论与批评思想。虽然中国文学拥有源远流长的批评传统，也形成了各式各样的理论和关于文学的观念，但是中国文学批评史这门学科却是一门年轻的学科，根据朱自清的说法："中国文学批评史的出现，却得等到五四运动以后，人们确求种种新意念新评价的时候。"[①]笼统地说，批评史学科是在五四运动之后，人文学科研究思想受到西学浸染的历史条件下，研究者从新的、现代的视角出发，在古代思想中整理、发掘"新意念""新评价"的产物。因此，考察中国文学批评史研究的状况，就要把握现代学术理念对这门学科的演进所起到的作用，认识到这是一门以当代意识来整合古代文学理论与实践的学科，从而看到其学科发展中主导性观念可能引起的趋势变化和问题所在。

---

① 朱自清：《诗文评的发展》，见朱自清：《朱自清古典文学论文集》下册，上海古籍出版社 1981 年版，第 544 页。

第一节

改革开放以来中国文学批评史的学科演化

一、改革开放之前中国文学批评史的学科演化

一般认为，中国文学批评史学科是进入20世纪之后诞生的一门新学科，1927年陈钟凡的《中国文学批评史》在上海中华书局出版，该书是中国文学批评史这门学科诞生时期的发端性的著作。作为学科初创时期的标志性作品，陈著带有中国传统的诗文评写作的遗留，仍然保留了一些古典文论作品中以随笔发议论的写作痕迹，而与现代学术所要求的整饬体系形式有所距离；但是该书中涉及了对中国文学批评史这门学科的性质、对象、研究方法和体例等问题的思考，且具有现代学术研究的眼光和思维方式，可以说对这门学科的发展确实发挥了奠基性的意义。

继陈钟凡的著作之后，郭绍虞、方孝岳、罗根泽等人分别在20世纪30年代出版了中国文学批评史的研究著作，形成了这门学科初创时期的第一次研究热潮。中国古典文论多为零散的、印象式的批评或随笔类的文献，缺乏西方学术的严整体系脉络。所以，20世纪30年代出版的批评史著作中这些最早一批涉及文学批评史研究的学者所做的工作，主要是在当时从西方传入的新的文学观念启发下，对分散零碎的文献材料进行系统整理，从中提取出关于文学批评和文学性质、功能等的观点，同时思考批评史的研究范围、写作体例、与学术文化思潮的关系。学者们大多借鉴了西方学术的观念和方法，从现代的学科分类意识出发，对于批评史学科的性质、问题域、编写体例、史学观念的介入以及与古典文学研究中其他领域的关系等基本问题，都进行了深入的探讨，同时也继承了传统史学的研究方法和述史精神，运用新的文学观念对传统理论，尤其是对诗文评

的价值进行重新发掘和评估，推动了批评史学科范围的逐步清晰和编写原则的逐步确立。其中，郭绍虞的《中国文学批评史》可以说是影响最大的一部。该书上卷于 1934 年由商务印书馆出版，主要梳理先秦至北宋的批评史研究状况；下卷分两册，于 1947 年出版，主要梳理南宋至清代中叶的批评史研究。郭绍虞的研究在资料收集和研究方法上均有独特的创新和拓展，对中国文学批评史这门学科有开创之功。陈钟凡的《中国文学批评史》资料主要收集自传统诗话、词话，而郭绍虞则扩大了取材的视野，不但收集传统诗文评的资料，涉及经部、子部的文献，还将视野扩大到史部和笔记类，包括史书文苑传的记载、文学传序甚至笔记小说、论诗等多种文体形式的文献。这反映出郭著对批评史学科的理解更具现代化视野，拓展了研究对象的范围。郭著的另一创新之处在于对中国文学批评史的分期，将周秦至现代的文学批评思想分为文学观念演进期、文学观念复古期和文学批评完成期这三个大的历史时段，总结了一条宏大的文学观念发展的历史脉络。另外，郭著在体例设计上比较灵活，基本是以问题意识为线索，联系学术思想、社会思想的背景来把握文学批评史的脉络，因此在体例上采用了人、派别、时代、文体等多种分类方式，这一思想方法反映出作者的述史观念是将一个时代的文学、批评与社会思想语境看作一个有机整体的。当然，郭著在运用材料方面仍然未摆脱以传统的诗文评为核心的观念，而未将小说、戏曲理论纳入其研究范围，这样的缺憾表明，在学科的形成时期，关于研究对象的视野和学科观念都有待进一步拓展和定型。

方孝岳的《中国文学批评》1934 年由上海世界书局出版，全书共分上中下三卷，时间跨度从先秦时期至清代，写作原则主要是以史为纵的线索，对各个历史时期的文学批评思想做出概括，同时以各家各派学说为横向拓展，突出批评家个体，有史有论，观点鲜明，议论能够切中要害。在文学观念上，著者从纯文学的界定入手分析各时代的批评思潮，注重审美标准和美感价值。在资料运用方面，其特色在于对集部文献更加重视，尤其侧重总集中的文献资料收集。

罗根泽的《中国文学批评史》1934 年由北平人文书店出版。至 1961

年，该著作被扩充成为从周秦两汉、汉魏六朝、隋唐、晚唐五代到两宋文学批评史分册出版的系列著作，其写作特色在于贯穿始终的历史意识，作者关于批评史研究的理解不仅在于以探讨文学与文学批评、文学史与文学批评史的关系为前提，还在于历史写作中对材料的搜求、选叙的标准，著者注重对历史真实和客观性的呈现，对历史解释持审慎的态度，并且对编著的体例予以同样的重视。在体例上，作者自创了融合传统史书编年体、纪传体和纪事本末体的综合性体例，先以编年体的方式为古代批评史按年代分期；再仿照纪事本末体的写作方法，对该历史时期的文学理论问题进行梳理归纳；再按纪传体的方法，对批评史中重要的批评家言论设专章进行论述。罗著的写作特色还体现在作者从佛经中挖掘了不少古代文论的材料，对于“佛经翻译论”设立专章进行爬梳，与陈钟凡、郭绍虞等人偏重诗文评的倾向相比，有自成一家的特色。

朱东润的《中国文学批评史大纲》1944 年由开明书店出版，这部著作由其在武汉大学讲授中国文学批评史课程的讲义整理而成，时代跨度从先秦至清末。作者虽然也强调批评史事实的重要性，但有了更多自己的判断和主观意识在内，其特色在于体例上以单个批评家为中心设立章目，筛选和发掘了一批不为前人所注意的批评家。对于明清小说戏曲理论，作者也给予了前所未有的关注，反映出学科视野的扩展。

商务印书馆于 1947 年出版了傅庚生的《中国文学批评通论》，其架构不同于其他批评史以时代或人物分章节的做法，而是参考西方现代理论，用“感情”“想象”“思想”“形式”等西方理论的范畴和概念建构起全篇内容，不但涉及文学内部研究相关的情感因素、形式、观念等问题，还用社会历史研究的眼光分析了作者个人经历和个性等外部因素对文学创作的影响问题，在理论模式和体系建立的探索上颇有创新。

1949 年之前的批评史研究著作，其共同特征在于关注“纯文学”的范畴，用文学的独立价值观念来审视古代文学批评和理论思想；强调审美价值和情感的生发作用，体现出西方理论中关于文学性和文学如何界定的基本理论的影响；尤其是西方美学对美感、情感等审美机制的探讨影响了中国现代学者对古代批评史的思考角度。朱自清对中国文学批评史学科创生阶段评价说:“这时候人们对文学取了严肃的态度,因而对文学批评也取了郑重的态度,这就提高了在中国的文学批评——诗文评——的地位。”“因为我们正在开始一个新的批评时代,一个从新估定一切价值的时代,要从新估定一切价值,就得认识传统里的种种价值,以及种种评价的标准;于是乎研究中国文学的人有些就将兴趣和精力放在文学批评史上。”[①]当然这个阶段的研究也留下了很多深入的空间,例如受到传统诗文评模式的影响,有些著作仍将目光聚焦于儒家思想背景下的文学批评资料,而对于佛家、道家思想在文学观念和创作中的作用认识不足,研究涉及也较少;在学科建设中,学者们普遍将诗文评性质的文献资料放在核心地位,而对明清时期的小说戏曲批评不够重视。

在中华人民共和国成立之后,中国文学批评史的研究和写作出现了新的变化。以“文革”为分界线,在中华人民共和国成立之初产生的研究成果往往流露出政治意识和阶级观念的痕迹,倾向于社会背景和历史条件的分析;“文革”之后出现的批评史研究则更多回归到对文学和美学问题的探讨。

在“十七年”文学时期,中国文学批评史研究表现出时代政治话语的明显影响,文论被当作印证现实主义原则或政治意识形态的工具,如在编写体例上,学者自发自觉地运用形式主义与现实主义、唯物主义与唯心主义的二元划分思维;或多或少运用阶级分析和社会决定论来作为切入问题的角度;等等。中华人民共和国成立初期,国内的文学研究的主流观念受苏联文学和理论的影响最大,在理论观念上表现出与苏联文论趋同的文学反映论、现实主义和阶级分析的批评倾向。在这一历史条件之下,郭绍虞对其《中国文学批评史》做出了适应于时代思潮的改写,并于1956年在上海新文艺出版社出版;1959年,他在人民文学出版社出版了旧版《中国文学批评史》上册的第二次改写版,并将书名改为《中国古典文学理论批评史》。两次改写均运用历史唯物主义和阶级分析的方法重新审

① 朱自清:《诗文评的发展》,见朱自清:《朱自清古典文学论文集》下册,上海古籍出版社1981年版,第544页。

视和评价批评史中的人物和现象，反映出当时政治意识形态对文化和学术观念的影响。在改写的版本中，作者以现实主义与唯心主义、形式主义的斗争作为批评史书写的主线，这种思路在处理具体的理论问题时可能流于僵化，因此作者也试图将具体的问题放在具体语境和时代中做出尽量公允的分析评价。

20 世纪五六十年代的政治话语对批评史学科的影响主要体现为述史观念的变化，例如，黄海章编著的《中国文学批评简史》1962 年由广东人民出版社出版，受时代政治环境和学界风气的影响，这部简史的基调被定为描述代表先进观念的现实主义文学观与落后的非现实主义观念，如唯美主义、形式主义的斗争史，基本以文学史上进步的和反动的两股势力的矛盾冲突为线索来描述批评史的发展。虽然作者也意识到了具体批评家的个体和理论中存在的矛盾复杂性，但全书的面貌基本呈现出带有时代赋予的“左”倾的倾向和阶级分析的方法。

当然，并非所有的批评史写作都在印证时代政治的话语。1964 年，由复旦大学刘大杰主编的《中国文学批评史》（上册）出版，在编写原则中，该书贯穿了马列主义的指导思想，但面对具体理论问题和批评家时，作者没有过于教条地用阶级分析或进步反动论解决问题，而是尽量保持对文学和批评独立性的把握，从文学自身的发展规律出发，结合翔实的史料，较为客观公允地做出评述。因而，该书是“十七年”时期产生的一部相当有学术价值的批评史著作。但受到政治环境的影响，批评史研究在当时处于低潮时期，著作和研究成果较少，有长远价值的更少，刘大杰主编的批评史在当时也只出版了上册，中册和下册迟迟未能面世。

20 世纪 50 年代末开始，罗根泽对其《中国文学批评史》做了一系列的扩充工作，成为一部体系更为宏大、时代跨度更为全面的通史性著作；郭绍虞主编的《中国历代文论选》也在这一时期问世，成为和批评史专著可以互相对照使用的重要资料。

二、改革开放以来中国文学批评史的学科演化

20 世纪 80 年代起，中国文学批评史的学科建设和研究进入了一个新的繁荣期。大量批评史的新著在这个时期涌现，经过了“文革”的洗礼，知识分子普遍开始反思并摆脱政治极左路线的影响，这一时期的社会思潮在批评史新著中也有鲜明的体现。改革开放以来的批评史研究更加多元化，开拓了多种体例和研究领域，且多数成果都体现出较高的学术质量。

敏泽的《中国文学理论批评史》在 1981 年由人民文学出版社出版，该书的时代跨度从先秦时期直到近现代旧民主主义革命时期，著者重视理论的阐发和历史唯物主义立场，以发展的眼光在每个时代分期之下按批评史人物或事件、派别划分章节，具有全史的整饬体系。由于这部著作实际写作于“文革”之前，因此，在书中仍然可见“十七年”时期研究思路的教条化痕迹，例如从社会历史发展、阶级斗争的社会背景来论述文学理论，分析理论家的阶级局限性，片面强调政治经济对文学的决定作用；用唯物主义和唯心主义二元对立的观念来解释文学理论的发生；将作家的现实生活经历看作决定作家艺术风格的最基本因素；等等。

刘大杰主编、复旦大学集体编著的《中国文学批评史》上册于 1979 年在上海古籍出版社出版了新版，中册和下册实际由王运熙、顾易生主编，分别于 1981 年和 1985 年出版。这部书涵盖的时间线索从先秦直至近代，是一部批评通史性质的著作。这一套著作共分七编，按历史朝代顺序划分，从“先秦两汉”直至“近代”，已经可以见到后来王运熙、顾易生主编的七卷本《中国文学批评通史》的雏形。编写者秉承马克思列宁主义的观点，以发展的眼光审视中国古代文学批评和理论变迁的历史，写出了其中的理论思想的冲突、融合、演进的过程，并试图以体系化的思路为古代文学批评史整理出一个理论的系统。虽然著作中仍然保留了一些较为简单的阶级斗争思路，有用理论家的阶级身份解读其思想的表述，但总的

来说学术立场较客观审慎。从具体的章节安排看，著者注重在时代历史背景的大框架下梳理重要理论家、批评家和相关流派的文学主张，体系整饬，结构严密。

1981 年，长江文艺出版社还出版了南京大学周勋初的《中国文学批评小史》，篇幅较小，只有 20 多万字。作者将批评史分成上下两段，上半段以魏晋南北朝为重点，主要考察此段批评史中的理论建树；下半段以明代为重点，主要考察此段时期批评领域的拓展和理论内容的丰富，也纳入了对戏曲小说理论的梳理。这部著作的写作思路同样以社会历史批评的思路为中心，将具体的理论家和批评家纳入时代理论思潮、社会政治文化的大背景中去观照，显示出其整体性、综合性的眼光。这部著作中开始有了更多关于西方理论话语的反思，作者认识到了古代文论中使用的语言与现代研究者之间的距离，同时更点出了当代文论中西方术语概念的主导地位，作者指出古代文论不能被看作对现代文学理论中一般原理的证明，这一视角的具备说明在古代理论话语与当代话语之间进行协调的问题，已经得到了当代研究者的关注。

1987 年，北京出版社出版了蔡钟翔、黄保真、成复旺共同撰写的五卷本《中国文学理论史》，该书规模较大，且具有突出的反思性质。著者认为“文学批评”的概念来自西方，不符合中国传统文论的实际，因此将著作命名为“理论史”。该书对中国文学理论的产生发展机制做了客观深入的分析思考，从而对批评史学科的研究方法进行了清理和反思，也在针对具体理论事件时有更多创新性的议论。关于 20 世纪五六十年代的批评史中的时代政治话语和唯心唯物二元对立的思维方式，该书也进行了反思，并且强调了将历史唯物主义机械地运用于批评史研究的缺陷。从文学艺术和批评理论自身的发展规律出发，该书涉及了哲学和文学对文学批评的影响，也讨论了佛家、道家思想对文学研究的影响，并对戏曲小说的创作和理论发展脉络给予较重要的篇幅。著作有意识地将文学的审美独立性和自律性质当作一条著史线索，同时也并未完全摒弃政教中心论的观点。当然，书中也存有 20 世纪五六十年代的撰写风格，对理论和人物事件的分析仍有从社会形态和经济基础出发，进行阶级分析的痕迹。

20 世纪 80 年代，复旦大学中文系中国文学批评史教研室开始组织编写一部大规模的中国文学批评通史性质的著作，由王运熙、顾易生主编，这套七卷本《中国文学批评通史》在 20 世纪 90 年代陆续出版，成为一套七册的中国文学批评史研究丛书。这套著作规模宏大，材料丰富，内容全面，在理论阐述和观点创新上均有很高的成就，在改革开放以来的社会思潮背景下，重新审视了原来被视为形式主义、唯心主义而加以否定的文论家和思想流派，较为认同批评史自身的发展规律。从文学观念的古今演变入手，以现代理论话语对文学与非文学的区分作为一个重要的判断标准，因此而在诗文评内容之外开拓发掘了庄老玄禅等多种审美思想的发展线索。全书以历史朝代为序编排各卷内容，其具体章节的安排在历史线索的基础上又按照传统的文体意识分类，以对诗文评、小说、戏曲、词等主要文学样式的评析为线索罗列各个理论家和流派，体例整饬，不同分卷又各具特色，其宏大的规模显示出对中国古代文论思想的全面观照。

1995 年，北京大学出版社出版了张少康、刘三富著的《中国文学理论批评发展史》（上下卷），这部著作对文学理论批评史的分期问题提出了独创性的见解，将整个批评史分成古代和近代两个大阶段，两个阶段中又分出先秦——萌芽产生期、汉魏六朝——发展成熟期、唐宋金元——深入扩展期、明清——繁荣鼎盛期、近代——中西结合期，前四个时期属于古代，第五个时期为近代阶段。著者具有明确的对批评史自身发展规律的思考，同时结合社会发展状况来探讨文学创作和批评状况的演变，在其对批评史分期的观点中也见出了对这一规律性的认识。在具体的章节安排中，著者立足于唯物史观，既有对一个朝代思想状况和社会思潮的评述，也有重点地突出了重要的批评家和流派，同时显示出对文学观念、纯文学和审美意识的明确关注以及体系化的思维方式。

1999 年，蔡镇楚的《中国古代文学批评史》由岳麓书社出版，该著作既有自己独创的特点，又能够对学界既有的成果和观点加以总结阐述，形成了自己的创作特色。2005 年蔡镇楚又出版了《中国文学批评史》，这本书以较为纯粹的学术态度收集、整理并评价中国古代文学中的理论和批评研究状况，区分了文学批评与文学理论、理论批评与实际批评，注重两个维度的有机结合，并且注意把握中国文学批评的经验型、审美鉴赏型和侧重创作论的特质。著者认为既有的中国文学批评史著述重理论而轻批评，重正统文学而轻俗文学，因此要在自己的著作中加以弥补，同时还要避免西方文论为理论而理论的弊病。

20 世纪 90 年代以后，随着国内学术界对西方理论的大量引入和译介，学术研究越来越倾向于聚焦在理论工具、思路和“方法”之上，中国文学批评史的研究也受到这一学术潮流的影响，在切入历史书写的角度和方法工具的更新上更加用力，不再局限于社会历史分析和阶级决定论，而是吸收了哲学、史学、心理学、社会学的理论方法，博采众长，显示出跨学科的思路和研究思想的极大拓展。在这一时期，中国文学批评史学科可以说进入了一个新的繁荣阶段。

除了沿袭批评理论史、通史、全史的体制之外，改革开放以来的批评史研究还呈现出多样化的特质，出现了诸多的分体批评史研究著作，如 20 世纪 80 年代末出版的蔡镇楚的《中国诗话史》、陈谦豫的《中国小说理论批评史》等，以及 20 世纪 90 年代遍地开花的分体批评史研究，包括谭帆和陆炜的《中国古典戏剧理论史》、方智范等人所著的《中国词学批评史》、陈良运的《中国诗学批评史》、萧华荣的《中国诗学思想史》等。

除了比通史、全史体制更为细化的分体批评史研究，改革开放以来的批评史学科在断代理论批评史方面也有更多的研究成果，并且以罗宗强为代表，开拓了“思想史”研究的新领域。罗宗强主编了八卷本《中国文学思想通史》，其中罗宗强撰写的《魏晋南北朝文学思想史》《隋唐五代文学思想史》和张毅撰写的《宋代文学思想史》出版较早。可以将这套著作看作以断代思想史的形式分开出版的，因此也可看作对多种断代史的有计划的整合。在文学批评和理论研究的领域之外，该套丛书又结合特定历史时代的思潮背景来观照文学批评观念和研究视域的演进，从而开辟了“思想史”的研究领域，拓宽了批评史学科的视野。

改革开放以来的中国文学批评史研究，总体来看取得了相当大的成就，在对基本理论的历史面貌的研究方面，改革开放以来的相关著作对传统文学批评和理论文献的清理都更为全面深入，对文献中细节问题的研究更缜密。在史的方面，这一学科研究既有对历史观念的推进，也有整体性的脉络梳理和历史还原工作，也包含了综合性的文化视角的研究。随着社会历史条件现代化进程的推进，学者对文学观念和传统的反思也在不断开拓新的领域、新的话题甚至是新的学科走向。

第二节 中国文学批评史研究的学术理念与当代意识

一、中国文学批评史学科的发端与进展

从学术语境上看，中国文学批评史自学科成型之初，大致经历了中西文论的碰撞、结合的过程。西方文论的体系化、逻辑性和整饬的理性书写方式不同于中国传统文论，后者的表达方式以感悟式、鉴赏式批评为主，而缺乏严整的体系，中国文学批评史学科得以发端的契机，首先应该归因于晚清民国时期西学东渐的潮流。在西方现代学科体系的熏染之下，民国时期的学者开始尝试用西方学术的学科划分体系来思考中国的学术研究，中国文学批评史学科的创立就以此为契机。批评史学科一开始对批评的认知和解读材料的切入角度，都是参照了西方文学学科中对文学批评和理论的范畴界定，去观照中国传统的文学研究，从中发现、整理批评的实践和理论的表达。这个过程中也伴随着对中国传统研究方法的继承和发扬，如传统以纪传体、编年体或纪事本末体述史的不同方法，也被批评史书写所采纳；并且，传统的文学研究中对诗文评正统地位的重视，也被最初的批评史研究著作保留了下来。

西方文学学科带来的还有关于文学范畴的观念，批评史学科在西方思潮的激发之下也必须重新思考文学的性质和界限问题。中国传统的学术研究凸显的并不是文学和非文学的区分，而更多是文体的区分，按照不

同文体划分出不同的功能和具体写作手法；而中国文学批评史研究作为一门现代意义上的新学科，首先面临的问题就是对传统的文体学研究体系的颠覆，同时要回答“什么是文学”的问题。这一问题因西学的引入而生，也借助于西学而得到解决，中国的批评史研究学者对文学界限的认定，更多是借鉴西方的文学概念和文体研究而形成的，例如复旦版七卷本文学史在开始的部分，就着重讨论了从现代文学观念出发而产生的文学和非文学的区分问题。

从学术方法角度看，改革开放以来的批评史研究继承了这门学科创立之初的基本特质，保持了严谨的理性思维的基调以及体系化的研究思路，并且在实证方法上未见逊色，对原始材料较为重视，用事实说话，体现了历史书写的传统。在这一优良传统之上，改革开放以来的研究在视野和角度上都有拓展和创新，如对分体文学批评史、思想史等领域的开拓，在文学思潮、古典文论范畴论、范畴发生论等新思路、新方法上的勇敢尝试，都是非常可贵的创新。当然，改革开放以来的中国文学批评史研究也时刻面临着方法创新、学科综合性加强的挑战，在中国传统文化与西方现代思潮交会的时代语境中，古今对话、中西对话以及对古代文论话语现代价值的发掘等问题，都为改革开放以来的学科建构提供了新的生长点。

从学术理念上说，中国文学批评史学科的发展中，贯穿着一条从以政教为中心的观念渐渐转移到注重文学性、审美性的总线索。在学科初创时期，陈钟凡、郭绍虞、方孝岳、罗根泽等一批学者在学科领域和研究范围的界定做出了较大贡献，而在述史的观念和方式上，保持了较多的传统意识，尤其是传统儒家思想所带来的关于正统和非正统的区分的眼光。早期的批评史研究多以诗文评类材料为主，反映的是这类材料在传统观念中较为中心的地位，在中国传统的文学观念中，诗歌、文章等文体属于正统的文体类型，这类文体可以“言志”“载道”，承载着儒家的教化思想和政教中心的观念；对词体的批评如词话类文献的重视则伴随着词体创作的雅化过程。而小说、戏曲类文献在早期著作中被忽视，即使有所涉及也没有占到重要篇幅，表明了当时学者的著史观念中无意识地将对这类作品的批评放在了非正统的位置上，而没有纳入自己的学术研究范围。

“十七年”时期的文学批评史研究从学术理念上看，与初创时期基本同一性质，都是从文学的社会属性和他律性的文学观出发，以社会历史批评的眼光审视传统文学批评和理论的问题域、基本概念范畴，并进行材料的筛选、编排和讲述。只不过与学科初期的学者们政教中心的有意无意流露不同，“十七年”时期的批评史表现出强烈的、有意识的向政治意识形态看齐的色彩，其中尤以郭绍虞对其《中国文学批评史》的改写为代表。阶级分析的理论成为当时批评史著述统一选择的新切入点，历史中的文学家和批评家被阶级成分区分等级，文学行为、事件按照阶级斗争的原则讲述和定性，这样带来的是批评史研究的机械化和重复性，同时也是对文学审美特质的忽略。

而改革开放以来，中国文学批评史的研究经历了述史主导思路的明显变化。在20世纪80年代基本是以拨乱反正的思路为主，后期则开始更多关注文学的审美属性，关注文献材料中对文学的基本观念的理解。这些学术理念的转变现象既可以看作对前一个时期只讲阶级分析不讲审美的反拨，同时也意味着改革开放以来的文学观念处于一个更新的阶段，学界对文学是什么、其属性和功能等基本问题的重新关注和深入探讨，导致文学研究的各个领域都产生了显著的改变，批评史学科也不例外，从观念和方法上都进入了一个多元化的时代。可以说，改革开放以后文学批评史这一学科的发展进入了一个新的维度，其成果的数量和质量都达到了前所未有的高度，对当代中国文论建设、对追寻中国话语自主性的贡献，是毋庸置疑值得肯定的。

二、中国文学批评史研究的当代意识

与之前的几个发展阶段相比，改革开放以来的中国文学批评史研究中包含了更多的反思意识和当代意识，例如对意识形态主导下的批评史研究方法的反思，对西方理论话语的反思，以及古代文论如何与当代的现代性话语对话的问题。

改革开放以来的批评史研究，可以说既是当代意识的产物，又是当代意识的生产者之一。批评史研究的当代意识体现在，研究学者具有强烈的现实关怀，主动积极地介入当下的社会文化建设，从时代思潮中汲取思想方法的革新资源，同时以服务于当代文论、当代文化建设为出发点，重新对古代文学批评和理论进行审视和研究。古代文论的现代转换话题、"失语症"等话题的提出，就集中体现了学者们试图使古代文学批评和理论在当下发挥价值的当代意识。尽管在当代与古代的对话之中出现了不可避免的偏颇之处，但这种尝试本身就意味着学科自省意识和反思意识的形成，关于批评史学科性质的认定和拓展也正是在这样不断的讨论和试错中发展前行的。

例如古代文论的现代转换这个由来已久的话题，形成了一条贯穿在整个批评史学科史中的线索，而在改革开放以来的研究中，又焕发出新的光彩。中国文学批评史这门学科的成立，本身就体现了西方现代意识和现代学科体系对中国的影响，早在陈钟凡撰写第一部批评史著作时，已经明确体现了西方理论意识的影响；老舍编写的《文学概论讲义》中，著者也在有意识地采用"古代文说整理"与"新的理论比证"相结合的方法；另外还有朱光潜的《诗论》、钱钟书的《谈艺录》《管锥编》等著作，都显示出有意尝试将中西文论相结合的特征，例如钱钟书的著作运用了传统诗话批评的形式，但在内容方面则以"化和中西"为旨要。这些成果都可以看出中国学者对中国古代文论向现代转换所做出的努力。当然，在这样的过程中，难免出现一些偏颇之处，例如一些机械比对式的研究的出现：将古代文论的资源，如原有的范畴、术语概念与当代文论（主要是承自西方的当代文论话语）做比照和联系，将相似的术语概念之间做比附的工作，或者是在经过相似性的比对、提取出古代文论中与当代文论话语可以契合之处后，用古代文论的术语包裹起当代文论尤其是西方文论的概念内核。然而这样的误区很快得到了重视并在之后的研究探索中被审视和加以匡正，在改革开放以来的研究中，学者关于古代文论自成体系的理念更为清晰，也更加注重在中西视域的比较中对"平等对话"原则的把握。

在改革开放以来的文学理论与批评的建设中，新的思潮和具备阐释力的方法不断涌现，这些新鲜的思想方法也被改革开放以来的批评史研究者所借鉴，运用于批评史学科的拓展和新领域、新视野的发掘上。例如，文化研究、跨文化比较、叙事史学的思想，乃至于西方的跨学科思维在引介入中国学界之后，都引起了对学科界限、问题域和基本方法的新一轮探索。在学术思想趋向于多元化的潮流中，以政治意识形态为中心的研究消退了，当下的文论语境为批评史学科提出了新的问题，即如何面对学科界限的消融、边界的交叉和问题域的拓展问题。在研究思路方面，历史学、社会学、心理学、人类学、民俗学、考古学等其他学科的方法和研究成果更多地被批评史研究所借鉴；西方文学理论中的精神分析、接受美学、文化诗学更是为中国古代文论的研究带来了新的视角和切入点；在中国古代文论的研究中时常也可见到结构主义、后结构主义、女性主义、后殖民主义思想影响的痕迹。可以说，学者们强烈的当代意识，带来的是学术理念和方法的更新，是学科界限的模糊，是更加多元化的、开放的学术研究格局。在批评史学科的研究发展过程中，古代文学理论和文学思想的在场，更是改革开放以来文论建设中一个不可或缺的维度。通过对古代文论资源的发掘和探讨，中西对话、古今对话才成为可能，中国话语、中国问题才有了生长的根基。改革开放以来文艺理论建设中民族自信心的建立，也离不开古代文论尤其是批评史学科的新拓展。

第三节 改革开放以来文学批评史学科展望

一、改革开放以来文学批评史的学科建设

改革开放以来的中国文学批评史研究已经取得了令人瞩目的成果，不但体现为学科规模的扩大、专业学者数量和研究质量的提升，还表现为

研究领域的多样化和专门化齐头并进，跨学科思维以及由此生发的新方法新角度层出不穷，不但拓展了学科研究体系，还发掘了更多新的话题和探索的空间。当然，这一时期的研究本身也伴随着一些问题的出现，卢盛江指出，批评史研究中的很多具体问题，实际是和文学史、审美观念紧密联系的，反之亦然，文学史方面的很多问题也不能脱离批评史的语境。而改革开放以来的批评史研究经常是将文学创作、文学史的发展作为一个总体性的背景，“并没有把文学创作中反映出来的文学观念和文学批评融为一体，进行研究”①。当代的中国文学研究，尤其是理论研究的趋向是从中西结合逐渐偏重对中国话语、中国文论主体性的探寻，这样，对古代批评思想中当代价值的发掘就成为批评史学科研究的关键。改革开放以来中国文学批评研究所面临的问题，笼统而言也正是关于中国话语、中国文论主体性的问题。在学者们探索和尝试着在西方话语的权威表述之下发出中国话语独特的声音时，他们更为直接地触及了理论所面对的中国问题。文学批评史可以说是从古代文论与史学研究结合的角度，生发出的关于中国问题的解答。

在问题的发现与尝试解答的过程中，我们也可以尝试把握批评史学科发展趋向的脉搏。在当代新的话语和意识的激发之下，改革开放以来文学批评史的研究可以趋向于创立、生发出新的学科领域，文学思想史的研究可以说已经是一个比较成功的实践，除此之外，对文学批评的学术史的系统研究，以及对古代文学批评、理论的范畴、方法的专门研究也可能形成系统性的学科分支，这些都是值得从事古代文论研究的当代学者继续探索的领域。

在改革开放以来的批评史学科建设中，各类教材的编著能够直观地反映出改革开放以来学术思想的建树，这些教材类著作同时也是对高校科研状况和专业教育水准的展示，通过对批评史教材的考察，我们也可以探知这门学科发展的趋势，以及所面临的问题与挑战。

改革开放以来，由于众所周知的原因，单一僵固的思维模式被打破，

① 卢盛江：《新时期中国文学批评史研究之反思——学术思想的思考》，《社会科学战线》2011 年第 1 期。

多元化的学术研究被尝试，各种学术文化进入新的繁荣时期。据不完全统计，改革开放以来单是用于或服务于高校教学的中国文学批评史或古代文论的教材类著作有60部左右。由此，既巩固了中国文学批评史的学科建设，同时也为该学科的后续发展培养了专业队伍。统观这几十部教材类著作，我们不仅可以见出郭绍虞《中国文学批评史》的深远影响，也可以发现改革开放以来学术思想方法上的精进，及时汲取学界相关研究的新成果且应对学界学术思潮的涌动不时调动编撰的水准已成为这些著述彰显各自特色的内在运思机制。

我们这里不妨胪列数例略作评析。20世纪80年代，敏泽的《中国文学理论批评史》、张文勋的《中国古代文学理论论稿》和蔡钟翔等的《中国文学理论史》（五卷本）等著作扭转了意识形态因素对古代文论研究的影响，基本上仍采用郭绍虞的"笔法"，并且，这些著作大多回归客观务实的学术风范，编排严谨，但似乎不宜作为教材。这种境况及至20世纪90年代有了很大的改观，出现蒋凡与郁沅合编的《中国古代文论教程》、张少康与刘三富合著的《中国文学理论批评发展史》、杨星映的《中国古代文学理论批评纲要》、彭会资主编的《中国古代文论教程》和王思焜的《中国古代文学理论教程》等。[①] 其中，张少康、刘三富的两卷本《中国文学理论批评发展史》高度评价了郭绍虞的文学批评史的分期处理，认为"文学批评史的分期应当以文学批评本身的发展状况作为主要依据来考察，它是和历史时代有密切的联系，但不能以历史时代的划分来代替文学批评史的分期"[②]。该著据此划分出"先秦""汉魏六朝""唐宋金元"和"明清"

① 20世纪90年代前半期上海古籍出版社陆续出版了由王运熙、顾易生主编的《中国文学批评通史》，共有七册，"全书把文论思想的介绍纳入到时代背景之中，同时也比较注意从文学实践中析出文论思想。可以说，这套丛书以其宏大的规模达到了中国文学批评史的极致，这套批评通史把中国文学批评史的研究推到了顶点"。（李春青等：《20世纪中国古代文论研究史》，山东教育出版社2008年版，第479页。）这套丛书的出版是当时重大的学术事件，引起学界的高度关注。张少康、周勋初等学者对此作了隆重的推荐，周勋初认为，"对中国古代学术，有一种全面的观照，对古代文学，有一种总体的把握。这些治学方面的长处，可以使人很容易地区别出复旦所编批评史的特色"。（周勋初：《〈读中国文学批评通史〉有感》，《复旦学报》（社会科学版）1996年第6期。）很明显，这套宏伟巨制是科研著作，不适宜作教材使用而只能作为教学参考书。或许正是因为如此，经由20世纪60年代初至80年代中期集体编写出版三卷本《中国文学批评史》，在21世纪初王运熙、顾易生再次搭档共同主编了"普通高等教育'十一五'国家级规划教材"《中国文学批评史新编》（两卷本），并在2007年、2008年再版印刷发行。

② 张少康、刘三富：《中国文学理论批评发展史》，北京大学出版社1995年版，第2页。

“近代”五个发展时期，同时，与郭绍虞《中国文学批评史》相比，在具体撰写内容上，注重揭示相关文艺思想与当时的社会文化思潮之间的内在联系，且增添了戏曲、小说等叙事文艺思想的内容。为了进一步使教材更符合高校各个层次的教学需要，张少康在原有两卷本的基础上压缩改编成新的教材出版，意在“愿这本教材能对普及中国古代文学理论批评的基本知识和历史发展概况，起到一点微薄的作用”①。

及至21世纪，中国文学批评史教材的编撰出现又一轮新的繁荣景象，受学界的研究热点的策动，在延续传统教材编写的某些特点之外，另在编撰侧重和切入角度等方面出现新的特征。这些新特征主要凝聚在两点上：其一，注重“历史还原”，运用文化诗学的学理思路原生态地再现中国古代文论的真实图景；其二，注重在中西比较的视野中挖掘中国古代文论的现代价值，揭示其当代意义。进入21世纪，中国文学批评史教材的编撰者已能有意识地作学科史反思来增强教材的“问题意识”，“综观近百年中国文学批评史的研究，大致形成了两种思路：第一种是追求‘事实的历史’之真，强调理论的抽绎必须建立在文献资料的系统整理和考辨的基础上；第二种则是对古代文学批评材料的阐释、创新、变革，寻求古代文论的现代转化。第一种思路强调本学科的研究应该从材料的系统清理出发，第二种思路强调对文学批评历史文献的阐发与现代重构”②。这正是20世纪90年代以来学界的“文化诗学”研究与“古代文论的现代转换”等热点争论话题在中国文学批评史问题上的回应，它同全球化思潮与反思现代性的双重文化语境也是有联系的，可以将前者看作对后者的理论应对。李壮鹰、李春青主编的《中国古代文论教程》虽然在历史时期上同郭绍虞的《中国文学批评史》十分接近，只是前者增添了“近代的文学理论批评”，但它有一个明显的优势，这个优势并不是在撰写内容上添加小说理论与戏曲理论，而是它明确提出“走向文化诗学”的倡导并努力践行之。编者在该书绪论中既讨论“古代文论研究的现代意义”，又更为

① 张少康：《中国文学理论批评史教程》，北京大学出版社1999年版，第2页。

② 赖力行、李清良：《中国文学批评史·绪论》，湖南教育出版社2003年版，第6页。

详尽地阐析了“文化诗学”这一新的研究视角，“就是要将文论话语视为某种整体性文化观念的一种独特表现形式，因此在考察其发生发展及基本特征时能够时时注意到整体性文化观念所起到的巨大作用”①。编者把“文化诗学”的阐析方法归结为“对知识与意义的双重关注”“在文本与历史之间穿梭”“在中西汇流中审视”和“采取平等‘对话’的态度”四个方面。而李建中则在其主编的《中国文学批评史》的导论中开篇亮出自己的两点“创新之处”：“一是紧紧扣住古代文学批评与儒道释文化的关系，在古代文化的思想背景和精神源流中，把握并阐释文学批评的演进脉络和理论精粹；二是注重从批评文体即言说方式的角度，重新清理中国文学批评史，不仅注重中国文学批评‘说什么’，而且关注其‘怎么说’。”②此处的两点“创新之处”，第一点实质就是突出“历史还原”，而第二点中的“怎么说”必然会牵涉中西视域的比较问题。

二、改革开放以来文学批评史研究的展望

随着中国文学史、中国美学史和中西比较诗学等学科的发展，随着高等教育事业的不断进步，中国文学批评史学科也会或快或慢地发生变革，相应地，必定会出现新版或新著的中国文学批评史教材和专著。鉴于既有相关教材和著作各自可圈可点的特色之处以及不可避免的亟待改进之处，后续再版或另行编撰的著作除了要更为关注高等教育教学的特殊需要外，还要留心哪些问题呢？这个问题当然不是三言两语便能说清楚的，质言之且择其要者，有三个基本原则应被深入思考，并成为中国文学批评史教材和著作编撰的预设前提。首先是历史性与逻辑性相统一的原则。中国文学批评史是一门典型的“历史科学”（马克思语），它是一个鲜明的动态演变过程，具有一定的“断裂性”与“延续性”辩证统一的历时阶段性

---

① 李壮鹰、李春青主编：《中国古代文论教程》，高等教育出版社2005年版，第9页。

② 李建中主编：《中国文学批评史》，武汉大学出版社2008年版，第1页。

特征；同时，它又不是一种物理时间的机械编排，而应当呈现出一种内在的学理逻辑性。正如黄霖所说的那样，“当前中国文学学史的书写可有多种方式，各有侧重，但都当有一定的学术追求，而不是写成一本日用账簿”①。这就是说，中国文学批评史教材的编写要遵循历史性与逻辑性辩证统一的基本原则。在理论文本的书写中，不能像西方文论（史）的编撰那样，按“古希腊罗马的古典主义”“基督教主义”“近代主义”与“现代主义”等“主义”各号编写，而应当按照诸如“先秦两汉”或分割成“先秦”与“两汉”以此类推的时代单元去编写。因为与西方文论发展呈现出较为严谨的“主义”演化不同，中国文学批评史是一种“原生态”的自我衍化，儒道释等虽“道通为一”但彼此的差异仍大于各自时代演化带来的差异，而儒道释所引发的文艺思想在不同的传统文人那里又有各种复杂的体现。为此，中国文学批评史教材的编著本当以时代（朝代）即社会形态来划分书写单元并参以传统文人个案为章节，而在单元、章节书写的起承转合中揭示中国文艺思想演变的内在趋势及其基本规律。这种历史性与逻辑性相统一的书写原则不仅应体现在教材的结构框架中，还应当贯彻于书写话语的字里行间。

其次是人文性与科学性相统一的原则。中国文学批评史还是一门人文学科，它应体现鲜明的人文关怀与人文精神，必然要折射出价值论的光芒，表达述史主体的审美趣味、审美理想与社会历史观并为舒展主体的个性精神留下应有的空间。这也就是说中国文学批评史保留分担着人文素质教育的使命，它不应当成为单纯传播知识的“传声筒”而应当成为滋润人的灵魂的甘露。但这并不意味着该学科是意识形态的强制灌输，它理应体现着“科学性”的理论品格，“科学性要求文学理论：具有相对明确的知识探求领域；具有叙述的逻辑性和规范性；以理论的方式达到对感性经验和常识的超越”②。而最为根本的是，文学理论、古代文论的科学性诉求要达至本体论的视域方可在理论还原的意义上号准学理延展的脉路，

① 黄霖：《关于编写中国文学学史的几个问题》，《复旦学报（社会科学版）》2011 年第 1 期。

② 邢建昌：《文学理论的科学性问题》，《社会科学战线》2011 年第 4 期。

“对文学理论学科性质认识上的差异和分歧，需要人们跳出某一种理论自身的局限，采用一些新的、更具超越性的理论视角，对文学理论的学科属性进行总体、抽象的反思，并归纳出其基本的理论特征，从而为判断现存的各种文学理论形态是否具有科学性提供直接的事实材料和理论根据”①。中国文学批评史学科在弘扬人文思想性的同时，也要返回本体论的高度审视中国传统文人的道学观与性命哲学，找准其注重直觉体悟、独抒性灵的“诗心”“文心”之宿根与枝干。总之，作为一种文艺学学科，中国文学批评史的人文思想精神与科学理性精神是交互融合、密不可分的。

最后是传统性与现代性相统一的原则。在全球化语境与现代性危机的时代境遇中，中国文学批评史“徘徊于传统与现代之间”是必然的，文论话语的中国特色与参与世界文论对话的现代性诉求，舍此何为呢？在文学理论教材的著述中，有学者指出：“中国不仅有灿烂辉煌的古典文学，而且，中国古典文论、诗论、词论、小说论、戏剧论等也是世界文学理论史上的瑰宝，其中有许多观念、范畴都达到对文学的普遍规律的深刻揭示，是很有价值的，它在经过重新审视和筛选之后，在经过‘古今对话’之后，在经过‘现代转化’之后，形成‘新质’，完全可以而且应该融入中国当代马克思主义文学理论的体系中去。”②文学理论尚且如此，中国文学批评史更应如此！传统性与现代性相统一就意味着在古今中西对话中建构中国文学批评学科，这一点其实在学界已经达成了共识。有研究者指出：“从传统‘诗文评’到‘中国文学批评’的现代转型，作为‘它者’的西方学术思想和文学思潮的介入和影响，是其至关重要的推动力。”“20世纪初大举进入中国的西方文学理论和学术思想，或直接催发或间接影响到那时中国传统文艺思想的阐释以及中国文学批评史的学科建构。在20世纪上半期的中国文学批评史研究中，隐含了一种天然的中西比较意识。”③实际上，陈钟凡的“以远西学说，持较诸夏”、方孝岳的“海通以还”

① 马龙潜：《文学理论科学性：人文性、知识系统性与方法可靠性》，《甘肃社会科学》2006年第1期。

② 童庆炳主编：《文学理论教程》，高等教育出版社2008年版，第19页。

③ 刘绍瑾：《中国文学批评史学科建构中的中西比较意识》，《厦门大学学报（哲学社会科学版）》2005年第4期。

和郭绍虞的“文笔之辨”等表明这已不是“隐含了一种天然的中西比较意识”，而是一种学科自觉，而这种学科自觉在改革开放以后愈发增强。传统性与现代性相统一的原则、民族性与世界性相统一的原则及其相关的“历史还原”与“意义还原”相统一的原则是中国文学批评史教材编撰的不二法门，它既是一种学术困境、学术挑战，更是一种学术生长点、学术机遇。

在上述三种应注意的原则中，传统性与现代性相统一的原则最为根本。因为只要深入研讨历史性与逻辑性、人文性与科学性相统一的问题，势必就会触及传统性与现代性、民族个性与世界普同性的关系问题，传统性与现代性辩证统一的问题域中蕴含着历史性与逻辑性、人文性与科学性相结合的思想方法，而这一切又都要在古今中西良性对话的学术策略中得到最终的解决。中国文学批评史学科本身无疑蕴含更丰富的优秀传统文化的思想精蕴，仍能同西方当代思想学说展开有效的交流沟通，以有助于中国当代文艺理论话语的重建。此外，中国文学批评史学科更有利于以中华优秀传统文化的思想特质与审美价值来丰富大学生的头脑，提升他们的思想精神境界。为此，我们期待着中国文学批评史学科在汲取现有古代文论研究成果的基础上，更为彰显前瞻性与学理性，在学科发展、专业研究和高等教育实践各方面都能够产生久远的价值。

第五章

诗文评的文艺批评学特点与意义

改革开放以来的诗文评研究对诗文评这个概念以及相关文献的产生、发展的历史，以及诗文评内部各类文体的特性等问题都做了大量研究，而其讨论的重点在于，诗文评是否能被看作一门独立的文艺批评学理论，以及它能否在今天的文艺理论研究和文艺批评当中继续发挥作用。当代学者从诗文评的分类准则、其所包含著作的独特的思维方法、文体风格、核心概念、研究的主题等各个方面进行了深入分析和阐发，力图使诗文评具备一门现代文艺批评学理论的较为严格的基本条件，并且使其具备区别于源自西方的现代文艺理论和文艺批评的理论特点，以确立诗文评在现代文艺理论研究和文艺批评中的独特地位。这种努力取得了丰硕的成果，对于我们的文学理论尤其是文艺批评学也是极具启发性的。

但是，既然改革开放以来诗文评研究的目的是使其现代化和学科化，而所谓的“现代化”“学科化”又是西方传入的一整套思想观念的体现，因而诗文评研究虽然处处强调其与西方文艺理论和文艺批评的不同之处，实际上却是以西方的学术标准为参照，或者说是在中西学术比较的框架之下进行研究的，这种参照系统在诗文评研究中或隐或现地存在，却始终深刻影响着它的思维方式乃至研究方向。这一点是我们考察改革开放以来的诗文评研究时要特别注意的。

第一节
改革开放以来关于诗文评学科地位的讨论

诗文评这一概念最早出现于明代，著名学者焦竑在万历年间撰写的《国史经籍志》中，将《文心雕龙》《诗品》等一系列讨论文学作者、作品、文章做法等的图书归为一类，并取了一个独立的名字：诗文评。就诗文评所涵盖的各类文体而言，其实发端甚早，至少在魏晋时期即有专门的著作，明代之前，已有学者将其中部分著作归为一类，但不及诗文评这一概念全面而明确，可以说尚未取得独立的学术地位。自焦竑之后，尤其是在《四库全书》当中，诗文评作为一种独立的文体已经被固定下来，并逐渐产生了一定的学术影响。根据从《国史经籍志》到《四库全书》诗文评这一小类所收录的图书情况，可以说，我国古代独立成篇的研究文学问题的专门著作，大部分被归入此类，在此意义上，诗文评的提出以及后续的资料整理工作，可以被视为我国本土的文艺理论或文艺批评学学科建立的初步准备。而当代的诗文评研究正是在此基础上展开的。

一、诗文评研究的学术定位和学术价值

在古代的文献分类学当中大体可以将诗文评看作文艺理论与批评类著作的总称，而在当代学术研究当中，诗文评研究与古代文艺批评史的研究却有着很大的区别。一方面，两者面对的研究对象有很大的一致性，所涉及的古典文献几乎完全重合。但另一方面，二者的学术目标和研究方法却有着很大不同。从学术目标来看，古典文艺批评史的研究是从学术

史的角度对历史上不同时期、不同类型的相关文献进行分析整理，从而总结归纳其学术思想的原本含义，并进而探究其发展变化的规律，因而其研究重点在于文献的整理和阐释；而诗文评研究则是从文艺理论或文艺批评学的角度，将古典文艺思想视为一个整体，根据其文体特征区分为不同的理论类型，进而总结其理论意义，最终目标是将诗文评建立为一门符合现代学术规范的文艺批评理论。从研究方法来看，古典文艺批评史研究的主要方法是学术思想史的方法，是将古典文艺思想视为一种客观的研究对象，而以科学的方法考察其真实的存在状态；而诗文评的主要方法是逻辑和思辨的方法，是将诗文评视为一种潜在的理论可能性，通过分析、总结古典文艺思想的基本要素和特征，再进行适当的逻辑推演，从而建构出一种新的理论形态。另外，古典文艺批评史的研究从20世纪上半叶已经开始，有了较长的学术发展历程，而诗文评研究则是改革开放以来才出现的一种学术动向。可见，诗文评研究具有自身特有的学术定位和学术价值。

改革开放以来的诗文评研究重点在于对诗文评学科地位的讨论，即诗文评是否具有一门独立的文艺批评理论的基本条件。之所以要讨论这个问题，恰恰因为诗文评还不是一门现成的、符合现代学术规范的文艺批评理论。学科分类的思想是现代西方学术发展的产物，其思想依据是以自然科学为代表的现代科学理论的思维方式。而中国自古并没有产生相似的思维方法和思想体系，因此也没有严格意义上的学科概念，与学科概念相类似的，只有文献编纂过程中形成的文献门类的划分原则。现代意义上的所谓"学科"的形成，与西方现代教育制度的形成有着密切的联系。有西方学者认为："（学科）源自一印欧字根……希腊文的教学辞didasko（教）和拉丁文（di）disco（学）均同。古拉丁文disciplina本身已兼有知识（知识体系）及权力（孩童纪律、军纪）之义。"①从中可以看出现代学科的形成与西方文化传统中的教育传统有密切的关系。从西方传统的教

① 霍斯金、麦克夫：《清算与审查：学科权力的一个谱系》，转引自周仁成、曹顺庆：《在学科与科学之间：中国古代文论学科史前考古》，《求是学刊》2013年第1期。

育传统到现代学科分类制度的形成是一个逐渐发展变化的过程，“学科规训制度的缘起和它持续膨胀的权力，其实是教育——准确地说是在教育实践方式的层次上——一些简单微小变化所带来的结果”①。也就是说现代学科是建立在现代的专门化的教育制度以及与其密切相关的学术研究制度的基础之上的，这种制度本身对于教育以及学术研究的分类直接造成了学科的划分，在此基础上，与学科相应的一套学术规范和标准也逐渐形成。

倡导诗文评研究的学者对于诗文评是否可以算作一种现成的文艺批评理论，并没有十分明确的判断，有些学者一方面承认中国古代学术史上并没有现代意义上的学科分类，但同时又似乎已经把诗文评作为一门完备的文艺批评学来对待。如杜书瀛认为：“依学术惯例，一门学问或一个学科能否成立，第一看它有没有自己特殊的、独立的对象和论述的特定内容；第二看它有没有自己特定的术语（范畴、概念）和相对固定的语码系统；第三看它在自身领域里有没有足够量的从事者、足够量的学术实践活动以及足够量的著作产生。这三条，应该可以看作是某个学科能够成立的标志。”②并且认为从这三个方面考察，诗文评都已经满足了条件，因此应该被看作一门独立的学科。事实上，这种观点是有问题的，它是以现代的观点取代了古人自身的观点，从而遮蔽了事实真相。即便在诗文评这一文献门类最终成熟的清中期，当时的人们也没有现代意义上的文学观念，自然更不会有文艺理论、文艺批评的观念，即便从今天的角度看，当时的诗文评类文献的确具有相对独立的讨论对象和术语，仍然不能认为它已经是一门独立学科了。

---

① 霍斯金：《教育与学科规训制度的缘起——意想不到的逆转》，转引自[美]华勒斯坦等：《学科·知识·权力》，刘健芝等编译，生活·读书·新知三联书店1999年版，第45—46页。

② 杜书瀛：《论诗文评》，《文学遗产》2011年第6期。

二、诗文评的理论形态和特征

对于诗文评是否可以算作一种现成的文艺批评理论的这个问题，除了上述以杜书瀛为代表的将诗文评视作已经完成的一种现代理论的观点外，也存在相反的观点，即不仅认为诗文评还不是一门已完成的现代理论，甚至认为它也不具备成为一门现代理论的可能性。从诗文评的理论形态本身来看，这种观点也不无道理，如果诗文评不具备现代理论的基本要求，那么也就无从谈及其学科地位了。此问题的关键，一是理论本身的形态，二是理论中所体现出的文学观念，有学者认为：

> 追溯我国文论的发展历程，在近代梁启超、王国维之前，传统文学理论形态是诗文评，其主要特点，一是偏重于对作家作品的品评、评点、议论，其中可能涉及对诗文的基本看法，但往往是有感而发，不成系统；二是多为分体文论，如诗论、赋论、词论、文论、戏曲论、小说论等，少有综合性的、着眼于一般文学原理的探讨与理论建构。以梁启超、王国维为起点，标志着我国古典文学理论形态即诗文评形态走向终结，开始向现代文学理论形态转型。所谓"现代"文学理论，我以为有两个最主要的特点：一是具有现代文学观念，或者说体现了文学观念现代性的自觉追求；二是具有比较完整的理论体系，体现了文学理论学科化、科学化、体系化的努力。①

按照此标准，首先，那么诗文评不具备完整的理论体系，也就是说缺乏系统的概念体系和核心的命题系统，并且缺乏概念与命题之间紧密的逻辑关系；其次，诗文评所体现出的文艺观念也很难说是现代的，诗文评缺乏对文学现象的整体性特征的准确界定，诗文评中分体文论较多而总

① 赖大仁：《20世纪中国文论的现代转型与发展》，《学习与探索》2001年第5期。

体性著作较少，即便在总体性著作当中，其包含的文学观念也与现代文学观念有相当的差距。

上述观点显然依据的是现代学术规范，而根据中国的学术传统，虽然存在着将诗文评列为一门独立学问的倾向，但一方面，这种倾向与现代学科分类的方法只有某种相似性，而根本原则是不同的；另一方面，这一倾向也并未真正发展成为一门独立的学问。焦竑之后，乃至《四库全书》单列诗文评一类之后，也未曾见到以诗文评为专门研究对象的学术团体和学术传统的出现，因而即便按照中国学术传统的标准来看，它也不是一门独立"学科"。按照传统的学术标准，一门学问的独立性依赖于学人将其视为一个独立的学术问题提出，并代代相沿，形成学术传统。比如经学，其下的汉学和宋学都是独立的学问，再下的礼学、易学、春秋学、朱子学、阳明学等也可被视为独立的学问。相较之下，诗文评本身并未受到这样的关注，相关著作只是因为讨论文艺的理论问题而被列入此类，但对此类学问的独立性并未有所自觉。

按照现代文艺理论和文艺批评学的学科标准，传统的诗文评类著作以及诗文评这个概念本身，很难说已经符合一门现代文艺批评理论的标准，但这并不意味着当代研究者以诗文评为基础，建立一门不同于现有文艺批评理论的具有中国特色的文艺批评学科的学术努力是无意义的。诗文评类著作有着悠久的历史，包含丰富的思想，并提出许多有别于西方文艺理论的问题和概念，这是诗文评成为一门独立学科的坚实基础；诗文评概念的提出和发展也表明，我国古代学者已经开始意识到文学理论和文艺批评在学术思想上的独特地位，并做了初步的思考和研究，虽然尚未达到成为一门独立学科的程度，但毕竟做了充分的铺垫工作，为我们建立这样一门理论提供了直接的凭借；更重要的是，诗文评作为一种文艺批评类型，有着独特的话语方式和理论方法，并且相较于源自西方文艺传统的现代文艺批评模式，更加符合中国自身的文艺传统和审美倾向，它作为一门独立的文艺批评学出现，既是可能的，也是必要的。因此，继续深入研究诗文评，尤其是其独特的话语方式和思想内涵，为将其建立为一门中国现代文艺批评理论而努力，是有重要理论意义的。

总之，改革开放以来对于诗文评学科地位的讨论，重点不应是它是否已经是一门文艺理论与批评的学科，而是如何将其建立为一门文艺理论与批评的学科。首先，现代的文艺理论和文艺批评学也是从西方古典的文艺思想当中发展而来的，这就意味着古典的文艺思想有着演变为现代学科的可能性；其次，诗文评虽然存在着各种问题因而不能被当作现成的理论形态，但从它的历史发展来看，的确存在着明显的专门化乃至学科化的动向，可以说距离成为一门独立的学科并不太远，从它的内容看，也存在着非常丰富和独特的理论资源。因此我们认为，改革开放以来关于诗文评学术地位研究的两种极端的看法都并不适合，与其将其作为一门现成的文艺理论学科做被动性研究，不如为将其建构为一门现代文艺理论或文艺批评理论做主动性研究，问题的核心也就不在于传统的诗文评是否具备现代理论的品格，而是在于诗文评的哪些特点和优势有利于将其建构为一门既具备现代理论品格又具有独特思想和方法的理论形态。从这个角度出发，则上述诗文评理论形态的诸特征就能够成为建构一门现代诗文评时应保留的理论特点。诗文评的概念体系和论说方式的确存在前现代的特征，因此有必要对其重新进行研究、界定和发展，建立起较为系统和明确的概念系统，使其论述更为条理化和学术化；但同时不应将其完全转化为现代（西方）的概念体系，否则就取消了诗文评的存在基础，并且诗文评论说方式的一大优点在于与文学实践的关系更为密切，在新诗文评的建构当中应当着重保留。

第二节
改革开放以来关于诗文评理论特点的研究

如上文所述，改革开放以来关于诗文评学科地位的讨论实质上是一种将传统文献分类中诗文评发展为一门独立的文艺理论与批评理论的学术努力，而非确认了中国学术传统当中存在着一门独立的诗文评学科。

因此,改革开放以来关于诗文评理论特点的讨论也就不可能站在现成的诗文评学科的基础上进行,而只能站在现代文艺理论,或者中西文艺思想比较的立场上进行。其所提出的主要问题也不是传统诗文评自身提出的问题,而是当代学者经过中西文艺思想比较之后提出的问题。这些问题主要体现在如下几个方面:第一是对诗文评学科范围的重新界定,第二是对诗文评言说方式或理论形态的分析,第三是对诗文评理论方法或思维方式的分析,第四是对诗文评价值取向的分析。

一、对诗文评学科范围的重新界定

要将诗文评建立为一门独立的文艺批评理论,按照现代学术规范,首先就应该明确界定它的研究对象和范围,因而对诗文评研究对象的考察就成为改革开放以来诗文评研究的首要任务。如前所述,诗文评在传统文献分类当中,本来是按照文体分类的原则作为诗这一类别的一个分支出现的,因此在诗文评成为集部一个单独门类之后,它仍然与我们现在所理解的作为一门文艺理论或文艺批评的学科有较大差距,首先就是二者在学科范围上有较大的差异。

在《四库全书》的分类体系当中,集部分为楚辞、别集、总集、诗文评和词曲五个大类,其中可以将楚辞、别集、总集的主体看作文学作品,诗文评主要为理论和批评著作,而词曲类当中却又有单独的词话一类,词话与诗文评中的诗话性质相近,在现代文艺理论的标准下也应当属于文学批评一类,却被分配到不同的门类当中,显然传统意义上的诗文评的学科范围是不符合现代学科规范的;此外,词曲类之下还有词谱词韵之属和南北曲之属,是讨论与词曲相配合的音乐问题的,按照广义的文艺理论标准看,也应当归入诗文评。另外,在集部之外,也有部分著作属于广义的文艺理论范围,如子部的艺术类中包括很多美术和音乐理论和批评的部分。可见,站在现代学术规范的立场上看,传统意义上的诗文评学科范围是极不严谨的。当代学者在重建诗文评这一学科时就必然面对着这一复杂的问题，即一方面必须按照现代学科标准来要求诗文评，另一方面又不能完全脱离传统诗文评的特性，其中的标准不易确定。

当代学者对于诗文评学科范围的讨论，是以将其建立为一门符合现代学科分类标准的文艺理论与批评为目的的，因此在论及诗文评的学科范围之时，自然要从现代文艺理论和批评的标准出发。杜书瀛指出："依学术惯例，一门学问或一个学科能否成立，第一看它有没有自己特殊的、独立的对象和论述的特定内容；第二看它有没有自己特定的术语（范畴、概念）和相对固定的语码系统；第三看它在自身领域里有没有足够量的从事者、足够量的学术实践活动以及足够量的著作产生。这三条，应该可以看作是某个学科能够成立的标志。"①其中，特殊的研究对象和特定的概念系统是现代学科标准的重要指标，正是从这一标准出发，杜书瀛对所谓诗文评的范围有着与传统文献分类中的诗文评不同的理解，除了《四库全书》诗文评一类中所包含的文献之外，杜书瀛将未收入此类的大量著作也涵盖在诗文评之内：

而《四库全书总目提要》提到的，只是从魏晋南北朝《文心雕龙》起至清乾隆年间实际存在过的诗文评类著作及作者的一部分，它没有提到和没有收进去的还有很多。以魏晋南北朝时期著作而论，如曹植《与杨德祖书》，阮籍《乐论》和嵇康《声无哀乐论》（古代诗舞乐不分或联系十分紧密，因此乐论也涉及诗文），傅玄《连珠序》、《七谟序》，李充《翰林论》等，它们也是诗文评著作，但没有提到，更没有收入；唐宋以后的一些评文说诗的著作也有遗漏，仅举明代数部：王世贞的《明诗评》，王守谦的《古今文评》，谢肇淛的《小草斋诗话》，李沂的《秋星阁诗话》，张溥的《初学文式》，蒋一葵的《诗评集解》，等等，都没有提及和收入。而两宋以来的大量词话、曲话也似乎在它的视线之外。②

① 杜书瀛：《论诗文评》，《文学遗产》2011 年第 6 期。
② 杜书瀛：《论诗文评》，《文学遗产》2011 年第 6 期。

然而，他只是从现代学科标准的角度表述了现代诗文评应该包括哪些著作，却并没有进一步分析传统诗文评为何未将包括词话、曲话等著作收录在内，因而也就没有真正说明传统的诗文评这一概念作为一门独立的文艺批评学科成立的合理性。

二、对诗文评言说方式的分析

还有部分学者从文体类型的角度对诗文评的学科范围进行了界定，《四库全书总目提要》在《集部·诗文评》的总叙中，有这样一段扼要而准确的概括："勰究文体之源流，而评其工拙；嵘第作者之甲乙，而溯厥师承。为例各殊。至皎然《诗式》，备陈法律，孟棨《本事诗》，旁采故实。刘攽《中山诗话》、欧阳修《六一诗话》，又体兼说部。后所论著，不出此五例中矣。宋、明两代，均好为议论，所撰尤繁。虽宋人务求深解，多穿凿之词；明人喜作高谈，多虚骄之论。然汰除糟粕，采撷菁英，每足以考证旧闻，触发新意。"有学者据此归纳出诗文评的五种文献类型：一是《文心雕龙》类的，"主要模式特征是探究文体之源流，评价其工拙，'其书原道以下二十五篇，论文章体制；神思以下二十四篇，论文章工拙'"。二是《诗品》类，"'第作者之甲乙，而溯厥师承'，即将作者按优劣高下以类划分、依品排队，同时找出诗人创作中师承前人之处，勾勒出其学习、摹彷、继承、创新之迹，摸清其渊源关系"。三是《诗式》类，"主要讲诗的体制、格调、作法、技巧等。有唐一代，随着诗歌的繁荣兴旺，诗人、诗论家开始关注诗歌的形式、作法、技巧等问题。出现了传为王昌龄的《诗格》、李峤的《评诗格》、皎然的《诗式》、旧题白居易的《金针诗格》等一系列探讨诗歌体制风格创作手法技巧的著作"。四是以《本事诗》为开端的类型，"'旁采故实'的结果，不仅极大地丰富了诗话的宝库，使得诗话从一开始就具备了鲜活厚重的特征，而且在某种意义上也为《六一诗话》、《中山诗话》等'第五类模式'——'体兼说部'的诗话打下了一个直接的基础"。第五类即主流的诗话模式，其特点"一是立说，二是记述(杂事异闻)，三是考证，四是纂辑。其中，记述杂事异闻而兼及议论，是其重心所在，尤其是所谓‘杂学’、‘杂说’者”。[1] 这五种类型也可以看作诗文评的五种理论形态，各有研究的范围和独特的方法，相互补充，共同构成作为独立学科的诗文评。

不同的文体类型在一定程度上反映了不同的研究对象，不同的研究对象又反过来规定了理论本身的特点。从对诗文评特殊的文体类型的分析中也可以在一定程度上总结它的思想特色，从而进一步建构起它的理论特性。诗文评的几种文体当中，有与西方文艺理论著作相类似者，如总论、分体论、作品作者评论等，也有西方理论缺乏者，如诗话、点评等，这些文体实际上拓展了文艺理论研究的范围，也应当是新诗文评建构中应保留的。

其次，对诗文评言说方式或理论形态的分析是改革开放以来诗文评研究的另一个主要问题。改革开放以来诗文评研究存在着一个亟待解决的问题，即诗文评作为一门现代文艺理论或批评形态，与从西方传入的“正统”的文艺理论是怎样的关系。

我们知道，现代文艺理论源自西方，事实上并不存在一套统一的文艺理论，文艺理论发展史上，通常是各种理论形态并存或交替发展的状态，例如形式主义的文艺理论、心理学的文艺理论、社会学的文艺理论等，这些不同的文艺理论流派具有相当不同的哲学背景，它们的概念体系和关注的理论问题也不尽相同，但它们都被看作现代文艺理论的组成部分。这是因为它们都遵从了现代学科规范的基本要求，对研究对象、概念范畴、研究方法等有明确的界定，以此与前现代的关于文艺的思想区别开来。那么，我们反观诗文评，中国古典的诗文评类著作情况参差不齐，有些较为系统和全面地分析了总体的文学现象，有些则并未提出明确的“文学”这一观念；有些概念范畴较为明确，论述较有逻辑性，有些则没有明确的概念。但总体而言，它们都没有达到现代学术规范的要求，因而改革开放以来诗文评研究不仅是要研究诗文评本身，更要对诗文评进行一

① 白贵：《诗文评五种模式与诗话之关系浅说》，《内蒙古社会科学(汉文版)》2004 年第 1 期。

定程度的改造，发掘其理论潜力，使其一方面能够符合现代学术规范，另一方面又具有自身的独特性，具有存在的独特价值。

我国的现代文艺理论，长期以来受到苏联文艺理论的影响，是以马克思主义的基本理论观念与方法为基础，经过苏联学者改造和发展的系统的理论体系，改革开放以后又传入了形形色色的非马克思主义的以及西方马克思主义的文艺理论体系，形成了以马克思主义反映论、生产论等为核心的多元的文艺理论共存的理论形态。在这样的前提下，诗文评要成为当代文艺理论系统当中的一个组成部分，就必须具有其独特的理论形态，比如区别于源自西方的各种文艺理论的概念体系、特殊的论说方式、提出独特的理论问题等，只有如此，诗文评才有存在的价值，也才有成为一门现代文艺理论与批评学科的可能。因此当代学者的诗文评研究的一个重点就是诗文评的理论形态或论说方式问题。

就传统的诗文评类文献而言，其与西方文艺理论最显著的区别恰恰在于其理论形态或论说方式，诗文评给人的表层印象反倒是它的"非理论"性，"中国'诗文评'，最突出的意思是'品评'、'品说'、'赏鉴'、'赏析'、'玩味'、'玩索'，其'感性'的感受、感悟特色更浓厚些。……西方'文学批评'则重在'评论'、'评价'、'评说'、'评析'、'裁判'，其'理性'的理论、评析特色更浓一些"①。但这显然不能算作诗文评独特的一种理论特点，而只是前现代文艺思想的一种普遍形态，即缺乏现代学术规范的表现。因此，仅从"感性"或"理性"这种表层印象的角度出发是无法说明诗文评的理论特性的，但偏重感性的品评而缺乏理性的评析，这又的确是诗文评区别于西方文艺理论的一个显著特点，对于这一特点，从"文体"或论说方式的角度来分析更具有说服力。杜书瀛认为：

> 一般而言，虽然如前所述中国诗文评的"评"偏重于"品评"、"品鉴"、"品赏"、"品玩"等，而西方"文学批评"偏重于"评论"、"评价"、"评判"、"评析"等，但它们都是评论文学的，按今天人们心目中

① 杜书瀛：《论诗文评》，《文学遗产》2011 年第 6 期。

的常理，在体裁上它们似乎都应该是论说文字。然而，稍加对照便知，其实中西大异其趣。西方"文学批评"、"文学理论"，的确大都是思理清晰、逻辑严密、辨析分明的理论著作……而中国诗文评却不然。……许许多多这类作品，虽包含"评诗"、"评文"、"评曲"、"评小说"的内容，但大都本身就是文学作品，或为诗，或为小品文，或为笔记小说，或为叙事文，或为论说文，或为抒情文……共同点是里面都充满着审美情趣；即使思维缜密如《文心雕龙》和能言善辩如叶燮《原诗》，也文采斐然，浸透诗情画意。①

然而，文艺理论的作品带有文学作品的性质，只是一种文风上的特点，并不能说明这种文风或文体对于理论本身有何意义。文风或文体只是一种理论的特点和形态的最表层的体现，它在一定程度上能够体现理论的特性，但本身不能作为理论的根本特性加以界定。因而，要分析诗文评的理论形态和特性，可以从文风或文体入手，但必须更为深入地进行分析，阐明这种文风所体现出来的理论特征。杜书瀛认为："第一，虽然'诗文评'作品中也不乏长期积累、深思熟虑而形成的评价、判断，但最常见者却是电光石火、灵光一现的瞬时体验感悟，以一语或数语点到即止，活像羽毛球场上之'点杀'。……第二，它们一般不作范畴、概念的严格界说和理论判断的逻辑推演，而喜用生动活泼的形象语言进行审美描述。……第三，如前所述，'诗文评'有与西方完全不同的一套今天称之为'概念'、'范畴'的术语及语码系统，而它们的突出特点是常常以两相对待的形式出现，这在西方文论中却少见。……第四，在写作时，往往纵马由缰，自由发挥，随心所至，信笔而成，不拘一格，伸缩自如。……第五，虽然也有体大虑周之长篇巨制如《文心雕龙》和叶燮《原诗》，但大都是短小精悍的华彩篇章，如各种诗话、词话、文话、曲话、评点之类。"②

这就将模糊的"文风"加以具体化，深入诗文评的理论特性之中。我

① 杜书瀛：《论诗文评》，《文学遗产》2011年第6期。
② 杜书瀛：《论诗文评》，《文学遗产》2011年第6期。

们可以从概念体系、论说方式和文体特点几个层面归纳杜书瀛所列举的几点,从概念体系来说,诗文评没有如西方文论那样严格的概念范畴,也没有严格的逻辑推演,这是否意味着诗文评不符合现代文艺理论的标准呢?学者们认为,虽然诗文评不是用抽象的概念和严密的逻辑来分析文艺现象,但它仍然具有现代理论的品格,一方面,它的概念系统是具象的,这不等于它没有概念系统,反而是其不同于西方理论的独特之处,体现了中国传统理论思维的特点,具有特殊的理论价值;另一方面,它的概念系统涵盖了许多西方文艺理论没有涉及的重要问题,这对当前的文艺理论建设也是有重要意义的。从论说方式的角度看,诗文评极少使用严整的理论分析和推演的语言,而是多为感悟式的评说,许多命题的提出,本身就不是十分明确,而对命题的阐释又往往点到为止,并没有细致的分析,或者以诗化的语言引发读者的体验来符合命题的内容,是从感受而非理智上来阐释命题。一方面这样的论说方式也不符合西方理论的要求,但另一方面,这种论说方式的阐释能力并不差,尤其对于文学这种内涵丰富的文化现象而言,反而更具有解释力。还有的学者认为,这种非理性主义的论说方式与西方当代哲学的发展是相契合的。最后,从文体特征的角度说,诗文评缺少系统的、整体性的理论著作,多是散漫的短篇,而且讨论的问题也不集中,不是紧紧围绕统一的文学论题展开,往往涉及庞杂无序的内容。有学者认为,一方面诗文评这样的文体特点更加适合与文学实践相结合,从现实的文学现象当中发掘出重要的理论价值;另一方面,诗文评不同文体开拓出了西方文艺理论所缺少的新的领域,是有其理论价值的。

三、对诗文评理论方法的分析

对诗文评的研究最终要深入对理论方法或思维方式的分析上,理论形态或文体形式是一门理论学说的外在形式,而其反映的则是内在的理论方法或思维方式,之所以有人认为诗文评不具备现代理论的基本素质,很大程度上也是因为其研究方法的原始性或者思维方式的前现代性。现代学术环境下不论自然科学还是社会科学学科,乃至人文学科都强调自身的"科学性",科学性已经成为一门学科是否能够成立的重要标准,而所谓的"科学性"虽然有种种外在的标准,但归根到底还是一个理论方法和思维方式的问题,简言之,即以现代自然科学为样板的现代理论思维模式。各门学科的理论方法与现代自然科学或相近,或有所不同,但无不受其标准的影响。因而理论方法或思维方式问题也是当代诗文评研究及其现代化的重要课题。

在改革开放以来的诗文评研究当中,很多学者都意识到了传统诗文评与西方文艺理论及批评的许多不同之处,根源在于其背后的思维方式的不同,比如杜书瀛归纳了两者在思维方式上三个层次的区别:第一,"'内向'与'外向'(或曰'内视'与'外视')"的区别,具体来说就是中国文论传统强调"诗言志","指向内,是'内向'的或'内视'的,因为'志'是情志、'怀抱'、'内心世界','诗言志'是说诗是抒发人的内在情志的'",而西方文论传统则偏向"模仿说","则明显指向外,是'外向'的或'外视'的"。第二,"象思维"与概念思维的区别,即把西方的抽象的理论思维方式概括为概念思维,而把中国传统非抽象的思维方式概括为"象思维"。第三,"两端"论与"一端"论(或"两点"论与"一点"论)的区别,认为中国传统的理论思维有"这样两层含义:一是考察事物或事情总是看到它的两面(多面)而不是一面,即它的正反、阴阳、顺逆、好坏……;二是考察事物或事情总是从与之相联系、相对待的另一(多)事物或事情的关系中来界定其质地和性状,如当说甲的时候,从不单纯地、孤零零地说甲本身,而是从甲与乙(丙丁……)的关系中考察甲、描述甲、界定甲,说乙时亦如是"。而"古代西方则往往是'一点'论,以一个个的孤立个体为单位来论说事物。如说A就从A出发,界定A本身的性状,结论:A就是A而不是B。说B,也一样:B就是B而不是A"①。

如杜书瀛一样,很多学者都是从中西比较的角度来考察诗文评理论

---

① 杜书瀛:《论诗文评》,《文学遗产》2011年第6期。

方法的特殊性，其意图实际上是通过这种比较凸显诗文评所体现的中国传统理论思维模式的特性和优势，从而为诗文评取得独立的学科地位辩护。然而，问题的另一面则是古今比较的角度，也就是说中西比较往往是以中国古典文论与西方古典文论相比较，在这个层面上当然可以说诗文评的理论方法是独特的，在价值上与西方文论并无高下之别，然而西方文论并不能完全等于现代文艺理论，尤其是西方古典文论更与现代文艺理论相去甚远，因而这种比较实际上是在一定程度上回避了问题。

具体来说，关于“内向”与“外向”的问题，与其说是思维方式的问题，更大程度上是一个关注方向的问题，西方传统文论的确更关注外在世界，而中国传统思维方式更关注人本身的问题，这有生产、生活方式、文化传统等各方面的原因，也体现了一种“思维方式”的区别，但这只是一般意义上的“思维方式”，与真正的理论方法层面的思维方式并不一样，比如到近现代随着现代哲学和心理学的发展，西方文论也越来越注重内在的心理情感等问题，这并不是因为它受到中国文论传统的影响。

关于概念思维与象思维的区别，从现代理论的角度说，一定程度的抽象思维能力是理论研究的必要条件，是提出理论问题、分析问题的重要方法，缺乏抽象思维的能力显然就是前现代的思维方式。因而我们就不能把诗文评所体现的思维方式简单地说成非抽象的，而是将其概括为“象思维”，有人称之为形象思维或具象思维，以此与抽象思维相对应，然而“象思维”到目前为止仍是一种不规范的概念，其是否能够成为一种与抽象思维相对应并具有同等地位的思维方式仍然是有争议的。

关于“两端”与“一端”的区别，事实上很多学者与杜书瀛一样，是把中国传统哲学中朴素的辩证法思想与西方哲学传统中的形式逻辑作为一对概念对立了起来。中国传统哲学的思维模式中的确存在一个很突出的特点，即包含丰富的辩证法思想，善于从事物的两个方面来辩证地考虑问题；同时，它也存在着一个明显的缺陷，即缺乏严格的形式逻辑规范。然而，辩证思维与形式逻辑并不是同一个层面上的问题，辩证思维与形而上学的思维方式是相对的，而形式逻辑则是理论研究的基本方法，不论是辩证的理论还是形而上学的理论，在表述上都应遵从形式逻辑，因而将西方文论传统重形式逻辑说成是一端论是不合适的，事实上西方传统中也有丰富的辩证法思想。

综上所述，我们可以说诗文评中包含着丰富的并且有特色的理论方法的因素，但仅凭这些因素并不能使之成为一种独立的理论学科。

四、对诗文评价值取向的分析

还有学者对诗文评的价值取向进行了分析，认为这也是体现诗文评理论价值的重要方面。一门理论除了纯粹的认知方面的价值之外，不可避免地还包含着一定的价值取向的因素，按照马克思主义的理论，任何意识形态，即便它以真理或科学的面貌出现，都是要反映特定时代和社会的阶级立场的。也就是说，不论在主观上还是客观上，文艺理论都包含价值取向的问题。

杜书瀛在比较中西文论传统的基础上指出，中西文论在价值取向上存在以下两个方面的区别："以求'善'为主旨的'伦理'哲学与以求'真'为主旨的'存在'哲学"的区别，和"尚'和'与尚'斗'"的区别。一方面，具体来说，中国传统思想"由于更多地关注人与人之间的关系（主要是家族、氏族内部和宗法社会多等级的关系），关注人伦，关注人之多层次的情感联系和互相感应，并且往往从身边之人伦关系出发看世界、看自然，以人伦比拟自然；因此，中国最早形成和发展起来的是以求'善'为主旨的'伦理'哲学或'人生哲学'。中国的'诗文评'正是建立在'伦理'哲学基础之上的，因此伦理和人伦教育色彩极为浓厚，尚'用'的主张很突出。"而西方传统思想"更加注重人之外的世界和各种事物，物我二分，追求对外在世界的认知，而且抽象出哲学的一个最基本的实体性的范畴，叫做'存在'或'有'……他们把学问的重点放在对'存在'的考察和追问上：它是真实的吗？怎样认识其真实性？它存在的状况如何？等等。因此，西方最早形成和发展起来的是以求'真'为主旨的'存在'哲学"。另一方面，中国传统思想偏向于人与自然和社会的和谐，"而这，深深影响

'诗文评'的主调:倡导诗之'温柔敦厚'、'哀而不伤'、'乐而不淫'、'以理节情'。以此,中国人没有西方人可怖之'崇高'概念;有的只是浸透着'和'的'阳刚之美'——壮美"。而西方传统思想强调矛盾与斗争,"这就影响了西方文论和美学两千年来一直崇尚崇高,崇尚悲剧。这就是西方文论悲剧理论之所以发达的根本原因"①。

实际上,这里是提出了文艺理论在价值取向问题上的两个层面的表现:一是在内容上是否强调某种意识形态或某种价值观,我们知道,现代科学一种基本的要求是价值中立原则,即在科学研究当中尽量避免主观的价值倾向的影响,完全以客观的态度来进行研究,以此来避免主观因素对研究过程的影响,保持研究的科学性和客观性。但即便在现代的各种学科,尤其是人文学科当中,价值倾向问题也是不能完全避免的,而在古代则完全没有避免价值倾向这种要求,因此不论中西,都存在着明显的价值取向的表达,西方文论传统在求真的同时,并不回避求善的问题。二是在方法上的不同倾向是否间接地体现了某种价值倾向,中西传统思想中确实存在"和"与"斗"这两种不同的倾向,并且也影响了文艺理论的发展,但其影响是否具有理论特性上的重要性,还是值得研究的。

总之,改革开放以来关于诗文评特点的讨论,很多学者出于凸显其独特理论价值的目的,特别强调其与西方文论的不同之处,但同时,为了论证诗文评在当下的理论价值,又必须使它尽可能符合现代学术规范。这两种研究的倾向在很多地方难免自相矛盾,如何使其协调一致起来,仍然是一个没有真正解决的问题。

① 杜书瀛:《论诗文评》,《文学遗产》2011年第6期。

第三节

诗文评在当代文艺批评学中的意义

改革开放以来诗文评研究的核心问题是关于其学科地位的讨论，尽管对于此问题还存在不同观点的争论，如有人认为诗文评已经是一门较为完备的文艺批评理论，有人认为它能够成为一门现代文艺批评理论，也有人认为它不是一门严格的文艺批评理论等。但把诗文评问题从中国古典文艺批评史研究当中独立出来进行讨论，本身就指向一个新的学术研究的方向，即以诗文评这种理论形态整合中国古典文艺思想，在与西方现代文艺理论和文艺批评观念与方法的对比乃至借鉴中调整和完善诗文评的基本概念、理论方法，使其成为一门真正的具有现代意义的文艺批评学形态，从而能够在现代文艺批评的实践中发挥作用。因而，诗文评研究相较于古典文艺批评史研究具有更明确的目的性和指向性，它本身必然包含着诗文评对于我国当代文艺理论研究的意义，以及对于当代文艺实践和文艺批评的意义这样的理论问题。

一、诗文评研究对当代文艺理论和文艺批评学建设的意义

所谓建设中国特色的文艺理论，不是指要凭空创造一种与现代主流的、源自西方的现代文艺理论截然不同的理论形态，恰恰相反，如果我们当前的文艺理论研究和创新性的理论建构不能与西方现代文艺理论相互交流和对话，乃至对西方现代文艺理论产生一定程度的影响，那么这种理论创新就没有价值可言。建设中国特色的文艺理论这一命题基于以下几个观念：

一是文艺理论的形成和发展，不可避免地受到特定文化当中文学传

统与哲学传统的影响，现代文艺理论学科的建立当然使文艺理论研究更具有客观性和普适性，但我们也不能否认现代文艺理论中很多理论形态都带有或显或隐的西方传统文艺思想影响的痕迹，因此我们在追求文艺理论学科的严格性和规范性的同时，并不必然排斥其理论特色，形成理论风格，这种特色与风格当然首先建立在对文艺现象本质规律的把握之上，同时要严格遵循现代理论研究的学术规范，但站在不同的立场，从不同的角度提出新的、有独特文化背景的理论问题，形成新的、具有独特文化背景的文艺观念乃至形成新的理论方法，这些既是一种特色鲜明的理论形态的建设，同时也是一种有价值的理论创新。

二是所谓中国特色的文艺理论主要是指建立在中国文学传统和当代文学实践之上，从中国的文学土壤中产生出来的、具有原创性的理论形态。也就是说，当代文艺理论建设一方面要遵循严格的学术规范，同时又可以吸收传统文艺思想的优秀资源。例如西方现代文论面对的是西方现代文学的问题，而西方现代文学受到西方文学传统的影响，因而西方现代文论就会自然整合与吸收西方传统文艺思想资源。同理，我们当前面对的是中国当代文学的问题，在其中必然包含着中国文学传统对当代文学影响的问题，因而中国传统文艺思想也就必然成为当代文艺理论建设必须借鉴和吸收的理论资源。而诗文评研究对于当代文艺理论建设的特殊意义在于，它是整合和吸收中国传统文艺思想的一种特殊方式，它不是用一般的文艺理论研究方法和论述方式来选取某些古典文艺思想中的概念和命题加以重新阐述，也不是以历史研究的方法将古典文艺思想当作材料进行研究，而是一种将中国古典文论的理论形态进行现代转化，使其适应现代文艺理论和文艺实践的一种学术努力，因而也就有着特殊的理论意义。

对于当代中国的文艺理论建设来说，传统文艺思想仍然有其理论价值，这首先是基于当代文学实践的情况。中国现代文学和当代文学主要是受西方现代文学的影响，这一点毋庸讳言。但中国古典文学传统的延续也不是可以忽略的，事实上，不论是新文化运动产生现代白话文学以来，还是在改革开放以来的文学实践当中，始终都存在着中国古典文学的影响。现代白话文学的大部分文学体裁的确是来源于西方，在文学主题、技法和风格等方面也受到西方文学尤其是西方现代文学的广泛影响，从这些方面来看，现代白话文学的西化色彩显然是更鲜明的。但文学的表现形态毕竟要与它所反映的现实社会相适应，中国现代白话文学到目前为止，反映的是中国从传统社会向现代社会转型的尚未完成的历程，在此历程当中虽然传统的文化因素渐渐丧失其主导地位，而被外来因素取而代之，但仍然有其重要的地位，而且能够在文学中有所反应；而改革开放以来中国社会变化更为深入和广泛，传统文化要素的重要性又重新被社会所重视，因而这些传统因素在文学上的反映，狭义上可能表现为某些特殊的文学流派或者文学风格的追求，而在广义上则相当普遍地体现在很多作家的审美追求上。这就给诗文评的存在提供了可能性，诗文评所秉承的一套思想和其命题概念在一定程度上显然还有其生命力。这种生命力体现在诗文评所蕴含的中国传统思维方式和概念体系上，如许多学者指出的那样，诗文评理论特点的重要因素是其特殊的理论话语或思维方式，而与此紧密相关的就是它的概念体系。与现代文艺理论的研究方法和概念体系相比，诗文评的理论方法和概念体系的确存在着某些劣势，最直接体现在其概念以及论述不够明确，如此就难以针对文学现象进行更深层次的剖析和阐释。但这种富有特色的方法和概念对于当代文艺理论研究却具有一种启发性和指向性作用，即能够引导理论研究生发出新的角度和问题。

二、诗文评对当代文学实践的价值和意义

诗文评要作为一种当代文艺理论和批评形态发挥作用，不仅要在纯粹的理论领域提出新的理论问题和理论方法，更重要的是要在批评领域对现实的文学实践发挥实际的作用。原生形态的诗文评是针对古典文学的批评，而现代文学并不是古典文学自然的延续和发展，这就造成诗文评与当代文学实践之间的矛盾关系。然而我们考察现当代文学的发展尤其

是当代文学实践的情况可以发现，当代文学仍然保留着一定程度的古典文学的影响，这就使诗文评能够对当代文学实践发挥特有的批评作用。

其一，当代文学建立在中国当代社会实践的基础之上，它所反映出来的思想观念和文学风格必然具有区别于西方文学的独特性，形成中国文学的某种特色。针对中国文学的这些特性，西方传入的现成的文艺理论可能无法完全地和恰如其分地进行解释，这就需要中国文艺理论提出自己的问题和方法；同时，文学的意义和价值最终要通过其审美追求体现出来，而文学的审美取向更容易受到特定文化传统特别是文学传统的影响。中国古典文学对当代文学的影响，在体裁、题材、直接反映出来的思想观念等方面可能相对不容易发现，但由于古典文学仍然是当代文学阅读当中的重要组成部分，并且古典文学的众多元素始终渗透在当代文化的各个方面，因而不论是作家还是受众的审美文化心理都会不同程度地受到古典文学的潜移默化的影响。我们可能很少看到作家用古典诗词的形式写诗，用章回体的形式写小说，用杂剧、传奇的形式写戏剧，但我们很容易从现代形式的小说、戏剧和诗歌当中品味出具有中国传统文学特色的审美倾向和趣味。

其二，中国现当代文学自 20 世纪初的白话文运动以来，已经形成了一个有别于古典文学传统的新的文学传统，当代文学就是这个新传统的组成部分。现代文学语言在很大程度上受到西方文学的影响，尤其在现代文学发展的早期，语言的欧化现象比较突出，造成了现代文学与古典文学相对隔绝的状态。但随着现代白话文学逐渐成熟，它已渐渐摆脱了西方文学语言的直接影响，开始回归本土文学的语言特性，形成自身的语言特色。而这种相对成熟的当代文学语言反而与传统文学语言不再是截然对立的，它们之间的继承关系更明确地凸显出来，这就为诗文评的存在提供了条件。事实上，诗文评作为一种文学批评形态有其特殊的优势，因为诗文评与文学实践有着特殊的关系。很多论者曾指出，中国传统文艺思想的一个弊端是经验性的成分过多而抽象思辨的成分过少，就理论本身而言这种观点有一定的道理，但就文学批评来说，这反而成为诗文评的一种优势，就是它与文学实践有着紧密的关系。文学批评介于理论与实践之间，是以理论分析和指导实践将现实文学创作中的新问题提炼出来，反馈到理论层面的中介。但从改革开放以来的文艺批评实际状况来看，当代文学批评存在的一个严重问题是与文学创作的实际经验相脱离，以空洞的理论和概念来肢解文学作品和文学现象，这已经造成了比较严重的后果，丧失了批评的意义和作用。这一方面是由于批评者自身的原因，但在一定程度上也与西方现代文学批评往往从理论出发，将文学现象仅仅作为理论论证的材料，以理论来肢解现象的倾向有关。这种批评方法的确能够揭示某些隐藏在文学现象之后的深层意义，但往往与直接的创作和阅读经验失去了紧密的关系。

而诗文评的一个重要特点就是与文学经验紧密相连，强调批评者具备相当的文学经验的重要意义。与纯粹的理论相比，它对批评者直观感受的要求更高。诗文评正是以近似文学自身的形式来直接描述文学经验，不是面对客观的作者、读者以及文本，而是面对鲜活的文学感受，使作者与读者能够感同身受，从而发挥其独特的作用。事实上，西方文学批评尤其是现代批评中也有很多类似的方法，如英美新批评的细读方法就强调通过细读文本来发掘文学作品的丰富意义，更有意义的是，与理论家的批评相比，许多作家的文学批评著作，其形式也与所谓学院式的批评不同，倒更接近于诗文评，如卡尔维诺的《未来千年文学备忘录》、米兰·昆德拉的《小说的艺术》等，这些文学批评从理论化的角度来看或许不够严格和规范，但基于作者本身丰富的文学经验和敏锐的感受力，却能够提出很多被所谓的“专业”理论家忽略的意义。

总之，改革开放以来的诗文评研究，在整个古典文艺思想研究当中虽不占据主流的地位，却具有特殊的意义。在主流的学术研究要么将古典文艺思想作为历史的陈迹进行“考古”学似的研究，要么盲目鼓吹古典文化复兴、强调古典文艺思想的各种优越性的时候，诗文评研究至少提出了一种更具有现实性的道路，即努力使以诗文评形式存在的古典文艺思想在保留其独特理论形态的基础上实现现代转型。这一思路的现实性存在于两个方面：一是不同于部分学者主张中国古典文艺理论的地位时，将重点完全放在思想内容方面，诗文评研究特别突出了古典文艺思想的理论形态问题,为古典理论的现代转型提出了一条新的方向;二是诗文评研究不是主张中国文艺思想作为一种源自西方的现代文艺理论的对立面取而代之,而是将其作为一种理论形态,使其成为现代文艺理论大家庭中的一个成员。

第六章

改革开放以来意境理论研究的开放性格局

意境理论在改革开放以来的中国古代文艺思想研究中占有特殊地位。一方面,它已经具备了比较丰厚的研究基础,成为改革开放以来古代文艺思想研究中相当重要的研究方向;另一方面,作为古代文艺思想中的一个具体问题,它不仅是古代文艺思想的范畴研究中最受关注、取得最多理论成果的研究对象之一,对于整个古代文艺思想研究以及中国文艺思想理论框架的建构都有重要的理论价值。而且,还因为许多学者将这一概念作为古代文艺思想中一系列相关概念的集合点,通过对它的阐释建构起系统的中国古典文论理论体系,人们一般所说的"意境理论"就是通过对意境的再阐释建构起来的。我们应该注意的是,在意境理论的建构过程中,一方面,人们试图通过对意境这一核心概念的阐释,呈现出中国古典文论区别于西方文论的理论特点;另一方面,这种强烈的理论建构的冲动,实际上是受到了以西方文论传统为源头的现代文艺理论学术规范的直接影响。虽然二者并不必然产生矛盾,但在改革开放以来的意境研究中的确出现了由于二者的矛盾造成的研究误区。现代意境研究从源头上便是在中西文论比较的框架下展开的,如何在意境研究中处理好与西方文论的关系问题，对这一理论的发展具有重要的意义。

第一节

改革开放以来意境理论研究的发展历程

改革开放以来的意境理论研究发展比较迅速，取得的成果也相对较多，这是因为与许多研究课题相比，对它的研究有比较坚实的基础。从清末特别是民国初年中国的学术研究开始转型起，意境理论就已经得到了较多的关注。作为中国现代文艺理论最重要的开拓者，也是较早用西方文艺理论的方法研究中国文学和文艺思想的王国维，他在文艺理论研究当中提出的重要概念之一就是“境界”，境界一词便是意境的一种变体。王国维既是传统意境理论的总结者，也是以西方文艺理论的方法重新解释意境的开创者；此后意境理论一直是中国古代文艺思想研究的重要内容，比如朱光潜就继续以西方文艺理论方法发展了意境理论，而宗白华则在古典哲学和美学的基础上对意境理论进行了新的开拓。可以说，改革开放之前的意境研究已经基本打下了意境研究的基本框架，他们，尤其是王国维的学说也成为改革开放以来意境理论研究的重要内容。

在这样较为成熟的基础上，改革开放以来的意境理论研究在各个方面都取得了发展，使意境理论成为一门比较完备的理论系统。“这一时期的意境研究呈现出前所未有的探索上的多元取向，既有从历史的源流中考察意境的产生和发展的，如蓝华增、叶朗、曾祖荫等人的意境研究；又有从美学的角度探讨意境的审美定性的，如张少康、胡经之等人的意境研究；还有从比较文化、社会背景和文艺发展的实践角度研究意境的，如曹顺庆、刘九洲等人的意境研究；以及从现代西方哲学与美学或新方法的角度研究意境的，如劳承万的意境研究等。应该说，这一时期意境研究取得了长足的进步，提出了许多关于意境的命题，对于深化对中国美学与诗学的特殊性的理解，起到了重要的推动作用。”①

我们可以把改革开放以来的意境研究分为几个层面，其中主要包括意境概念的重新阐释、意境理论的历史研究、意境理论系统的建构和运用意境理论进行批评实践这四个方面。

一、对意境概念的现代阐释

所谓“意境理论”，是我们站在今天的理论立场上反思中国古典文艺思想发展历史时总结出来的一种理论，而这种反思之所以能够出现，能够把历史上不同人物在不同语境中以不同的术语和命题表述出来的思想归纳为一种统一的“意境理论”，肯定是基于一种特定的对意境的重新理解和重新解释。古典的意境理论主要是以中国传统哲学思想和佛教思想来阐释意境概念，从王国维开始，朱光潜、宗白华、李泽厚、钱钟书等人都或多或少地引进西方美学思想以对意境概念进行重新阐释，应该说这个时期西方美学和文艺理论的方法逐渐成为意境研究方法的主流。而改革开放以后这个趋势则更为明显，并且研究的角度更为多元，很多学者开始从不同学科的角度研究意境。概括地说，改革开放以来对意境概念的阐释由于被放在了较为成熟的现代学科体系的背景之下，所以这种阐释就借助于或者也可以说受制于学科分类的原则和方法，例如，有从哲学角度研究意境的，如李林的《诗词意境的哲学思考》；有从美学角度研究意境的，如张少康的《论意境的美学特征》；有从文化学角度研究意境的，如寸悟的《试论意境范畴形成的文化背景》；有从心理学角度研究意境的，如陈洪的《意境——艺术中的心理场现象》；还有从教育学角度研究意境的，如滕碧城的《谈诗歌的‘意境’教学》……这种阐释角度的多元化，一方面固然能够在相当大的程度上丰富意境概念的内涵，但由于这种多元性是建立在学科分类基础上的，是将意境作为一种一般的精神现象，以不同学

① 王建珍：《论意境研究在现代的发展》，《华北电力大学学报（社会科学版）》1999年第4期。

科的特殊角度和特殊方法来加以研究，所以它们相互之间尚不能完全达到充分沟通的程度，同时，也由于不同学科有着自己既定的方法和立场，在阐释意境概念时也难免会出现对意境概念内涵的某种程度的歪曲。可以说，改革开放以来的意境研究的优势与劣势都是比较明显的。

相应地，意境理论的研究方法也大大拓展，改革开放初期西方学术界的各种理论大量进入中国，除了思想观念之外，在方法层面上也深刻影响了中国的文艺理论界，当然这种趋势也波及了意境研究领域。以西方传入的新的方法来研究中国传统文艺思想，开始是由一些年轻学者开启的一种学术路径，然而这一研究倾向得以迅速蔓延，很快便成为传统文艺思想研究领域的主导倾向。严格来说，自王国维以来，对意境概念的新阐释本身便包含着新的观念和方法的渗透，而这里特别强调新方法的原因，是改革开放以来所引入的新方法，方法论的意义更为明显，它们已不限于某一学科的特殊方法，而是既有别于中国传统文艺思想，又不同于西方文艺理论传统方法的新方法。其中尤以比较研究的方法为甚。比较研究作为一种跨文化的社会科学尤其是人文学科的研究方法，本身就具有超越严格的学科分类的意义，尤其是对于非西方文化背景的学者而言，比较研究是接通自身传统文化与西方文化，或者现代文化的重要途径。就意境研究来说，比较研究主要体现为将意境概念与西方文艺理论当中具有相似内涵或者相近的理论地位的概念相比较，例如，将意境与意象比较，如陈宁的《西方意象与中国意境之比较》。这里的意象不是指中国传统哲学中的意象概念，而是西方哲学尤其是德国古典哲学中的意象概念。这里影响更大也更有理论意义的是意境与典型之间的比较，由于二者在各自的文艺理论传统当中都占据着相当重要的地位，同时典型概念又在中国现代文艺理论当中具有重大的影响，所以二者的比较吸引了更多学者的参与，如曹顺庆的《意境说与典型论产生原因比较》、周来祥的《东方的艺术意境与西方的艺术典型》等。除了直接的概念比较，还有通过意境概念来进行中西理论形态或文化形态的比较的模式，如毛宣国的《“境界说”与中西文化和美学》；或者通过意境概念进行更为具体的文学比较的，如吴伏生的《中英自然诗的意象结构》，等等。除了比较方法之外，产生较重要影响的还有系统论、符号学等方法,也出现过一批用这些方法研究意境的文章和著作,如鲁文忠的《中国古代意境系统论》、陈良运的《王国维"境界"说之系统观》、刘庆璋的《文艺"符号"论与"境界"说》等,但这些方法都没有像比较方法那样产生广泛而持久的影响。

除了从西方理论方法阐释意境概念的研究之外,也有从佛学角度研究意境的,如蒋述卓的《佛教境界说与中国艺术意境理论》,实际上这种研究角度也是比较研究的一种,改革开放以来的比较文论研究大都集中在中西比较领域,对于中国与其他非西方的古老文明之间的比较则较少涉及,这本身就是一个缺陷。而意境理论又与佛学有着直接的关系,这种关系在传统的意境理论中虽有很多体现,但并未被深入和全面地研究过,因此这一研究方向也有着重要的价值。

改革开放以来的意境概念研究在深度和广度上都取得了很显著的进展,但是也存在着明显的问题,例如研究的角度还相对固定。这涉及对意境本质的理解问题,即将意境理解为文学现象的一种本质属性,还是文学现象中的一种实体性存在,抑或是其他角度的理解。大部分学者倾向于第二种理解,即将意境理解为作者主观情感在作品当中的物化产物,也就是代表作者主观情感和思想的"意"与在作品中实际呈现出来的物象的结合体,这是从创作论的角度对意境的理解。还有从构成论的角度来看的,认为意境是一种作品中存在的虚实相生的内在结构,也就是实际呈现在作品中的实象,与没有直接呈现出来而需要通过想象力、审美能力等参与才能感悟到的"虚象"的结合体。这种对意境的基本理解把握到了意境所包含的主观与客观、实象与虚象,或者说有限与无限的辩证关系,以及意境内在的复杂结构;并且从这种基本理解出发,能够从审美心理学乃至接受美学等角度加以分析,拓展了意境研究的广度,从而构成了改革开放以来意境研究的总体框架,形成了较为稳定的研究格局。但这毕竟还是一种单一的研究角度,对意境没有做更为多元的理解,也限制了多角度研究的可能性;更重要的是,对意境概念的阐释不仅是对一个现成的概念或理论体系的分析解构,更是一个在中西比较的视野下进行理论建构的过程,虽然改革开放以来的意境研究广泛涉及西方文艺理论,但仍然缺乏一种在中西比较框架下的理论创新意识。

二、对意境理论发展史的梳理

意境思想发展史的研究与上述意境概念阐释研究是现代意境理论研究中最重要的两个方面，后者自王国维开始，朱光潜、宗白华、李泽厚等学者不断地努力，已经逐渐积累了比较成熟的成果，使“意境”作为中国美学和文艺理论的一个新的理论范式得以确立，并在文艺批评中已经产生了广泛的影响。而前者则是在改革开放以来才全面展开的。意境思想发展史的研究对于现代意境研究具有特殊的价值，正是从史的角度对与意境概念有关的各种思想进行界定和解释，才使得意境概念的内涵和外延能够逐渐清晰起来，并且史的研究同时也包含着一种“意境理论体系”建构的努力，与现代“意境理论”的建构是相呼应的。

在现代意境研究中，存在着一种误区，即把意境理论等同于由王国维开创的现代意境理论，对意境的理解被王国维以及其后的现代学者的研究方向限定了。事实上，王国维以来的意境研究已经形成了一种新的传统，这种新的传统与原生态的传统意境思想并不完全等同，又由于王国维的境界思想影响力很大，对传统意境思想形成了一种遮蔽，造成了人们所普遍接受的意境概念就是王国维的境界概念，传统文艺思想中更为复杂和丰富的意境概念反而鲜有人提及，这种情形在某种程度上束缚了意境史的研究。

概念研究与历史研究是相辅相成的，史的研究对于“意境理论”的发展是一种基础，要让意境理论真正成为现代中国文艺理论的组成部分，单靠对概念的重新阐释肯定是不够的，仍然缺乏坚实的根基，必须通过对意境理论历史发展过程的梳理，才能更为全面和透彻地把握这一理论的内涵，在此基础上才能构建符合现代文艺理论规范又植根于传统文艺思想的理论形态。有学者指出：“如果在中国美学和诗学史上找不到内在的历史依据，那么所谓‘意境’是中国美学和诗学的‘中心范畴’的命题，就如同一座建筑在沙滩上的大厦，随时都有坍塌的可能。所以我们发现，在蓝华增、刘九洲、林衡勋、古风、薛富兴、夏昭炎等人关于‘意境’的专著中，都会将相当可观的篇幅留给所谓‘中国意境范畴史’的讨论。”①

改革开放以来，不少学者开始将目光转向“意境理论”的历史建构，较早的专题论文是蓝华增的《古代诗论意境说源流刍议》，随后潘世秀、叶朗、曾祖荫、刘九洲等学者的有关论著也纷纷出现。所谓“历史建构”是指：一方面突破王国维以来的新意境研究的局限，将研究的范围拓展到整个古代文艺思想，试图从丰富的古代文艺思想当中为“意境理论”的发展开掘更为丰富的理论资源，例如改革开放以来有很多学者从“意境理论”的角度对庄子、刘舞、皎然、权德舆、刘禹锡、司空图、朱熹、严羽、姜夔、谢榛、王夫之等的文艺思想进行了研究，同时现代学者的文艺思想也被归入了意境研究的历史谱系，如方东树、林纾、闻一多、宗白华、朱光潜、李泽厚、钱钟书等人的思想也成为意境思想史的一部分。另一方面，他们又不是单纯地对意境这个概念的源流进行考察，而是在梳理历史的同时建构起一种既有历史脉络又有内在逻辑关系的理论体系。通过一系列的专题文章，如胡晓明的《中国前意境思想的逻辑发展》、章楚藩的《“意境”史话》、冯契的《中国近代美学关于意境理论的探讨》、马正平的《五十年来意境研究述评》、张毅的《建国以来“意境”研究述评》和阎采平的《近十年来“意境”研究述要》等，许多中国古代著名的文艺思想家和美学与诗学理论，都被吸收、容纳和安置在“意境说”的历史谱系之中，所谓“意境理论体系”的历史轮廓也已基本建构起来。

意境理论发展史研究的意义不仅在于对历史本身发展过程的梳理，其更重要的意义在于通过史的梳理，还原意境概念本身的意义，从而廓清当前意境研究当中模糊不清或想当然的误区。如前文所述，改革开放以来的意境研究很大程度上是建立在王国维以来的意境研究的基础上的，是以王国维的境界概念作为直接的研究对象，由此延伸而来的意境研究由于没有直接建立在原本的意境概念之上，有相当一部分脱离了真正的

① 罗钢：《学说的神话——评“中国古代意境说”》，《文史哲》2012年第1期。

意境概念，成为一种没有根基的理论。改革开放以来的意境研究当中也存在这个问题，尤其是以西方美学或文艺理论的方法对意境理论进行研究时，更容易曲解了意境的原本意义，或者是赋予这一概念以原本不存在，而从相关的西方概念当中挪用过来的意义，或者是无视了意境概念原本包含的丰富而难以用现代理论语言阐释清晰的含义，第二种情况尤其突出。意境史的研究恰恰就针对这种研究的弊端，一方面还原意境的本来面目，为现代意境研究提供更为坚实的基础；另一方面，在史的研究中，也贯穿了一种系统化的整理的努力，即在全面掌握意境概念复杂性的基础上，将其统合为一种具有内在逻辑关系的概念体系，并且这一概念体系不仅限于与“意境”这一术语有直接或间接关系的概念，而是从概念内在含义的关联性上包含了相当广泛的传统文艺思想的概念和命题，形成了一种有代表性的理论系统。因而，史的研究同时也是一种理论的建构，由于这种建构建立在史的研究的基础上，它与纯粹从观念和方法出发的阐释就有相当的差异，这一点我们后文会详加论述。

三、意境理论系统的建构

随着改革开放以来意境研究的深入，尤其是在对意境理论历史梳理的基础上，学术界出现了将意境理论建立为一门文艺理论学科的倾向。这种学术倾向的出现，是意境研究发展到一定程度之后必然出现的现象。改革开放之前的意境研究已经奠定了相当坚实的基础，而改革开放之后，尤其是进入 20 世纪 80 年代之后，意境研究的发展可以用突飞猛进来形容，不仅相关的研究者和文章、著作数量很大，成果很多，而且涵盖的范围也较广，意境研究在各个层面展开，都取得了可观的成绩。因而从客观条件的角度看，建立一门较为完备的文艺理论学说所需要的全面性已经具备了。并且改革开放以来意境理论的影响力也在不断扩大，不仅影响了文艺实践和批评，也在整体的文艺理论研究中占有了一席之地。意境不再是局限于专题研究领域的概念了，典型的例子便是意境研究成果大量出现在各类文艺学和美学著作中,尤其是成为相当多的文艺理论教程中不可缺少的一部分。

意境理论在改革开放以来文艺理论建设当中的地位,可以分为三种情况:其一,体现在中国古代文艺思想或美学思想研究领域当中,如陈良运的《中国诗学体系论》、祁志祥的《中国古代文学原理》、叶朗的《中国美学史大纲》、郁沅的《中国古典美学初编》等,在这些著作当中,虽然意境理论还没有超出古典理论的范围,但研究者普遍将意境概念作为古典文艺学或美学的核心概念,或者最重要的概念之一,在整个古典文艺学或美学体系当中占有相当重要的地位,因此也就形成了比较完备的意境理论体系;其二,体现在中国现代文艺理论和美学理论体系的建构当中,如黄世瑜的《文学理论新编》,童庆炳的《文学理论教程》,丁枫、张锡坤的《美学导论》和杨辛、甘霖的《美学原理》等,另外,意境理论还延伸到很多部门美学理论当中,如肖驰的《中国诗歌美学》、金学智的《中国园林美学》和胡经之的《文艺美学》等,在这一领域当中,意境概念并非居于整个理论体系的核心地位,但它已经作为一种具有现实理论意义的重要概念被纳入现代文艺理论体系当中,而不再只是古典研究关注的问题,因而具有更重要的现实意义;其三,也有部分学者开始探索建构独立的意境理论体系,刘九洲的《艺术意境概论》是第一部意境论专著,有学者认为:"它的出现是现代意境研究的重大收获。它不仅标志着意境学科的形成,也标志着现代意境研究已经进入了'学科建构'的最高阶段。"此外还有林衡勋的《中国艺术意境论》和蒲震元的《中国艺术意境论》等。

上述前两种情况,分别从不同的角度证明了意境理论在改革开放以来的文艺理论建设中已经具有了特殊的地位,它不但具有了初步的体系架构,同时也具有了在当代文艺理论中的合法地位,可以说距离真正成为一门独立的文艺理论学说只有一步之遥,因而第三种情况的出现是顺理成章的事。有学者提出:

经过持续 20 年之久的"意境热",使意境由一般的范畴研究跨入到学科建构的新阶段。早在 1988 年,我就萌生了建构意境学科的设想，并草拟了《意境学大纲》。90 年代以来，我在所发表的一系列意境研究论文中，便逐渐使用了"意境学"、"意境美学"和"意境学科建构"之类话语。我一直有着强烈的预感：意境学科的建构已大势所趋了，目前出版的 6 部意境专著就是有力的证明。①

由此可见，所谓建立意境理论学科的倾向，不只是试图将意境理论建立为一种相对独立的理论体系，使其在现代文艺理论系统当中占有一席之地，而是试图建立一门独立的、以意境为核心的、完备的文艺理论系统，至少取得与其他理论系统并列的地位。然而从现实情况来看，这种努力当然具有一定的理论价值，并在具体问题上取得了相当多的学术成果，但意境理论能否成为一门独立的学科，尚是一个有待商榷的问题：一方面意境理论所能涵盖的文艺现象是否足够广泛、意境能否界定不同类型文艺现象的本质特征等问题都是存疑的；另一方面，关于意境理论本身的学术地位问题，仍然存在着相当重要的争论，这一点我们将在下文详加论述。

四、意境理论在批评实践当中的运用

在中国古典文艺思想研究领域当中，许多研究课题都取得了丰硕的成果，但大多数研究仅仅停留在纯粹的学术和理论层面，并没有将古典文论的概念、命题和方法运用到现代文学批评当中。而意境理论则实现了这一突破，意境概念广泛地运用在了当代文学批评当中，甚至突破了文学的界限，拓展到了其他艺术领域，这也从一个侧面反映了意境理论研究成果已经比较成熟。

意境概念在文艺批评当中的实际运用与理论层面的研究几乎同步展开，与意境理论的研究形成了互补和互动的良性关系，有很多学者不自觉地把意境理论的分析方法应用到具体的作品分析当中。在文学批评方

① 古风：《21 世纪意境研究的基本走向》，《贵州社会科学》2002 年第 5 期。

面，除了对传统的诗、词、散文等传统意境理论的应用领域之外，还突破了古典文学批评的范围，将意境分析拓展到现代文学之中，对小说、报告文学、童话和民间文学等现代文学进行了分析，如陈尚仁的《论李士非报告文学的意境创造》、李晓湘的《叶圣陶前期童话意境初探》、刘亚湖的《浅谈民歌的意境美》等；在艺术批评方面，同样突破了传统的书、画、音乐、戏曲等古典艺术形式，将批评的范围拓展到舞蹈、影视、摄影、工艺和园林等现代艺术领域，如叶林的《舞蹈意境初探》、郭踪的《电影的意境美》、吴正纲的《摄影艺术的意境》、桑任新的《瓷雕的意境・风格・题材》、金学智的《园林审美意境的整体生成》等。这一点对于意境理论的发展具有特别重要的意义，使它不再局限于古典诗学和美学，而成为具有普遍意义的文艺理论范畴。

但意境批评也存在一定的局限性：一是在文艺批评中对意境概念的运用存在不规范和不严谨的问题；二是由于意境理论本身还存在一定争论，更重要的是部分批评者对意境理论的理解流于表面，在分析作品时难免出现牵强附会的现象。

第二节
改革开放以来意境研究领域的学术论争

在改革开放以来关于意境理论的研究当中，除了上述整体的学术倾向上的不同之外，在一些关键性的具体问题上也存在着论争，这些论争也从一个方面反映出改革开放以来意境理论研究的总体趋势和矛盾。这些论争体现在不同的层面，对于意境理论的整体评价有着根本的不同，大体可以分成三个层次。

一、关于意境概念内涵的论争

事实上，中国古代文艺理论关于意境的论述也的确存在着很多种不同的看法。自意境概念提出之后，许多论者都围绕这一概念进行了论述，但是真正严格使用意境这一术语的并不多。很多学者将与意境意义相关的概念也大都归入意境理论范围之内，因而这一理论包含的各种观点之间的差异就比较大。

自王国维以来的现代意境理论研究一向存在着这种争论，其中一个重要的原因是现代意境理论研究主要是以西方的文艺理论方法来阐释意境及相关的概念，因此不可避免地会以西方美学和文艺理论中相近的概念来类比意境；这种对意境理论的重新阐释当然在一定程度上更加明确地揭示了意境概念的准确内涵，但同时也会因为文化背景的差异对这一概念产生一定的误解，会赋予它一些新的、原本不存在的意义，也会遮蔽它原本存在而不符合西方文论思维方式的意义，因而这种解释一直受到很多人的质疑，这种研究意境理论的思路及对这种思路的质疑一直延伸到改革开放以后的意境理论研究。

最具有代表性也是流传最广的一种观点，是把意境概念分为意和境两个部分，认为意境就是意与境的结合。这种观点其实在中国传统意境理论当中就是一种重要的观点，尤其是明末清初以来，这种观点甚至在意境理论当中逐渐占据了主流地位，并且使意境与另一对重要的文艺理论概念“情—景”结合起来，认为意就相当于情，境就相当于景，意境就是情景交融的美学效果。到了现代文论当中，这种观点在接受西方文艺学影响的基础上有了进一步的发展，自王国维肇始，仍然在现代意境理论当中占据主流地位。这种观点有所发展之处，是将西方美学和文艺学中的主体与客观世界的关系的思维方式引入意境理论，关于意与境的关系，存在着意为主观、境为客观的传统看法，因而意境就是主观的思想或情感与客观物象的融合，在文艺作品当中就体现为通过具体的物象的描写来体现某种主观的情感，从而达到特殊的审美效果。王国维的境界说基本上就是遵循这一思路，他提出的“有我之境”“无我之境”等关于境界的解说，都是在作为主体的“我”与作为客体的“境”之间关系这一框架之中展开的。而这一思路在改革开放以来的意境研究当中得以更广泛地展开，很多学者据此将很多传统文论中的概念纳入意境理论范围中来，把意境理解为主客或者情景或者意象二者的相互融合。

这一观点在改革开放以来的意境研究当中影响最大，但引起的争议也最多，因为虽然情景论在传统意境理论发展的后期逐渐成为主流，但在整个意境理论发展史上毕竟还只是诸多解释当中的一种，并不能完全代表意境理论的整体观点；同时，这种观点在现代意境研究当中受到了西方美学和文艺理论的深刻影响，导致相关的研究中带有非常显著的西方理论色彩，与中国传统文艺思想的思维方式有较大的距离，因而不少学者对这一观点提出了反驳。童庆炳就认为：

如同“常境”是平常的“境”，“佳境”是佳妙的境，“异境”是不同寻常的境一样，“意境”就是意之境，它们都是偏正结构，不是对等的并列结构，意境不是意与境相加，不是一般的主观与客观的统一。……我们之所以首先要从词的结构和词义上厘清“意境”的含义，目的是不把意境当作一般的艺术形象来讨论，一般的艺术形象可以说是主观与客观的统一、心与物的统一、情思与景物的统一，但意境不仅仅是这些统一，它作为抒情型的审美理想，是有独特的审美内涵的。①

叶朗也指出：

很多人都把“意境”和“意象”混为一谈。很多人说：什么是意境？意境就是“情”“景”交融。这种解释大概是从清代开始的。清

① 童庆炳：《“意境”说六种及其申说》，《东疆学刊》2002年第3期。

代有一位画论家布颜图，他就把“境界”规定为情景交融。后来王国维在《人间词话》和其他一些著作中所使用的“意境”或“境界”，他的解释也是情景交融。但是在中国传统美学中，情景交融所规定的是另一个概念，就是“意象”，而不是“意境”。中国传统美学认为艺术的本体就是“意象”，而“意象”的基本规定就是情景交融（这一点后面还要谈到）。任何艺术作品都要创造意象，因此任何艺术作品都应该情景交融。但是并不是任何艺术作品都有“意境”。“意境”除了有“意象”的一般规定性（情景交融）之外，还有自己的特殊的规定性。“意境”的内涵大于“意象”，“意境”的外延小于“意象”。①

这种观点是具有代表性的，改革开放以来的意境研究和在批评中的应用，的确存在着一种简单化和模式化的弊端，并且这种解释方式在西方文艺理论的影响之下，更多的是界定文艺现象的一般规律而非意境这种特殊审美范畴的内涵，因而，把这种解释中的意境一词替换为“意象”“艺术形象”等都无不可，实际上也就等于丧失了解释的意义。我们不是断定情景论的意境说是毫无理论价值的，而是说，若要把意境理论建立为一种具有现代理论价值的理论体系，那么这种解释就过于单薄而无中国传统文艺思想的本质特性。

除了情景论的解释之外，改革开放以来的意境研究中还存在其他几种解释，其中比较重要的是“意在言外”说，这种观点在传统文艺思想当中也有相当丰富的根据。在传统意境理论当中，虽然情景论或意象论后来逐渐成为主流，但并不是唯一重要的解释，比如《诗格》当中提出的“物境”“情境”“意境”这一组概念，其中的意境便不适合从主客体关系的角度来解释。如果从广义的意境理论范围内看，对意境的理解就更为丰富，比如境生象外，是象外之象，言外之旨等，这几个术语散见在不同的古典文艺批评著作当中，却基本表达了同样的看法，也即意境并非是意与境两种分别属于主观与客观的实体的结合而产生的新的实体性的东西，而是

① 叶朗：《说意境》，《文艺研究》1998 年第 1 期。

一种开放的、具有更复杂内在结构的对象，它的开放性同时也是它最重要的理论价值所在，恰恰在于它对文艺作品中现成的情感因素与物象的超越上。叶朗认为：

> 什么是“意境”呢？刘禹锡有句话：“境生于象外。”这可以看作是对于“意境”这个范畴最简明的规定。“境”是对于在时间和空间上有限的“象”的突破。“境”当然也是“象”，但它是在时间和空间上都趋向于无限的“象”，也就是中国古代艺术家常说的“象外之象”、“景外之景”。“境”是“象”和“象”外虚空的统一。中国古典美学认为，只有这种“象外之象”——境，才能体现那个作为宇宙的本体和生命的“道”（“气”）。①

也就是说，意境的特殊性在于它向某种超出于作品本身的更深层、更广大的对象开放，从而使作品的意义得以在直接的字面意义之外，附带了更为丰富而无法直接转述的内容，这种内容可以用不同的术语来代表，如“宇宙本体”“气”，或者更符合中国传统思想的“道”。意境的意不是一般的意，而是道的体现。所谓意境，就是在感性的（形而下的）日常生活和生命现象中，直接呈现某种形而上的意味。这是意境不同于一般艺术的特点。叶朗认为象外之象所蕴含的人生感、历史感、宇宙感的意蕴，就是意境的特殊规定性。但这种言外之意又非外在于作品，或如非文艺的著作一样是通过论证来呈现的，而是成为作品本身的一部分，只有通过作品的情感和形象的呈现才能显现出来。

这是改革开放以来意境研究中另一种具有代表性的观点，与情景论相比它似乎与中国传统文艺思想的特点更为相近，但实际上这种观点也受到了西方文艺理论的深刻影响，关于所谓“境生象外”，这个象外的“境”究竟是何物，在更深入的分析中很多学者还是借助于西方美学或心理学的方法，有的将其解释为“真理”的显现，有的将其解释为生命力的

① 叶朗：《说意境》，《文学研究》1998年第1期。

表现，也有的解释为想象力的运作……总之，依照现代理论思维的模式，仍然要对其有明确的界定，在这一点上它与情景论的观点是殊途同归的。

除上述两种最具影响的观点之外，意境研究中还包含其他一些观点，如陶东风提出："文艺作品就其本身的存在方式而言无非是一些符号——'人类情感的表现性形式'或'有意味的形式'，它自身无法产生言有尽而意无穷、无画处皆成妙境的效果，这就需要有接受主体的介入。没有接受主体的介入，'言'不可能自动地产生'言外之意'，'象'也不可能固有'象外之象'。"①"意境作为文艺作品的美感效应（而非作品的存在形态）是作品与接受者共同创建的，是在接受过程也只有在接受过程中才能产生的。意境是一个变量，而不是定量，同一部作品见之于不同的接受主体其意境的形态或产生的方式、实现的程度都千差万别。"②这是从接受美学的角度对意境的另一个侧面的属性进行了分析。其他一些观点虽然角度不同，但也大都可以视为对上述两种主要观点的补充。

这些关于意境内涵的不同观点，在不同的侧面更为深入和严格地对意境概念进行了解释，但不可否认，它们都是在受到西方文艺理论传统影响的前提下的再阐释，本质上是一种理论的构建而非严格的概念辨析。然而我们认为，这种再阐释的价值并不因此而比纯粹的史的研究低，对于意境理论的现代意义而言，它可能具有更重要的价值，只是这种阐释不应该脱离传统意境概念的本意，而应在充分挖掘意境本意的基础上进行，尤其是应对意境概念所包含的中国传统文艺思想的特色加以保留和弘扬。另一方面，这些观点虽然相互之间有所不同且有一定的争论，但在意境理论的学术价值与地位这一点上并无不同立场，它们都是试图"恢复"或"重建"一种具有中国特色的文艺理论体系。

① 陶东风：《中国古代心理美学六论》，百花文艺出版社1992年版，第117页。
② 陶东风：《中国古代心理美学六论》，百花文艺出版社1992年版，第115页。

二、关于意境理论在现代文艺理论中学术地位的论争

改革开放以来的意境研究当中存在着强调意境理论在现代文艺理论中的地位与作用、乃至于以意境理论为当代中国核心的文艺理论的潜在倾向,其实这种倾向并没有得到充分论证,只是意境研究领域之内的一种普遍的潜意识。许多学者意识到了这种倾向,并提出了质疑,他们并不是直接否定意境本身的理论价值,尤其是在传统文艺思想中的核心地位,而是认为以意境为核心的传统诗学已经过时,不应该不加论证地强调意境理论的现实意义。

意境理论在现代文艺理论中的意义不仅不是不言自明,反而是与改革开放以来乃至整个中国现代文学的发展有相当距离的。意境是中国传统文艺思想,尤其是诗论的重要概念,它的理论价值与批评功能与传统诗歌紧密结合在一起,而自20世纪初现代文学发端以来,古典文学虽不能说中断,却也丧失了主流地位。而现代文学与传统文学之间的继承关系,是一个相当复杂的问题,但在文学观念上,无疑是有一个显著的断裂,因而意境理论作为中国现代文艺理论的核心形态,不是事实层面的问题,而是一种学术立场和努力的目标。正因如此,对于这种立场和目标存在争议,也就是题中应有之义了。我们在上文所述的强调意境在现代文艺理论中的地位的观点,其实很大程度上不是对实际情况的揭示,而是对传统文学以及传统文艺思想边缘化处境的一种反应。

要特别强调的是,这里所讨论的关于意境研究的理论价值和现实意义的争论,是在不否定意境理论在传统文艺思想中的学术地位的前提下讨论的问题,不否定同时也并不肯定,只是对此问题存而不论,他们所针对的主要是意境理论与当代文艺理论与文艺批评的关系,在某种程度上,这种争论已经不是单纯的意境理论范围之内的问题了。

有些学者承认意境概念在传统文论当中具有特殊地位,但在传统文艺思想的现代转化当中,或者说对于现代文论的建设而言,意境理论丧失

了它的重要性，已经不能再作为现代文论的基础和核心了。之所以有这种观点，是因为现代文学的审美特征发生了转变，尤其是现代文学受到西方现代文学传统的深刻影响之后，在形式和内容等各方面都发生了很大的变化，例如叙事文学取代抒情文学成为主流。有学者认为，这一文学发展现状必然会影响到文艺理论领域，使传统的文艺思想不再适应新的文艺现实，从而逐渐丧失其功能。例如，孙绍振认为，新诗在走向2000年时，意境的美学原则会被一种新的美学原则所替代。钟文说："意境作为一种审美范畴，今天仍然可以被借用来分析一些抒情诗，一些景物诗、静物诗和叙事诗中的某一片段。但随着产生这一观念的历史土壤已成为遗迹，所以用'意境'作为独一无二的最高楷模来创作诗的时代终究过去了，用它来作为唯一审美准绳的时代也必定过去了。"①书良说："片面强调意境，则约束了诗中的时间艺术的精灵——情感。……以此评定今天的诗歌，那就是诗歌美学研究的一个倒退。"②

以上诸位学者都是在20世纪80年代所提出的这些见解，一方面，当时新一阶段的意境理论研究尚未取得显著的成果，因此他们对于意境的理解都带有一定的片面性；另一方面，当时的文化氛围中他们受到了社会发展论的深刻影响，简单地将文艺理论发展等同于社会发展，做出了传统文艺思想与现代社会现实及文艺现实不相适应的判断。

但是也有学者在经过更深入的研究之后，得出了同样的结论，黄药眠和童庆炳在《中西比较诗学体系》中认为："当新小说以巨大的思想和艺术容量占据了文坛的主导地位的时候，以往审美判断的主要价值标准——意境的范畴便无法适应了，新的理论思维的方式和内容都大大超出了意境这一概念的语义承受力。"③因而"中西诗学中两个对应的范畴的交流、互补、汇通、整合，逐渐生成一个中国近现代文论的新范畴。在这个新范畴的生成过程中，传统'意境'说的使用范围逐渐萎缩（至今主要成为研究古典诗文时使用的范畴）……代之而起的应当是一种适应中国

① 钟文：《发展中的"诗美"内涵》，《诗探索》1981年第4期。
② 书良：《论诗美书》，《诗探索》1982年第3期。
③ 黄药眠、童庆炳主编：《中西比较诗学体系》，人民文学出版社1991年版，第240页。

文学变革挑战的范畴……最后完成从传统的意境审美中心向近现代的典型审美中心的过渡。”①

这种观点依据中国文学尤其是现代文学发展的实际状况，尤其是抒情文学与叙事文学地位变化的现实，通过对意境与典型这两个范畴的比较，得出意境理论过时的结论，应当说在一定程度上是符合实际的。但它仍然忽视了意境理论在改革开放以后发展的成果，即现代意境理论已突破传统的狭义的诗学范围，而拓展到整个文学领域的事实，以及当代文学发展中叙事文学特点的变化，因而略显武断地将意境归为“研究古典诗文时使用的范畴”。

综上所述，我们可以发现，关于意境理论在现代文艺理论建设中的地位与价值的争论，事实上并没有深入问题的深层核心，即立足于当代文学发展的实际，以及意境概念的多方面的阐释可能性，研究这一概念实现现代转化的潜力。讨论这一问题，首先必须对意境概念本身，尤其是改革开放以来的意境研究的新成果有相当程度的了解，应当认识到改革开放以来的意境理论研究中存在着将其建立为一门现代文艺理论的重要倾向，并且这一倾向又是通过对意境的重新阐释来实现的。意境理论在发展和变化，而这种发展变化究竟是能够使意境理论在新的文艺实践中继续发挥重要的作用，还是已经背离了意境概念的本义，进而这种发展究竟是否有实现其目标的可能性，才是应该讨论的关键问题。

三、关于意境在传统文论中地位的论争

在中国现代诗学发展过程当中，意境理论是中国传统诗学核心这一观点，似乎逐渐成为一个被广为接受或默认的主流观点，而这种观点其实也没有经过严格的论证。改革开放以来的意境研究中许多学者将这一观点接受下来，并没有自觉地反思其形成的基础和过程，但也有学者开始从

① 黄药眠、童庆炳主编：《中西比较诗学体系》，人民文学出版社1991年版，第241页。

根本上重新反思意境理论本身的学术地位问题，认为意境概念并不能被看作中国传统诗学的核心概念。

关于这一问题的争论，第一个问题在于对“意境是中国传统文艺思想或美学思想的核心”这一命题的来源的辨析，如上文所述，在现代意境理论研究当中存在两种研究路向：一是对意境范畴的阐释，二是对意境理论发展史的梳理和建构。前者自王国维始，经过几代理论家的发展丰富，在改革开放之前已经初具规模，为改革开放以后的意境研究奠定了基础；后者则是改革开放之后得到很大发展的研究路向，而这种研究方式又与一般的中国传统文艺思想史研究有重要的不同，它不是纯粹从思想史的角度考察意境这一范畴的历史发展脉络，而是附带着理论建构的目的，即从意境范畴在传统文艺思想中的核心地位这一前提出发，将整个中国传统文艺思想史归结为意境范畴的产生与发展演化的历史，这是从另一个角度建构现代意境理论的努力，也是对“意境是中国传统文艺思想或美学思想的核心”这一命题的证明。

问题在于，这两种研究路向之间的关系长期以来没有得到认真的关注，因而使得意境范畴的地位问题呈现出模糊混沌的状态。一方面，如果我们把二者清晰地区分开来，那么在前一种路向的发展过程当中，虽然改革开放之前意境研究取得了丰富的成果，但当时的学人还没有强烈地将意境作为古典文艺理论核心范畴的企图，至少并没有在古典文艺思想研究领域达成这样一种普遍的共识。反而在改革开放之后，因为意境研究具有这样相对成熟的研究基础，从而不自觉地将这一判断附加在了意境研究之中。另一方面，改革开放以来意境理论体系的历史建构，既是对阐释性的意境研究的补充，其实也是出于对后者缺陷的不满，但这种研究路向的基础却又建立在王国维以来的现代意境学说的基础之上，虽以思想史的面目出现，却带有强烈的主题先行的色彩。同时，这种历史建构比阐释性研究更为强烈地坚持意境范畴在古典文艺思想中的核心地位，将其作为对各种思想史资料分析评价的标准，也是建构一种古典文艺理论体系的主线索。

由此可见，“意境是中国传统文艺思想或美学思想的核心”这一命题,其实是来源于王国维以来的现代意境理论建构传统,只是在改革开放以后被作为既成的事实被接受下来,并且以历史建构的方式得到了巩固。也就是说,这一命题是现代意境研究或理论建构传统的结果,而非中国传统文艺思想传统自身发展的结果。问题在于,这种历史的理论建构使这一命题以思想史研究结论的方式出现,将这一事实遮蔽了起来。

针对这一点,有学者明确指出:"长期以来,'意境'被认为是中国美学和诗学的中心范畴,自从20世纪80年代以来,更出现了多种版本的'中国古代意境范畴史'。实际上,这些'意境史'都是现代学者依据王国维等提供的理论范式,利用中国古代诗学的思想素材所进行的一种人为的话语建构。这种建构过程同时就是对中国古代诗学歪曲和遮蔽的过程。"①

之所以这样说,是通过考察各种模式的古代意境理论体系的建构可以发现,这些对古代文艺思想史的梳理并非真正立足于历史的事实,而是各种论证方式将种种与意境范畴有关联或无关联的中国古典文论中的重要思想纳入这一理论体系中来。例如,意境范畴正式出现是在唐朝,而此前的文艺思想发展史中,即便有"意"或"境"的范畴出现在文艺评论当中,也不能直接算作意境范畴的一部分,而各种体系建构的著作却依据现代的某种对意境范畴的理解,将前意境的诸多概念和命题串联起来,将其界定为意境范畴的"孕育"阶段。同样,宋之后的文艺思想发展史中,意境这个范畴也并非主流的文艺批评概念,某些学者以同样的方式将包括"情""景"在内的范畴也纳入这个体系当中。这种研究方法的确是存在问题的,因此,有学者认为,"在中国古代诗学史上,曾经出现种种'以境论诗'之说,但却从未存在一种以王国维的意境理论为基础建构起来的'中国古代意境说'"②。这是有其道理的。

更进一步来说,如果我们考察中国传统文艺思想的真实状况,或许会发现与各种意境理论体系建构所表述的不同,甚至恰恰相反的状况,这里

① 罗钢:《学说的神话——评"中国古代意境说"》,《文史哲》2012年第1期。

② 罗钢:《学说的神话——评"中国古代意境说"》,《文史哲》2012年第1期。

我们暂且对这一问题的具体结论不予置评，而仅仅讨论对待意境范畴的历史演化过程乃至整个中国传统文艺思想的历史演化过程的方法问题，如罗钢所说：

> 在历史上，“境”、“境界”、“意境”等都是一些高度语境化的术语，只有把它们放在特定的思想语境之内，我们才能对它们的意义获得一种历史性的理解。……即使那些深受佛学濡染的中国诗人，如王昌龄、皎然、刘禹锡等人，他们笔下出现的“境”，其意义也是多重的，有时是佛教心识意义上的“境”，有时是中文传统意义上的“境”，其间并没有一种共同的、统一的规定。……只有深入这些术语不同的文本语境，我们才能准确地理解其具体的意涵。①

不论我们对意境理论本身作何评价，这里所说的一般原则是值得肯定的，一方面，对于意境及与其相关的各种概念与命题，不应不加辨析地就假定它们具有一致的内涵，或者将它们作为同一个范畴在不同历史阶段的变体，尤其是考虑到中国传统文艺思想的特殊性，更应该把“它们放在特定的思想语境之内”进行考察；另一方面，对于意境概念与此前、此后其他重要概念与命题的关系，我们并不主张断然否定它们之间的内在关联，但这种关联也只能在传统文论原始语境之中加以揭示，而非依据现代文艺理论的观念加以断定。

然而，这还只是问题的一个方面，对于意境范畴在传统文艺思想中的地位问题的论争，意义不止于持肯定或否定的态度，更重要的是，我们应借此来考察意境范畴史的研究或理论体系的建构，对于整个现代意境理论的建构究竟有何意义，应该发挥怎样的作用。从批评者的论辩中我们可以看到，这方面的研究的确不是一种纯粹的史的梳理，而是带有强烈的理论建构（用较为激烈的说法，则是虚构）的色彩，由此所建构起来的所谓中国古典意境理论体系也与真实的历史状况有一定的距离。

---

① 罗钢：《学说的神话——评“中国古代意境说”》，《文史哲》2012 年第 1 期。

但这却并不意味着这种研究路向的价值贬损，更不意味着现代意境理论的建构丧失了意义，相反，我们认为包括古代意境理论体系研究在内的现代意境理论建构是有重要理论价值的，意境理论的特殊性就在于它的开放性和包容性，它本就是中国古代文艺思想与佛教思想融合的产物，是中国古典文艺思想发展到一定阶段，与特定外来思想产生交流与碰撞时产生重要理论成果，它在20世纪初重新产生巨大的影响，正是这一特性的表现。一种能够自我发展并且能够融合不同文化背景的思想方法得到根本性发展的理论才是有生命力的理论，就古代意境理论研究而言，为现代意境理论的建构提供依据本就是题中应有之义，只是它作为一项思想史的研究，必须严格遵循思想史研究的规范，也只有如此，才能真正为现代意境理论的建构提供坚实的基础。

第三节
意境理论的阐释空间

意境理论之所以能够在改革开放以来的古代文艺思想研究当中占有特殊的地位，一方面是因为它是古代文艺思想当中非常重要的内容；另一方面是因为它本身的可阐释性也使得它不仅具有历史研究的价值，更具有在当代文艺理论背景中重新阐释的可能性，从而能够对当代文艺理论建设发挥其重要的作用。

意境概念在中国古代文艺思想中的特殊性，在一定程度上是源于它本身就是外来文艺思想与中国本土文艺思想碰撞、融合的产物。意境理论恰恰是在第一次中国与外来思想的碰撞融汇中产生的，它既与中国本土的言象意理论、情与景的理论等有着密切的联系，但同时又融合了佛教思想中的“境”的思想，为传统文论开拓了更广阔的思想空间，所以成为古代文艺思想中最重要的概念之一。

一、意境概念与佛教思想的关系

关于意境概念与佛教思想的关系问题,改革开放以来的意境理论研究当中也存在不同意见,大部分学者是承认意境的佛学背景的,并且还有学者专门就此问题进行了研究;但也有学者对此持否定态度,认为意境概念虽然使用了“境”这个术语,但就其具体的内涵而言,与佛学中的“境”并不相同,而更接近于中国传统文论当中的其他范畴。通过考察意境及其关联的系列范畴在中国古代文艺思想中的具体运用,我们可以知道,用纯粹的佛学意义上的“境”的意义来规定意境,显然是不符合实际情况的,佛学当中对所谓的“意境”有着极其严格的规定,其意义与美学上的意境有明显的差距,尤其是如果我们把意境理论理解为一系列相互之间有着密切关系的范畴的系统,那么这种差别就更为明显。但我们不应该就此就彻底否认意境概念在来源上以及内涵上与佛学思想的关联性,一方面,在王昌龄的《诗格》中提出的意境概念明显是受到佛学影响的,直到王国维提出的“境界”一词,也明显是从佛学中引用过来的,这种亲缘关系是一目了然的;另一方面,我们不必把意境概念作为一个外来的文艺学范畴,而是把它当作一个中国传统文艺学的范畴,但是我们应该承认这一范畴在很大程度上受到了佛学思想的影响,或许这种影响并不体现在具体范畴的意义上,比如佛学“六境”中的意境与古代文艺学中的意境概念之间可能存在较大的差距,但意境概念仍然体现了更间接但也更复杂、丰富的佛学思想的渗透。承认这一点也符合中古之后中国文化受佛教影响的总体趋势。

而对于当代意境理论研究而言,佛学思想的背景为意境概念提供了更复杂更深刻的内涵,也提供了更广阔的阐释空间,它使得我们能够从一个独特的角度来理解这一概念,从而阐发出更为丰富的意义。意境概念有着很强的生命力,就是在于它的意义能够被不断地挖掘,从这个意义上讲,意境的佛学意义还远远没有被阐发完整,因而意境理论与佛学思想的关系仍然是一个值得研究的重要课题。

二、意境理论与西方文艺理论的深入对话

中国古典文艺思想中的很多范畴都是内涵丰富的,但放在更广阔的文化系统的比较当中,只有意境是最典型的跨越文化界限而能有多维阐释空间的重要概念。而这种多层次性也使意境概念具备了某种开放性,它的意义背景已经处于一种相互融合的文化视界之中,当它面对一种新的文化视界时也比较容易地能够进行融合。因此,在中国古典文艺思想面对有着西方文化背景的现代文艺思想的挑战时,意境理论能够脱颖而出,成为古典诗学当中最适合于与西方文艺思想交流和对话的重要思想,自王国维以来,意境成为现代文艺理论研究中的重要内容,就是因为它与西方文艺理论能够展开深入的对话。

回顾现代文论中的意境研究,从王国维的境界理论以及宗白华的艺境理论,以及朱光潜、李泽厚、钱钟书等的相关研究,都已经融进了西方文论思想,而改革开放以来的意境研究更是大多不能摆脱西方文艺思想的影响。我们这样说并不是指改革开放以来的意境理论研究完全是借用中国古典文艺思想的概念而换汤不换药的西方文艺思想的变体,绝大多数学者的研究当然是立足于传统文献中关于意境的论说而言之有据的,我们是指这些研究重新对传统文艺思想已有的观点进行了阐释,发掘出了更深和更新的意义,但此意义并未完全脱离传统意境概念的本义。关键在于此重新阐释所依据的观念已经与传统的阐释方法完全不同,大都来自西方近现代美学和文艺理论,从而能够在传统意境含义的基础上衍生出许多新的问题。例如在改革开放以来意境研究当中经常被讨论的意境与直观的关系、意境与审美的关系、意境与象征的关系、意境与心理乃至意境与生命的关系等,在传统意境学说当中都是从未出现过的问题,这些问题都在某种程度上遵从意境传统意义的基础上赋予了它新的意义,而此新意的来源很明显是某种西方美学学说或文艺理论。对于意境研究的

这种倾向,改革开放以来的学者已经有所自觉并有着不同的批评态度,有人将其看作意境理论的优势,也有人据此否定意境理论的理论基础。如有学者认为:

> 回顾20世纪意境理论的历史发展,我们可以清楚地发现,正是德国美学传统为意境说的建构提供了源源不断的思想资源,同时也为它提供了一种统一的理论基础。……我们发现无论表面上存在多么严重的分歧,他们关于"意境"的种种思考,都始终围绕着德国美学几个核心的思想主题,如感性与理性的统一,主观与客观的统一,一般与个别的统一,有限与无限的统一。这些特殊的思想主题,构成了他们之间相互对话的基础,也构成了意境说的思想轴心。这种情况一直持续到今天。……人们至今还在为"意境"定义的莫衷一是而苦恼,其实这种苦恼完全是多余的,作为一种人为的思想建构,这些定义都各有所本,只不过它们的"本"并不存在于中国诗学传统中,而是存在于德国美学传统中。它们所依据的正是德国美学几个重要的思想主题。例如,形象思维说是以德国美学中感性与理性的统一为基础的,情景交融说是根据主观与客观统一的命题演绎出来的,而"超以象外"说发挥的正是一般与特殊、有限与无限的统一。①

这种看法当然有其道理,但如上所述,意境概念的传统含义本身就已经或隐或现地包含了很多相似的问题,并不能因为现代阐释的渊源由此而否定它与传统意境学说的关系;更重要的是,意境学说本应是一种开放性的学说,即便根据西方的理论来阐释意境有过度阐释之处,也不应该彻底否定这种学术努力。

改革开放以来的意境理论包含广阔的阐释空间,还由于另外两个方面的原因:其一,意境理论研究开示的一个重要意义在于其批评学意义的发掘,文学批评是文艺理论与实践的中介,它与现实的文艺实践密切结

① 罗钢:《意境说是德国美学的中国变体》,《南京大学学报(哲学·人文科学·社会科学)》2011年第5期。

合，是对各种文艺现象本质特性的初步归纳总结与分析，在某种程度上，文艺理论对文艺实践的作用是通过文艺批评实现的。改革开放以来的意境研究的一项重要成果就是它在文艺批评中的广泛应用，它能够取得这一成果与意境理论本身的特性是相关的，意境理论建立在传统文学实践的基础上，同时对传统文学创作产生了难以估量的影响，是一种有着实际指向性和影响力的理论，它与传统文学的意境创造一起，已经成为中国古典文学的标志性特征之一。意境理论的发展与意境在批评中的应用有着密切的联系，在明清时期，意境越来越成为文艺批评中最常出现的词汇之一，大量的批评为稍后的现代意境理论的产生奠定了基础，而意境理论的新发展又使其在改革开放以后更广泛地应用在文艺批评当中。这种理论与实践的良性互动是意境理论能够不断发展的重要基础。其二，意境不仅是一个重要的诗学范畴，同时又是一个重要的美学范畴，这使意境理论具有了更丰富的理论内涵。在改革开放以来的意境理论研究中，诗学式的研究与美学式的研究是最主要的两种模式，而且二者相互贯通，这就使诗学意义上的意境理论更富于美学上的含义，也使美学意义上的意境理论具有更深厚的文艺理论的基础，二者相互促进，为意境理论的发展提供了动力。

总之，意境理论在改革开放以来古典文论研究领域中最为典型地体现了比较研究方法的影响，也最集中地体现了在现代学术规范之下，古典文论研究尤其是古典文论的现代价值研究的理论空间和困扰。正因如此，意境理论的阐释空间是广阔的，围绕着意境，尚有许多问题可以深入讨论。

第七章

改革开放以来国内“龙学”研究及其现代性诉求

刘勰的《文心雕龙》问世于公元5世纪、6世纪之交，它是真正享誉中外的文论巨典。在这部文论巨典中，刘勰在前人提出的思想观念基础上，就文艺文体论、文艺风格论、文艺创作论和文艺批评论等问题，首次作了系统深入的论述。可以说，《文心雕龙》是中国古代文艺思想中最大的理论文本，值得古代文论研究界足够的重视。伴随中国文论现代性的开启，《文心雕龙》研究也步入了它的现代时期。“黄（侃）札范（文澜）注”以迥异于“黄（叔琳）注纪（昀）评”的新面目开创了现代“龙学”研究，并为后续的研究树立了学术典范。就“龙学”研究与中国文论的现代性诉求之间的内在关联而言，如果说，中华人民共和国成立前后60多年间出现了诸多的波折或萧条，那么，改革开放以来的“龙学”研究回应鲜明自觉的文化现代性进程，取得了前所未有的丰硕成果。20世纪以来，在诸种古代文论著述中，刘勰《文心雕龙》是最受青睐的。“据几种统计资料显示，20世纪对《文心》的研究，无论从数量还是从质量来看，都超过了其他的古代文学理论专著，在古典文学领域，恐怕只有《红楼梦》研究才能与之相媲美。”①特别是改革开放以来，国内“龙学”研究出现了新的面貌、新的格局，尤为值得我们关注。

改革开放与“五四”时代在文化思想上的精神联系已引起众多学者的理论关注，因古代文论研究毕竟也参与了中国文论的现代化进程，五四运动与改革开放就在一定意义上成为古代文论研究的精神界标。新近，有学者提出了“后五四时代建设性的中国文论”的话题，认为“所谓‘后五四时代’的文化建设目标导向，即：一，不以西学为标准，而以西学为参照，具有较为自觉的文化主体意识，充分挖掘作为文化资源的传统，以建立真实文化自信为建设目标。二，既自觉反思现代性的后果，同时又能自觉承受现代性的必然，并自觉认同现代性的某些价值，一种清醒而又复杂化的文化建设目标。三，一种能够与中西古今展开开放、细致、多样的深度对话，同时富有前瞻性的文化理想的建设目标”②。在这个改革开放之后的“后五四时代”，包括“龙学”研究在内的中国古代文论研究有了全新的学术格局，进入了一个辉煌的繁盛时期。所以说，在全球化思潮与反思现代性危机的历史文化语境中，对于推动未来的“龙学”研究、重建中国当代文论话语来说，检讨改革开放以来的“龙学”研究状况，考察它与中国文论的现代化进程之间的互动关联，具有重大的理论意义与学术实践价值。

第一节
改革开放以来国内“龙学”研究的景观及其内在脉动

迄今为止，现代“龙学”研究已有百年的时间跨度。如果说，以黄侃的《文心雕龙札记》和范文澜的《文心雕龙注》两部不朽著作为标示，

---

① 蒋述卓、刘绍瑾、程国赋、魏中林等：《二十世纪中国古代文论学术研究史》，北京大学出版社 2005 年版，第 277 页。

② 胡晓明：《再论后五四时代建设性的中国文论》，《社会科学战线》2015 年第 2 期。

1914—1949 年为现代“龙学”的开创期,那么,1950—1964 年则为现代“龙学”的发展期。在现代“龙学”的开创期,尽管打破了传统的校注、考释的学术格局,使“龙学”研究进入现代的学术视域,但总体研究水平尚不高,大部分论著和文章仍属于评介性质,缺乏深入的理论研究和细致的问题讨论[①];而在现代“龙学”的发展期,“龙学”研究虽有一定的波折,但毕竟取得不少进步,校、注、译、释方面的力作相继出现,为普及而进行的今译工作初见成效,论文的数量较前期有所增加,论文的质量较前期有很大提高,只是难以长时间维系下去。在随后的十年“文革”时期,极“左”的意识形态霸权致使“龙学”研究一度陷入停滞、瘫痪的状态,使《文心雕龙》的学术研究蒙受了灭顶之灾。“龙学”研究如同其他学术研究一样,需要等待新的发展时期。

一、改革开放以来国内“龙学”研究的繁盛景象

令人欣慰的是,改革开放以来,由于政治意识形态一体化的解冻,由于各种西学思想方法的批量输入,也由于研究主体自身的学术优势[②],“龙学”研究进入春花似锦的繁盛季节,出现前所未有的盛况,“龙学”在

① 不过,值得关注的是,罗根泽、郭绍虞、方孝岳和朱东润等学术前辈都在各自的中国文学批评史类的著述中着重评述了刘勰及其《文心雕龙》,而刘勰《文心雕龙》之所以在 20 世纪上半叶的中国古代文论研究中受到青睐,是因为以西学眼光看待中国古代文艺思想,刘勰的《文心雕龙》是极好的研究文本,正如有学者指出的那样,“因为按照西方批评学的观念,成熟的批评学至少应当包括两条标准:一是体系,二是树立评判之准的。这两条标准,《文心雕龙》都是具备的,也是《文心雕龙》受文学批评史家推崇的重要原因之一”。(张少康等:《文心雕龙研究史》,北京大学出版社 2001 年版,第 175 页。)而这些学术大师的“龙学”研究成果,成为后学以中西比较的方法研究《文心雕龙》重要的现代学术资源,这种学术示范意义不可漠视。同时,这些学术大师在文学批评史中重点评介刘勰《文心雕龙》的做法也为后续理论书写提供了示范,像敏泽的《中国文学理论批评史》(人民文学出版社 1981 年版)、王运熙和杨明的《魏晋南北朝文学批评史》(上海古籍出版社 1989 年版)以及张少康和刘三富的《中国文学理论批评发展史》(北京大学出版社 1995 年版)等,都有较多篇幅论述《文心雕龙》。

② 就老一辈学者来说,像杨明照、王利器、刘永济以及祖保泉等“龙学”大师,国学功底深厚,“龙学”积淀雄浑,在改革开放以来的文化自由语境中更是收获颇丰,比如祖保泉,师从潘重规与杨明照等大师,中华人民共和国成立后一直从事古代文论、《文心雕龙》研究,自然在改革开放以后既参与中国文心雕龙学会的学术组织活动,又有大批有分量的研究成果问世(参见《风清骨峻——庆祝祖保泉教授 90 华诞论文集》,人民出版社 2009 年版。)。而就“新生代”年轻学者来说,更是借助西方的新思想、新方法来开辟“龙学”研究的新境界,从而催生“龙学”研究的繁荣。

真正意义上成为名副其实的“显学”。难怪,20 世纪末就有学者指出:“从 1979 年至 1999 年,是《文心雕龙》研究的高峰期,它突出地表现在中国大陆地区所呈现的蓬勃发展局面,其原因是多方面的,它是和改革开放的政治形势直接相关的,也是和西方文化思想的输入,以及整个学术界的空前活跃状况分不开的……大家称《文心雕龙》的研究为‘龙学’,这二十余年可以说是‘龙学’研究最兴盛的时期。”[1]21 世纪以来,虽然“龙学”研究有波折、有回落,但仍在整体上保持着发展的态势,仍取得不菲的研究成果。

据笔者不完全统计,改革开放以来,国内出版“龙学”专著达 80 余种,发表论文近 3000 篇,已远远超过以往现代“龙学”研究成果的总和。在这些研究成果中,单是研究专著而言,既有王利器的《文心雕龙校正》(上海古籍出版社 1980 年版)、杨明照的《文心雕龙校注拾遗》(上海古籍出版社 1982 年版)、周振甫的《文心雕龙注释》(人民文学出版社 1981 年版)、祖保泉的《文心雕龙解说》(安徽教育出版社 1993 年版)和戚良德的《文心雕龙校注通译》(上海古籍出版社 2008 年版)等校注译释类专著,又有詹锳的《〈文心雕龙〉的风格学》(人民文学出版社 1982 年版)、张文勋的《刘勰的文学史论》(人民文学出版社 1984 年版)、张少康的《文心雕龙新探》(齐鲁书社 1987 年版)、牟世金的《文心雕龙研究》(人民文学出版社 1995 年版)以及王毓红的《言者我也——〈文心雕龙〉批评话语分析》(商务印书馆 2011 年版)等理论研究专著,也有王元化的《文心雕龙创作论》(上海古籍出版社 1979 年初版、1984 年再版)、王运熙的《文心雕龙探索》(上海古籍出版社 1986 年版)和缪俊杰的《文心雕龙美学》(文化艺术出版社 1987 年版)以及石家宜的《〈文心雕龙〉系统观》(江苏古籍出版社 2001 年版)等研究论文集,另有敏泽的《中国文学理论批评史》(人民文学出版社 1981 年版)、罗宗强的《魏晋南北朝文学思想史》(中华书局 1996 年版)、李泽厚和刘纲纪主编的《中国美学史》(第二卷)(中国社会科学出版社 1987 年版)等有关文学批评史、文学史和美学史著作,都涉

① 张少康等:《文心雕龙研究史》,北京大学出版社 2001 年版,第 323 页。

及刘勰及其《文心雕龙》研究。

从传统治学的校勘译释等到现代学术的理论深究,从研究专著到相关研究论文的合集再到批评史、文学史和美学史中的专章介绍,上述这些挂一漏万的列举表明,《文心雕龙》研究在改革开放以后进入它的繁盛阶段,作为一门独立学问的“龙学”进一步巩固了它的学术地位。再结合本时段大量的期刊论文,可以发现,有关刘勰的身世、思想和《文心雕龙》的性质、体例与理论体系及其文体论、创作论、批评论与文学史论,以及对龙学研究的研究即“龙学”学术史研究等,在改革开放以后都受到学界的密切关注。这种学术现象既表征着改革开放以来“龙学”研究的繁盛局面,也体现着中国古代文论研究、“龙学”研究与重建中国当代文论之间的微妙勾连,牵涉由来已久的中国文论现代性诉求的隐秘情结。毋庸置疑,在改革开放以来的学术活动及其脉象中,这种隐秘的学术情结有了新的躁动与新的表征。

二、改革开放以来国内“龙学”研究的内在脉动

基于这种总体认识,改革开放以来的“龙学”研究可以划分出三个具体的学术时段。第一个时段为 1978—1982 年,这是“龙学”研究的急促恢复期。随着思想解放运动的起步,中国古代文学理论学会随即于 1979 年成立,杨明照、王文生和张文勋等“龙学”研究专家任常务理事,第二届年会(1980 年)更以中国古代文论中的“现实主义”作为大会主题,并针对“风骨”和“意境”等概念展开专题讨论。在这种学术氛围中,作为中国文论巨典的《文心雕龙》必将引起学者们的青睐,学术组织的建立势在必行。果然,众多学者齐聚泉城济南,热烈讨论《文心雕龙》的主导思想、理论体系与创作论等学术问题,并着手筹备成立学会事宜。在这五年的时间跨度中,“龙学”研究初步清理了“文革”极左政治话语的外在干扰,使“龙学”研究真正走上了学术道路。这种“龙学”研究的开创之功应给予充分的肯定,恰如有学者所说的那样,1982 年在济南召开的《文心雕龙》

学术研讨会，“在‘龙学’史上具有划时代的意义，以《文心雕龙》学会的诞生为标志，‘龙学’进入一个崭新的时代”①。单就王元化的《文心雕龙创作论》的最初版本来看，初始的“龙学”研究尚有一些难免的瑕疵，但五年“龙学”研究的酝酿毕竟是一个良好的开端。在某种意义上说，包括“龙学”研究在内的中国古代文论研究在改革开放以后的开启及其良好的开端，其实也是富有民族特色的中国文论现代化进程的再次启动，它在起始就表现出旺盛的态势。

第二个时段是1983—2000年，相较而言，虽然20世纪末“龙学”研究渐趋颓势，但总体而言仍是一个深化发展的繁盛期。在1983年中国《文心雕龙》学会成立大会上，名誉会长周扬充分肯定了《文心雕龙》在中国古代文论中的显赫地位，指出它是“一个典型，古代的典型，也可以说是世界各国研究文学、美学理论最早的一个典型，它是世界水平的，是一部伟大的文艺、美学理论著作”②。这似乎成为随后十七年龙学研究的预言。牟世金把1977—1987年称为龙学研究的“兴盛时期”，认为该时期“宏观与微观研究的结合、文史哲研究的结合，以及诗文书画等艺术理论相结合的综合研究，则为龙学发展的新趋势”③。在后续不定期的年会上，《文心雕龙》的理论体系、方法论、民族特色、现实意义与现代转化等问题被提出研讨。特别是六次在国内召开的《文心雕龙》国际学术研讨会，来自日本、苏联、瑞典、意大利等国的学者和港台地区的学者除了就相关具体问题展开交流研讨之外，还一致推崇中西文论的比较研究与跨学科研究，从而加快了“龙学”走向世界的步伐。我们发现，这段时期的“龙学”研究密切地同文学理论界、中国古代文论学界的热点问题相贯通，表现出更为清醒、更为自觉的现代学术意识，“龙学”研究参与中国当代文化建设、融合于中国当代文论话语体系建构的学术意识得到了充分的体现。

① 张文勋：《文心雕龙研究史》，云南大学出版社2001年版，第162页。

② 牟世金：《关于建设具有中国民族特点的马克思主义文艺理论问题——周扬同志答〈社会科学战线〉记者问》，《社会科学战线》1983年第4期。

③ 牟世金：《“龙学”七十年概观（下）》，《社会科学战线》1988年第1期。

第三个时段是2001年至今，这是"龙学"研究在21世纪反思中持续发展的时期。在学术史、学科史反思的语境中，出现大量冠以"新世纪""百年"或"新中国60年"字样的学术史总结性著述。至于"龙学"研究的学术史著述，除不菲的研究论文外，专著有张文勋的《文心雕龙研究史》（云南大学出版社2001年版）、张少康等的《文心雕龙研究史》（北京大学出版社2001年版）、黄霖的《文心雕龙汇评》（上海古籍出版社2005年版）和李平等的《〈文心雕龙〉研究史论》（黄山书社2009年版）等多种。这些"龙学"研究的学术史著述即关于"龙学"研究的研究，表明"龙学"研究在21世纪进入深入反思、深入发展的阶段。21世纪以来，形成了"以'风骨'为中心的风格论，以'神思'、'通变'、'比兴'和'情采'为中心的创作论，以'知音'为中心的鉴赏论，以'诗歌''乐府'、'赋'为中心的文体论等几个中心主题，其中尤以风格论和创作论研究为多"①。2007年，云南大学举办了中国古代文学理论学会第十五次年会，主要议题之一就是对"'龙学'研究呈现出来的以当代审美眼光来更新'龙学'阐释的新动态"的总结与研讨；特别是2009年在四川师范大学召开的中国古代文学理论学会第十六次年会，现当代"龙学"研究借此受到古代文论研究界的再次学术巡礼。这种21世纪的"龙学"新气象的出现，是同整个研究界对美学学科性质的关注以及对中国古代文论的现代价值集中反思等学术风尚联系在一起的。

另要强调的学术事实是，21世纪以来，当代"龙学"专家范文澜和王元化的研究成果更是受到"龙学"界的高度重视。范文澜的《文心雕龙注》是《文心雕龙》校释考证研究史上"划时期的作品"（户田浩晓语），"自范注问世以后，无论中日学者，都以之为《文心雕龙》研究的基础"②；王元化的《文心雕龙创作论》则是依凭古今结合、中西结合和文史哲结合的具体方法，真正实现了理论阐释由传统向现代的转型。无疑，两部经典性著作契合了21世纪的理论精神需要，很多学者已发现"理论还原"与

① 侯素芳、汤建民、汤江明：《国内〈文心雕龙〉研究综述：2001—2010》，《浙江树人大学学报（人文社会科学版）》2012年第1期。

② 牟世金：《〈文心雕龙〉的"范注补正"》，《社会科学战线》1984年第4期。

"历史还原"对古代文论研究和"龙学"研究的重要意义,"当前的古代文论研究必然要面对两个方面的工作。首先是理论还原……即还原古代文论的理论面貌和文化语境,这是最为基础的工作,没有还原的现代转换只能是蹈空。其次是理论阐释,中国古代文论研究是一个古代文论作为传统文化走向现代的过程,处理古与今、中与西之间矛盾的办法不在于抛弃传统或背离西方。我们应该以整体的眼光、对话的姿态实现中西文论的互通。以现代文艺学的视野,以多学科、多视角、多方法的融会,寻找古与今、中与西之间的结合点,对古代文论的价值进行更深入的研究,这是适合于当今的文艺批评体系建构的基点"①。由此,我们也可以见识到传统学术经典所拥有的巨大的阐释空间,"三结合"理论视域中的"龙学"研究有待于我们更细致、更深入的探究。在21世纪,不论是理论还原还是理论阐释,都有新的思想依据、新的精神走向。

在某种意义上说,改革开放以来所出现的范文澜的《文心雕龙注》和王元化的《文心雕龙创作论》这两座"龙学"丰碑及其21世纪以来学界对其的注目,不仅是两者代表以往"龙学"研究的积累、融汇而出现的典型成果,而且,两者还表明"龙学"研究应致力的学术方向,体现着"龙学"的知识论与价值论的双重学理欲求。如何将《文心雕龙注》和《文心雕龙创作论》的学术思想有效地结合起来去开创新的学术境界,这是"龙学"界面临的重大课题。其中,不论是知识论的建构还是价值论的诉求,都必然同重建中国当代文论话语体系纠缠在一起,道理其实很简单:具有中国民族特色的文论话语的建构必须依托传统文化思想资源,而稳健有效的传统文论话语必须同时具有科学性和人文性的双重品质。为此,舍弃"龙学"这一中国传统文艺美学的典型文本是难以想象的。

① 蒋述卓:《新时期中国古代文论研究三十年述评》,《学术研究》2008年第7期。

三、改革开放以来国内“龙学”研究与中国当代文论话语的重建

上述学术时段的分割以及“龙学”研究与重建中国当代文论话语之间的关联，同整个中国古代文论研究有着某种互动互渗的联系。就研究主体所参与的学术组织来说，有些学者既是中国古代文论学会的主将，又是中国《文心雕龙》学会的主要成员。所以，我们发现，1980 年在武汉大学召开的第二届中国文论年会主题是“中国古代文学理论中的现实主义和其他艺术规律问题”，1983 年在中山大学召开的第三届年会主题是“中国古代文论的民族特点；关于意象、意境、境界与艺术形象问题的讨论”，1989 年在华东师范大学、复旦大学召开的第六届年会主题是“中国古代文学理论的价值及其在当代的作用和意义”，1997 年在广西师范大学召开的第十届年会主题是“我国古代文论研究如何向现代转化”，2011 年在吉林大学召开的第十七届年会主题是“中国古代文论建构及其当代意义和走向、‘儒释道易’与中国诗学专题研究中西文论的契合、中国古代文论名著的创新研究”，这些中国古代文学理论学会的大会主题所显示出的学界研究的热点、难点昭示着古代文论研究界的学术思想动向，参照中国《文心雕龙》学会或《文心雕龙》国际会议，可以见出其中彼起此伏的交叉与叠合情形。

此外，我们还可以从中发现，古代文论研究、“龙学”研究与中国当代文论的重构、中国文论的现代性诉求愈发受到重视，研究中的“当代意识”“价值维度”日益得以强化。这是同整个文艺学界的问题意识、价值论诉求相一致的，正如蒋述卓所说那样，“展望未来，我们应该继承古代文论中富于人文精神的部分，这正是现实赋予传统的活力之所在。中国古代文论对诗性体验的追寻，对自然意趣的激赏和对和谐精神的崇尚，都是当代人文精神建设不可或缺的资源。不同于当代大众文化的平面化，古代文论往往直指心灵幽深之处的澄明，从而在自然和自我之间建立起默契的桥梁。从这一意义上说，研究古代文论，意味着继承合理的精神遗

产以弥补当代文化生态的空缺,意味着新时期的文论建设必然成为联接过去与未来的创造性活动"①。如果我们站在这一点上立论并扩展开来说,那么,改革开放以来的古代文论研究与"龙学"研究一样,存有从注重"民族特色"到注重"中国特色"、从"中西独白"到"中西对话"、从"路径单一"到"多元化阐释"的学术思想转移。这同过往的偏重知识学建构的整理性研究或"意识形态性比附研究",有着很大的不同,并且,这也不是一般意义上的全面理论阐释,而是带有鲜明的"问题意识",有着明确价值指向的理论建构。

由此可见,改革开放以来,"龙学"研究不论在广度与深度上都有所开拓,刘勰及其《文心雕龙》的诸多方面问题也均被关注到了,"龙学"研究出现前所未有的繁盛景观。从改革开放以来"龙学"研究的演化脉络上看,中国文论的现代性诉求成为牵引"龙学"研究的一条强韧的暗线,并大致呈现出复现定位、张力性持续与沉潜固守"三部曲"。从"民族特色""现实意义与当代价值""现代转换"和"中西比较"与"跨学科研究"等学术会议的基本议题中,我们都可以发现其现代学术意识的强劲存在,其中隐含着现代学者的忧患精神。

纵览百年"龙学"研究史,可以粗略看出,与整个中国文化曲折的现代化进程相一致,20 世纪上半叶,"龙学"研究开启了现代学术的局面,其间难免有转型初期的生硬、简约的瑕疵;中华人民共和国成立的前三十年,文化单一的苏俄模式与失误的大政方针,致使"龙学"研究的现代步伐不但没有实质性迈进反而在整体上有所后退;而改革开放以来的"龙学"研究则存在着追慕西风、效颦学步之嫌(其表征就是,一时齐头"向内转",继而纷纷急于"逃出审美之城"),独立清醒的现代学术意识在改革开放伊始并未拧成时效性的思想合力,改革开放以来良好的学术积累依然存在,但其未经深入反思的学术思想方法至今仍掣肘"龙学"研究的进一步深入。所以,虽然学术史反思方面的研究成果已有不少,但进一步联系当下的学理语境,总结最近四十年来所取得的研究业绩,深度反思在研

① 蒋述卓:《新时期中国古代文论研究三十年述评》,《学术研究》2008 年第 7 期。

究中存在的理论困境与薄弱环节，并进而合理确定其未来的主导研究走向，深化中国文论话语的现代化进程，这是不算多余的，甚或说，这种学术反思是非常紧迫的。

中国特色的当代马克思主义文论话语的建构离不开传统文论话语资源的支撑，不能斩断传统文化血脉，这是很少有异议的。问题是，在现代学术视域中，传统文论的科学性与人文性的双重精神维度究竟应该如何去合理开掘、如何去有效化用。而首要的是，在此之先，我们有必要对过往的“龙学”研究尤其是改革开放以来的“龙学”研究作一次学术清理。

第二节

改革开放以来国内“龙学”研究的症候剖析

鉴于如上所述，可以看出，改革开放以来“龙学”研究的繁盛景观并不意味着它时时处处存在于一个良性的学术生态中，也不意味着它一直行进在一个健康的轨道上。这其实也是整个中国古代文论研究的共同宿命，“中国文化与文论的现代研究走过了一百年，走到现在，似乎已陷入研究难以取得实质性进展或‘虚假进展’的状态，从而陷入了一定程度的困境。在此种情况下，学界似乎更倾向于以更多的议论或比较的方法去推进中国文化与文论的研究。但实际上，这只会从当下困境走向更大的困境，根本的方法还是先沉潜于传统，深刻了解传统，然后再做打算”①。针对改革开放以来“龙学”研究困境的症候做出相应的病理分析，对于维护“龙学”良好的学术生态，并进而推动其研究稳健地发展，无疑是一个重要的学术史课题。为此，我们尝试从以下几个方面去加以考察。

① 刘文勇：《中国文化与文论研究的困境及其相关性问题——以〈文心雕龙〉研究为中心》，《西南大学学报（社会科学版）》2013 年第 1 期。

一、固守传统思维模式与西学化倾向

在过往的学术探讨中，以理性主义主客体二元对立的思维方式研究《文心雕龙》的思想文化倾向与相关文论概念，漠视了甚或生硬切割了刘勰文艺思想的整体性与本来意义，有明显的西学化倾向。学者们难以完全摆脱“五四”以来的西方理性化思维模式的束缚，用先验的概念、命题和体系，以逻辑演绎的运思来应对研究对象，这样，虽然亦能形成自洽性学术话语体系以使“龙学”真正成其为“学”，但无形中使“龙学”成为西方学术行话中的“洋龙学”。王元化在《文心雕龙讲疏》（1992 年改订版）中“做减法”，删除了引鉴黑格尔美学和马克思主义经典著作而断言刘勰犯有“唯心主义的错误”的部分内容，正是为了避免把“中国龙”错画为“西洋龙”。如果我们不能尽可能贴近刘勰的诗性思维，不能按照中国文艺注重含蓄性、浑融性与体悟性的审美精神去展开具体研究，“龙学”很有可能成为无根游谈的“飞龙学”。

在改革开放初期，这种学术窘况显得比较严重。比如，这里有几个密切相关的争论话题：刘勰及其《文心雕龙》的思想倾向究竟以何为主，是唯物主义还是唯心主义，是现实主义还是浪漫主义。其间，杨明照、王元化、周勋初、牟世金、祖保泉、吴调公、王运熙、蔡钟翔、张少康和马宏山等重量级专家都参与了这场旷日持久的争论。他们各持一说，且各有文本依据。有学者说，“刘勰撰写《文心雕龙》，坚持儒家思想为主导的世界观，坚持倾向于唯物主义的儒学古文经学派的立场，坚持对唯心主义玄学的批判，这就使他能克服头脑中所受到的佛学思想影响，没有让佛学唯心主义因素渗进这部论著中来，从而使它具有与佛学（更直接的是玄学）唯心主义相对立的思想倾向”①。其实，不论《灭惑论》成书于哪个年代，从《文心雕龙》中的“唯务折衷”“弥纶群言”等思想方法上看，刘勰经营“文

① 李庆甲：《〈文心雕龙〉与佛学思想》，见李庆甲：《文心识隅集》，上海古籍出版社 1989 年版，第 135 页。

心”之时，不可能没有“至道宗极，理归乎一”的文化观念。在复调理论的意义上，我们更应该注意多年前吴调公的一席话：虽说刘勰谈的是文学理论，但《文心雕龙》“反映了丰富的时代折光——长期处于封闭阶段的儒学受到外来思想冲击后的一段变化；由‘杂文学’转而为‘纯文学’的理论奠基。此外，我们还可以从两股思潮的交融中，看到作者出世与入世的内心交战，看到捍卫儒家传统但却不免对之有所补正的苦心，也看到出于以力挽颓风为己任的深沉探索”①。实际上，值得我们重视的是，在方法论意义上，刘勰在《文心雕龙》中已明言，“致化归一”（《宗经》篇）、“情理同致”（《明诗》篇）、“乘一总万”（《总术》篇）、“联类不穷”（《物色》篇）和“弥纶群言”、“唯务折衷”（《序志》篇）等概念或命题，这些概念或命题分明体现了一种物我冥合、情理交融的交互主体性的思想精神观念，我们为何偏偏要执迷于主客体二元对立的抽象理念，硬要将刘勰及其《文心雕龙》的文艺思想置于诸多截然对立的两极呢？

及至21世纪，学界仍在关注儒、道、玄、佛等思想对刘勰及其《文心雕龙》的影响问题，但更多注目《周易》、佛学与《文心雕龙》的文本关系问题。特别是张少康的《刘勰的文学观念——兼论所谓杂文学观念》（《北京大学学报（哲学社会科学版）》2000年第4期）、刘文忠的《〈文心雕龙〉产生的文化背景》（《江苏大学学报（社会科学版）》2002年第1期）、冯宪光的《〈文心雕龙〉的符号学问题》（《重庆师院学报（哲学社会科学版）》2004年第1期）和童庆炳的《刘勰〈文心雕龙〉“阴阳惨舒”说与中国“绿色”文论的起点》（《江汉大学学报（人文科学版）》2005年第6期）等，从“文化学”“元文学理论”的角度研究《文心雕龙》的文艺本体观念。这种“元研究”原生态地展示了刘勰及其《文心雕龙》的出场语境，探寻其存在的根由，还原性呈现其自身心性结构，从而有助于我们在历史还原与理论还原中通过归依古人的智慧，有力回应“艺术消亡”“文学理论终结”等时代难题。但正如有学者指出的那样，“古人与今人、特别是与西人生活于不同的文化场所，使用不同的思维方法、论述方式，现代研究者以现代西

① 吴调公：《〈文心雕龙〉中儒家传统与魏晋思潮的交融及其条件》，《文艺理论研究》1985年第1期。

方理论模式阐释中国古人著作时,务须小心谨慎”①。也就是说,只要我们不生搬硬套,不以今释古或以西释中,而是在双向互释中开展深度的学术对话,“龙学”研究完全可以参与到中国当代文论话语的重建中。

同样,《文心雕龙》中风与骨、文与质、情与采、意与辞、奇与正和繁与约等概念常常被接入形式与内容的传统辩证法中去认知,以致纷争不断,莫衷一是。拿“风与骨”而言,可谓是“跨世纪的争论”,据说有66家之多。像“风骨”争论至今,内容与形式二分的思维方式难辞其咎。刘勰有言:“结言端直,则文骨成焉;意气骏爽,则文风清焉”,这不能成为“风”指形式、“骨”为内容的充足理由。“‘风骨’是刘勰为纠正当时‘讹滥’的文风而开出的一剂‘药方’,是刘勰所确立的文学创作的‘正式’,‘风骨’论是刘勰的艺术理想论。”②从“故练于骨者,析辞必精;深乎风者,述情必显”看,我们更应该从情与理的间性张力中去体悟“风骨”的审美境界。“刘勰所说的‘骨’,既包含对事义的要求,也包含对如何安排事义的要求,还包含对文辞的要求,是义理与文理的统一。”③显然,如果我们固守在传统的内容与形式二分的对峙两端,势必会仍滞留在谁决定谁、谁为谁服务的旧思维窠臼中。有必要再次指出,原有残留的“唯物”与“唯心”、“主观”与“客观”以及“内容”与“形式”等简单机械的二分法研究模式应该被超越,包括“龙学”在内的中国古代文论中的概念范畴大多具有“家族相似性”(维特根斯坦语),我们更多应关注其指涉的开放性的思想境域而不是生硬地用现代术语去切割。

二、牵强附会的比较研究与学术上的效颦学步

从中西跨文化比较的视角研究“龙学”,在开辟言说空间的同时又有牵强附会、削足适履之嫌,而这种效颦学步的做法暴露出不自信的学术心

① 党圣元、师雅慧:《新世纪〈文心雕龙〉研究综述(上)》,《丽水学院学报》2007年第6期。

② 戚良德:《〈文心雕龙〉与当代文艺学》,中央编译出版社2012年版,第134页。

③ 郁沅:《〈文心雕龙〉“风骨”诸家说辨正》,《文艺理论研究》1998年第6期。

态。在西学东渐的现代性语境中，远有王国维、宗白华、钱钟书和朱光潜等学者的“中西合璧”的学术典范，近有王元化的“三个结合”的学理启蒙，以至改革开放以来以中西比较方法研究《文心雕龙》绵绵不断。21 世纪前，主要是把刘勰的文艺思想同亚里士多德、黑格尔、弗洛伊德、韦勒克和瑞恰兹等人的美学、文艺学观念进行比较研究；近十年来，又集中在文学本原论、文学发展论、文学语言观和文学批评观等方面展开了比较，“本时期对《文心雕龙》语言观所做的跨文化研究在同类研究中成果最多，也最有说服力，就是因为语言、技术较之内在思想更容易把握，研究时能更好地落到实处”[1]。问题是，一方面，中西文论的比较本身是中国文论现代性诉求的表征，是中国文论走向世界的必由之路；但另一方面，缺少深度对话的表层比较极有可能是简约附会，甚至会因邯郸学步而忘却自我。此外，改革开放以来，已有不少成果从美学的角度展开“龙学”研究，比如：缪俊杰的《文心雕龙美学研究》（文化艺术出版社 1987 年版）、易中天的《〈文心雕龙〉美学思想论稿》（上海文艺出版社 1988 年版）、韩湖初的《文心雕龙美学思想体系初探》（暨南大学出版社 1993 年版）和寇效信的《文心雕龙美学范畴研究》等，这些研究著述虽取得很大的成绩，但均没有联系同中国古典美学更为相关的现象学美学作出深入的中西比较研究，这有待后续相关研究加以填补。

应该说，用中西比较的方法研究“龙学”，并不是要将“龙学”的思想观念整合到西学那里去，当然也并非相反，要将西学拉扯来附会“龙学”，同时也不是要从两者的交会处“提取同类项”而形成原创的理论概念与理论命题，更重要的是，让两者的思想观念的“交集”产生出一种思想力量，从而为当下的中国文论话语建构提供思想启示价值，并如实评估其差异之所在及其内在原因，这同样有着重大的学术价值。这里不妨任举一例。“比兴”这个概念集中体现了中国诗学思想的民族特色，刘勰的“比兴”观念在《神思》篇中的“神与物游”、《物色》篇中的“随物以宛转”“与心而徘徊”、《明诗》篇中的“感物吟志”以及《隐秀》篇中的“隐以复义为

① 党圣元、师雅慧：《新世纪〈文心雕龙〉研究综述（下）》，《丽水学院学报》2008 年第 1 期。

工”等命题上都有所表露，这种“比兴”观念同西方文艺中的“讽喻”概念是不可同日而语的。尽管“讽喻”和“比兴”都呈现为一种“言在于此而意在于彼”的“双重意义的结构”，但是，“讽喻依然是讽喻，比兴依然是比兴，我们无法用一条‘言在于此而意在于彼’的绳索把它们绑缚在一起”①。这就是说，“讽喻”和“比兴”各有其出场的文化语境，它们同各自民族的诗学思想形成了有着内在统一性的或隐或现的理论体系，借助些许的相似之处而将其作“一体化”的解读，是有很大风险的。中西文论对话的学术旨趣并不在于经由“求同存异”去建构所谓“全人类”共同的文论话语，不是要依托牵强附会的曲解去攀附“西学”，而是在于为建构富有中国特色而又具有现代性品格的当代文论话语提供鲜活的学术思想资源。

三、浮躁的心理冲动与还原意识的缺失

与深度中西文论对话的缺失有关，改革开放以来的“龙学”研究在回归原初语境方面仍显不够，缺乏应有的历史与理论的双重还原意识。衍生中国文论的“原初性场景”直接关涉历史主体的生存样态与思维特征，成为相应文化形态的历史本根，进而成为民族文艺精神诞生的隐秘地。为此，“龙学”研究应同中国传统文化紧密地联系起来，方能破解诸种理论预设的积习。公允地说，现有关于《文心雕龙》与中国传统文化关联的研究成果已有很多，既有论著，如戚良德的《文论巨典——〈文心雕龙〉与中国文化》（河南大学出版社2005年版），又有大量论文，如张少康的《再论〈文心雕龙〉和中国传统文化》（《求索》1997年第5期）、吴调公的《〈文心雕龙〉中儒家传统与魏晋思潮的交融及其条件》（《文艺理论研究》1985年第1期）、朱良志的《〈文心雕龙·原道〉的文化学意义》（《中国文学研

① 罗钢：《当“讽喻”遭遇“比兴”——一个西方诗学观念的中国之旅》，《北京师范大学学报（社会科学版）》2013年第3期。

究》1990 年第 2 期)和胡经之的《〈文心雕龙〉:文化融合的结晶》(《北京大学学报(哲学社会科学版)》1989 年第 5 期)等。但须知,这方面研究的重要性不论怎么强调都不过分,它关系到我们能否准确深入理解刘勰及其《文心雕龙》的文艺思想原意的问题。我们仍以“风骨”概念研究为例。黄叔琳批注《风骨》篇曰“气即风骨,更无本末”。在现代性语境中,刘永济指出:“‘风’、‘气’、‘情’、‘意’、‘义’、‘力’,属于‘情’。‘骸’、‘体’、‘骨’、‘言’、‘辞’,属于‘事’。‘采’、‘藻’、‘字’、‘响’、‘声’、‘色’,属于‘辞’。由此可知‘三准’的理论,是刘氏的创作论的中心。”① 这种回归源初地的学理方法对于清理黄侃因受西学影响而言的“风即文意,骨即文辞”的两分之说,具有重要的方法论意义。可见,我们应在“还原意识”的指导下,返回前现代的“气化”说的人文历史中,并参照“风骨”说的接受史,以切实推动“龙学”研究。显然,像“气”“脉”“血肉”“骨韵”和“滋味”等注重审美体验现场性的身体隐喻话语,是我们探究中国古代文论范畴的思想土壤,我们理当依托感性的审美体悟来感受传统文人的精神园地,并以此加以归结“龙学”乃至中国古代文论的思想精神要旨。

有鉴于以上所述的学术症候,“龙学”研究的确仍存在虚表繁荣的倾向,正如美国当代汉学家宇文所安所说那样,“从数量看,好像《文心雕龙》研究很繁荣,但实际上可能不但无助于对《文心雕龙》的诠释,反而有碍于《文心雕龙》的真正的学术研究,形成《文心雕龙》研究中的奇特现象,其后果便是朱熹所说的‘先立说,拿古人意来凑’的结果”②。如要改变这种“倒放电影”的研究模式,就应该坚持“历史还原”与“意义还原”的辩证统一的原则,在古今对话与中西对话中展开深入的研究。在学理意义上,“历史还原”是针对特定问题展开的文论对话,如能参照彼此的历史文化语境,在思想源流中考究文论范畴、命题的精神脉象,就能在民族文化的生态链条中体察文化世界性的深邃与博大,就能在反思现代性危机与全球化思潮的双重语境中认知一味追逐西学的虚妄;“意义还原”

① 刘永济:《释刘勰的“三准”论》,《文学研究》1957 年第 2 期。
② [美]宇文所安:《中国文论:英译与评论》,王柏华、陶庆梅译,上海社会科学院出版社 2003 年版,第 12 页。

则意味着两种对话要产生建设性的“意义世界”，就不能回避现代性问题与全球性问题，而应在彼此的深情凝望中谋求认同与确证，同时，这种认同与确证是“和而不同”，而不是强求一律。换句话说，“历史还原”并不是简单的时间性回溯，而是中国文论现代性诉求路径的全程性勘察，同样，“意义还原”也不是对某个单一现代性方案的仿写，而是传统文论向现代文论回归路途的合理性审视。只有在这种深度的“历史还原”与“理论还原”的双重机制中，才能开辟“龙学”研究的新境界，否则，难免会出现“低水平重复现象”以及“中西比较研究方面的文章写得也很粗浅”等情况。①

不可否认的是，改革开放以来的“龙学”研究取得了显著的成果，既有大量研究著述问世，理论研究也有很大的推进。同样不可否认的是，这些研究仍存有这样那样的缺陷与不足，需要在后续的研究中加以扭转与补救。与整个中国古代文论研究一样，“龙学”研究也需要在当今广阔的学术视野中展开，既应保证“龙学”的中国审美气派与诗学风格，又应让“龙学”自然敞开，能同世界文论话语展开有效的思想对话。但是，现如今，“龙学”研究同样是“‘转化’、‘贯通’的历史要求并未落实，最多只能拿出一些用来炫耀与装饰的皮毛功绩、一堆思考与探索的半成品：模型与工事。彼此对对方的掘进方案与技术深怀疑团，结果是日长师劳，知难而退，悄然收工。——西自西，东自东，古自古，今自今”②。这种学术境况确实让人窘迫，值得我们警觉。在冷静的学术反思基础上，进一步推动“龙学”研究的学术进程，以开辟出新的研究境地，这或许就是我们的唯一出路。

① 参见李平等：《〈文心雕龙〉研究史论》，黄山书社2009年版，第20页。

② 胡明：《新世纪中国文学理论体系的建构伦理与逻辑起点》，《中国文化研究》2002年春之卷。

第三节

国内“龙学”研究的未来走向

改革开放以来的“龙学”研究到底如何进一步展开，历史沉淀所形成的“龙学”研究的“瓶颈”究竟该怎样去打破，“龙学”界对此已有不少讨论。破解学术困境的理论想象可以有不同的路径，有不同的着眼点。不管到底怎样，未来的“龙学”研究总要同当今文艺思想发展的时代境遇联系起来，总要同中国当代文论话语体系的建构联系起来，也总要同中华民族文化复兴的历史使命联系起来，总不该成为一种纯粹知识学的建构。

不管怎样，在世界美学史上，刘勰的《文心雕龙》的重大贡献是不可磨灭的。与西方古希腊、中世纪的文艺思想相比，《文心雕龙》毫不逊色，“如果对东西方作一个横的比较，那么可以说刘勰的《文心雕龙》大大超过西方同时的文论、美学著作”①。我们知道，《文心雕龙》杀青之初，当时大学问家沈约就赞誉其“深得文理”而留作案头书，唐代刘知几称《文心雕龙》“识味圆通”，明代诗论家谢榛誉其创作论为“明诗至要”，清人胡应麟赞其“议论精凿”，及至近代章学诚，则心仪《文心雕龙》“体大而虑周”。在中国古代文艺思想中，刘勰的《文心雕龙》是我们挖掘传统文论的现代价值决不可轻视的理论文本。在传统“龙学”研读积累的基础上，对刘勰文艺思想的探究需要“百花齐放、百家争鸣”，广开思路，同时又要感应时代的学术文化语境，“龙学”研究需要接续文艺理论研究实践的“地气”，显示出“多样性的统一”的学术气度。

① 童庆炳：《中国古代文论的现代意义》，北京师范大学出版社 2001 年版，第 142 页。

一、注重历史还原与夯实基础研究

注重历史还原、夯实基础研究就是说，在注重文献校释考证与语境深度还原的基础上，逐步展开“龙学”的勘察与探究的学术工作。虽说“如果仅仅停留于详细的字词句的解说，则是对其真正旨趣的学术逃避”①，但此论不能成为忽视文献校注考释的托词，毕竟没有扎实准确的文献考证，理论研究必然缺少阐释、推论的前提性根基，而缺失根基的率性游谈势必会沦为缺乏建设性的“文字游戏”。所以说，“从小学入从义理出”便是值得重视的研究路径，只有“从小学入”，方能真正让研究对象回归原初的文化语境而切实读懂原著，这才是一切“义理”推断的前提与基础，也是真正有学术责任的研究者应有的事业情怀。“学术戒律对决定是否‘学者’还更重要。若不讲求学术戒律，专好作大判断，则无论多么关怀现实，最多只能算是‘人文者’，而不能成为‘人文学者’。故我们以为，还是先站稳了‘学者’的脚跟，再谈是否够‘人文’不迟。”②不久前，在那场轰轰烈烈的“失语症”与“转换论”的大争论中，罗宗强、蒋寅等学者主张暂缓“转换”而多致力于还原性解读古代文论，待时机成熟再谈“转换”。学界貌似对这种学术理念不大感兴趣，而急切想让“龙学”、中国古代文论脱胎换骨，尽早参与到中国当代文论话语的重建中。我们仍要不厌其烦地指出，“龙学”、中国古代文论有自己的衍生语境，诗学观念与审美精神有其切合自身文本语境的“专用”特性，由“专用”走向“通用”，不能揠苗助长，而应经由诸多中介性的理论阐释环节，经由多轮反复的中西古今的深度对话。“从小学入从义理出”的求实学风，更能让我们对“龙学”的开掘建立在稳健的根基之上。这就要求，“龙学”研究必须重视“历史还原”，研究主体“悬搁”学术成见而全身心沉潜于衍生“龙学”的文化语境

---

① ［美］宇文所安：《中国文论：英译与评论》，王柏华、陶庆梅译，上海社会科学院出版社2003年版，第12页。

② 罗志田：《谁的人文精神？》，见罗志田、葛小佳：《东风与西风》，三联书店1998年版，第26页。

中，先让“龙学”本身如其所是地显现出来，而后才有资格对其进行理论阐释与理论建构。刘勰文艺思想处于中西古今文化眼光的交织地带，处于诸多思想观念的文化张力中，我们面临的“龙学”研究的学术生态就是如此，它既是我们研究“龙学”的起点，也是研究“龙学”的归宿点。

我们主张在研读文献与返回原初语境的前提下，继续回应当下的文艺现实与时代文论难题，进而盘活“龙学”研究。我们不仅要推进过往“龙学”研究所形成的《文心雕龙》的风格论、创作论、鉴赏论和文体论等几个重要主题的学术研究工作，还要加强对以往重视不够的《颂赞》《书记》《声律》《练字》等篇章的研究，从文化学、美学、艺术学和文艺心理学等角度强化对《文心雕龙》全篇的整体研究。如众所知，刘勰《文心雕龙》所表露的文艺思想非常复杂，刘勰既受到当时玄学、佛学的文化语境的深刻影响，同时“原道”“宗经”“征圣”又是他“论文叙笔”的最终依据。这样一来，用“文化诗学”的思想方法去研究“龙学”就显得十分必要。有学者预测，“结合中国文学史、文化史而进行的《文心雕龙》文学理论研究、接受史研究以及《文心雕龙》的跨文化比较研究，将是新世纪‘龙学’研究的突破点与重点所在”[①]。这无非是说，21 世纪的“龙学”研究应以更为开放的学术视野，在更为深广的学术语境中进行跨学科、跨文化的综合研究，这是多元化时代中国古代文论研究的必然取向，也是中国文论拥有现代性品格的必然要求。这里要强调的是，结合中国文学史、文化史而进行的“跨文化比较研究”仍需重视对中国文学史、文化史的人文场景考察，而不能从未经反思的学术成见出发。

二、活用现代学术资源与优化中西文论对话

当今的“龙学”研究不可能封闭在单质的文化语境中仍恪守校录、辑注、考据等传统学术旧路，在全球化语境中，它应同西方文论展开深度思

① 党圣元、师雅慧：《新世纪〈文心雕龙〉研究综述（下）》，《丽水学院学报》2008 年第 1 期。

想对话,不能把“龙学”研究引入效颦学步的“死胡同”。问题只是在于,鉴照西方文艺思想研究《文心雕龙》应特别注意其文本原意,这一点不论怎样强调都不过分,因为这是确保中国文论鲜明民族针对性的首要条件。“龙学”专家王元化曾道出这样的顾虑:“有的同志不大赞成我采取附录的办法,建议我把古今中外融会贯通起来。……但是限于水平,我还没有能力作到这一步。为了慎重起见,我觉得与其勉强地追求融贯,以致流为比附,还不如采取案而不断的办法,把古今中外我认为有关的论点,分别地在附录中表述出来。”①在这里,值得注意的是,《文心雕龙》体系本身就是在广博的文化视野中建构起来的,正如敏泽指出的那样,“刘勰作为一个美学家的杰异之处,既在于他善于汲取并消化前此的一切思想资料,更在于在这个基础上他善于熔铸,结合当时文学发展中的种种问题,富有独创性地提出了一系列精辟的意见,对后世,主要是明清以后的理论批评和美学思想,曾经发生了重要的影响”②。这也正是《文心雕龙》中所明言的“弥纶群言”“唯务折中”“同非雷同”(“异非苟异”)的思想方法。诚然,“龙学”研究中的“弥纶”与“折衷”并不是毫无学术定向的“和稀泥”,也不是纯粹知识学建构的智力游戏,而是带着现代问题意识、试图化解现代学术危机的思想精神之探索。

以《文心雕龙》为典范的中国古代文论体现着中国人特有的诗性智慧,凝聚为东方式的思维方式,它包括中和思维、类比思维、整体思维、圆形思维等,“中国古典美学的思维方式对于美学研究中某些思维片面性具有防范作用,对于美学研究方法的某些欠缺之处具有弥补和完善的意义,而其中某些富于生命力的因素也可以整合到美学研究的现代思维之中”③。可以说,鲜明体现着这些思维方式特质的《文心雕龙》完全有同西方文艺审美精神对话的本钱。尤其是超越了理性主义二元对立思维模式的西方现象学、阐释学与中国古典文艺美学有着更为广阔的对话平台。在这种审美主体间性理论的学术境域中,刘勰的文质观、比兴观、情采观、

① 王元化:《文心雕龙创作论》,上海古籍出版社1984年版,第304页。

② 敏泽:《中国美学思想史》上卷,湖南教育出版社2004年版,第515页。

③ 姚文放:《中国古典美学的思维方式及其现代意义(上)》,《求是学刊》2001年第1期。

意辞观和通变观等以及“乘一总万”“唯务折衷”的方法论，定会有着更为深远的阐释空间，定会开掘出更丰富而又清新的现代价值。西方学者已愈来愈重视中国的传统思想，愈来愈认识到中西融合的重要性。诺贝尔奖获得者、比利时科学家伊·普里戈金就说道：“我们相信，我们正朝着一种新的综合前进……也许我们最终能把西方的传统（带着它对实验和定量表述的强调）与中国的传统（带着它那自发的、自组织的世界观）结合起来。”①虽然中国文化与西方文化作为两种不同的独立的传统自有其难以完全弥合之处，双方皆有不能为他者取代的民族审美个性而实难结合成一个整体，但可以从中看出，西方世界毕竟认识到中国传统文化的特异性。德国学者卜松山在一次国际学术演讲中也告知中国学者：“西方人仍然在等待一种具有强烈的中国文化特色的现代中国美学。这种美学不是顺从西方理论，而是能对其提出挑战。”②既然如此，我们为何还要苦苦迷恋西方而执迷于西学话语体系呢？

三、回应“国学”语境与激活“龙学”人文精神

在“国学”热日炽的文化语境中，除开掘《文心雕龙》的美学思想外，还应重视参悟与整理《文心雕龙》所蕴含的人文思想精神，将其融汇到当今的精神文化建设中。我们必须自省到，由于长期以来工具理性思维的严重干扰与对传统文化的片面性认知，对于《文心雕龙》的人文精神意蕴的开掘还远远不够。在更深远的意义上，有学者指出了《文心雕龙》与当今人文素质教育之间的内在关联：“《文心雕龙》作为一部中国古代文学批评与文学理论的经典，其经典性来自内在的人文蕴涵，而这种经典性是可以与当代大学人文教育互动的……今天的大学生教育可以将《文心雕龙》作为文学理论与写作专业课的教材来用，同时，更应当以此作为整个

① [比利时]伊·普里戈金、[法]伊·斯唐热：《从混沌到有序——人与自然的新对话》，曾庆宏、沈小峰译，上海译文出版社1978年版，第24页。

② [德]卜松山：《中国美学与康德》，《国外社会科学》1996年第3期。

精神世界与人格品质、审美情操的综合性教育经典著作，否则将是如《韩非子》所说，买椟还珠，贻笑大方。”[①]在当今消费文化炽盛、人文精神式微的文化语境中，文艺审美已显示出趋于平面化、世俗化的倾向，利用《文心雕龙》作为大学教育的素材，不仅有利于对大学生施加优秀传统文化教育以传承中华文化，而且能使大学生立足于《文心雕龙》文本体悟文学理论、文艺美学的精髓。

据统计，在37000余字的《文心雕龙》中，“共有587个‘文’字(不包括《隐秀》篇补文)，其中用于人名35个，地名2个，篇名10个，出于引文者23个，属于衍文者1个，合计71个；除此之外的‘文’字，可以说皆为《文心雕龙》专用术语，共有516个”[②]。很明显，《文心雕龙》是刘勰融合儒、道、玄、释诸家的思想精神，为化解齐梁文风“失语症”的时代难题，面对当时的人文现状而做出文化思考的结晶，它是人文巨典，我们大可不必固守如今学科清晰划界的成见为《文心雕龙》是何书、刘勰是何家而焦躁不安！“刘勰为弘扬‘人文’而将探求深入到心理层次，综合‘言志’与‘缘情’以强化人文的主体意识。”[③]而之所以如此，根本原因在于刘勰的“大文学观念”。在中国传统文化语境中，基于《周易》的圣典，儒家以之释“人伦”，道家以之释“自然”，“人道”与“天道”合而为一，圣典“参天地”“赞化育”的文化气魄本然就有融合“他者”的精神空间，这或许就是刘勰所说的“至道宗极，理归乎一”的精义。儒、道、玄、禅诸家思想的张力性聚合给中国传统文化的生长提供了应有的人文精神空间，也使美学思想的表达活泛通脱，并极易延展、渗透于各种文化言说中，形成一种“杂文学观念”：“我们的老祖宗们几千年来，就在‘杂文学’体制中发挥聪明才智，并且游刃有余，创造出了独特的中华文学传统。《文心雕龙》论‘文之枢纽’，就以‘本乎道，师乎圣，体乎经，酌乎纬，变乎骚’为基本思路，这是典型的‘杂文学’观……这些显然与‘纯文学’理念不合，所以如

① 袁济喜：《〈文心雕龙〉与当代大学教育论纲》，见中国《文心雕龙》学会编：《〈文心雕龙〉与21世纪文论研究国际学术研讨会论文集》，学苑出版社2009年版，第611页。

② 戚良德：《〈文心雕龙〉与当代文艺学》，中央编译出版社2012年版，第31—32页。

③ 吴调公：《关于〈文心雕龙〉弘扬人文精神的思考》，《南京师大学报(社会科学版)》1990年第4期。

果他持严格的‘纯文学’观念，就无法写出《文心雕龙》，他的文论体系就无从建立。”①试想：如果没有这种“大文学观念”即“杂文学观念”，《文心雕龙》的思想阐释空间就会显得逼仄，其人文精神含量也会大打折扣，从而难有思想精神的巨大涵盖力。

正是在这种意义上，我们认识到《文心雕龙》既有丰富的文艺知识，又有深厚的思想道德底蕴，也有雅致清朗的审美情趣，完全可以用之于当今大学生的人文素质教育。在全球化思潮与批判反思现代性危机的双重语境中，当下的美学、文艺学学科正面临现代化转型的关键时期，挑战与机遇并存。超越历史文化时空可以体认到，我们的时代际遇与刘勰的历史处境何其相似！对于我们建构“中国文艺学”、提升“文化软实力”来说，刘勰背依经典的功力、融合“伟辞”的气魄、情理互动的“文心”与折衷通变的妙术，具有深广的启示意义，值得我们持续关注与理论深究。可见，《文心雕龙》完全称得上是美育的宝典，刘勰既把人的审美修养、对人的审美教育提升到宇宙法则的高度来认识，使美育得以神圣化、本土化，而在《宗圣》《明诗》和《乐府》等篇，刘勰又将美育问题归于陶冶人心、塑造人情的主旨来展开，还在《文心雕龙》通篇表达出塑造以自然为美的人、率性自然的人的美育理想。所以说，《文心雕龙》的美育思想“都是非常有建设性、参考性的意见，对于我们今天的社会美育实践，有极大的启发意义”②。这就是说，我们不能仅仅视《文心雕龙》为古代文学理论的皇皇巨著，而应将其看为传统文化的宝库，它对我们的思想精神滋养是多方面的，理应成为人文素质教育的“百科全书”。就目前的“龙学”研究来说，对刘勰文艺思想中的人文精神与文艺审美教育潜质的开掘仍很不够，需要进一步加强此类的研究，并将研究成果参与当今的文论建设、文化建设。

① 徐公持：《谈“杂文学化”与“边缘化”》，《文学遗产》2008 年第 1 期。

② 李逸津：《〈文心雕龙〉美育思想探论》，见中国《文心雕龙》学会编：《文心雕龙研究》第 10 辑，学苑出版社 2013 年版，第 273 页。

四、尴尬的学术境况与未来展望

改革开放以来，就整个《文心雕龙》研究情况而言，令人喜忧参半的是，一方面，从20世纪90年代以来，外来文论术语占据绝对的优势，而传统文论话语却处在极端的边缘位置，正如有学者统计的那样，“我国传统文论话语与外来文论话语的比值在10.71%—15.79%之间；而外来文论话语与我国传统文论话语的比值却高居在633.3%—933.3%之间”①，这种学界情形势必会影响到“龙学”研究界；另一方面，传统文论话语仍存活在现代文论和批评中，据对20世纪不同时期的传统文论话语存活状况进行抽样调查，“目前大约有134个传统文论话语还存活在现代文论与批评之中”②，更值得关注的是，在这134个传统文论话语中，诸如“意象”“缘情”“文质”“虚实”“象”“比兴”“风骨”“神思”“隐秀”“自然”“味”“知音”等长期以来备受学界关注，《文心雕龙》研究在改革开放以后愈发成为“显学”。当然，在当下及未来的学术研究中，现有的传统文论话语与外来文论话语尚需在“历史还原”与“理论还原”的双重机制中加强深度的对话和碰撞，唯有如此，方能真正为中国文论话语的建构提供思想精神的支撑。

针对“龙学”研究的未来走向问题，在21世纪初，张少康等学者提出了六点展望：发展史料与理论并重的研究；从文化史角度看《文心雕龙》；从中西比较的角度来研究《文心雕龙》；从理论联系实际的角度，用历史的比较的方法研究《文心雕龙》；让“龙学”研究走向世界；培养青年“龙

① 古风：《中国传统文论话语存活论》，社会科学文献出版社2013年版，第56页。
② 古风：《中国传统文论话语存活论》，社会科学文献出版社2013年版，第73页。

学”家，扩大和加强《文心雕龙》的研究队伍等[1]。周勋初在谈及自己多年研究《文心雕龙》的治学经验时，对这些展望做了学理回应，“《文心雕龙》中还有很多问题有待于澄清，很多问题有待于重新探讨，即使是在传统学术的研究领域内，也有很多工作要做，很多地方可以开拓。只是我们的工作要从源头上做起，全面了解刘勰的学术背景，再来考察他的许多新创，多方探求，深入辨析，那么必然会有许多新问题浮现出来”[2]。毫无疑问，对于“龙学”研究来说，我们还有许多有待进一步提升的学术空间。

童庆炳在《中国古代文论的现代意义》中设专章读解刘勰《文心雕龙》，他指出：“《文心雕龙》在国际上也广有影响，9 世纪日本僧人遍照金刚把《文心雕龙》介绍到日本，使其跨出了国门。19 世纪以来，法、英、欧洲等国，都有翻译介绍。目前国际文化的交流日益增多，在中国和世界已形成一门‘龙学’。随着对于《文心雕龙》研究的深入，它在世界文论史、美学史上的地位，将进一步得到确立和提高。”[3]为此，我们看到，“龙学”研究、古代文论研究当前出现了中西古今交流沟通的新契机，中国文论话语重建有了境界提升后更稳固的基点，“中国文论建设的基点，一是抛弃对外来理论的过分倚重，重归中国文学实践；二是坚持民族化方向，回到中国语境，充分吸纳中国传统文论遗产；三是认识、处理好外部研究与内部研究的关系问题，建构二者辩证统一的研究范式”[4]。这就是说，在目

① 张少康等：《文心雕龙研究史》，北京大学出版社 2001 年版，第 587—596 页。关于未来“龙学”研究的走势问题，另有一些学者的意见也值得我们在后续研究中加以关注，这些意见主要有四点，这里不厌其烦地胪列如下：“第一，要注意培养后续力量，必须有一支强有力的研究队伍，才能提高研究成果的数量和质量。一些总结性开创性的工作往往需要研究者多年埋头苦干、潜心研究方可取得成效，所以现在就必须抓紧培养有志于献身‘龙学’的青年人才。第二，要注意更新研究方法，寻求新的研究角度和切入点，这样研究才能取得突破性进展。当年黄侃更新了研究方法不仅使自己的研究超越了前人，而且使范文澜、刘永济等诸多学人受益匪浅；王元化在方法论上的突破使自己的研究达到了新的高峰，也给青年学子颇多启迪。现在，‘龙学’研究又面临方法陈旧、难以突破的境地，如果我们能融合传统的乾嘉考据方法、日本的微观研究方法和西方的宏观研究方法的长处，形成一种学不分中外、亦无论古今的新的阐释学方法，则对于推动‘龙学’向纵深方向发展肯定大有裨益。第三，要致力于创造一种良好的学风，并形成一套行之有效的学术规范，这对于避免研究的低水平重复是特别重要的。第四，应加强国际合作和交流，‘龙学’已成为一门世界性的学问，启发我们的思维，当然也有助于我们把‘龙学’研究推向更高的水平。”（参见李平等：《〈文心雕龙〉研究史论》，黄山书社 2009 年版，第 21 页。）

② 周勋初：《周勋初治学经验谈之八　寻根究柢　务实求真——〈文心雕龙〉研究感言》，《古典文学知识》2012 年第 6 期。

③ 童庆炳：《中国古代文论的现代意义》，北京师范大学出版社 2001 年版，第 143 页。

④ 张江：《当代西方文论若干问题辨识——兼及中国文论重建》，《中国社会科学》2014 年第 5 期。

前国内外学术思想交流日炽的文化语境中，学术资源的整合更为便捷，“龙学”研究理应在更深广的思想境域中提升其境界，以推动研究的深入开展，以此为重建有“中国作风”“中国气派”的中国文论话语提供思想精神的助益。

第八章

“比兴”与“现量”的现代价值与启示

在文化生态学的意义上说,“比兴”这一范畴在农耕文明的语境中牵涉中国古人的自然观、伦理观和审美观。因此,“比兴”范畴在中国古代文论中占有至关重要的地位。而本作为一个佛学用语的“现量”这一范畴,被王夫之引入古典诗学领域,成为中国古典诗学的重要范畴之一,它牵涉到了审美的本质、心物关系和文艺心理等重要内容。就文艺审美精神而言,“比兴”与“现量”是有“交集”的,这也恰恰回应了儒道禅张力性共存的思想格局,值得我们去作进一步的开掘。鉴于“比兴”与“现量”在中国诗学中的独特地位,改革开放以来受到了学界的密切关注,它们之间的内在精神关联及其同西方美学思想的对话潜能,对中国当代文论话语的建构有着不容忽视的启示意义。

第一节
"比兴"及其现代价值

"比兴"范畴已有约三千年的学术史,该范畴在历史上历经多次沿革,其内涵不断得到更换与丰富,被历代学人反复使用,频出新意。恐怕在整个中国古代文论话语中,还没有哪一个范畴能像"比兴"这样具有惊人的绵延力与涵括力。传统文人从经学大义出发,力图将儒家政教观念代入"比兴"阐释,往往牵强附会,为"比兴"涂上了浓厚的政治工具色彩。时至魏晋,无论是挚虞的"物感为兴",刘勰的"拟容取心",还是钟嵘的"文已尽而意有余",都已开始疏离政教观点,从物我关系、艺术手法等审美角度对"比兴"做出新的阐释。其后,唐代的"比兴寄托"说,宋代的"触物生情"说,明代的"托之以物"说,都是在魏晋时期奠定的审美主义立场上,对"比兴"所涵括的美学内涵进行了拓展。把握"比兴"的发展脉络,是我们理解古代文论逻辑体系与精神内涵演化的一个重要的窗口。

如果说,在"诗三百"中,"比兴"是侧重于文学表现手法的话,那么,随着时代的发展,"比兴"越来越脱离于表现手法等"技"的层面,逐步向艺术思维、文学精神等"道"的层面衍进,而最终发展成一种"比兴思维"。"比兴思维"毕竟更靠近诗学本体问题,它"是一种受某一(类)事物的启发或借助于某一(类)事物,综合运用联想、想象、象征、隐喻等方法,表现另一(类)事物的美的形象,展示其美的内涵的艺术思维方式,它的目的是创造美的形象。"①这里涉及几个关键点:一是不同事物之间的感性联系,二是联想、想象等艺术思维、审美心理的妙用,三是文艺审美形象的自然创生。既然它是一种艺术思维,文艺审美形象的自然创生就是题中应有之义了,这一点,中外古今的文学艺术皆是如此。联想与想象、象征与

① 李健:《比兴思维与意境的创造》,《北京大学学报(哲学社会科学版)》2003年第3期。

隐喻，彼此虽有差异，但也有其相通之处，即强调不同事物之间的相互联系与影响。这样抽丝剥茧后得出的最后结论就是，“比兴思维”从根本上要强调观照对象的迁移与滑动，认知与体验从一事物到另一事物的顺应性演变过程。所谓“比兴思维”其实就是中国古人“引譬连类”的哲学思想在美学、文艺学领域的变体。

一、改革开放以来“比兴”研究述评

改革开放以来，“比兴”范畴一直是中国古代文论研究的重点内容之一，对这项研究所进行的概括性描述，已有许多学者做过。本书不想对“比兴”研究进行面面俱到的梳理，而只是选择具有开创性意义或对中国文论话语建设具有指导作用的研究成果进行简单述评。改革开放以来，值得关注的“比兴”研究主要集中在以下几个方面：

首先是对“比兴”内涵的历史流变进行的梳理，此类著述大多是建立在丰富的材料基础之上的。虽然是梳理“比兴”历史流变过程，较少思辨性与批判性，但是著者能够将现代学术视角与现代学术观念引入其中，站在全新的高度审视“比兴”的历史行程，挂一漏万，亦有裨益。如蒋力余在《先秦比兴鸟瞰》一文中，对先秦比兴的发展轨迹作了较为系统的论述，认为先秦比兴完成了中国诗歌艺术由巫术的、功利的转化为抒情的、审美的这样一个伟大的质的飞跃过程，对后世文学的发展产生了深远的影响。而徐正英的《先秦至唐代比兴说述论》一文，在综合考察历史材料的基础上，将先秦至唐代“比兴”研究的发展归纳为“两条线索、三个阶段”，即经学家的阐释线索与文论家的阐释线索，两汉比兴阶段、魏晋比兴阶段和唐代比兴阶段。中国文论范畴的发展大多缺乏理论的系统性、明晰的阶段性，这与古人特殊的思考方式、言说方式有关。但是从当今文艺学学科建设的需要来看，为古代文论的重要范畴建立起条理分明、演变清晰的“学术史”也是重要的基础性工作。况且，“学术史”不能不涉及学术思想，就像科林伍德所言“一切历史都是思想史”，一部文论范畴史也就是这一范畴所涵盖的文艺思想的激活与绽放。

其次是从诗歌美学角度对“比兴”的研究。此类研究以袁济喜最具代表性。他从主体论、创作论、文本论三个层面出发，全面分析“兴”的三种组合概念，即“兴趣”“兴会”“兴象”，三者分别对应前面三个层面。这充分说明了“兴”所具有的组合性、交融性和渗透性，显示了中国古典诗学范畴“以一总万，互相兼容的特点”①。袁济喜对“兴”的三重审美意义也进行了分析，即：创作对象上的因物而感、创作主体上的寄情写物、主客合一上的意在言外。“这三重意义，浑然融化成中国美学关于文艺创作的基本范畴，是中国文化特质在美学上的汇聚，它充分展现了中国古代文艺与人生相统一的传统。”②这是对“比兴”美学特征的全面总结与深入探究，是改革开放以来此类研究的力作。

再次是从宗教学、民俗学角度对“比兴”的探讨。赵沛霖在此领域可谓独执牛耳。他沿着闻一多《诗经》研究中各类意象与原始图腾、生殖崇拜之相互关系的思路，在《兴的源起——历史积淀与诗歌艺术》一书中，对《诗经》作品里的意象进行了更为深入的宗教学、民俗学维度上的考量与探索。“从兴起源的整个过程来看，恰恰是复杂的宗教观念内容演化为一般的规范化的诗歌艺术形式，其不同于科学中的抽象和概括之处，即它的根本特点就是积淀——宗教观念内容积淀为艺术形式。”③该著作充分利用考古资料与中外民族学资料，将历史演进过程的纵向探索与各种意识形态相互联系的横向探索相结合，纵览了“兴”的完整运动过程。赵沛霖试图从神话学、宗教学的角度出发，为每一种兴象找到相应的确定的神话、宗教原型，既注重微观细部分析又注重宏观总体考察，故研究跨度虽大，却不流于空疏。不过，原始兴象的生成是一个十分复杂的过程，这当中不仅涉及神话、宗教要素，更有哲学、历史、艺术、政治等因素的参与。他为每一种原始兴象找到对应的神话、宗教原型的尝试，多少显得有些牵强附会。

---

① 袁济喜：《论“兴”的组合界面》，《中国人民大学学报》2001 年第 4 期。

② 袁济喜：《论“兴”的审美意义》，《文学遗产》2002 年第 2 期。

③ 赵沛霖：《兴的源起——历史积淀与诗歌艺术》，中国社会科学出版社 1987 年版，第 76—77 页。

最后是从思维方式角度对“比兴”的研究。叶舒宪在《诗经的文化阐释——中国诗歌的发生研究》中，从文化人类学的视角出发，将《诗经》看作中国古典诗歌发生初期凝固的一个标本和活化石，对中国诗歌的发生源头进行了深入的探讨，并且站在当今人类跨文化视野，重新审视赋、比、兴的本质及其关系。他认为“比兴”在诗歌中发挥作用并不是出于修辞学上的需要，而是反映着古代人“引譬连类”的思维方式，“‘兴’的思维方式既然是以‘引譬连类’为特质的，它的渊源显然在于神话思维的类比联想”①。黄霖、吴建民、吴兆路的《中国古代文学理论体系：原人论》中也有涉及“比兴”的论述，“‘比’的特点是明显地根据创作主体情性的变化和发展去描写和组织笔下的事物；‘兴’的特点则是由客观的事物启引创作主体沿着某一思路去不断生发。毫无疑问，‘赋’、‘比’、‘兴’应该是文学创作中的三种最基本的形象思维和表现方式”②。照此，赋比兴就是三种不同的心物交互作用的方式，也是三种不同的艺术思维方式。陈竹、曾祖荫合著的《中国古代艺术范畴体系》专列“比兴”一节，比兴“产生于由理性主义取代巫史文化的春秋时代，是‘中理——中礼’观念渗透到艺术之形象思维与表现方法的必然性结果”③。该著认为，“比兴”起源于原始兴象思维，自然物象渗入了原始宗教观念，经由直观形象思维的改造而成为原始兴象。原始兴象再由《易经》《诗经》的概括，外化为形式的“古义的兴”。“古义的兴”在后世逐步发展成为重伦理内容的“转义的兴”与表形象思维的“新义的兴”，而“新义的兴”也就成为形象思维与逻辑思维在其中求得平衡、适中的艺术思维方式。“比兴”最早是儒家传诗、解诗的方式，在长期的使用过程中，其内涵不断更改、变化。人们对“比兴”往往加以寄托寓意，包含政治、伦理、道德的隐喻。这种使用方式促使“比兴思维”的形成，即想象、象征、隐喻、灵感等艺术手法的综合运用。

总体来看，学界对“比兴”及其相关思维方式的研究集中于诗性思维、形象思维方面，如黄霖、陈竹、李健等均是将“比兴思维”限定于诗学

① 叶舒宪：《诗经的文化阐释——中国诗歌的发生研究》，湖北人民出版社1994年版，第409页。
② 黄霖、吴建民、吴兆路：《中国古代文学理论体系：原人论》，复旦大学出版社2000年版，第105页。
③ 陈竹、曾祖荫：《中国古代艺术范畴体系》，华中师范大学出版社2003年版，第88页。

领域，从物我关系、原始物象转换、隐喻象征使用等方面，对“比兴思维”的艺术特质进行开掘。而叶舒宪则独出新意，从文化人类学的角度，将“比兴”提升到了一个更高的原始思维（神话思维）的维度来考量，因而也使“比兴思维”具有了更高的指导意义和更深远的文化内涵。

还有一点也不能忽视的是，从中西比较诗学视角出发对“比兴”内涵的开掘。在当今全球化语境下，诗学进入中西比较的宏大视野已不可避免。不过，中西文论的比较研究中有很多问题亟待澄清。罗钢《当“讽喻”遭遇“比兴”——一个西方诗学观念的中国之旅》一文颇具代表意义。该文质疑了张隆溪的《讽喻性阐释：东西方文学经典阅读》中的某些观点。张著认为，西方文论中的“讽喻”概念可在中国古典文论中找到一个对等性的概念予以同义替换，即“比兴”，它们都显出“言在此而意在彼”的“双重结构”。罗钢则认为，任何一个文论概念不得不考虑其特殊的历史语境，不得不关注其文化因素的缠绕，而不能简单以其“最大公约数”进行替换与取代，“每一个诗学观念都不是孤立的，而是与其他的诗学观念结合在一起的，它的意义是在与其他诗学观念的关系中、乃至在与整个文化传统的关系中产生的”①。中西文论的范畴以对等性取代的结果，就是各自的矮化、简单化、扁平化，从而丧失其各自饱满、丰富、充实的社会文化状态。罗钢此文的意义在于，为中西文论话语找到了各自站立与生存的空间，提醒我们既要避免西方殖民主义文化策略对东方文化的侵蚀与遮蔽，又要在中西比较交流的基础上开掘出各自的意义与价值，这也是今后古代文论发展的必经之途。

二、“比兴”与西方文艺思想的对话

《尚书·尧典》提出了“诗言志，歌永言”的命题；《礼记·乐记》曰：

---

① 罗钢：《当“讽喻”遭遇“比兴”——一个西方诗学观念的中国之旅》，《北京师范大学学报（社会科学版）》2013 年第 3 期。

“凡音之起,由人心生也。人心之动,物使之然也……乐者,音之所由生也,其本在人心之感于物也。”[①]人的内心受到外物的诱发,方能产生艺术。而及至《毛诗序》则进一步提出:“诗者,志之所之也,在心为志,发言为诗。情动于中而形于言。”[②]由此,深化了“言志”的命题。魏晋两朝时,随着“人的觉醒”,情景问题得到深入的发展。陆机的“缘情说”对“人心感物”进行了总结。刘勰的“应物斯感”“情以物兴”“物以情观”等命题,初建独特的情景理论体系。钟嵘的“气之动物,物之感人,故摇荡性情,形诸舞咏”,确立了“物—情—文”的逻辑关系。魏晋时期的文人,承续了先秦两汉的“物感说”,关注了情物的融合统一关系,“情”与“物”成为一对特殊的范畴,“情景交融”说已初现端倪。唐宋时,随着诗词创作实践的进展,情景理论得到了丰富。王昌龄在《诗格》中提出“情景相兼”的观点:“事须景与意相兼始好。凡景语入理语,皆须相惬,当收意紧,不可正言。”[③]明确了“景”与“意”的对等关系,二者相兼方能产生佳作。

在当今全球化的文化背景下,中国古代文论资源需要同西方文论思想发生碰撞与对话才更能显示其价值。“比兴”与阐释学的交流对话,能够充分彰显中西文论对话的意义,为文论建设提供了借鉴。

(一)“比兴”说与阐释学

中国历史上恐怕还没有哪一个文论范畴,能像“比兴”这样蕴含着如此庞杂丰富的意蕴。我们甚至可以说,“比兴”的文论范畴史就是一部阐释的历史。所以,让“比兴”与阐释学进行超越时空的对话,对于我们把握“比兴”的生成机制、演变逻辑、意义创设,以及在更高层次上进行中西文论的交流沟通,就具有了非同寻常的意义。

“比兴”说至王夫之已是历史性总结的阶段,因此,考察王氏的“比兴”说对于我们把握“比兴”的流变与意义具有非同寻常的价值。王夫之

① 郭绍虞主编:《中国历代文论选》第1册,上海古籍出版社2001年版,第61页。
② 郭绍虞主编:《中国历代文论选》第1册,上海古籍出版社2001年版,第63页。
③ 王昌龄:《诗格·十七势》,见王利器校注:《文镜秘府论校注》,中国社会科学出版社1983年版,第132页。

说:“于所兴而可观,其兴也深;于所观可兴,其观也审。以其群者而怨,怨愈不忘;以其怨者而群,群乃益挚。出于四情之外,以生起四情;游于四情之中,情无所窒。作者用一致之思,读者各以其情而自得。”①“比兴”的运作过程,就是主体情感与客体对象之间的遇合与生发。王夫之的“比兴论”与“情景论”有着密切的联系,或者说,“情景论”就是在王夫之“比兴”思想的指导之下,具体阐发出来的物我关系的一种美学表述。在王夫之看来,“兴”是诗之表情的最基本方法,无论性情对于诗歌多么重要,总要以“兴”起“情”;无论“兴观群怨”对于诗歌有何种意义,总要以“兴情”而始。这由此形成王氏独有的“比兴—情景论”体系。他反复申明:“情景名为二,二实不可离。神于诗者,妙合无垠。巧者则有情中景、景中情。”②王夫之在兼综前人的基础上,对情景关系进行了总结性发言:前人论情景,往往各执一端,而王夫之将其发展为一个丰富而深刻的系统,此中各要素紧密联系,既涉及作品中的情景关系,又探讨了欣赏接受中的情景关系。王夫之摒弃前人“分疆情景”的做法,在情景共生的基本维度上,分析诗歌中“景中情”“情中景”“妙合无垠”的审美境界,开辟了“貌其本荣,如所存而显之”和“以乐景写哀,以哀景写乐”的情景理论新视野。

王夫之的“比兴—情景”论从更深的层次上来说,反映出船山诗学的文化背景与哲学思想。王夫之继承了宋明理学家特别是张载的“气一元论”思想,用“聚散”来说明本体与万物的关系。气是唯一的实体,万物都是由气构成。气氤氲变化,聚则有形,散则归虚。聚散皆是本体在不同形态下的表现,所以,本体即是万用,体用不二。与传统的“立体以废用”的观点不同,船山提出“体用相函者也”③,“天下之用,皆其有者也,吾从其用而知其体之有,岂待疑哉”④。“体用”作为一个整体,在事物中发挥作用,它们不仅互相依存,而且“体”寓于“用”中,我们只能从“用”而知

① 戴洪森:《姜斋诗话笺注》,人民文学出版社1981年版,第4页。
② 王夫之:《夕堂永日绪论·内编》,见王夫之:《船山全书》第15册,岳麓书社1988年版,第824页。
③ 王夫之:《周易外传》,中华书局1977年版,第150页。
④ 王夫之:《周易外传》,中华书局1977年版,第37页。

"体"。王夫之体用不二的哲学观点，势必影响其美学思想。因而在情景关系的表述中，船山竭力强调二者的"妙合无垠"，"即情即景"。而情与景的交融共存、互联互渗，正是"体用不二"哲学观的一次美学阐述。

王夫之的"比兴说"与"情景论"于其外在形态上看，确实有着"有意误读"及"合理偏见"的意味。它渗透了个人哲学思想与美学观念，同时又体现着时代文化的特点，是对前代思想的丰富与改造。因此王氏情景论就具有了某种阐释学的色彩。但是，中西方不同文化历史背景下生长出来的理论是否就可以因为一些外在的表现形态即可简单化约和置换呢？

中西文论有一个很大的不同，就是中国文论往往并不自立新题，而是在前人命题的基础上，注入时代与个人的全新解读。所以，中国许多文论概念在传统文人那里得到反复使用，就像"比兴"的概念一样，历朝历代都说"比兴"，却都有各自不同的"比兴"。这就是说，西方学者建立的文论新学说则是在否定、推翻前人的基础之上，进行翻天覆地的革新；而中国文论学说的发展，大多是以对前人的补充、深化、拓展为基础的。

阐释的目的在于获取真理，中西方真理观的不同，决定了二者的阐释目的、阐释路径、阐释结果的迥然相异。西方阐释学的旨趣在于如何获得本质意义，即弄清是什么；而中国阐释学则关注如何引导实践，即阐明怎么办。西方真理概念源于柏拉图的"理念"，具有永恒性、不变性和自在性，决定具体现象但不依赖现象。中国的真理观认为，真理只有"显现"于具体情事之中的真理，才是实际存在的真理，即真理必须体现出实践性的智慧，也就是船山学说中强调的"体用不二"。西方的真理观要求完全排除个人因素，它像星空一样悬置于每个人的头顶，是人道分离的；而中国的真理观却要经由人事来显现和确证，它留存于世间万物、日常起居，是人道合一的。因此，西方的阐释理论在于"证道"，而中国的阐释理论在于"知人"。

也正是因为有这样的根本差异，中国文论的阐释之路多为渐变、完善、补充。因为中国文论阐释担负着从文艺理论到日常生活的实践任务，它的全部学说又与文人士子们的生活态度、道德规范、个人修养等人生命题密切相关，所以中国文论阐释拒绝相互矛盾的思想的反复拉扯，而要保持一定的稳定性与可操作性。而西方文论的阐释之路多为剧变、推翻、重构,它是西方人为探求绝对真理、探求宇宙本原而做出的努力。由于绝对真理的唯一性、排他性,所以西方人的某一学说很难对他人之论进行有意识地调和、补充,而往往是各执一端,针锋相对。

因此,当"比兴"说与阐释学发生隔空对话之时,我们看到的应该是二者在不同历史文化背景下所表现出的文化差异性。"比兴"发展史确实符合西方阐释学的特征,也具备某些阐释学的基本要素,但是东方阐释之路与西方阐释之路有着根本性的差异,这种差异体现在阐释的根本目的、阐释的基本理路以及阐释所反映的真理观、天人关系等方面。对于文论研究者来说,这是不能忽略的事实。

(二)"阐释"与"偏见"

由海德格尔率先提出的"偏见",在伽达默尔阐释学中,被赋予了完全合法性的地位。从不同历史文化背景中走出的诠释主体,因其各自不同的"视域",而产生出同一文本的不同解读"偏见"。不仅是不同的读者会有各自"偏见"而体现出理解的差异,就是文本自身也带有创作者的"偏见"而与其阐释者的诠释相背离。无法摆脱特殊知识、文化、思维背景的人或文本,只能用自身拥有的方式去理解对象。如果承认"理解"具有时代性、历史性和相对性,就应当充分尊重阐释主体的"合法偏见"。"蕴含于本文中的作者的原初视界与对本文进行解读的理解者('现今的视界')之间存在着各种差距,这种由时间间距和历史情景变化引起的差距是任何理解者都不可能消除的。伽达默尔主张,应在理解过程中,将两种'视界'交融在一起,达到'视界融合'(Horizontverschmelzung),从而使理解者和理解对象都超越原来的视界,达到一个全新的视界。"①"视域融合"下的合理"偏见"为文本意义的生长提供了合适的土壤,思想的进步、知识的积累在很大程度上都是依赖阐释者们以"偏见"的视角对原文本进行的"误读"。

---

① 黄美来主编:《现代西方哲学思潮述评》,清华大学出版社1990年版,第252页。

先秦原典中的“赋比兴”是以“解经”的基本手法出现的，这种手法以比喻、象征为主，内涵较为简单。汉代经学家以“比兴”之法托事于物、寄托事理，虽然是政治教化下的美刺时政，多穿凿附会，同时也带有争夺话语权力的目的，但却为“比兴”阐释之路开启了大门。而后魏晋之“兴感”说、“喻志”说，唐代的“寄兴”说，宋代“触物生情”说，明代“托物言情”说等，都是沿着汉代古典阐释学的基本思路对“比兴”内涵作出的拓展。纵览“比兴”的演化可以看出，其意义内涵竟是如此的丰富庞杂，与先秦原典中的“比兴”相比，已是面目全非。试想，倘若没有这一部两千多年的“比兴偏见史”，没有历代学人坚持不懈的“合理化误读”，我们今天又哪里能收获一个蕴含丰厚、意义灿然的“比兴”呢？“‘误读’始终是在知识的建构与解构中以其极端的破坏性与创造性推动着人类思想的发展。”①

“合理的偏见”为我们拓展对象的意义提供了广阔的空间，让阐释者与文本对象在“视域融合”的基础上展开深入的交流与对话。但是“偏见”的作用不应被过分夸大，合理的“误读”如果成为一种完全抛弃历史语境而进行的随意解读，那么就会丧失这一理论的有效性与合法性。从另一个方面说，承认“偏见”的合理性却又是一种无奈的选择，因为时代流变、历史演进总是给我们的思想认识打上鲜明的烙印，让我们无法回到文本对象的原初境遇中，所以只能在承认差异性的前提下尽可能地靠近真理。无论实践层面上的阐释结果是如何花样百出，阐释的终极目标都是对原初意义的探问。不管我们是否承认阐释的历史性、相对性，阐释的合理性、有效性始终是阐释得以存在的根本依据。数千年来“比兴”阐释论可谓五花八门，但始终有一条可供把握的基本思想脉络贯穿其中，在共相层面达成理解的一致性。因此，对古文论范畴的阐释，必须立足其得以产生的那个原始语言、意义环境，并尽可能贴近古典诗学文本的原貌。据此，我们方可将自身“视域”带入历史“视域”，对古文论范畴做合理有效的“误读”。

① 杨乃乔：《偏见与误读——文学阐释学的哲学反思》，《文艺争鸣》1996年第3期。

（三）还原与阐释

当今中国学者们面对古文论资源时，最重要的两项任务就是还原与阐释。为何要“还原”呢？这是由于古今文化语境之分殊，古今文论话语之异质，我们已经不能像古代学人那样，通过古典文化的长期浸泡，在一个同质性的理解基础上准确把握古代文艺思想。在当下看来，古代文论已成为一种不同文化背景下的异质性话语，若要准确把握其思想内涵，就必须在充分占有古文论材料的基础上，做出合乎语境的解释与判断。

“比兴”自产生距今已有数千年历史，各代对“比兴”的使用与诠释各有不同，如果不能站在某种解释产生的历史背景下考察其本义，“还原”其精髓，就无法真正洞察“比兴”的文论价值。按照朱熹的解释，“比兴”是“兴发之辞”“先言他物”，是一种“言在此意寄于彼”的双重结构。那么我们根据这样的字面意思，是否就可以认定，“比兴”等同于我们现代文论中的“隐喻”“象征”等概念呢？如果我们不进行历史语境的还原，不在文论范畴的生成土壤上审视这些范畴的话，恐怕就会大而化之地将它们同等替换了。所以，“还原”之于古文论内涵的审定、意义的凸显，具有不容忽视的作用。揭示本义，方能为今所用。

但是，我们也应当意识到，“还原”仅是产生古文论的现代意义的第一步。接下来，就是要用综合比较的当下视野去观照古文论思想，从而使它在古今对话、视域融合的基础上发挥现代作用。在“还原”基础上的“阐释”，才是古文论现代价值生成的关键性步骤。“阐释总是现代人的阐释，不可能做到绝对还原，而且阐释的目的是抉发传统的精义，激活传统的生命力，使之与新的时代精神相贯通，乃至吸取新的思想成分以更新和发展传统自身，故不能以单纯的还原作限界。”[①]学界曾热衷的“中国古代文论的现代转换”的命题，其实就是倡导对古文论进行现代视角的阐释。唯其经过阐释，转化为现代性话语方式，方能发挥作用，成为可供现代人理解和使用的资源。

---

① 陈伯海：《从古代文论到中国文论——21世纪古文论研究的断想》，《浙江大学学报（人文社会科学版）》2006年第1期。

“还原”与“阐释”的共建,就是我们常说的“史论结合”。“史”是立足于事实材料基础上,以客观恭谨的态度,对古文论的原初意义进行发掘。“论”则是在对“史”的充分把握上,合理审视对象内涵,升华意旨,概括出规律性的结论,为“史”的研究提供新的助力。“史”与“论”往往又是交融互渗的,“史”的确认总是在“论”的思想指导下进行,“论”的建构又无法脱离“史”的材料供养。换言之,“还原”与“阐释”的结合,既要保证古典资源的本原性、真实性,又要重视其现代性、有效性,方其如此才能使得古文论思想真正升华出对当下文论建设有所助益的有效资源,为中国乃至世界文论发展打开更为广阔的前景。

三、“比兴”与中国当代文论话语重建

迄今为止,学人们对“比兴”的探讨可谓观点多样。有些是以修辞方法、艺术技巧、表现手法为切入点,进行微观视角的研究;有些则是从宏观出发,探讨其文化意蕴、艺术思想、审美思维等。无论何种立场,他们的目标是一致的,那就是要激活古代文论思想,为当代中国文论话语建设提供有力支撑和宝贵资源。

当下,文艺理论界急需建立起一套具有中国民族特色的现代文论体系,以应对文论话语“失语症”的危机。范畴是思想的结晶,借鉴、发挥古文论资源的关键,是对古文论范畴进行梳理、研讨。我们需以范畴研究为关捩,提携整个文论体系建设;将那些具有生命力和现代价值的古文论资源,同世界优秀文艺理论思想相结合,为古典文论美学思想的“复语”打下坚实的基础,为中国当代文论话语建设提供有益帮助。“比兴”作为重要的古文论范畴,体现着古人独特的思维方式,反映出古文论发展的基本脉络,对当代文论话语的重建有着重要的启示。

(一)以整体性思维观照古文论资源

学界对古代文论思想的研究,往往停留于修辞手法、艺术审美等外在

表征，而很少深入思维层面，去思考某一种文论思想背后隐藏着的特殊的思维方式。中西文学之不同，中西文论之差异，从根本上说是由其各自不同的文化思维方式所决定的。西方人大抵重视理性思考与逻辑推断，而中国人以感悟、体验、直觉的方式来观照宇宙世界，这样一来就形成了中国艺术思想包括文论思想的整体性思维特质。“所谓整体思维模式，就是用一种混沌、模糊的统一性、全局性认识方法去把握客体的大致轮廓与范围，并把追求该客体组成因素间的和谐、统一、共同向上作为关心的主要内容的一种思维习惯与心理定势。整体、和谐、向上是该思维的三个基本要点。”[①]整体性思维的原则有：第一，连续性原则，要把对象视为一个连续不断的发展过程；第二，立体性原则，考察事物内在包含的各种要素；第三，系统性原则，即是从纵横两方面来进行综合分析，组成认识之网，以实现对目标的整体、全面的认知。现以连续性原则为例考察“比兴”，由此管见整体思维对古文论研究与文论话语重建的重要意义。

“比兴”作为一个古老的范畴，自先秦出现以来，历经数千年发展，其自身内涵与外延也随着时代的变迁而发生着重大改变。先秦“比兴”专指修辞手法，汉代“比兴”意在美刺政事，魏晋“比兴”多为物感兴情、因物喻志，唐代之后审美性的“比兴”论才正式确立，以之寄托情感、反映生活。各代“比兴”内涵有如此重大差异，是否就让我们有理由在对它进行研究的时候，不去考虑不同历史时期的“比兴”之间的相互关联与影响呢？我想，答案必然是否定的。尽管各代“比兴”的意义内涵不同，但是仍然有些根本性、内在性的精神与原则，贯穿其整个发展历程。“言在此而意在彼”“托物连类”“借物咏怀”这些基本特征在每个发展阶段都基本上是普遍具备的，它内在地反映着中国古人引譬连类的思维方式。所以，连续性原则一方面要求我们看到某一概念在不同发展阶段的独特内涵，另一方面也要总结普遍性、一贯性的本质，即普遍性与特殊性结合的研究策略。

透过连续性原则对“比兴”研究的影响，研究者们应当重视这一重要

① 曲秀全：《古代中国整体思维模式探究》，《系统科学学报》2014 年第 3 期。

原则，把“比兴”视作延续发展而不间断的衍进物。同时，推而广之，将其应用于古文论研究的每一个领域、每一个层次、每一个细节。只有这样，才不会随意切割肢解古文论的概念、命题、范畴及古典文论思想在整体上发挥的作用，而能还原其各自的历史全貌。朱自清说：“今日治中国学问皆用外国模型，此事无所谓优劣。唯如讲中国文学史，必须用中国间架，不然则古人苦心俱抹杀矣。即如比兴一端，无论合乎真实与否，其影响实大，许多诗人之作，皆着政治，此以西方间架论之，即当抹杀矣。”①“整体性思维”才是契合中国文论精神的“中国间架”，它是对整个中国文论精神乃至文化精神的一次高度总结。脱离了这一总体框架，用西方时髦理论术语、条分缕析的思考方式去研究“比兴”，得出的结论也必然是脱离历史语境的空洞言说，无法揭示“比兴”的理论内涵与现实价值。

（二）重视范畴体系建设

作为文论话语结晶的文论范畴是进行“重建”的最重要的资源，也是打破西方文论话语霸权所首先要攻破的堡垒。我们之所以有“失语”的症状，其原因之一就在于，当下所使用的范畴、术语、概念多为“西方制造”，西方文化思想就是通过这些范畴与概念渗透着我们的思维，从而遮蔽了古典文论宝库中诸多有益的资源。“我们今天的‘失语’并不是我们没有知识，而是缺乏中国传统文化的浸泡，没有我们自己的知识，没有我们自己知识的文化之根和言说方式。”②当我们用“象征”取代了“比兴”，用“讽喻”取代了“寄托”，这些古典范畴背后附着的丰富文化蕴涵也就随之荡然无存，剩下的就只有被西化思维占据着的头脑与言辞。

“比兴”在古文论话语体系中具有“元范畴”的地位与意义，所以，“比兴”应当成为我们优先研究、探讨的对象。而与“比兴”有着同等重要地位的“象”“道”“气”“中和”“自然”等古文论范畴也同样应当得到重视。“中国古典美学有自己的独特范畴和体系……应当尊重中国美学的特殊

① 朱乔森编：《朱自清全集》第9卷，江苏教育出版社1998年版，第213页。
② 曹顺庆：《文化经典、文论话语与比较文学》《学术月刊》2007年第3期。

性，对中国古典美学进行独立的系统的研究。”①这些努力的最终目的，都是搭建中国文论范畴体系，用我们自己的一套术语去说话。

通过本章前两节的相关论述，我们不难发现，“比兴”不仅仅是一个古老的、被长期使用的文论概念，它所包含的意蕴也不仅仅是物我关系、发言兴情这么简单。它在民族文化心理的影响下产生，而后又对民族文化发展、文学进步、文论建设起到至关重要的作用。所以，古文论范畴研究势在必行，范畴体系确定也必不可少。“各学科作为一个学科建立，它的范畴就必须是系统的、完备的；如果不是这样，就无法构成认识的专门领域及其知识体系，就谈不上建立学科。这就是说，学科范畴的确定，主要不是根据经验事实，而是根据知识体系的系统性、完备性原则。”②

目前，学界在这方面已然取得重要进展，不少古文论教程、古文论专著都对范畴研究给予了足够的重视。如叶朗的《中国美学史大纲》、李壮鹰和李春青主编的《中国古代文论教程》、陈良运的《中国诗学体系》、陈竹和曾祖荫的《中国古代艺术范畴体系》、王先霈和王又平主编的《文学批评术语词典》等论著都对古文论范畴进行了系统性研究，取得的成就是有目共睹的。但是，由于古文论范畴的衍生性、阶段性特征，导致当下古文论范畴研究大多以年代为线索。这样，一方面有助于对古文论范畴做历史还原，但另一方面却不利于揭示不同范畴间的逻辑联系，不利于建立中国文论范畴体系。不过，陈竹、曾祖荫合著《中国古代艺术范畴体系》一书，在很大程度上兼顾了历史还原与逻辑揭示这两个方面。该书在“比兴”一节对这一范畴进行了历史演化过程的概括，同时也探讨了“比兴”与原始宗教观念的联系、“比兴”与“兴象”的关系，同时将“比兴”置于古代形象思维的背景下予以考察，并指明“比兴”向文质、言意、中和等理论层面的渗透。可以说，该著不啻为当今范畴研究的一部力作，为文论范畴体系建设提供了有益的借鉴。

① 叶朗：《中国美学史大纲》，上海人民出版社1985年版，第2页。
② 李旭：《关于中国古代美学范畴和范畴体系建构问题》，《江西社会科学》2003年第5期。

（三）以具体的理论创设、批评实践推动文论话语重建

西方文论话语对当今中国文论建设的最大影响，莫过于它那无处不在的“二元对立”的“幽灵”对古文论的生硬切割与撕裂。翻开中华人民共和国成立以来编写的古代文学教程，我们总能看到所谓的“浪漫主义”与“现实主义”对古代文学作家作品的分门别派。《诗经》、杜甫，门归“现实”；《离骚》、李白，派入“浪漫”。事实上，中国文化语境中从未有过“现实主义”与“浪漫主义”的分道扬镳，在整体性思维的影响下，天地万事总是浑融为一、彼此互现的。浪漫潇洒的诗情飞扬，总在其字里行间流溢着家国天下的忧思；沉郁顿挫的历史感伤，却也少不了偶有遐思时的闲情野趣。在中国的诗歌世界里，“浪漫”与“现实”一直是你中有我、我中有你的。将二者对立的武断评定，在代入具体历史语境之后，就显得无比可笑了。很多文学现象都可以用古文论概念范畴予以概括，无需“言必称希腊”，强行引入西方术语。况且研究者、学习者也都能够通过这些传统的术语，理解各种文学现象和文学原理，搭建文艺理论平台和理论体系。例如，用“沉郁顿挫”概括杜甫，用“飘逸潇洒”概括李白，都是十分精当的。乃至于“错彩镂金”“落花依草”“以少总多”“虚实相生”等原汁原味的古典文论术语并不影响读者的理解与接受，能够很好地阐释中国那个独特的审美艺术世界，我们又何苦求之于西方呢？

所以，当今中国需要一套真正属于中国文化语境的文论话语，去解读、概括、阐释我们自己的文学。而话语体系的建设，又是以具体的话语实践为基础的。因此，学界必须在“知”的层面上，以理论建设的方式，认清古文论话语重建的必要性、可行性。同时，更要在“行”的层面上，以具体的理论创设、批评实践等活动，扎实推进文论话语重建的有效施行。做到“知行合一”，理论与实践并举。如果非要二者分出轻重缓急的话，笔者认为，“行”的这一方面可能要更加紧迫。因为，文论话语重建不是空喊的口号，而是一个需要切实推行的系统工程。从 20 世纪 50 年代“古为今用”的口号，到 20 世纪 90 年代“失语症”和“古文论现代转换”的表述，再到现今“文论话语重建”的命题，学界对于古今文论对话、当下话语重建的“纸上谈兵”已经成果颇丰，但具体批评实践的操作却显得有些力不

从心、跟不上步伐。所以笔者认为，文论研究活动的重点应当放到批评实践上来，以具体的批评成果体现话语重建的重要性与可行性。

“比兴”及其相关研究对中国当代文论话语重建的启示是深刻的。从这一独具代表性的特定范畴，我们管见了整个文论建设的成就与不足，也看到了未来发展的方向。立足当下，兼综古今，才能真正建立中国特色的文论话语体系，为文化自信提供支撑与动力。

第二节
“现量”及其现代理论价值

大多数学者都认为“现量”说牵涉审美直觉的生成机制。“现量”说涉及了创作论、接受论、审美本质论、审美对象论等重大课题领域，而不仅是审美直觉这么简单，相关的理论建设仍有巨大的发掘空间，等待着我们的努力探索。“现量”说是对前代诗学关于诗歌艺术创作心理研究成果的兼收与超越，代表了中国古代诗学创作心理研究的最高水平。在诗歌美学心理研究领域，“现量”说比“直寻”“妙悟”具有更丰富的内涵，它充分揭示了诗歌创作心理的基本规律，对前人观点进行了吸收、改造和超越，成为古代诗歌美学心理研究的典范理论与总结之作。

从因明学引入的“现量”概念，是吸收外来学说改造传统诗学的一次成功尝试，对当下学界吸收外来文论资源、转化与改造本土文论话语具有特殊的示范作用。在中国文论体系中，“现量”是一个特殊的范畴，它并非中国本土自生之物，而是在中西文化交流的过程中产生的独特概念。“现量”在印度因明学中原本是对纯感性知识的概括，佛教法相宗用其来说明“心”与“境”的关系。王夫之将此范畴引入中国诗学中以后，便用它来说明审美意象、审美观照、审美直觉等诗歌艺术领域的问题，这是中国文论与域外学说交流的一次成功尝试。即便以今天的学术眼光来看，王夫之对“现量”的成功使用都是可圈可点的，甚至是足当典范的。

王夫之对“现量”的成功引入，对于我们如何对待“异质性”的外来文论话语、如何实现中西文论话语对接与融合、如何吸收优质资源以提升自身文论体系建设等，都具有重大的启示意义，值得后人思考与借鉴。

一、改革开放以来的“现量”研究述评

“现量”是来自古代印度因明学的术语，王夫之把它引入诗论，用来说明审美感兴的特点。当今学界对“现量”的讨论持较为谨慎的态度，相关论著不甚丰富。但是，“现量”是王夫之诗学体系中很重要的一个范畴，要想全面了解王夫之的诗学观，就不能回避这一概念。

较早对“现量”说进行论述的是刘畅、叶朗、肖驰等学者。刘畅认为，王夫之的“现量”说不但揭示了中国古代诗歌在艺术思维上的直觉特征，而且第一次明确指出直觉思维的客观基础是诗人亲身从生活现实中得到的真实感受，更加接近了艺术真理。同时，王船山“现量”说肯定了艺术直觉中感性与理性是相互联系的。这两点是王夫之对传统艺术直觉思维的改造的结果。[①] 叶朗认为，王夫之“现量”说不仅说明了审美意象必须从直接的审美观照中产生，更加说明了审美观照必须具备现量三种涵义：现在、现成、显现真实，也即直接感兴、瞬间直觉、显现事物完整的实相。诗歌意象整体性、多义性、真实性和独创性等特点都是直接从“现量”说引出来的。[②] 肖驰认为，王夫之“现量”说强调了审美认识的特殊性：它是感性认识和理性认识的特殊统一，这种认识并不上升为概念、判断和推理，而是要保持生活表象全部具体性、生动性、形象性。它是在知觉和快感的反映形式下对客体审美属性的直接理解，亦即审美直觉。[③] 蒋凡、郁沅在二人主编的《中国古代文论教程》中把“现量”看成比“情景相生”更

---

① 参见刘畅：《王船山“现量”说对传统艺术直觉诗论的改造》，《江汉论坛》1984 年第 10 期。

② 参见叶朗：《王夫之的美学体系》，《北京大学学报（哲学社会科学版）》1985 年第 2 期。

③ 参见肖驰：《王夫之的诗歌创作论——中国诗歌艺术传统的美学标本》，《中国社会科学》1984 年第 3 期。

深入的对于意象创作特点的概括。[1] 蒋寅也认为,“现量不是一个随手拈来偶然使用的概念,它是集中概括和表达了王夫之对诗歌本质和核心要素之认识的概念。以此为基础,王夫之建立起自己以诗性直觉为核心的诗歌本质论”。在他看来,“现量”突出地体现了诗歌美学的直觉性特征。[2] 这些学者的观点比较接近,都把“现量”看作一种直觉性、顿悟性的审美感兴,也是情与景、理与意的统一。这是渗透着理性的感性,是感性与理性的完美结合。

在前人成就基础之上,学界对“现量”进行了进一步的探讨。崔海峰认为,王夫之“现量”说是对其“兴会”说的理论阐释,同时也是诗歌批评的重要标准。“现量”即为“即景会心”、显现真实的审美直觉,它强调“审美直觉的客观来源”,强调“审美直觉的理性内涵或超理性特征”[3]。陶水平认为,王夫之用“现量”这一术语来表达诗歌创作的心理机制或心理特征,“现量”的美学内涵应是“审美直觉”,一般被王夫之表述为“心目”“即景会心”等。“现量”说是对前代诗学关于诗歌创作艺术心理研究成果的兼综与超越,达到了中国古代诗学创作心理研究的最高水平。[4] 童庆炳认为,王夫之的“即景会心”是中国古典诗学中对艺术直觉最完整、最确切的表述。“现量”也即“即景会心”,它是在主客体遇合瞬间产生的美的体验,是对艺术审美直觉的精确定义。陈望衡把“现量”说与西方美学的情感思维、直觉思维论进行比较,认为它们之间有着许多切近与暗合之处,艺术作品中的情感思维、直觉思维就是一种不依赖理性分析、逻辑思考的直觉思维,一触即得、无需推想,故“现量”思维也就是直觉思维。[5] 这些学者共同认为“现量”说的基本内涵即审美直觉。可以说,这是运用现代文艺心理学相关理论对古典文论进行阐释的一个有意义的理论成果。

也有学者从文化、时代、社会以及王夫之个人性情等综合视角出发,将“比兴”“现量”与王夫之的道统观结合起来进行研究并探讨其中的关

---

① 参见蒋凡、郁沅主编:《中国古代文论教程》,中国书籍出版社1994年版,第305—307页。
② 参见蒋寅:《王夫之对诗歌本质特征的独特诠释》,《文学遗产》2011年第4期。
③ 崔海峰:《王夫之诗学中的“兴会”说》,《文艺研究》2000年第5期。
④ 参见陶水平:《船山诗学“现量说”新探》,《中国文学研究》2000年第1期。
⑤ 参见陈望衡:《王夫之情感诗学与近现代西方美学》,《船山学刊》2003年第3期。

联,可以说是一次大胆的突破,对“兴”与“现量”的内在诗学联系有了一定程度的把握。王夫之“现量”说强调“现在”“现成”“显现真实”,也就是“即景会心”,是主体情感借由客体对象而生发的自然状态,故“现量”与“比兴”紧密相连,“现量”即是“一触即觉”的“兴情”过程。那么,“现量”就成为“情感自然真实的表达方式……更为使诗中之情超越一己私情之关键,为通过个人审美体验实现对人类普遍价值关怀之途径”①。另外,阳晓儒对“现量”的诗学历史地位给予了充分的肯定,将“现量”视作中国古典美学的一次总结。王夫之把“现量”这个概念引入美学领域中,不仅仅是为了说明艺术美的特征,即审美意象的基本性质,而是为了说明审美观赏的性质,即艺术家对客观事物的观赏怎样才是审美的观赏。②

总的来说,学界对“现量”的研究集中于文学创作心理、审美观照特质等方面,大多未能突破传统诗学阈限。当然,我们也看到有部分学者已经开始了以全新视野观照“现量”说的大胆尝试,不过相关论述仍显简略,许多论题有待进一步展开。

二、“现量”与西方文艺思想的对话

“现量”说的内在意旨与西方现象学美学思想有许多类似、暗合、可资比较之处,让“现量”说与现象学展开跨文化对话交流,有助于开掘各自所蕴含的审美价值,有助于彰显古典文论美学思想的世界意义。

(一)“显现真实”与“本质直观”

胡塞尔创立现象学的目的是建构起一种真正的严格的、纯粹的、科学的哲学。传统西方科学是一种由理性联结起来的知识系统,后来学说建立在前面既成理论的基础上,如果其中任何一个环节出了纰漏与错误,都

① 李明军:《“比兴”和“现量”——王夫之的道统观与比兴诗学的文化意义》,《阴山学刊》2011 年第 4 期。
② 参见阳晓儒:《现量说:中国古典美学的总结》,《学术论坛》1992 年第 1 期。

会影响到后面所有的环节,从而危及整个知识大厦的稳固与安全。胡塞尔针对这种弊端,意图建立一种“严格的科学”,就是要修正传统科学发展过程中存在的错误与偏差。胡塞尔认为,哲学研究的是科学的一般性,它的基本问题是关于存在者之存在的问题。哲学工作的领域是人的意识,但不是心理学对象的“经验意识”,而是排除了事实性的“纯粹意识”。对意识现象所做的本质把握就构成了科学的哲学区别于自然主义和历史主义的认识方法——本质直观。本质直观是现象学最根本的方法论,直观意味着直接地意识到,不用归纳、演绎、论证的方法。本质直观就是要“直接的看,不只是感性的、经验的看,而是作为任何一种原初给予的意识的一般看(Sehen überhaupt),是一切合理论断的最终合法根源”[①]。本质直观要通过审视自己的意识领域,在呈现于意识领域内的形象中排除那些感性的、具体的、偶然的和混杂了虚假成分的或被歪曲了的东西,即非纯粹的形象,使得“纯粹的现象”,也就是直接呈现在意识中的“事实本身”描述出来。

“现量”说涵盖三重含义:“现在”强调审美活动的时间当下性,“不缘过去作影”,主客体的审美关系即时直接生成,浑涵为一、交融无间:“现成”抛开了逻辑推理和过往成见,“不假思量计较”,瞬间感悟并获得美的体验,就是“一触即觉”;“显现真实”则指明了主客体互明互证而达到的明晰、清楚、显现真实本质的体验境界,对象之“体性”自然呈现、无有遗漏,并与主体感悟契合无间。王夫之的“现量”说,意在强调在场的当下的直觉性观照,这种观照虽远离主客体二元对峙的认识论意义上的理性的共相,但能贴近本等实相,寻得事物当下个性本质的显现。“显现真实”经由“现在”的当下性体验与“现成”的瞬间性把握而指认了认识对象的真实本质,也就是现象学所说的“本质直观”。从某种意义上说,“现量”说所强调的直观、自明、一触即觉的认识方式与体验方式,反对理性思辨、烦琐推演的逻辑方法论,暗合了现象学对于西方传统科学方法的纠偏与改进。“显现真实”也是现象学关于“面对事实本身”的通过审视个

① [德]胡塞尔:《纯粹现象学通论》,李幼蒸译,商务印书馆1992年版,第77页。

别事物与现象而臻于对普遍本质把握的要旨的自然呈现。它们之间的相似性与趋同性，确实给了不少中国学者们理论自信的力量，找到了中西文艺思想的共同话题。

必须强调，“显现真实”与“本质直观”的差异是历史文化语境的产物，从根本上反映着中西文化中思维方式、主客关系的不同。现象学源于胡塞尔等人对西方传统思维方式、科学方法偏误的思考与纠正。西方二元对立思维模式给西方学界带来了诸多困扰，他们希望建立一种全新的、“严格的科学”以补救二元思维的不足。而中国古代整体性、浑融性、天人合一的思想方法，给西方理论带去了某些全新的视角与滋养，让西方学人看到了东方地平线上的新希望。但是，对二元论的批评不意味着现象学家们那样丢弃了二元论。事实上，在他们的论著里“现象”与“本质”依然是有着明确的界限与划分，二者从未有达到东方意义上的交融冥合。在胡塞尔看来，现象依旧是切入问题的出发点，本质依然是所有问题的归宿与结局，阐明概念、解决问题还是要通过某种源头的追溯而反视终极本质的求证。现象不是客观事物的表象，也不是感觉材料，而是纯粹意识内的存有。现象学要在“现象”之中直观出事物的“本质”，但“本质”并没有就此消融在“现象”之中。事实上，胡塞尔的“本质”依旧是先天的、纯粹的，具有先验性质的，它既独立于经验，又有绝对普遍的有效性，“本质”能构成经验的事物而成为本体。“本质”依然需要探究才得，虽然其方法不再是逻辑推理，而是现象直观的。

产生于中国文化大背景下的古典诗学“现量”说，反映出东方思维最基本的立足点，那就是天人合一、体用不二。在中国文化中，从来就没有现象与本质的对立与分离，甚至都从未出现过类似的概念范畴的表述。世间万物全都归结、融汇到那个宇宙终极的真体之内，但这一真体却从不脱离万物而存在。对此，中国哲学的表述不是宇宙本体形成、化为世间万用，而是本体显为万用，本体即是万用。熊十力对这个问题有过精准的解说：“流行即体，元非异体有别实物。原注云，流行者，即是本体之流行，故不可说其异于体而别有实物。若认流行为有实物者，便与体对待而成两片矣。”[①]本体乃是流行的本体，流行亦是本体的流行。这样一来，中国语境中的“显现真实”与“本质直观”相比，就完全讲说着不同的对世界的认识方式与实践方式。“本质直观”的“本质”是人为求证的，“显现真实”的“真实”是自体显现的。“本质直观”中本质与现象仍旧对立，“显现真实”中本质与现象始终浑融为一。西学的“本质”是先验论的，现象之上别有本质；而中学的“本质”是经验论的，本质不离现象，甚至我们都无法在中国思想中查探出所谓“本质”的说法，因为天地万物已然冥合在真体不二的大化流行中。这是二者最大的不同，也是中西两种思维方式最大的差异。

（二）“情景论”与“意向性”——中西文论视角下的主客关系

王夫之的“现量”说虽未明言情景、心物等表述，但其内在地包含着中国古典诗学有关情景关系、主客关系的思考。他在《姜斋诗话》中说“‘僧敲月下门’，只是妄想揣摩，如说他人梦，纵令形容酷似，何尝毫发关心？知然者，以其沉吟‘推’‘敲’二字，就他作想也。若即景会心，则或推或敲，必居其一，因景因情，自然灵妙，何劳拟议哉？‘长河落日圆’，初无定景；‘隔水问樵夫’，初非想得：则禅家所谓‘现量’也。”“现量”的内涵就是在主客、情景、心物关系中保持的一种“即景会心”“因情因景”的自然妙合、融洽为一的审美状态。它要求主体的审美观照在主客互动的基础上瞬间捕捉到审美对象的美学特质。王夫之在《姜斋诗话》中还说：“情景名为二，而实不可离，神于诗者，妙合无垠。”情与景不是分裂为二的，它们虽然假名以“情景”，但实则为不可分离、融合为一的共同体，情中有景，景中藏情，难分彼此。“现量”说反映着中国古典诗歌美学主客融合、物我同一的极致境界，与西方现象学“意向性”在表现特征上存在着贴合之处。

“意向性”作为胡塞尔现象学理论的核心范畴，它指明了意识与对象之间的关系。意识总是关于某物的意识，它总意指着某物。即“我思”总

① 熊十力：《十力语要》，上海书店出版社2007年版，第27页。

是有其对象所指即“所思”，也就是用经验、思维、情感等方式去有意识地拥有某物。“在每一活动的我思中，一种从纯粹自我放射出的目光指向该意识相关物的‘对象’，指向物体，指向事态等等，而且实行着极其不同的对它的意识。”①从这一点上来看，“意向性”指的就是主体与客体、意识与对象、情与景之间的辩证关系。如果说中国古典美学中的审美意象就是“意向对象”，那么，我们可以进一步理解到，“意指行为”与“被意指之物”之间的可贯通性在学理意义上对应着（实际上也吻合着）“情”与“景”的交融性。

但是，我们是否能就此断定“情景论”与“意向性”是可以相互替换的同质性概念呢？虽然“意向性”指明了意识与其对象的关系，但胡塞尔的意向、理论不是依据意识对象的，而是着眼于意识行为的抽象内涵。意识是自己建构其对象的，这个对象只是依赖于意识的建构行为的“意向客体”，意识未与实在发生关联时它自身仍是完整的，所以意识拥有纯粹的意向性和纯粹的活动。这样一来，意识活动的结构就是“意向行为—意向内容—对象”。意向行为即意识活动本身，意向内容是意向行为所表达的意义，对象则是意向行为通过意向内容所指称的客体。

意识行为的内容分为“实在的”和“意向性的”。其“意向性内容”是一个理念的、抽象的实体，是一种普遍的意向性本质，而其“实在的内容”则是在每一个境况中把一个理念的或抽象的东西具体化。因此，现象学“意向性”理论虽然指明了主体意识与客体对象之间的关系，但是它并不具备中国哲学、美学中情景交融的特质。在“意向性”的视域中，“意识”仍是一个具有先验性的纯粹的存在，它可以独立于对象，完整自足。

反观中国的“情景论”，主体意识与客体对象并没有地位上的高低，也不区分出本原——派生的关系，“景生情，情生景，哀乐之融，荣悴之迎，互藏其宅”。它们互生、共存、融合，共同铸就诗歌艺术中的完美境界。说得更加直白一些，中国古典文论乃至哲学中，从来就没有所谓主客体的区分。“我见青山多妩媚，料青山见我应如是”，主体亦是客体，客体

① ［德］胡塞尔著、倪梁康选编：《纯粹现象学通论》，李幼蒸译，商务印书馆2002年版，第131页。

亦是主体,主客的区分消融在这整体性、共融性的天人观念中。"情景论"与"意向性"的本质差别,正是中西思想中主客关系定位上的分疏。尽管它们有着十分类似的表述方式,但却真实体现着中西文化的差异,以及中西思想对话中不容忽视的理论歧点。

外在呈现的理论特征与方法论,不足以保证两种思想具备相同的本质与旨向。就像同时眨眼睛的两个孩子传递的是不同的信息,"显现真实"与"本质直观"、"情景"与"意向性"的某些相似的理论特征和事实性表述也不足以将它们画上等号。产生于中西不同文化语境的两类概念范畴,它们的差异是巨大的,简单地寻求对等性与替代性的结果必然是中西思想各自的矮化、简单化、扁平化,从而失落了中西文论丰富的内涵与对话空间。

(三)中西文论对话的有效路径

当今学界中西文论比较研究存在着一个现象:不少研究活动忽略中西文论内在的异质性,简单地罗列、比较中西文论中某一范畴、思想之间的相同、相似点,或以此证明西方文论逻辑之缜密、思想之深刻,或借机言说中国古典文论内涵之丰富、蕴藏之博大。这样的对比、对话毫无意义,就以前文所述"显现真实"与"本质直观"、"情景论"与"意向性"的根本性差异可知,生长于中西方不同文化土壤上的智慧之果、诗性之花,无论其外在表现有着怎样惊人的相似之处,只要深入探究其内在精神核心、思想特质、文化内蕴等问题,就会见出二者本质上的差异。"所有比较研究都同时含有相似性与差异性,而在异质性文化间作比较,异比同更有意义更有启发性更富有成果。比较研究的价值取向是在理解相似性质的前提下找到差异性,对立差异特质的先行设定、侧重、吸收不但意味着中西思想、文艺之民族特色的凸显,更有可能在传统的非主流精神中抉发出独特的超越特定历史语境的现代价值质素。"①

中西文论对话真正有价值的部分是二者在相似性掩盖下的差异性,

① 张旭曙:《关于用现象学诠解中国传统诗性智慧的反思》,《文学评论》2009年第4期。

如果要实现中西文论的互补，实现中国当代文论话语重建的理想，那么异质性的文论资源才是推动我们前进的真正动力与有益滋养。大而化之的趋同求似，不仅无益于各自弊病的揭示、问题的解决，更有可能在简单比较中滋长盲目的民族自大心理与掩耳盗铃心态。

西方理性思维的过度发展所导致的社会问题、文化难题，二元思维长期盘踞所带来的理论困境，使得西方学人警醒，他们开始从异域文化资源中吸取有益补充，以纠正自身偏失。如海德格尔对中国庄禅思想的推崇，就是这一努力的明证。而中国文化中，缺乏理性思维、没有终极追求，大而化之、懵懂混沌的状态，也导致中国自近代以来社会、经济、政治、文化等领域的全面落后。东方传统思想可能在本体论意义上提供一些消除二元论的思想资源，如天人合一等，但缺失的认识论（一讲认识论总有主客关系）到底给我们自身带来什么缺陷，或因此而不可能使我们如西方近代哲人那样面对二元论的困扰而力求突破，恐怕也是一个值得深思的问题。在今天的理论视域下，如果还在含混不清地叙说中西文论的相似性、简单雷同地比较中西思想的趋同性问题的话，恐怕就显得不合时宜了。切实可行的中西文论比较不能以相似性的预设为基础，而是要以看似相同、相近的概念、命题为出发点，进而深入文化心理、历史渊源、哲学思想、语言特质等具体层次，对阐释对象的方法、观点、模式、思维等内容做出“深描”。唯其如此，文论对话才是富有成效的，才能够为我们的学科建设带来裨益，实现文论话语重建的目标与理想。

三、“现量”与中国当代文论话语重建

“现量”作为一个外来概念，可以被视作中国古代一次成功的中西文论话语对话与融合的范例。王夫之凭借其深厚的古文论知识与佛学理论功底，将这一“异质性”概念引入中国并成功改造。研究考察“现量”说，对于当今学界如何实现文论的中西对话与交流，有着重大的指导意义。

(一)全球化背景下的当代文论建设,必须以中西文论范畴的融合为起点

文论话语体系的重建,是以文论范畴体系的重建为基础的。而在当今中西文化交流与文论对话的大背景下,就必然涉及中西异质性文论范畴相互影响、取长补短、互为借鉴的操作路径——中西文论范畴融合——这一必然选择。中国古典文论范畴体系和西方文论范畴体系是两套互不兼容的语言、文化符号系统。它们反映着各自民族的文化心理特征和文化历史内涵,体现着各自独具的审美心理与意识。中西文论范畴是整体性的人类审美活动在把握文学世界本质时所采用的两种不同视角,它们在各自立足的理论向度展开了自身的价值与意义。"中西文论范畴概念,乃是中西文化心理结构、思维感观方式在文论范围内的一种镜象。中国文论范畴概念是依据中国人对人生、社会、自然、宇宙,当然最直接的是对文学世界的体认和表述方式,并不断延纳、扩充,开拓原有的概念范畴(如哲学或日常生活中的现成用语),对之加以新的整合和传播而创生完成的。"①文论范畴的"引进来"或"走出去",都是在践行着文论范畴融合的重大探索,开掘各自理论内涵与诗性智慧,以弥补和矫正彼此存在的不足与偏失。因此,中国文艺思想与域外思想学说需要互相观照、互相体认、互相省察、互为补充。

其实古代中国的文论融合伴随着文化融合,在文学批评实践层面持续发生着,这些批评实践转化为理论成果,凝结为中国独有的文论范畴。中国古典诗学里的"境""悟""妙"等范畴都是外来概念对本土话语的成功改造。王夫之对"现量"说的引入与使用,就是在古典诗学领域实现中西范畴融合的一次典范成就。他在《姜斋诗话》中说:"若即景会心,则或推或敲,必居其一,因景因情,自然灵妙,何劳拟议哉?'长河落日圆'初无定景;'隔水问樵夫',初非想得:则禅家所谓现量也。"在《唐诗评选》中评论《野望》一诗时,他说:"只咏得现量分明,则以之怡神,以之寄怨,无所不可。方是摄兴观群怨于一炉锤,为风雅之合调。"王夫之在准确把握

① 李振声:《中西文论范畴概念融合的探讨》,《传奇·传记文学选刊(理论研究)》2009年第1期。

"现量"内涵的基础上,将其融入中国文论话语系统。在王氏诗学体系中,"现量"这个外来概念已经和本土概念一般无二,"现量"亦是"心目相取""即景会心""因情因景",拈取其中任一范畴都是自然灵妙、文思天成、无有隔阂,这便是达到了异质文艺思想融合的极高境界。

(二)文论话语重建应当立足于中西文论思想的互补

中西文论产生于各自独立的语境当中,是在中西方地域、历史、文化、社会等诸多差异性因素影响下的结果。于是,中西文论思想的差异性就体现在审美理想范式、审美思维方式、审美对象、审美范畴等方面的差异与不同。在全球化大背景下,伴随着"世界文学"的形成与快速发展,中西文论的差异性因素反而成为相互之间学习、交流、影响的必然前提,在差异性中找到互补性,取长补短,建立起新的理论形态与思想成果。

"现量"说本是印度因明学术语,为"三量"之一,此外还有"比量"与"非量"。王夫之在《相宗络索・三量》中说:"'比量','比'者以种种事比度种种理:以相似比同,如以牛比兔,同是兽类;或以不相似比异,如以牛有角比兔无角,遂得确信。此量于理无谬,而本等实相原不待比,此纯以意计分别而生。'非量',情有理无之妄想,执为我所,坚自印持,遂觉有此一量,若可凭可证。""比量"是一种分别意识,是由逻辑推理而获得的知识。而"非量"则是一种"妄想",是乱想、错误的见解,幻想的境界。再加上"现量"是一种直接感知而获得的知识。那么"三量"说到底,是印度佛学理论关于人获取知识的三种途径或三种认知状态。"三量"论体现出的是古印度佛学思想重视逻辑推理、重视知识体系建设的特点。这恰恰能够弥补中国古文论中的某些不足。

中国文论思想的特点是重体验、重感悟,能够整体把握事物原貌,不以逻辑推理、知识范畴去肢解认识对象。但这样的审美方式与文论言说方法,也不是毫无弊病的。粗浅而言,中国文论偏于模糊、浑融,本身缺乏明晰可观的系统性。同一范畴自出新意、反复使用,在某种程度上也造成了认知的混乱与障碍。文论思想又交织着各种文化因素,甚至对某些作品、论著都无法进行准确归类,也不能确定某些论点到底是文论思想,还是哲学思想、宗教思想。一方面，中国文论思想的浑融性为其开掘自身意义与价值提供了无限的生成空间与理论增长点，能够使中国古典文论保持强大持久的生命力；但另一方面，毕竟古今文化语境、思维方式、知识特点已然不同，古文论的体验性、模糊性、非逻辑化在某种程度上已不能跟上文论学科建设的步伐。古代农业社会的生活节奏较慢，文人学士有足够的时间对某一诗歌、某一词语反复吟咏、玩味，所以即使在没有文论体系的知识学建构的情况下，学者们也能从长久积淀的个人经验、感悟出发，把握文论思想、文论范畴的真谛。而在当下，面对当今世界潮流与知识爆炸的理论现状，任何一门学问都需要知识体系的建构以适应时代发展要求。所以古代文论资源亟待逻辑化的思维、科学化的思想与可行的方法论来改造自身。可以说，王夫之引"三量"论入古典诗学，就是一次颇有意义的尝试。船山此举对于中国文论与异域资源的互补所起到的示范作用是影响深远的，或则表明佛学思想经由"格义"可被吸纳到中国文论话语中来。

（三）当代文化论语重建最终是以中西文化交流、东方文化重塑为旨归

中国当代文论建设是在与西方文论资源的对话中不断取得进步的。文论对话的实质是文化精神的对话与交流，中国古典文论其实是古代中国人以文论形式写就的他们关于哲学、历史、社会等多层面文化意识的集中表述。况且在当今文化诗学大背景下的文学理论研究，早已不能拘囿于古典诗学的"小文本"传统，如重视修辞、寓意、考据、词语等。而是要面对文化阐释的"大文本"，如阶级、性别、文化、民族、权力话语等。那么，文论话语建设其实质便是文化建设、文化重塑。"研究当代西方文论是在文化互动中的中西前沿思想对话。……这种对西方文论思想的考察，是中西文论和文化的一场本体论意义上的对话，正是在这种对话中，中西文论的真实意义在当前时间中呈现出来。"[①]

---

① 王岳川：《中西文论互动与文化输出》，《中外文化与文论》2006 年第 1 期。

这一跨越世纪的文论对话的最终目的是要在文化对话的基础上，达成中国——东方文化核心精神的重塑。中国应当秉承兼收并蓄、择优而从的文化“拿来主义”，同时发扬古典文论、文化资源以期融合互补，并坚持中国文化走向世界的文化输出路线。“中国当代文化不能总是依赖别人，靠知识输血过日子，也要有自己的东西作为自己的文化精神生长点——文化创生性，从而在尽可能减少文化误读的平等对话中，获得中国文化文论输出的可能，达到中西文化精神的生态平衡。”[①]恰如王夫之引入“现量”论，将其与中国本土化的“心物”“情景”等概念融合，使之彻底成为中国文论领域的重要范畴，为中国文化与世界文化的交流发挥作用。这个过程就是文论、文化的“引进来—走出去”的过程。最终要“发现东方”“重塑东方”，在中西文化对话交流、互相影响改造下，形成一个大范围的、高层次的、彼此浑融的“世界文论—文化”体系。

第三节
“比兴”与“现量”遇合的现代启示

为什么古文论学科建设会遇到这么多的难题？为什么有众多学者在古文论学科能否成立这个问题上争论不休？为什么改革开放以来关于古文论现代转换的论题在持续升温？所有这些疑问都有一个根本原因，那就是古文论自身的非逻辑化、非知识体系化、非学科化特征与建设古文论学科的逻辑体系的需求之间的矛盾，即古代知识与现代系统之间的矛盾。

① 王岳川：《中西文论互动与文化输出》，《中外文化与文论》2006 年第 1 期。

一、中国古代文论的学术困境

可以肯定地说，中国古代文艺理论自身是有其独特的逻辑体系（潜体系）、知识结构和学科建构的，但这是一种自然的、历史形成的"客观体系""天然体系"。我们一般所说的"非逻辑化""非知识体系化""非学科化"是相比较而言的，是站在当今学术的学科视角下，对这一门古老的学说所进行的现代化的考量，也是为使其进入现代学术体系而进行的观察和分析。无论古文论自身有着多么宝贵而重要的资源，如果不对它进行现代转换，不让它改变形态以融入现代学科建构，那么古文论终将游离在当今文论话语系统之外，无法为我们今天的文论学科建设提供帮助。未来所要建立的文论"体系"就是一种人为建构的、适应学术活动需要的"主观体系""人工体系"和"研究体系"。

古代文论体系的建设应以范畴体系的建构为先导，探究范畴之间的诗性关联是吸收古典资源以重建当代文论话语所必不可少的阶段性工作。"因为所谓'体系'，是建立在范畴间的联系基础上的。范畴间的联系，一方面有其历史客观性，另一方面又体现了研究者的主观发现与建构……研究者的探索越深入，理论基点越高、越具有独特性、越具有自己的视角，就越能发现范畴间的独特联系，从而建构独特而有意义的对于中国古代美学、文论范畴的研究体系，并以此超越历史与逻辑、历史本身的规律性与反规律性的矛盾。"①统观改革开放以来的文论范畴研究，范畴体系建构的努力多少显得有点薄弱，不仅对不同范畴之间的联系缺乏深入、周到的言说，就是对同一范畴在其自身各历史发展阶段的逻辑关联与诗性联结也缺少足够的考察与论述。当然，有一些学者已经开始这样的工作，并取得可观的成就。比如，陈良运的《中国诗学体系论》就选取了五种最重要的古文论范畴来构建"诗歌大厦的力学结构"，它们分别是

① 李旭：《关于中国古代美学范畴和范畴体系建构问题》，《江西社会科学》2003年第5期。

“志”“情”“象”“境”“神”。陈良运认为,中国诗学发端于志,重在表现内心;演进于情与象,注意了感性显现;境界说出现和神的加入,使表现内心与感性显现都向高层次、高水平发展。虽然个别观点有待商榷,但是作者为建立中国诗学范畴体系所进行的努力,为当下相关研究提供了有益的范本与借鉴。

二、“比兴”与“现量”的遇合及其学术意义

“比兴”是一个古老而又不断得到更新的文论范畴,它暗示着古文论历史发展的逻辑,代表了古人最主要的艺术思维方式,影响着古典艺术的精神内质。它像是一条血脉,流淌在历史的长河里,流淌在中国人的精神躯体中。“现量”是外来术语对古文论的一次成功改造,它的创立者赋予了它丰富而又深刻的内涵,并可以将其视为古文论思想的一次总结性发言。如果说,“比兴”是一条河流,那么“现量”就像是入海口的一处灯塔。本书尝试探讨“比兴”与“现量”的诗性关联,是因为这二者在中国古代文论体系中具有举足轻重的地位,研究二者联系也必将对古文论学科建设以及文论话语重建带来帮助。研究二者的诗性关联,不是简单地比较异同,而是要在这样的对比行程中,看出它们之间的逻辑联系与历史联系,以及它们在整体诗学体系中的地位与作用。

“现量”是现在、现成、一触即觉、即景会心。“比兴”则强调时间的当下性与空间的在场性。“兴情”的过程是在主体观照客体的特殊时间节点上发生的,它瞬间产生、毫无迟滞,带有一触即觉的性质。同时,主体对客体的观照是直接的、在场的观照,是打破空间距离与隔阂的欣赏,审美主体与审美对象共存于审美活动的场域中,而成为物我合一、主客交融的共同体。“‘兴’是中国古典美学中最能反映中国文化特征的范畴,它的基本特点就是将中国文化中天人感应、观物取象的原始思维方式融化到艺术创作过程中。‘兴’以缘情感物、借景抒情的美感心理方式,浓缩了

中国艺术创造的奥秘,其结构呈现出历史与逻辑相一致的特点。”[①]在审美感兴的生发过程中,主体精神与客观世界遇合,情因景而触动,景因情而彰显,“景以情合,情因景生”,这正契合了“现量”的全部内涵。“比兴”使诗具有了无限意趣,能够自然表达情感,避免伪情匿情。“现量”的“现在、现成、显现真实”之义,剔除了虚假情感、逻辑推理,符合“比兴”的艺术要求与精神特质。这二者成为互相支撑、彼此提携的两个美学概念。

“比兴”与“现量”共同涉及心物关系,即主体与客体在审美活动中的相互影响与作用的问题。“比兴”是以情感关照世界,将外物与人的情感进行类比,以比附、隐喻之法兴情起意,并在外物与心灵的遇合对接中创造出审美意象。它作为中国古典美学的特殊思维方式与话语范式,强调天人感应、观物取象、物我合一,我们可以把这样特有的东方美学思维称为“比兴思维”。“比”是以物附物、隐喻类比,就是立象的过程,“兴”就是感物而写意,触景以生情。这样一来,“比兴”在其艺术手法层面就是用“立象以尽意”的方式来创造审美意象。因而,意象的生成离不开比兴思维,“立象”的过程也就是比兴思维的过程,通过联想、想象、象征、隐喻等艺术加工方式来确立艺术形象、传达审美情意。“现量”则对这一主客体交流过程的发生机制与运思状态进行了理论概括和逻辑说明。“若即景会心,则或推或敲,必居其一,因景因情,自然灵妙。何劳拟议哉?‘长河落日圆’,初无定景;‘隔水问樵夫’,初非想得;则禅家所谓‘现量’也。”主客体瞬间遇合的审美感受状态也就是“即景会心”,它充分说明了审美感兴发生时,独特的体验与感悟刹那而至、不假思索的美学特征。从这个意义上说,“比兴”与“现量”共同言说着传统中国艺术精神里物我合一、天地浑融的哲学思考,同时也充分表明古典文论重体验、重感悟、重内心直觉的民族性特征。尽管二者产生时代不同、生成机制不同,但是它们都共同指向中华民族独有的艺术思维范式与形象生产方式,于是“比兴”与“现量”在民族文化心理层面上得到了统一与融合。

“比兴”囊括了中华审美观念的精义,但因其发展久远而内涵模糊、

① 袁济喜:《论“兴”的审美意义》,《文学遗产》2002年第2期。

难以理解，而“现量”说的介入恰恰为其找到了一个概念落脚点与范畴基石，能够让人们以更清晰明确的方式把握这一古老的美学概念。王夫之“现在、现成、显现真实”的理论概括为世人把握中国艺术思想方式——比兴思维——找到了合理的基点。因此，“现量”是对“比兴”在长期发展过程中合乎历史逻辑的归纳与总结。“比兴”经由王夫之引入“现量”说加以改造阐发，是传统美学思维方式的一次概念化、明确化，同时又与我们今天文论研究的研究方向、研究旨趣、学科诉求相呼应，为我们提供了一个不可多得的范畴研究的范本与镜鉴。

张祥龙就中国传统文化研究的中西比较视域问题深刻地指出：“要建立当代的中国研究范式，必须打破常规，承受我们所处的这么一个从古代到未来、从华夏到西方的相互渗透和颠覆的‘吊诡’形势……似舍己从人，实属补短扬长；似守死善道，实为深入而专；似杂烩混淆，实则是辨亲疏而通一气；总之是以时机化的权衡方式实现出华夏之精微、祖先之认同。在即便最专门、最技术化、最‘与国际接轨’的研究下面，也还是搏动着一颗中国心。”[①]为此，我们不必老纠缠是“以西解中”还是“以中解中”的研究范式问题，固守文艺思想的中国化并不在于如何清洗掉西学色彩，而应切实致力于反思自身长期濡染的西学特质的当代价值与未来审美潜能，反省这种西学特质在西方文化语境中的当下形态及其启示意义。就“比兴”与“现量”来说，我们同样应整合已有的研究成果，在“以西解中”与“以中解中”的多维度视域中深入挖掘其文艺审美精神，让其以自己的审美精神参与到中国文论话语重建中来。笔者相信，随着古文论研究的进一步发展、古文论范畴体系的完善以及中西文论对话的深入，中国文论话语建设必将迎来全新的格局，古文论资源必将在未来重新焕发生机与活力。

① 张祥龙：《中国研究范式探义》，《北京大学学报（哲学社会科学版）》2015 年第 1 期。

第九章

改革开放以来中国古代叙事理论研究及其转化

由于古代文学重抒情轻叙事的传统，致使有关诗、文的评点和理论概括自古以来备受关注，而有关古代小说等叙事文的评点分析研究则相对较少。改革开放以来，随着当代小说创作与小说理论的丰富，古代叙事文及叙事理论也成为当代学术研究的重要课题。特别是 20 世纪 80 年代西方叙事学理论的引入，为古代叙事文研究提供了新的视角和思路。在结构主义、形式主义影响下形成的西方经典叙事学，建立了概念明确、体系严谨、操作性与应用性强的理论系统，运用经典叙事学的概念范畴、理论观点分析中国古代叙事文，既有新鲜感，又易于应用操作，因此成果颇多，大有运用该理论重新阐述所有古代叙事文的趋势。20 世纪 90 年代经典叙事学在西方解构主义思想的冲击下，面临着被解构的危险，叙事学突破文本和结构主义、形式主义的樊篱，走向了跨学科、跨媒介叙事研究，被称为后经典叙事学。在经典叙事学理论出现危机及后经典叙事学形成的过程中，中国古代叙事理论固有的社会文化视角为后经典叙事学理论向度的拓展提供了一定的借鉴。在中西方文化比较的视阈下，一方面，经典叙事学理论对中国古代叙事理论研究的冲击，激发了学者挖掘、梳理古代叙事理论以构建当代中国化叙事理论的热情,树立了理论建构的自信心,并取得了丰硕的成果;另一方面,借鉴、融合经典叙事学、后经典叙事学的理论观点,对中国古代叙事理论做出新的阐释,从而为中国当代叙事理论建设提供了丰富的理论资源。

第一节
改革开放以来中国古代叙事思想研究概况

改革开放以来,我国叙事理论研究迎来了一个前所未有的高峰。在中国知网以"叙事"为关键词搜索到的学术文章,截至2016年3月份已达39000余篇。研究领域从文学、戏剧、电影、传媒逐渐扩展到音乐、美术、书法、摄影、雕塑、建筑等各艺术门类,从文艺理论到教育学、心理学、法学、民族学、历史学、政治学、医学、体育学等各个领域。在发表年度的分布上,1980年之前研究颇少,每年或没有相关成果,或只有寥寥数篇。而1980年之后,文章的数量由原来的每年几篇发展为数十篇,从1994年开始发展为每年几百篇,从2004年则开始发展为每年几千篇,2015年达到了4496篇。有关叙事学的专著自20世纪90年代也逐渐增多,已达近百种。此种繁荣景象形成的内在原因在于西方各种理论思潮、流派的涌入打破了中华人民共和国成立以来学术研究的僵化局面,为学术研究提供了多样化的研究范式,直接原因则是西方叙事学的引介为我国叙事理论研究提供了全新的研究视角和表述模式。在数量庞大的叙事研究中,有关古代叙事思想的研究则只有千余篇,且在20世纪90年代末期相关研究成果才逐渐丰富起来。但随着西方叙事学理论的引入和建设中国叙事话语的尝试,古代叙事思想得到进一步的挖掘、整理、分析、提炼,成为古代叙事思想研究史上的一个高峰。改革开放以来的叙事研究主要包括文本阐释和叙事思想研究两个方面,从移植照搬到反思阐发,古代叙事理论在短短几十年的时间里取得了丰硕的成果。

一、运用叙事学理论对古代叙事文的文本阐释

运用叙事学特别是经典叙事学的基本理论与模式对古代叙事文文本进行叙事艺术的分析一直是古代叙事理论研究的重要方式，主要包括古代小说文本分析和神话、史书、戏曲、叙事诗等其他文体的文本分析。

首先是对古代小说文本叙事艺术的分析。小说是古代叙事文的代表文体，对于经典小说作品进行具体分析阐释是总结概括古代叙事思想的基础。《红楼梦》《水浒传》《三国演义》《金瓶梅》《西游记》《歧路灯》《镜花缘》《封神演义》《儒林外史》等经典长篇小说，以及《聊斋志异》《三言二拍》《阅微草堂笔记》《世说新语》、唐传奇、宋元话本等短篇小说成为研究的重要文本。其中《红楼梦》是叙事研究的热点，有的研究成果是运用古代文论的观念、方法、词语分析《红楼梦》的语言艺术、人物塑造、结构章法等，并与传统文化精神相结合探究小说艺术的文化底蕴，如周汝昌的《红楼艺术》、周中明的《红楼梦的语言艺术》；有的研究成果则运用西方叙事学理论研究《红楼梦》的叙述者、叙事角度、叙述话语、叙事结构、叙事格局、叙事时间、叙事逻辑、空间叙事、叙事修辞等，如王彬的《红楼梦叙事》、张世君的《〈红楼梦〉的空间叙事》、郑铁生的《红楼梦叙事结构》等。此类研究对于文本的叙事视角、叙事角度、叙事风格、叙事模式、叙事立场、叙事风格、叙事意象等进行了具体深入的探讨，富有一定的创见性。具体文本叙事艺术的分析，在术语的表述上及分析的逻辑结构上，部分成果明显是借用了经典叙事学的相关理论，并提出了富有新意的见解和认识。

其次是对其他叙事文体及文本的叙事研究。中国古代叙事传统历史悠久，从神话、寓言、史传文到杂剧、戏曲、小说，叙事传统逐步确立。由于叙事文中“史”与“文”有着密不可分的关系，对《左传》《史记》等史传文的研究也是古代叙事理论研究的重要课题。一方面，梳理历代有关史传文的评论、评点。自唐代始，《史记》等史传文在文学史上的重要地位逐

渐确立，成为古文运动效仿的典范，古文家对《史记》叙述语言、人物语言、叙事的繁简、叙事结构、叙事风格进行总结。明清时期将《史记》与小说相提并论，评点《史记》的作品颇多，对《史记》叙事的章法脉络、变化多端的叙事手法做出了具体的评论。另一方面，运用叙事学剖析《史记》等历史文本，对史传文的叙事策略、叙事史记模式、隐含叙事、预叙等问题进行了分析。同时，其他富有叙事因素的各种文体经典文本皆有探索，从而深入认识到不同叙事文体与小说叙事的内在联系，为进一步完善中国叙事传统提供了一定的借鉴意义。

最后是对古诗中叙事因素的分析。中国古代文学以诗文为正统，形成了重抒情的文学传统。古诗根据抒情与叙事成分的多少分为抒情诗和叙事诗。伴随着叙事学的引入，叙事诗也成为叙事研究的重要选题，学者力图通过对汉乐府诗《陌上桑》《孔雀东南飞》、蔡琰的《悲愤诗》、杜甫的"三吏三别"、白居易的《长恨歌》等叙事诗中叙事方式、手法及情节安排、人物形象塑造等方面叙事因素进行分析，探寻叙事传统的源流发展。相关研究在叙事诗文本的整理、代表诗篇的解读、诗篇的流传与演变等方面都有所深入，研究方法与叙事模式等亦都有所突破，并出现了部分专著，如陈来生的《史诗 · 叙事诗与民族精神》（上海社会科学院出版社 1990 年版）、王运熙的《乐府诗述论》（上海古籍出版社 1996 年版）、傅修延的《先秦叙事研究——关于中国叙事传统的形成》（东方出版社 1999 年版）、张永鑫的《汉乐府研究》（江苏古籍出版社 1992 年版）、钱志熙的《魏晋南北朝诗歌史述》（北京大学出版社 2005 年版）、程相占的《中国古代叙事诗研究》（广西师范大学出版社 2002 年版）、高永年的《中国叙事诗研究》（江苏教育出版社 2002 年版）等，此类专著代表着改革开放以来中国古代叙事理论研究的水平。同时，抒情诗也进入叙事研究的范围，对抒情诗中所蕴含的部分叙事因素进行深入分析，旨在将叙事放置在文学领域中探究其与抒情的内在关系。综上所述，运用传统观点和西方叙事学理论对不同文体的文本细读，发掘不同文体之间叙事传统互相推进的线索，为中国古代叙事理论的宏观研究奠定了基础。

二、结合传统叙事思想对叙事理论的研究与发展

西方叙事学的引入不仅为传统叙事文的阐释提供了新的视角和研究方法，而且进一步增强了学术界对古代叙事思想的关注。借鉴西方叙事理论对传统叙事思想进行阐发是古代叙事理论研究的重要内容。

首先是对古代叙事思想的阐释与解读，主要集中在明清时期的小说评点作品中。明清时期不仅各种题材的小说作品大量涌现，而且伴随产生了形式多样的小说评点作品，其中李卓吾、金圣叹、叶昼、毛宗岗、张竹坡、脂砚斋等小说评点大家的评点作品中蕴含了丰富的叙事思想。改革开放以来，随着叙事学的引入和古代叙事文研究的深入，小说评点大家的叙事思想得到了进一步的关注。一方面是对小说评点中关于小说结构特征的研究。古代小说叙事看似散漫，由多个叙事单元缀段而成百回长篇，而小说评点家深入分析了长篇小说"大照应""大关键""大关锁"的总体结构，认为小说具有首尾相衔照应、中间有若干关锁给予配合照应的整体结构特征。在处理小说中各部分之间的结构关系时，古代小说借用了论说文结构全篇的方式，形成了起结、伏应、抑扬、开合、详略、掩映、显晦、避犯等"二元补衬"的特征。另一方面是对小说评点范畴的研究。小说评点范畴具有"互文性"的特点。中国传统文化的各个领域具有同源性和共生性，所形成的范畴、理论相互借鉴且具有共通意义。小说理论形成较晚，小说评点不仅受到诗话、词话及其他艺术理论的影响，而且借用诗话等理论的范畴对小说进行评点。有的研究在深入研究明清小说评点文本的基础上，提出了"画""纪传""声口""间架""笔""幻""真""奇""韵""诗""妙"等范畴，进一步丰富了古代叙事理论研究。

其次是建设中国叙事理论的尝试。西方文论的涌入激发了学者对中国本土文论的反思与建设，对中国古代叙事理论进行梳理提炼、概括分析的基础上，建构适用中国叙事传统的叙事理论，成为改革开放以来中国古典叙事理论研究的重要内容之一。进入21世纪，叙事理论本土化及中国

叙事理论的建构得到了进一步的重视。一方面,将中国当代叙事学理论放置在中西横向与古今纵向联系网络中寻求定位与坐标,认识到中国叙述学建构的重要性与迫切性,厘清了中国叙事学的内涵及学理逻辑。另一方面,借鉴西方经典叙事学和后经典叙述学的理论,探寻中国古代叙事传统的源流变化,总结中国叙事的特点,并尝试提出不同的建设性观点。傅修延在解读传统叙事文本叙事结构的基础上,提出了中国叙事媒介由"口头"到"笔头",再到当今的"镜头"的嬗变演进,提出了打破文体、媒介壁垒的跨文体、跨媒介叙事的观点。宁稼雨借鉴西方主题学研究框架体系,结合后经典叙事学的特点,根据中国文学的实际,提出了构建中国叙事文化学的设想。龙迪勇以康德关于空间与时间问题的哲学认知为理论基础,提出了叙事学的空间转向,从中国古代诗画关系及园林建筑等入手,尝试建立空间叙事学。

第二节
"移植"与"互动":叙事理论的发展趋势

自20世纪80年代,西方叙事学逐渐被引入国内,并先后经历了经典叙事学、后经典叙事学译介传播两阶段,在学术界产生了广泛的影响。在经典叙事学理论被介绍到国内之后,学者依照该理论对中国古代叙事作品进行叙事分析,新视角、新理论为叙事文研究注入了新的活力。随着经典叙事学理论局限性的显现,后经典叙事学从社会、文化的角度拓宽了叙事学的研究领域,相关理论被介绍进来,在一定程度上缓解了经典叙事学的理论局限性。在叙事理论引介过程初期,照搬该理论对古代叙事文、叙事思想进行研究的现象大量出现,之后这种"移植"式研究受到质疑。从中西方文化比较的视阈探究中西方不同的叙事模式,以系统、全面的阐释叙事学理论建立中西方叙事理论的对话与互动的格局,成为叙事学研究的重要问题。

一、西方叙事理论的译介与传播

20世纪西方文论呈现多元发展的态势，流派繁多且更迭迅速，表现主义、精神分析学、直觉主义、存在主义、解释学、接受理论等人本主义文论与俄国形式主义、英美语义学和新批评、结构主义文论等科学主义文论轮番登场。经典叙事学是在20世纪60年代受到结构主义、俄国形式主义以及语言学的影响而形成的科学主义文论。经典叙事学崇尚自然科学的科学性与严密性，侧重对叙事文本的结构规律和叙述技巧进行科学化、系统化分析，其理论宗旨是运用语言学的方法为繁杂的叙事文探寻叙事的规律与模式，建构叙事语法。

改革开放以来，文艺理论界期待从政治批评范式中走出来，追求批评的客观性与科学性，经典叙事学契合了国内文论批评的这一需求，一经引入就得到了广泛的关注，在20世纪80年代末90年代初形成了经典叙事学的翻译引进与评介的热潮。经典叙事学的理论著述很快被介绍到国内，主要有W·C·布斯的《小说修辞学》（北京大学出版社1987年版）、热拉尔·热奈特的《叙事话语　新叙事话语》（中国社会科学出版社1990年版）、华莱士·马丁的《当代叙事学》（北京大学出版社1990年版）、施洛米丝·雷蒙－凯南的《叙事虚构作品：当代诗学》（厦门大学出版社1991年版）、米克·巴尔的《叙述学：叙事理论导论》（中国社会科学出版社1995年版）等。同时，与经典叙事学相关的理论也相继涌入，特别是结构主义与形式主义、符号学，进一步丰富了对经典叙事学的认识，如费尔迪南·德·索绪尔的《普通语言学教程》（商务印书馆1980年版）、茨维坦·托多罗夫的《俄苏形式主义文论选》（中国社会科学出版社1989年版）、列维－施特劳斯的《野性的思维》（商务印书馆1987年版）与《结构人类学》（上海译文出版社1999年版）、罗兰·巴特的《符号学美学》（辽宁人民出版社1987年版）、让·皮亚杰的《结构主义》（商务印书馆1984年版）、特伦斯·霍克斯的《结构主义和符号学》（上海译文出版社1987

年版）、乔纳森·卡勒的《结构主义诗学》（中国社会科学出版社 1991 年版）等。

中国古代叙事研究主要是从哲学、心理学、社会学的角度进行，融合了作者的创作经历、作品产生的社会文化背景以及读者的体验，侧重透过作品去追寻作品所承载的意义，然而对于作品本身的形式及审美分析相对薄弱。中华人民共和国成立后的马克思主义意识形态批评也侧重从社会环境的角度分析作品。传统的叙事研究和马克思主义意识形态批评对作品本身的结构与形式分析不够深入系统，经典叙事学恰恰弥补了这一缺陷。在追求客观批评的 20 世纪 80 年代，严谨、客观的经典叙事学迎合了这一理论需求，国内学术界以经典叙事学研究为学术研究的前沿与热点，形成了一股研究的热潮。

经典叙事学研究集中于文本自身，注重对文本中故事结构与话语技巧进行全面研究。一方面是集中于文本叙事故事的研究。受俄国形式主义者普洛普《民间故事形态学》的影响，通过对事件功能以及结构规律、发展逻辑的分析，抽象出不同的故事中共同的叙事模式和叙事语法。另一方面是聚焦于叙事话语的研究。这类研究主要在热奈特理论的影响下形成，研究文本的文体风格、文本语种、文本媒介。在故事结构与话语技巧研究日渐成熟的基础上，兼顾故事叙事结构与叙事话语技巧的研究成为经典叙事学的主要类型。不论是故事结构研究，还是话语技巧研究，还是二者兼顾的研究，经典叙事学是将文本与作者、社会文化背景割裂开来的文本研究。在对叙事结构与话语技巧形成一套严密的理论体系之后，经典叙事学逐渐走向了僵化与机械。突破经典叙事学的局限，将文学作品的思想意义与社会价值纳入研究范围势在必行。于 20 世纪 90 年代前后形成的后经典叙事学即是经典叙事学走向困境后的产物。

后经典叙事学既是对经典叙事学的反拨与超越，也与当今社会多元文化共存的发展趋势相一致。与经典叙事学注重文本的封闭式的研究不同，后经典叙事学由文本内部转向文本之外，以开放的姿态将叙事研究拓展到了社会、历史、文化等领域，借鉴了文化研究中女性主义、新历史主义、解构主义、后殖民主义、接受美学等理论成果，成为一种研究范式多元的理论形态。由于后经典叙事学理论具有跨领域、跨学科的特点，相关的理论著述种类较多而缺乏标志性的著作。虽然西方后经典叙事学在20世纪90年代已逐渐发展起来，然而在国内翻译与介绍还相对缺乏，与20世纪80年代末90年代初经典叙事学介绍的盛况不可同日而语。直至2002年，北京大学申丹教授主编的《新叙事理论译丛》编选了新叙事理论比较有代表性的五部论著，其中美国作家J. 希利斯·米勒的《解读叙事》是结构主义叙事理论的代表作，美国作家戴卫·赫尔曼的《新叙事学》是多种跨学科叙事理论的代表作，美国作家詹姆斯·费伦的《作为修辞的叙事——技巧、读者、伦理、意识形态》是修辞性叙事理论的代表作，美国作家苏珊·S. 兰瑟的《虚构的权威——女性作家与叙述声音》是女性主义叙事理论的代表作，英国作家马克·柯里的《后现代叙事理论》是后现代叙事理论的代表作。除此之外，介绍后经典叙事理论的数量仍然相当有限。由经典叙事学到后经典叙事学，研究重镇由欧洲转向美国，由于对后经典叙事学引介不够广泛，对文本进行分析所运用的理论大多是法国结构主义叙事学，而对北美的叙事学理论涉足较少。

伴随着学术交流国际化水平的提高，叙事学理论引介与传播的方式，除了对相关理论著述进行翻译引入之外，国内还连续性地举办了国内和国际叙事学学术活动，以丰富中国叙事理论研究的理论与方法。自2004年起至2015年，中国中外文艺理论学会叙事学分会连续主办了七届全国叙事学研讨会，并从第三届研讨会开始邀请美国、英国、德国等叙事学学者到会，主办了五届叙事学国际会议。叙事学国际会议与全国叙事学学术研讨会就“叙事学前沿理论”“叙事学理论与实践：东方与西方”“跨媒介叙事研究”“中国特色叙事学的建构与发展”等问题进行了深入的分析，将国内叙事学理论研究由滞后于西方的节奏转变为与西方同步、对话的格局。同时，通过“请进来、走出去”的方式，派出我国学者去国外讲学，邀请国外学者到国内讲学、参加学术交流活动，进一步促进了国内外叙事理论的交流与提升。如美国的浦安迪教授1989年应邀到北京大学讲授“中国古典文学与叙事文学理论”课程，从比较文学理论的角度研究中国古代小说的叙事方式。浦安迪对中国传统叙事颇有研究，先后出版了《〈红楼梦〉的原型与寓意》《明代小说四大奇书》《中国叙事学》等论著。学者杨义于1992年到牛津、剑桥、伦敦大学亚非学院、爱丁堡大学讲学。学者们的进修讲学不仅拓展了学术视野和思路，而且为中西叙事学的对话与交流奠定了基础。通过双向交流方式，为国内叙事研究提供了中西比较的研究视域，为更客观科学地认知中国叙事传统提供了多元的研究视角和研究模式。

二、西方叙事理论的研究与运用

西方叙事学从引入初期的热潮到喧闹之后的反思，叙事学研究在找寻与传统叙事思想沟通对话的平台。经典叙事学为传统叙事理论研究提供可资借鉴的基本概念和研究模式，后经典叙事学则在跨文体、跨媒介叙事研究中与超越文体界限的传统叙事找到了对话的切入点，为文化叙事学研究奠定了理论基础。同时，在引介与运用的基础上，对叙事学理论的薄弱环节进行充实，进一步推动了叙事学研究的深入与发展。

首先是叙事学相关概念及研究模式的借鉴与发展。西方叙事理论的引介与传播不仅使“叙事”成为古代文学研究中的重要概念，而且为古代叙事文阐释提供了多元化的研究视点和角度。由于古代叙事思想大多是评点的形式，主观随意且系统性不够鲜明，对于叙事理论的认识所使用的概念缺乏统一的界定。运用经典叙事学的概念、范畴以及研究角度、模式对文本进行阐释，不仅为文本解读提供了新的认知，而且将叙事学的基本理论渗入传统叙事思想研究中，成为中国当代叙事理论的重要组成部分。一方面是叙事故事结构——功能研究范式的引入，不仅进一步明确“事件”“情节”“人物”“行动元”“环境”等的内涵，使其成为故事分析的基本概念，而且将情节与人物的功能分析、事件序列的逻辑构成及嵌套关系分析等作为文本叙事结构研究的基本模式，从而为叙事文结构功能研究提供了基本的研究范式。另一方面是叙事话语研究方式的引入，将“叙事视角”“全知叙事”“限知叙事”“聚焦”“隐含读者”“文本时间”“故事时间”“时序”“时距”等概念引入，叙事文本分析则更为细致严谨。经典叙事学虽然面临后经典叙事学的冲击显现出鲜明的理论局限性，但其概念范畴丰富、理论体系系统、研究范式严谨且可操作性强，对国内叙事研究影响深远。进入 21 世纪，后经典叙事学理论在国内逐渐产生了广泛影响，但在叙事批评实践中，文本阐释仍在沿用经典叙事学的概念及模式。即使是在后经典叙事学盛行的西方，学者在分析作品时，他们往往以经典叙事学的概念和模式作为技术支撑。在教学时，也总是让学生学习以往经典叙事学的著作，以掌握基本的机构分析方法。

国内学者在借鉴经典叙事学理论的基础上，结合传统叙事的特点，对叙事学理论的薄弱环节进行研究，进一步发展了叙事学理论。一是对空间叙事的研究。经典叙事学对于叙述时间关注较多，而对于叙事空间则关注较少，热奈特的《时序》在叙事时间二元性的基础上对叙事文的“逆时序”“跨度与广度”“追述”“预述”等进行了论述。国内学者根据中国传统文化的空间艺术和传统叙事文的空间叙事技巧，对空间叙事进行探究。张世君的《红楼梦的空间叙事》从场景空间、香气空间、梦幻空间三个空间层次研究《红楼梦》的叙事层次，对于《红楼梦》文本以及空间叙事研究都具有一定的开拓性。黄霖等合著的《中国古代小说叙事三维论》坚持立足本土，注重中西参照，从时间、空间、节奏三个视角研究中国古代小说的叙事问题，富有鲜明的中国文化特色，也为空间叙事提供了研究范例。龙迪勇的《空间叙事研究》在跨媒介、跨学科的视野中系统分析了空间叙事的四种类型及其思想渊源：故事空间、形式空间、心理空间、存在空间，具有理论的原创性。二是对叙事语言的研究。在经典叙事学的叙述话语研究中，更多侧重叙事主体研究，而对于叙述语言与技巧则研究较少。申丹在《叙述学与小说文体学研究》中认为，人物话语是调节叙事距离的重要工具，文中分类阐释了人物话语表达形式的特点及其功能，并通过中西对比，阐明由于汉语内在的特点带来中国小说叙述中转述语形式的独特性，指出在引进西方叙事学时要充分考虑中国小说表达方式的这一特质，否则易于导致偏误。

其次是跨文体、跨媒介叙事研究的尝试与深入。跨文体研究是在分文体、分类研究基础上的综合研究,是在经典叙事学文本阐释不断积累的结果,是对经典叙事学文本研究的超越。一方面,通过分文体、分类研究探寻叙事规律与共性。古代叙事文体以小说为主要文体,古代小说题材丰富,表现形式多样,根据题材的不同可分为神魔小说、官场小说、世情小说、英雄传奇、才子佳人小说、占梦小说、天命小说等;根据表现形式或结构的不同,可分为文人案头小说、话本小说、拟话本小说、章回小说、讲唱文学、文言小说、白话小说等。不同类型的作品在叙事模式、结构、风格等方面也各有不同。学者在具体文本分析的基础上,对作品进行归类研究,取得了丰硕的成果。同时,对于神话、讲唱文学、戏剧、杂剧、曲词以及铜器铭文、史传散文、佛经译文、谏、自荐书等不同文体的叙事规律进行分析探讨,不同文体叙事特征的分析为古代叙事理论研究提供了新的视角。另一方面,打破壁垒,通过跨文体、跨朝代综合研究探究古代叙事文的整体演变规律。古代叙事文在不同历史时期具有不同的表现形式,跨越不同的历史时期探寻叙事文内在的发展变化以及叙事方式的传承与创新,梳理叙事的历史流变,是叙事理论历时性研究的重要内容。古代同一题材在不同的文体中都有表现,打破文体的壁垒,以题材为融合点,探寻不同叙事文体之间的联系,总结不同文体间叙事技巧的借鉴与融合。跨文体研究中戏曲与小说的互动关系是此类研究的重要内容,如张国风的《你中有我,我中有你——古代小说、戏曲互动之一例》以宋江杀惜故事为例,分析了从宋话本到元杂剧再到小说情节叙述逐渐严密丰富的发展过程,《水浒传》中宋江杀惜的情节成为宋江命运的转折点,在水浒故事中发挥着重要作用。分文体、分类研究与跨文体、跨朝代研究,突破了对文本研究的单一性,开拓了研究视野,提升了研究水平,为叙事理论的宏观研究奠定了基础。

跨媒介叙事研究是"叙述转向"后的新话题,着力探讨叙事媒介的类型、演变以及跨媒介视野中广义叙事学的建立与中国叙事传统。"叙述转向"产生于20世纪70—80年代,首先出现在历史学领域,美国学者海登·怀特的《元史学》运用叙述学改造历史学,开创了"新历史主义"运动,其影响由历史学扩大到整个人文学科。之后心理学、教育学、社会学、法学、政治学、医学等各学科领域研究出现了大规模的“叙述转向”。“叙述转向”将叙事学由文学领域拓展到整个人类文化领域，由文本解读转向了历史的、心理的、社会的研究视角。赵毅衡的《“叙述转向”之后——广义叙述学的可能性与必要性》将“跨媒介叙事”与“叙事转向”相结合，提出了建立“广义叙述学”的观点，并根据叙事媒介的不同探讨了广义叙述的分类问题。龙迪勇的《时间性叙事媒介的空间表现》从感觉世界的整体性入手，对叙事中“出位之思”（即一种媒介超越自身表现性能而进入另一媒介表现状态）进行了分析。此外对于跨媒介叙事的媒介模仿、媒介转换、互文性叙事等问题都有深入的研究，进一步发展了跨媒介叙事理论。

中国传统叙事具有在不同媒介之间转换的特点，从跨媒介视野中研究中国叙事是一个适宜的切入点。傅修延在《先秦叙事研究——关于中国叙事传统的形成》与《试论青铜器上的“前叙事”》中对具有原初性的叙事形态——“前叙事”形成的文化环境以及演变历程进行分析，梳理了“前叙事”与后世叙事之间的内在联系，为认识中国叙事传统“谱系”提供了新的角度。传统叙事研究没有局限于小说文体以及其他文学文本，而是突破不同媒介的局限，以传统文化作为叙事学研究的对象，这一类研究既拓展了叙事学的内容，又丰富了对传统文化的认识。王亚菲的《论中国戏曲表演叙事》认为古代戏曲是一种运用多媒介叙事方式的舞台艺术，并对戏曲的各种表演手法和媒介从叙事学的角度分别进行解读。叶青在《牌坊叙事——以江西奉新县济美牌坊为例》一文中认为，牌坊通过建筑样式、装饰图案、碑刻文字等多种媒介成为标志空间和旌表纪念的载体，形成了丰富而独特的跨媒介“牌坊叙事”。

此外，主题学与叙事学相结合的主题（或母题）研究也得到关注，出现了一批代表性研究成果。主题学研究最初侧重民间传说、神仙故事的演变，后来扩大到“友谊、时间、离别、自然、世外桃源、宿命观念”等题材，探究此类故事的题材类型和情节模式。对古代叙事文中题材类型、情节模式或其他重要因素进行提炼，探寻其社会文化内涵及普遍意义，形成了富有意蕴的主题研究。主题研究立足于中国古代社会文化背景，跨越了文体与朝代的局限，以特定母题为研究对象，探寻该主题在叙事文中的表现特征及价值功能。《中国古代小说的原型与母题》结合宗教史、文化史、文学史梳理了宗教故事的发展演变，并从文化学、叙事学的角度分析了宗教故事发展演变的文化动因，揭示了叙事主题从神话发展为政治宗教故事，进而影响到史传文学、历史演义、英雄传奇、神魔故事、世态人情等的叙事作品的创作。《论明清文学的叙事母题》将明清叙事文学的母题大致概括为“家族”“审父”“忠义”“教化/反教化”“性爱”，并探究了这五类母题所承载的艺术蕴涵和历史文化价值。对于婚恋母题，古代叙事文形成了“书生艳遇”“留守怨妇”“死而复生”“政治困扰”四种类型，这四种类型是在中国传统文化的基础上形成的，承载了民族的情感和审美特点。① 天命母题在古代各类叙事文中延续了几千年，虽然在思想内容上具有一定的局限性，但对于古代叙事文则起到了丰富叙事内容的作用，并促成了回环往复、圆转自然的叙事结构。② 复仇是古代叙事文的重要母题之一，主要包括“血亲复仇”“侠义复仇”“鬼灵复仇”三种模式，形成了“肉体毁灭型”“精神损伤型”“和解团圆型”三种结局，三种模式与三种结局的形成具有深厚的社会文化基础。③ 另外，历代广为流传的故事也成为叙事母题，如霸王别姬、王昭君叙事、木兰叙事、明皇叙事以及女扮男装、英雄搏兽、异类婚恋、烽火爱情、民间水浒传说等，在历代流传叙事的过程中，不仅故事内容日渐丰富，叙述结构日渐严密，而且历经不同时代的演绎，成为不同时代文化的载体。由此看来，叙事母题研究在对某类母题进行系统梳理的同时，侧重从文化学的角度研究其深刻的社会根源，此类研究为叙事文化学的建构具有一定的推动作用。

① 参见党月异：《我国古代婚恋剧的叙事母题》，《学术界》2008 年第 5 期。
② 参见陈玉荣、肖智才：《古代天命小说叙事母题研究》，《长江师范学院学报》2011 年第 3 期。
③ 参见练素华：《中国叙事文学中的复仇母题初探》，湖南科技大学硕士论文，2009 年。

第三节

碰撞与融通：当代叙事理论的建构

中国古代文学重抒情轻叙事的传统致使叙事文至唐宋时期才逐渐成熟发展起来，而理论形态的叙事思想出现得更晚，且不够系统。改革开放以来涌入的西方叙事学理论体系严谨、系统，对古代叙事思想研究范式形成了严重的冲击，传统叙事思想被边缘化。如何摆脱当今叙事理论研究的困境，贯通古今，并将西方叙事理论"中国化"，是建构当今叙事学的当务之急。

一、西方叙事理论影响下的理论自觉与探索

综观改革开放以来在西方叙事学影响下的古代叙事思想研究可以发现，虽然西方叙事学对于挖掘、整理中国古代叙事思想发挥了积极的作用，但这种挖掘和整理在研究方法及模式上削足适履、照搬移植的现象较为普遍，这不仅不利于中国传统叙事研究，也严重影响了当代叙事理论的建构与发展。深入分析中西方叙事理论形成的文化土壤以及研究范式的不同，是中国特色叙事理论的建构的基础与前提。

通过对相关研究成果的分析，我们不难看出传统叙事研究所存在的本位缺失的问题。改革开放以来西方文论涌入国内，传统文论面临"失语"。在西方叙事学的冲击之下，学术界热衷于移植借鉴西方理论，导致传统叙事思想本位缺失，古代叙事理论研究迷失了方向。经典叙事学虽然为中国古代叙事思想研究提供了新的研究模式，其严谨完整的理论体系也为古代叙事思想研究提供了一定的借鉴，但一味地"拿来"并不利于当今叙事学理论的发展。构建中国叙事思想体系，需要树立本位意识，以

"中体西用"思想为指导,对西方叙事学进行分析、借鉴、吸收,使其为我所用,将感性认识提升到理性层次,将挖掘整理的片段式、感悟式的叙事思想整合为一个完整的体系。不同的文化土壤孕育了不同的叙事理论,即使是西方学者也认识到叙事学理论与文化土壤之间的内在联系,认为"叙述学理论的构建原本是有对象性的,即西方叙述学是针对于西方叙述文本的,并不适宜于中国的叙述传统。因为它无法统揽或恰当地解释中国叙述的发展脉络,特别是古典叙述中的精髓"[①]。中国古代叙事作品是在民间集体创作的基础上发展起来的,直至明清时期文人独立创作的作品才逐渐丰富起来。即使是文人作品也与前代的积累有着密切的关系,明代的长篇章回小说《水浒传》《三国演义》等都属于典型的累积型小说。明代小说戏曲评点家叶昼在《水浒一百回文字优劣》中说:"世上先有《水浒传》一部,然后施耐庵、罗贯中借笔墨拈出。"由此看来,古代叙事作品的内容、思想、情感以及创作、流传都与社会文化环境有着密切的关系,成为展现社会文化形态的一种方式。古代叙事理论不仅重视叙事形式、结构、手法、技巧,而且重视叙事作品产生的社会文化环境对作品的影响,将叙事作品的"内部研究"与"外部研究"融合起来。除了论述较为集中的理论著述,古代叙事思想在文学文本、历史文本中也多有论及。叙事思想不仅存在于叙事作品的评点中,而且相关概念、观点与诗论、书论、画论等相通相融。正是由于文化土壤的不同,中国古代叙事理论与西方叙事学形成了不同的理论品格:在理论形态上,西方注重分析性、系统性,而中国古代叙事理论则注重直观性、经验性,大多作品评点中的思想不仅包括对作品结构、艺术思想的分析,也包含了评点者个人的体悟与感受;在理论发展上,在陈陈相因的思维定式之下,古代叙事理论与传统文化思想中的概念、观点形成交叉融合的态势,古代叙事理论作为古代文论的组成部分,同样"数千年来以一种超稳态的结构缓慢地延续和发展着,缺乏理论上的创新而显得过于凝重和板滞"[②]。

---

① 乔国强:《中国叙述学刍议》,《江西社会科学》2010 年第 6 期。

② 邓新华:《从中西比较的层面看中国古代文论的特点》,《三峡大学学报(人文社会科学版)》2002 年第 1 期。

由于成长于不同的文化土壤，中西叙事理论研究范式不仅在研究角度、研究方法上存在很大的差异，而且在思想基础、思维方式、理论范畴、理论形态等方面都截然不同。一是思想基础不同。中国古代叙事思想是儒道佛三教合一的传统文化的组成部分，是中华人文精神的载体。不论是对叙事作品中人物、结构、时间、事件、情节、环境等的分析，还是对作家创作的意图、作品的阅读接受效果、功能的研究，都以人文精神为其终极价值，叙事思想注重观点的整体性和统一性。而在西方，每一种文论都以一种哲学为思想基础。西方叙事学是在20世纪科学主义思潮下形成的一种形式主义文论，是在法国结构主义、俄国形式主义、英美新批评的影响下产生的以文本为研究对象的理论形态。通过对文本叙事的行为者、时间、顺序、节奏、叙事层次等的分析，概论提炼叙事的基本原则和规律。二是思维方式不同。中国叙事思想研究注重整体性，一方面，侧重从历史文化的角度分析作品，将作品与社会环境、作者、读者等影响因素相结合，形成对作品的整体认识；另一方面将作品视为一个有机的整体，较少对其进行切割划分、概论出系统抽象的叙事规律和叙事模式，致使中国叙事思想难以建构类似西方叙事学的完整的理论体系。西方叙事学作为一种在科学主义思潮下形成的文论，其理论起点和理论追求都是理性主义的和科学性的，致使其形成以文本研究为核心的理论特征，通过对文本自身的叙事结构、功能、行为的剖析，力图找到一个能描述、分析所有叙事作品的模式或工具。三是理论范畴不同。中国叙事思想的理论范畴主要从传统文化思想中发展而来，与古代文论甚至与哲学、伦理学、美学等共用，如“形”与“神”、“虚”与“实”、“动”与“静”、“阴”与“阳”、“妙悟”、“趣味”、“境界”等。这一文化现象导致此类理论范畴“一方面具有深刻的文化内涵和浓郁的哲理色彩，另一方面其内涵和外延又都变得模糊而难以确定”①，同时随着历史的发展，其内涵也不断地有所演变。理论范畴的不确定性难以给定一个界定明确的定义，也难以建立抽象的理论体系。西方叙事学以文本为核心创建了一系列理论范畴，如“文本”“话语”“叙事

① 周甲辰：《中国传统文艺鉴赏理论范畴研究论评》，《湖南科技学院学报》2007年第5期。

视角”“叙事时空”“叙事声音”等。虽然不同的叙事学家对文本分析的角度不同,概括的叙事理论也有很大的差异,但都以范畴的明确界定为前提,对每一个范畴的内涵、外延以及使用过程中易出现的种种问题都做出明确的解释,并在此基础上建立系统的理论体系。四是理论形态不同。由于中国叙事文体发展较晚,由神话、寓言到志怪小说,由史传文学到文人独立创作的长篇小说,叙事文体逐渐发展成熟,具有较为完整理论形态的叙事理论也形成较晚。虽然古代叙事思想是在史传和诗学思想影响下逐渐发展起来的,叙事理论烙上了“史学”和“诗学”的印迹,但是对叙事文体特别是小说的特性、人物塑造及其社会传播等方面的分析,也形成了较为成熟的叙事思想。古代叙事思想研究缺乏体系建构的理论自觉,但是对重要的理论问题进行了反复的探讨,同时通过历史文化分析,形成了根植于作品本身、理论原点和理论追求明确、积极探索理论终极价值的学术品格。自《荷马史诗》开始,西方叙事文就得到了充分的发展,叙事理论如“再现”“典型”等都形成了概念界定明确、推理逻辑严密的理论形态。20 世纪的叙事学受科学主义、实证主义的影响,热衷于系统的抽象理论的概括,试图将建立的理论模式适用于所有文本研究。中西叙事理论研究范式的对比分析是中西方沟通对话的基础,也是建构当代叙事理论的前提。

在全球化的环境下,近三四十年西方叙事学因其学术优势而强势登陆中国文论界,深刻影响着中国叙事理论的发展。在翻译、引进西方叙事学著作并照搬、移植叙事学理论的热潮之后,中国叙事思想研究逐渐趋于理性:改变急于求成的学术风气,放弃在西方叙事学面前的自卑心态,深入、系统地研究中国传统叙事思想,根据其思想基础、思维方式、理论范畴、理论形态营造适宜的学术生态环境。

二、中西比较视域下当代叙事理论的建构

在对中西方叙事理论对比反思的基础上,面对叙事理论“失语”症候

学术界提出了“现代转换”“本土化”等不同的途径与策略,并开始了建构中国叙事理论的进程。

中国古代叙事思想发展到现在势必要面对古今关系的处理,原汁原味地保持其理论形态并不符合时代的要求,如何建立既延续传统又适合当今的叙事学成为文论界的热点问题。古今关系的处理,不仅需要追根溯源,还需要了解当下。近百年来,中国文化始终处于中西文化交流、碰撞的状态,随着全球化浪潮的影响,居于霸权地位的西方文化在中国备受推崇。处于此种文化环境中,当今叙事学也以西方叙事学的引介、移植为主,传统叙事思想遭受冷落,“失语”现象凸显,对传统叙事思想进行“现代转换”一度成为解决此种困境的重要途径。一些学者们通过对当今文论和古代文论、中国文论和西方文论的特质类型、言说方式等方面的分析,认为现代转换缺乏严谨的学理分析,“中国古代文论是以语境化为主导倾向的知识,难以被改造为形式化的知识,其现代转换在理论前提和批评实践上存在着诸多障碍,具有自身不可解决的困难。因此,所谓‘中国古代文论的现代转换’只能是一个伪命题,是中国学术现代性进程中难以实现的良好愿望”①。他们由此断定古代叙事思想的“现代转换”缺乏理论依据和实践操作的可行性。“中国现当代文艺理论基本上是借用西方的一整套话语,长期处于文论表达、沟通和解读的‘失语’状态。”②因此,“中国化”在当下叙事研究中开始受到人们极大的关注。叙事理论的“中国化”包含两个层面:一是中国叙事理论的“中国化”。“中国古代文论中国化才是救活中国文论的一个基本路径。”③当今叙事研究以引进、套用西方叙事学为主流,传统叙事思想研究被边缘化,叙事研究也失去了历史文化的根基,由此看来,当代叙事学的建构须研究传统叙事理论的内在逻辑与言说方式,接续历史,贯通古今。二是西方叙事学的“中国化”。中国传统文化的重要特征之一就是融会贯通。传统文化的包容性为外来

① 刘科军:《形式化的困境——对“中国古代文论的现代转换”的思考》,《湖北大学学报(哲学社会科学版)》2009年第4期。

② 曹顺庆:《文论失语症与文化病态》,《文艺争鸣》1996年第2期。

③ 曹顺庆、付飞亮:《论中国古代文论的当代有效性——对“古代文论的现代转化”的反思》,《甘肃社会科学》2013年第1期。

文化传入中国提供了适宜的文化环境,而外来文化要想真正长久地留存下来,则需要一个"中国化"的过程。魏晋南北朝时期传入中国的佛教宗派众多,对中国文化形成了严重的冲击,而真正传播开来并为中国民众所接受的佛教宗派,是被中国化了的佛教——禅宗。可见,西方叙事学要融入中国文论,最根本的是要适应中国的文化土壤。唯如此,才能够扎根成长而不至于昙花一现。

《中国比较文学》2014 年第 4 期推出"中国叙事学特辑",围绕"中国叙事传统如何形成"的话题,展示了叙事学"本土化"所取得的研究成果。学者们力求透过西方文论的种种困扰,"回望我们弥足珍贵的叙事传统",并从建筑空间、辞赋、谶纬、史传等角度探寻中国古代叙事传统形成的根源与脉络。叙事学"本土化"取得的研究成果有效地改变了移植照搬西方叙事学的弊端,实现了中西方叙事学的对话与沟通:"叙事学研究不应当仅仅是西方学者擅长的文本细读,还可以通过'长时段'、大范围的调查获得更为宽广的历史视野与更为扎实的本土支撑,两方面的操作还能水乳交融,相得益彰。"①

20 世纪 90 年代前后,部分学者在对中国古代小说进行深入、系统的梳理和研究的基础上,在中西比较的视域下,开始探索中国叙事传统,较有影响的研究成果有徐岱的《小说叙事学》(中国社会科学出版社 1992 年版)、罗钢的《叙事学导论》(云南人民出版社 1994 年版)、浦安迪的《中国叙事学》(北京大学出版社 1995 年版)、杨义的《中国叙事学》(人民出版社 1997 年版)等。进入 21 世纪,学者们在中西比较视阈下,对当代叙事理论的建构进行了多种尝试,并取得了一定的成就,对传统叙事思想进行了系统梳理和创新性阐释,出现了高小康的《中国古代叙事观念与意识形态》(北京大学出版社 2005 年版)、王昊的《敦煌小说及其叙事艺术》(安徽人民出版社 2005 年版)、黄霖等人的《中国古代小说叙事模式三维论》(上海书店出版社 2009 年版)、陈平原的《中国小说叙事模式的转变》(北京大学出版社 2010 年版)、赵炎秋等的《中国古代叙事思想研究》(湖

① 傅修延:《"中国叙事学"特辑》,《中国比较文学》2014 年第 4 期。

南师范大学出版社2010年版)、董上德的《古代戏曲小说叙事研究》(广东高等教育出版社2011年版)、刘湘兰的《中古叙事文学研究》(北京大学出版社2011年版)等论著。赵炎秋等著述的三卷本《中国古代叙事思想研究》所取得的成果得到了一致的认可。该研究以西方叙事学为参照和理论背景,在对古代叙事理论和叙事文本深入分析的基础上,从先秦两汉、魏晋六朝唐宋元、明清近代三个阶段系统阐述了中国古典叙事思想的演进历程,并与西方叙事传统进行对比,概括了中国古代叙事在不同历史时期形成的特征及其原因。通过对中西方叙事源头的分析,提出中国叙事的源头是神话与史传文学,由于古代史传文学重史实与古诗重抒情的传统,古代叙事形成了鲜明的"史化""诗化"倾向,叙事理论也具有"拟史化"的特征。从杂传杂史到六朝志怪志人小说,"正史"观念逐渐被消解;唐传奇则实现了古代叙事由历史向艺术的转化;宋元话本则使古代叙事逐渐走向民间,与"雅"文学分野成为"俗"文学的重要组成部分。明清小说体制结构逐渐走向成熟,叙事结构具有鲜明的民族文化特征,叙事功能也呈现多样化特征。《中国古代叙事思想研究》"在梳理时贯两千余年的叙事理论时,没有仅仅停留在平面的现象罗列和描述上,而是将它们置于当今的文化视域和特定的问题域中,以论衡百家的气度,进行脱胎换骨、点铁成金的分析论说,其学术史意识、理论意识、问题意识十分明晰和醒目"①,不仅促进了西方叙事理论的本土化发展,而且为中国古代叙事理论的建构提供了理论支持。

中国叙事研究在对叙事理论进行历史梳理、重新阐释的基础上,提出了文化叙事学、叙事文化学、空间叙事学等理论,为中国叙事理论的建构提供了新的角度。

文化叙事学是在后经典叙事学影响下,从文化论的角度切入研究而形成的一种叙事理论。虽然学术界没有明确标举"文化叙事学"的旗帜,但由于中国传统叙事具有丰富的社会文化内涵,属于文化叙事的研究起

① 蔡熙:《构建中国本土叙事理论的新创获——读〈中国古代叙事思想研究〉》,《湖南社会科学》2011年第2期。

步较早，在20世纪90时代已形成了一批有一定理论深度的成果，并形成了鲜明的学术个性与独创性。“最突出地显示出中国学术界在叙事学研究领域独立性和个性的，应该是文化叙事学这个领域。”[①]张开焱的《文化与叙事》（中国三峡出版社1994年版）分析了文化的物质层面、制度层面、精神层面对叙事的影响。杨义较早地提出了构建中国叙事理论的必要性，认为参照、借鉴西方理论固然重要，但更重要的是建立中国叙事学，只有这样才能立足于世界，与世界对话：“作为中国数千年非常辉煌而独特的叙事遗产的继承者，我们似乎不应该满足于给西方的叙事理论提供一点例证，而应该走着一条哪怕是艰难的道路，也要境界独辟，以具有中国特色的叙事理论体系，去丰富人类在此领域的智慧。”[②]杨义的《中国古典小说史论》《中国叙事学》在对古代典籍细读、耙梳的基础上梳理中国传统叙事的源流演变，参照西方叙事学探寻传统叙事的特征，从结构、时间、视角、意象、评点等方面揭示了中国叙事学的特征。杨义对中国叙事学的研究，不仅运用中国传统文化对叙事学的基本概念进行了重新阐释，而且建立了一套具有中国特色的文化叙事理论体系。傅修延的《先秦叙事研究——关于中国叙事传统的形成》（东方出版社1999年版）、高小康的《中国古代叙事观念与意识形态》（北京大学出版社2005年版）则分别从媒介符合、意识形态的角度拓展了文化叙事学研究的领域。此外，谭君强的《叙事理论与审美文化》（中国社会科学出版社2002年版）从审美文化的角度研究叙事学，力图构建审美文化叙事学。审美文化叙事学将研究领域由文学拓展到音乐、舞蹈、绘画、建筑、影视等具有叙事性质的各类艺术，从形式层面、社会历史层面、精神心理层面、文化积淀层面对叙事性文本或作品进行审美阐释。在近20年的研究中，文化叙事学研究已逐渐延伸到文化的不同领域，充分展现了中国传统叙事文化内涵丰富的这一特色，提升了中国叙事理论的高度，在一定程度上突破了西方经典叙事学的局限。

---

① 王鹏：《中国文化叙事学发展历程与主要视角模式研究》，湖北师范学院硕士学位论文，2011年。
② 杨义：《中国叙事学：图文版·导言》，人民出版社2009年版，第1页。

叙事文化学是借鉴西方主题学的研究方法而形成的一种叙事理论。宁稼雨认为西方主题学主要用于研究民间故事中主题、母题的源流演变及其社会文化成因，中国古代叙事文学中同一故事类型在历史发展过程中具有多种演绎形态，与西方民间故事、神话故事的主题、母题具有相同的特征，因此可以本着“中体西用”的原则借鉴西方主题学研究中国古代叙事文学，建构中国叙事文化学。对于中国叙事文化学的建构，宁稼雨提出了具体的建构设想，具有极强的操作性，“第一步，在参考借鉴西方AT分类法的基础上编制《中国叙事文学故事主题类型索引》，第二步，对其中重要个案故事传承演变进行系统的材料挖掘和深入的文化意蕴分析”①。中国叙事文化学的构建已取得了初步的进展，在索引编制方面，编制了“六朝叙事文学故事主题类型索引”，借鉴AT分类法，将故事类型分为“天地类、怪异类、人物类、器物类、动物类、事件类”六类；在个案研究方面，提出了个案入选的标准是根据“时间跨度、文本体裁覆盖面、文化意蕴分析要素”②三个方面进行权衡，对部分个案如“孟姜女故事”等已进行了叙事文化学研究。

空间叙事学是近年来叙事学研究空间转向而形成的新理论，龙迪勇首倡空间叙事学并取得一定研究成果，出版论著《空间叙事学》（生活·读书·新知三联书店出版社2015年版）。国内空间叙事学构建的主要原因来自三个方面：一是后现代时期传统的时间、历史等概念的局限性凸显，受到了后现代空间概念的挑战，现代人文社会科学研究需要进行“空间转向”，这一发展趋势为叙事学的空间转向提供了学术背景；二是叙事学自身发展的需要，经典叙事学与后经典叙事学研究在时间维度上已取得了丰硕的成果，但其存在的空间维度尚需探索；三是中国传统文化包括叙事传统的空间特性亟须建立适宜于中国叙事传统的研究维度。空间叙事学的提出引起了广泛的关注，《空间叙事学》这一成果在理论上的创新及建构中国特色叙事理论的自觉意识得到了学术界的认可。

---

① 宁稼雨：《关于构建中国叙事文化学的设想》，《厦门教育学院学报》2009年第1期。

② 宁稼雨：《关于个案故事类型研究的入选标准与把握原则——中国叙事文化学研究丛谈之六》，《天中学刊》2015年第4期。

总之，在西方叙事学的影响下，改革开放以来的中国古代叙事理论研究进入了繁盛期。由热衷于西方叙事理论的引介、移植到理性对比中西方叙事学的不同，在中西对话的语境中建构中国叙事理论的自觉意识逐步树立起来。对于如何借鉴西方叙事学建构中国特色叙事理论，相关研究不仅对中国古代叙事传统进行了深入细致的梳理分析，并且借鉴不同的理论提出了不同的建构设想，形成了多种富有创建性的叙事理论。中国古代叙事理论研究在一定程度上深化了叙事理论，超越了西方叙事学的局限，形成了与西方叙事学平等对话的格局。

第十章

诗教传统与文艺的精神担当

“诗教”是中国古典文化传统中一个特有的术语。从字面意义理解，“诗”在狭义的意义上可以理解为先秦时期以中国古代第一部诗歌总集——《诗经》为代表的诗歌作品；在广义上，“诗”也可理解为中国古典文学中的诗歌作品；我们也可以从当代文学理论的语境出发，将“诗”更广泛地理解为包括诗歌在内的传统的严肃文学作品。“教”也可以有狭义的“教育”和广义的“教化”两个方面的理解。自先秦时期起，“诗教”观念在中国古代文学理论中形成了一条颇有影响的思想脉络，形成了一个对古典文学创作和批评都有深远影响的理论传统。那么，在改革开放以后，在当代文艺理论建设和研究工作已经取得丰硕成果的今天，我们站在当代视角，面向当代文艺理论和批评的问题域，关于古代文学理论中“诗教”的传统，应该有作为当代学者自身的思考和理解。“诗教”传统在今天的意义是什么？改革开放以来对诗教传统的研究是否体现了对文学功能的理解（审美的、社会的功能）？是否体现了当代文艺观念和人文精神以及当代人对古代（包括古代的人文精神）的理解？这些问题将在本章予以探讨。

第一节
古代文论中的诗教思想综述

在中国古代的人文教育和文艺创作观念中，"诗教"的传统曾经占据重要的地位。因此，考察"诗教"传统中蕴含的人文精神，并深入探讨这一传统与文艺创作、欣赏、批评观念之间的内在联系，对于我们当代的文艺研究和历史认识都有重要的意义。

一、"诗教"传统的渊源

"诗教"指的是什么？要考察"诗教"所包含的内容，就要梳理这一概念的内涵和外延，明确其范畴，从观念层次上把握"诗教"的精神内涵。

"诗教"的观念早在先秦时代就已经形成。学界研究中往往将诗、书、礼、乐在先秦时代进入教育体系看作诗教传统的开始，因此"诗教"传统就可以上溯到《尚书·尧典》中夔受命掌管贵族子弟音乐教育的安排上："夔，命汝典乐，教胄子，直而温，宽而栗，刚而无虐，简而无傲。诗言志，歌永言，声依永，律和声。八音克谐，无相夺伦，神人以和。"《尚书》中的音乐教育，"诗教"与声律、乐、舞结合在一起，尚未独立成为一个教育门类。而"诗言志"的说法首次出现，并且与音乐、声律一起被赋予了重要的道德教化功能——"和谐"，这一特征与最早的"诗教"观念是相通的。《尚书·尧典》中"诗言志"的文艺教育思想也为《毛诗序》所继承，形成了关于文学表情达意的一套理论。

儒家学说的重要典籍《礼记》中记载了儒家尤其是其代表——孔子的教育思想，其中，"诗教"说法出现于《礼记·经解》中："孔子曰：'入其国，其教可知也。'其为人也，温柔敦厚，诗教也；疏通知远，书教也。广博易良,乐教也。絜静精微,易教也。恭俭庄敬,礼教也。属辞比事,春秋教也。故诗之失愚,书之失诬,乐之失奢,易之失贼,礼之失烦,春秋之失乱,其为人也,温柔敦厚而不愚,则深于诗者也。疏通知远而不诬,则深于书者也。广博易良而不奢,则深于乐者也。絜静精微而不贼,则深于易者也。恭俭庄敬而不烦,则深于礼者也。属辞比事而不乱,则深于春秋者也。"

《礼记·经解》中孔子强调了儒家《诗》《书》《乐》《易》《礼》《春秋》这六种重要典籍——"六经"的教育意义和功能方面不同的侧重。孔子认为,到了一个地方,观察其风土人情,就能了解这个地方的人民接受的是哪种经典的教育。"诗教"说法的出处当源于此,联系上下文的文意,这里出现的"诗教"是对《诗经》教育效果的概括,同时孔子还指出这一教育内容可能导致的弊端——"愚"。儒家讲究中庸之道,教育也是同样;如果教育内容有所偏颇或有不到位之处,就有可能产生不好的效果。《诗经》教育能让人具备温柔敦厚的品性,但是也可能使人"愚";如果深入地钻研和理解《诗经》,对其有更深刻的理解,那么就可以做到既具备温柔敦厚的品性,同时又不愚笨,这才是《诗经》教育应该达到的最终效果。

同样,在《礼记·王制》篇中,诗、书、礼、乐的教育不但有内容的体系性,而且还具有和历法相配合的时令安排:"乐正崇四术,立四教,顺先王诗、书、礼、乐以造士,春秋教以礼、乐,冬夏教以诗、书。"这些内容都说明诗教在当时作为教育体系的一个组成部分所占有的重要地位。

在《论语》对孔子言行的记录中,涉及议论《诗经》的内容很多,其中,既有引证《诗经》来教育弟子的场景,也有对《诗经》功能的全面议论。例如《论语·阳货》的第九章:

> 小子何莫学夫《诗》?《诗》可以兴,可以观,可以群,可以怨;迩之事父,远之事君;多识于鸟兽草木之名。

这一章对《诗经》功能的概括非常全面,表达了孔子对《诗经》的推崇。孔子之所以推崇《诗经》,是因为其功能涵盖了社会生活的方方面面:孔子认为,无论是个人情感意志的表达,还是群体中的活动;无论是处理家庭关系,还是社会关系;无论是对人类社会的认识,还是对自然界的认识,学《诗经》之人都能从《诗经》中获得有益的帮助。值得注意的是,在孔子的观念中,《诗经》的功能已经从教育拓展到了教化,走出了面向较小群体的教育行为,而被赋予了面向社会大众的、影响更为深远的功能。

又如,《论语》中孔子与弟子谈论到个人修养问题的时候,也会引用《诗经》作为阐释的佐证。《学而》第十五章云:

> 子贡曰:"贫而无谄,富而无骄,何如?"子曰:"可也,未若贫而乐,富而好礼者也。"子贡曰:"《诗》云,'如切如磋!如琢如磨',其斯之谓与?"子曰:"赐也!始可与言《诗》已矣,告诸往而知来者。"

在这一章中,子贡和孔子谈论的是为人的道德话题,孔子认为子贡提出的"贫而无谄,富而无骄"的为人原则值得肯定,贫穷时能够不丧失自身人格而谄媚,富有时能够不骄横傲慢,在孔子看来是"可也"的了;然而孔子认为做到这些还不够,更高的境界是"贫而乐,富而好礼",比子贡提出的原则更推进了一步:贫穷之时不但能够保持自身人格精神的独立性,而且还能安贫乐道,乐在其中;富有的时候不但不会骄横忘形,还能更加追求以"礼"为核心的个人精神涵养。比起子贡的发问,孔子的回答表面上看仍然是对贫富生活状况下一个君子或士人应该有的态度,但表达的内在原则已经超越了对贫富条件的比较,而更强调"修身"、做人的基本原则,如果一个人能够将礼乐的精神内化为自己为人的立足点,那么自然能够做到不以外界物质条件为转移,始终保持精神生活的净土。子贡从孔子的话中受到了很大的启发,于是他引用了《诗经》中的《卫风·淇奥》来佐证自己的观点。《淇奥》中"如切如磋,如琢如磨"的"切""磋""琢""磨"本义都是指加工玉器、骨器等工艺品的工艺,用来形容"君子"的修身、治学态度;孔子将子贡观点中对贫富生活状态的看法推进到为人的基本原则，力求在任何条件下都做到尽善尽美，显然也符合这种精益求精的修身态度，因此，子贡用这一句子来作类比，获得了孔子的高度认同和称赞。孔子的赞语不但包含了对子贡的个人资质的认可，认为他能举一反三，“告诸往而知来者”；而且包含了对《诗经》的推崇之意，他认为子贡有这样的悟性，认识水平达到了这样的高度，才可以同自己谈论《诗经》。《诗经》中蕴含的道理对于个人道德修养的提升很有帮助，可以说是指出了修身的路径所在。

在“六经”之中，《诗经》属于文学作品一类，那么孔子的议论也就包含了他对文学作品的教育功能和社会功能的理解。但在先秦时期，文学并未从儒家学术典籍中独立出来，因此，先秦时期对文学的议论总是被容纳在诗书礼乐的教育体系之内，并未形成独立的门类。这些以政教功能为中心的观念中，可能已经包含了从文学角度对《诗经》审美功能的认识，例如“兴观群怨”中的“兴”的含义，可能与《诗经》创作手法的“赋比兴”中的“兴”有关，只不过在先秦时期，诗歌的审美功能尚未被看作一种独立于社会功能和教育功能之外的特性，因此没有得到明确的阐发。

结合孔子本人的政教思想来看，孔子对“道”的至高理想的尊崇和对礼乐制度复兴的努力贯穿了他的政治和教育生涯，其中也包括了对礼乐制度的重要组成部分——“诗教”的推崇和弘扬。学界关于先秦时期诗教思想的研究，主要围绕对《诗经》的阐释而展开，如陈桐生认为，战国时期对《诗经》的阐释分为南北两派，北方一派以孟子为代表，提出了知人论世、以意逆志、以史说诗的方法；而南方一派以上海博物馆藏《孔子诗论》竹简为代表，重视诗歌抒发性情的功能，初步显示出“发乎情，止乎礼义”的倾向。①

在朱自清看来，先秦时期即使已经出现了认为诗歌有抒发性情作用的诗“缘情”观念，这种观念仍然不能作为先秦对文学和审美有独立意识的证明，因为在先秦典籍的表述中“缘情”的最终目的仍然是实现诗歌的政教功能：“他们虽然还不承认‘诗缘情’的本身价值，却已发见了诗的这

① 参见陈桐生：《诗教理论的几个问题》，《合肥师范学院学报》2008年第1期。

种作用，并且以为‘王者’可由这种‘缘情’的诗‘观风俗，知得失，自考正’。那么‘缘情’作诗竟与‘陈志’献诗殊途同归了。”[①]由此可见，先秦时期的“诗教”观念，注重诗歌的实用价值，是尚未将文学的审美价值和功利价值区分开来的体现。

从“诗教”概念演变来看，其内涵是在不断拓展的。最初的诗教属于整个文化艺术教育体系中的一个门类，“诗”即《诗经》，以诗书礼乐为主的教育是以贵族子弟为对象的；孔子关于“入其国，其教可知也”的言论标志性地体现了“诗教”含义从“教育”向“教化”推移的趋势，“诗教”加入了教化的意义，对象扩大到一国的民众，表明《诗经》教育成为国家教育行政手段的一个重要方面，是教化民众的重要手段；在孔子之后，“诗”的内涵也变得宽泛，可以用来指文学作品，则“诗教”包含了文学的教育功能，以及对文学以教化为主的社会功能的表达。“教”所包含的“教育”和“教化”两方面含义，也代表了“诗教”在两个不同的领域——教育领域和文学领域的广泛作用。

二、“诗教”观念的流变及研究

西汉董仲舒提出的“罢黜百家，独尊儒术”确立了儒学独受尊崇的地位。在董仲舒的政治思想中，教化对于国家的长治久安有重要的意义，因此，他在《春秋繁露》中提出了一系列以德治国、教化民众的方案，认为：“圣人之道，不能独以威势成政，必有教化。”在这样的思想指引下，汉儒对于《诗经》的教化功能有特别的重视，表现为《诗经》在汉代经学中政治教化色彩的凸显，《毛诗序》对《诗经》的阐释，就体现了汉代诗经研究的政教色彩。

汉代对《诗经》的阐释有齐、鲁、毛、韩四家诗，其中齐、鲁、韩三家诗为今文书写，毛诗为古文书写。在三家诗并列于官学的兴盛时期，毛诗相

① 朱自清：《诗言志辨》，华东师范大学出版社1996年版，第28页。

对边缘化；到东汉时期，三家诗衰微，毛诗则取而代之，影响深远，成为四家诗中唯一流传至今的一派。毛诗对《诗经》意义的阐发，体现在总结性的“大序”和针对每篇内容的“小序”之中，这些“大序”和“小序”统称为《毛诗序》。《毛诗序》是汉代对“诗教”说的阐释和传播意义非常重大的文献，在阶级分析为主的文学批评思路中一向被认为“是一篇代表封建阶级正统文艺思想的纲领性文献”①。对《诗经》教化功能的明确表达，反映在《诗大序》中，就是关于“先王以是经夫妇，成孝敬，厚人伦，美教化，移风俗”的系统表述。《毛诗序》中非常强调《诗经》的教化功能，从“风以动之，教以化之”的操作原则上看，是侧重对诗歌的阅读、接受、体验层面的。这符合儒家对《诗经》功能的期待：教化是将先王之道通过《诗经》作品传达给它的接受者，是道义思想单向的流动。

《诗大序》围绕诗教观念形成了一个相对完整的诗学体系，其中包括对诗的本质的理解：“诗者，志之所之也，在心为志，发言为诗。情动于中而形于言，言之不足故嗟叹之，嗟叹之不足故永歌之，永歌之不足，不知手之舞之足之蹈之也。”这是关于诗歌或者文学发生论的论述，后来学者们将其概括为“诗言志”说。关于所言之“志”的讨论众说纷纭，结合这段原文来看，“言志”的主体与先秦时期“赋诗言志”的主体有所区别，“赋诗言志”者主要是借用诗句表达情志，而《诗大序》中的“言志”主体可以理解为诗歌的创作者。从此角度则可以将这段话理解为汉代诗教观念中的创作论的代表，而且将诗与音乐、舞蹈等其他艺术形式并举，体现了对诗作为语言艺术的理解。《诗大序》对“诗言志”功能的强调，可以看作从创作角度对“诗教”观念的拓展；“诗教”不再限于阅读层面对读者的教化作用，而扩展到了创作领域：对于诗歌创作者来说，“言志”是将自我内心的情感，更多是观念和思想以诗歌的形式传达出来，然后才能以这种恰当的形式达到教化的目的。《诗大序》从外部研究的角度对文学创作和接受作出了比较完整的论述。

《诗大序》从诗歌创作者的个体“言志”行为切入，通过对诗歌功能的

① 张少康、卢永璘编选：《先秦两汉文论选》，人民文学出版社1996年版，第342页。

探讨，将个体情感的“情”与对社会风俗民情的反映联系了起来：“情发于声，声成文谓之音。治世之音安以乐，其政和；乱世之音怨以怒，其政乖；亡国之音哀以思，其民困。故正得失，动天地，感鬼神，莫近于诗。”从小处看，诗是个人情感、心中之“志”生发为言的形式；从社会群体的角度看，诗就有了观察民俗人情的作用。结合当代文学理论的表述，文学反映论强调的就是文学作品对社会风俗人情的反映功能，而在汉代“诗教”思想的代表《毛诗序》中，已经对这种功能论做出了明确表述，并且与个人情感的反映可以产生逻辑上顺理成章的联系。接下来《诗大序》不但对文学的社会功能做了明确表述，还涉及了后世阐发“诗教”说的重要依据，即文学、诗歌在政教体系中的具体运用：“先王以是经夫妇，成孝敬，厚人伦，美教化，移风俗。”

《诗大序》代表了汉代诗教观念中对教化思想的重视。《关雎》一诗后的小序中有“风天下而正夫妇也”的表达，在正文中有进一步解释：“风，风也，教也；风以动之，教以化之。”将“风”的诗体从词义层面与诗歌的教化作用联系了起来。

同时，《毛诗序》中还对不同文体所承载的教化功用之间的区别作了区分和进一步的细化。例如“变风”“变雅”的出现与社会政治秩序的变化之间的联系，以及“风”“雅”“颂”这几种基本的诗歌体裁类型在教化内容上各自的规定性。

在对每篇具体的诗歌进行解释时，坚守教化原则更是成了毛诗小序的重心。为了将诗歌含义尽可能地附会到教化意图上，诗小序甚至对很多篇章都做出了歪曲诗歌本意、牵强附会的解释，典型的如《关雎》这样表达真挚爱情的诗篇被附会为“后妃之德”。“美”和“刺”的功能之重要，在诗小序中亦可见一斑，几乎每篇的解释都被赋予了“美刺”的功能。正如东汉郑玄《诗谱序》所言：“论功颂德，所以将顺其美；刺过讥失，所以匡救其恶。”[1]

比起先秦儒家来，汉儒更注重“诗教”的具体手段和实现方式，即使

① 郭绍虞主编：《中国历代文论选》第1册，上海古籍出版社1979年版，第70页。

是"美刺"的主题,也要尽量用"温柔敦厚"的方式呈现出来,因此"诗教"观念在汉代也包含了对形式的重视,从而成为文学特质得以从中生发的可能。即使如此,当代学者对以《毛诗》为代表的汉儒所做的《诗经》解读工作,仍然会定性为是以功利主义为前提的,正如陈良运在《中国诗学批评史》中所表述的,《诗大序》在理论上充满矛盾,功利的与审美的,正统的与变异的思想共存,而且往往前者制约、规范后者。[①]

有的学者注意到《诗经》学研究在汉代与儒家其他经学的研究相互吸收、融合的过程,如陈桐生指出:

> 《毛诗序》"诗者,志之所之也",是取自《尚书·尧典》,这是《诗》学对《书》学的借鉴。《毛诗序》"故用之乡人焉,用之邦国焉",是指《仪礼·乡饮酒礼》和《燕礼》以《关雎》合乐;《毛诗序》"情发于声,声成文谓之音"一节文字,是直接采用《礼记·乐记》;《毛诗序》的"六义说"是对《周礼》"六诗说"的改造;这是《毛诗》对《礼》学的吸纳。《毛诗序》有变风、变雅之说,它的理论源头是孔、孟以及《春秋公羊传》《春秋谷梁传》的经权思想,这是《诗》学对《春秋》学的借鉴。《毛诗》肯定《诗三百》中歌颂汤武革命的诗篇,这是《诗》学对《易》学的吸取。是五经共同提供的材料,才支撑起诗教理论大厦。[②]

对"诗教"思想的综合性的理解,既是学术视野开阔的表现,也能够从侧面证明《毛诗序》本身存在的理论矛盾和驳杂性。

在古代的思想文化领域,儒家经学思想的确长期占据至高的地位,文人阶层多怀抱有经世致用的政治理想。即使是创作或解读文学性的作品,正统思想的标准也会自然而然地浮现,作品肩负的社会责任成为首要的关注对象,正如《诗大序》中"经夫妇,成孝敬,厚人伦,美教化,移风俗"的总结。文学从经学、史学等经世的学问中分离出来,对《诗经》的解读

① 参见陈良运:《中国诗学批评史》,江西人民出版社 1995 年版,第 81 页。
② 陈桐生:《诗教理论的几个问题》,《合肥师范学院学报》2008 年第 1 期。

挣脱“诗教”观念中功利主义规范的束缚，独立的文学价值和纯审美的标准被发现并得到大多数人的认可，是一个渐进的过程。李春青认为，中国古代的“鉴赏批评”或称审美批评出现于西汉后期，而完成于东汉之末，“直到东汉末曹丕的‘诗赋欲丽’之说出来，才算是完全摆脱了儒家思想限制，凸显了诗文辞赋的审美特征”①。在魏晋之前的文学批评之中，关于文学的价值判断总是与正统思想、经典正义有脱不开的联系，而这一时期的文论多强调文学尤其是诗歌作品的审美价值，强调诗歌的抒情功能，发挥了《毛诗序》中“情动于中而形于言”的论述。自曹丕的《典论·论文》开始，陆机的《文赋》、沈约的声律说到钟嵘的《诗品》，均开始注重从审美的角度切入对诗歌和文章的分析评价，淡化对文学社会功能的评判，冲击了将诗歌作为教化工具的思想。文学的内部规律、审美价值、情感体验作为批评的基本标准终于得到了独立的关注，例如钟嵘《诗品序》中对《诗经》的理解，有意识地与功利的文学观拉开距离，保持了明确的纯审美的批评标准。观魏晋之前的文学评论，无论是扬雄论汉赋、司马迁论楚辞、班固评离骚，还是毛诗大序，对作品美感的称赞都伴随着对君臣关系、风俗教化、五经要旨这些儒家社会政治最高理想的重述。而钟嵘在《诗品》中较为纯粹地讨论五言诗创作的艺术手法和美感特质，品评各家诗人的优劣得失，儒家正统的道德标准、政治标准几乎全然缺席。这一现象反映了文学审美机制的逐渐建立，针对文学的价值判断有了纯审美的判断准则，这是魏晋以来文学鉴赏批评最终建立的成果，也反映了钟嵘文学观念的新锐之处：他品评诗歌创作的文字中不再以儒家正统思想作为最重要的参考坐标，正统经义最终让位于纯粹的审美原则。

鲁迅将魏晋时期看作中国的文学自觉的时代，儒家思想受到玄学的冲击，魏晋南北朝文学对独立的审美价值的发现对以政治教化为目的的“诗教”观念构成了挑战，“诗缘情而绮靡”改写了“正得失，动天地，感鬼神”“经夫妇，成孝敬，厚人伦”的观念。然而，对诗歌审美价值的意识并未完全驱逐对其现实功能的关注，刘勰的《文心雕龙》仍然保持了教化观

① 李春青：《论中国古代“鉴赏批评”的形成》，《文艺理论研究》2012年第6期。

念的主导地位,他的"因文以明道"的思想,表明他对"文"的理解,是将体现为形式的"文"看作"道"的彰显和承载的。当然刘勰意识到了文学审美独立的特性,因而主张将充实的思想内容与富有美感的形式结合起来才能形成好的作品:"然则志足而言文,情信而辞巧,乃含章之玉牒,秉文之金科矣。"他在《文心雕龙》中多处表示应"舒文载实"(《明诗》),"华实相胜"(《章表》),"揽华而食实"(《诸子》),都是将内容和形式两方面综合统一的思考。在《文心雕龙·明诗》这一篇中,刘勰对《毛诗序》的"诗言志"之说进行了自己的阐发。他认为"诗者持也,持人情性",肯定了诗歌的抒情特质;同时他训"诗"为"持",目的在于表明孔子"诗教"观念中"思无邪"的核心思想,进一步强调了诗歌在思想内容方面的要求,以此作为对诗歌抒情性质的平衡。

《文心雕龙》之所以还保持了正统经义的至高地位,首先说明了文学独立价值的发现、对纯审美的追求并未对儒家思想的统摄形成彻底驱逐之势,文人的政治理想也并未因为发现了文学之美而被抛弃;其次是由于《文心雕龙》是"体大而虑周",对各种文体都有论述,不同的文体有不同的创作手法和功能,正如曹丕《典论·论文》中所概括的:"奏议宜雅,书论宜理,铭诔尚实,诗赋欲丽。"论述对象的复杂性决定了刘勰无法像钟嵘那样单纯地探讨五言诗歌的美学原则问题,而置经典正义于不顾;最后,刘勰与钟嵘的个人气质、思想和审美偏好必然是有差别的,刘勰本人非常崇尚儒家正统思想,要在文学中实现"道沿圣以垂文,圣因文而明道"的理想,并且希望通过文字的政教功能为文人实现政治抱负提供助力,虽则他对文学作品的美学价值有很高的鉴赏力,这并不妨碍他同时是文学政教功能的支持者。

魏晋之后,诗歌创作趋于多样化和成熟化,经过齐梁宫体诗的浮艳风格,直至唐代出现了古典诗歌创作的高峰期,对当时诗歌理论和"诗教"观念的研究也较为多样化。初唐诗歌理论中,陈子昂较早提出的"风骨"论、"兴寄"论,集中体现了对文学尤其是诗歌审美特质的追求,但是考察其具体理论阐述,仍能发现其中包含的儒家诗教思想。陈子昂的《与东方左使虬修竹篇序》中表达了对齐梁诗歌创作的否定,他认为齐梁诗歌过度追求形式繁复和辞藻华丽，而伤害了诗歌的“兴寄”，也就是真挚的思想情感能够产生的兴发感动的力量被遮蔽了。而陈子昂提倡的是“汉魏风骨”，具体来说就是“骨气端翔，音情顿挫，光英朗练，有金石声”，是一种在声律形式和思想内容上都有造诣的刚健风格。所谓风骨，应当是指诗歌内部的思想情感和外部的语言表达综合达到的一种审美效果，以质朴、刚健的语言和深沉有力度的情感力量为特征。在对“兴寄”和“风骨”的褒扬中，集中体现了陈子昂的诗歌创作主张：要以有感而发、有所寄托的诗歌创作来摆脱无病呻吟的齐梁诗风。

盛唐时期相对于初唐时期和中唐时期而言，对“诗教”观念和文学工具论倾向的突破主要体现在创作领域，出现了诸多并不符合“美刺”的表现手法，也不以教化为目的的优秀诗歌和文学作品。盛唐诗坛的主流创作风格延续了初唐时期对“风骨”“兴寄”的追求，虽然具体到个体的诗人，诗风各有其特色，但大体来说，盛唐诗歌是在形式上的声律和内容上的风骨两方面都达到高峰的产物，从文学观念上看，是形式和内容的并重，虽然不注重教化色彩，但与“诗教”观念中对形式与内容相平衡的思想仍有传承。

中唐时期韩愈、柳宗元等古文创作的大家主张“文以明道”，虽然是针对文章的规定，但如果放在整个文学创作的视野下，这一思想反映的是当时文学观念的变化。关于文学的表情达意功能，韩愈《送孟东野序》中有一段著名的议论：

> 大凡物不得其平则鸣：草木之无声，风挠之鸣；水之无声，风荡之鸣。其跃也或激之，其趋也或梗之，其沸也或炙之；金石之无声，或击之鸣。人之于言也亦然：有不得已者而后言，其歌也有思，其哭也有怀，凡出乎口而为声者，其皆有弗平者乎！乐也者，郁于中而泄于外者也；择其善鸣者而假之鸣：金石丝竹匏土革木八者，物之善鸣者也。[①]

① ［唐］韩愈撰、马其昶校注：《韩昌黎文集校注》，上海古籍出版社1986年版，第233页。

韩愈的这段论述表明了“明道”的文学观并不是单一地强调诗教的社会功能,《诗大序》中关于“诗言志”的提法以及诗歌的情感表达功能在“文以明道”的口号中仍然得到了继承与彰显。

中唐诗歌理论主张中,以标榜“美刺”等儒家诗教思想的话语居多,例如元结、顾况、白居易等人的诗歌创作,都是有意识地反映民间疾苦、针砭时政之弊的实践。如果用历史的眼光考察,这一现象可以认为是时代经历了盛唐到安史之乱的急转直下,儒家诗教思想中经世致用的观念更加受到了知识分子的重视。但中唐文人对诗教观念的提倡并未持续很长时间,导致理论和创作的浪潮都很快衰微。

晚唐时期,杜牧、李商隐为代表的一批士人提出要使文学创作摆脱儒家思想束缚的诉求,形成了对诗教说的挑战和拒斥;虽有皮日休等人继续推崇诗教的观念,但理论上并无创新和发展,也没有产生有足够影响力的创作实践与其理论相配合,因此晚唐的诗教说整体呈衰微的态势。

对唐代“诗教”观念的当代研究,基本都注意到了唐诗的创作与批评中文学观念的重要变动。陈良运认为,以孔颖达等人为代表的唐代儒宗在阐释“诗教”观时主张先有“情真志正”,注重《诗经》表达情感的作用,这是与汉儒先有政教目的后有诗的观念的重大差异。孔颖达所注的《礼记·经解》中对“诗教”和“乐教”作了理论上的区分:“诗为乐章,诗乐是一,而教别者:若以声音、干戚教人,是乐教也;若以诗词美刺讽喻以教人,是诗教也。”这是“诗与政教关系的重要调整”①,可以说为唐人思考文学审美功能开拓了广阔空间。

有学者认为唐代的诗歌创作是对儒家正统意识形态的突破,如杨乃乔等人对唐初推行《五经正义》的现象进行考察,认为隋唐时期儒家经典的意识形态功能和对统治权力的维护作用仍然受到重视,唐初《五经正义》的颁布标志着获得官方认可的经学阐释学重新确立了其主流话语的地位,这是儒家经学阐释的原教旨主义再度形成的标志。然而唐代的科

① 陈良运:《中国诗学批评史》,江西人民出版社1995年版,第234页。

举取士制度又并不符合经学阐释学的核心思路,最重要的进士科考试倾向于“重义轻儒”,以诗赋才能取士,这一政策的推动力量成为唐代诗歌创作繁荣的重要诱因,唐代知识分子对诗词歌赋的重视超过了儒家经典,因此,在唐代繁荣的诗赋创作背后,隐藏的是“思想的平庸与儒家之道作为精神信仰的坍塌”①。

正如同杨乃乔等人的思考,不少研究者将唐代看作文学自觉时代之后审美意识取代政教观念占据文学创作的时代。在《三唐五体:唐代文学本体观念的演变与诗风的变迁》一文中,刘真伦将初唐和盛唐时期的文学观念概括为“原道”的文学观,盛唐和中唐时期是侧重“言志”的文学观,中唐和晚唐时期则是侧重于“缘情”的文学观。基本上呈现出“诗教”观念中的教化和道德内涵逐步退出文学创作的趋势。

也有学者认为,唐代的儒家诗教观念经历了几个阶段的变化,并不能简单笼统地把唐代看成一个儒家诗教衰微的时代。张明非在《儒家诗教说在唐代的兴衰》一文中认为,唐代的文坛是接续了隋代高扬儒家诗教的旗帜,文学的经世教化功能在初唐时代就得到了大力的推行,在魏征、王勃等知识分子的表述中,文学不仅有反映时世的功能,甚至可以影响时代政治,关系到政权的稳定性。当然这更多代表了初唐时期的状况,“诗教”的教化功能关系到一个新建立的政权是否能利用一套意识形态话语体系对自身的稳定有所助益。盛唐时期诗歌创作虽然达到高峰,关于诗教的观念表达却是相对沉寂的,中唐短暂的再度高扬,再到晚唐的衰微,整体来看,“诗教”说的接受度是下滑的趋势。在总结这种趋势时,张明非文中提出了一个值得注意的现象,就是文学创作与理论的矛盾分裂现象,诗人们的理论主张以及对某些作品的评价往往前后不一、自相矛盾,张明非在文中将这一现象解释为“诗教”说对创作实践的统摄力问题,认为“诗教”说中的儒家信条虽然被倡导者们公开标榜,但是这些倡导儒家诗教的知识分子们经常不自觉地使用心中的另一套标准,即“为儒家思

① 杨乃乔、李丽琴:《唐代经学阐释学与两种文学观念的悖立——兼论〈五经正义〉的阐释学方法与原则》,《学术月刊》2009 年第 4 期。

想所忽视的艺术标准”,这也表明“一成不变的儒家诗教说已经落后于诗歌发展的实际”。[1] 得出这一结论,可以部分地证明,唐代文学创作中,审美意识对政教观念形成驱逐之势的说法不无道理。另外,张明非认为“诗教”说中关于诗歌“美刺”的论调也是为唐代诗人所颠覆的,证据就是李白的《古风》、杜甫的《丽人行》、元稹的《连昌宫词》等作品均为直白揭露权贵阶层的腐败和奢靡生活的,与“诗教”所要求的“温柔敦厚”“怨而不怒”的创作标准背道而驰。这说明作为功利主义的政治教化目的连同其“美刺”的表达方式,在唐代诗歌创作大繁荣的局面下,均受到了动摇。

张明非对“诗教”说的理解反映了一些学者的二元化的思路:将儒家诗教与艺术独立发展的规律对立起来,也即将儒家诗教说看作从文艺“他律”观念出发的教条思想,而与对文艺形式技巧、审美价值的“自律”追求对立起来。梳理儒家诗教说的内涵,我们可以发现,事实上“诗教”观念是包含了关于文学自律的精神在内的,是一种综合性的、符合儒家中正平和思想的文艺观念,用自律或他律的观念来阐释这种观念并不能完全表现其精神内核。不过张明非在文中所总结的初唐知识分子对“诗教”说的理解应当是合理的,即用政治干涉取代文学,文学变成了功利性目的主导的、政治的解读、宣传教化和附属品,而文学自身独立的美感特质被忽视了。而在唐代的诗歌评论作品中,这种正统的“诗教”观念显然已经失去了统治地位,总体趋势是诗评家基本摆脱了将文学看作经学附庸的陈旧观念,这样的理解也是基本符合唐代的理论和创作实际的。

宋代是理学昌明的时代,宋儒对《诗经》的诠释和义理的阐发较有成就。在宋代对“诗教”说的继承和阐发过程中,程朱理学的学说起到了举足轻重的作用。周敦颐和二程的诗歌观念都是以“道”为本的“文以载道”思想,文学可以在合乎和弘扬“道”的基础上吟咏情性。程朱理学中最为重要的人物朱熹在《朱子语类》中说道:

道者,文之根本;文者,道之枝叶,唯其根本乎道,所以发之于文

① 张明非:《儒家诗教说在唐代的兴衰》,《求索》1989年第2期。

皆道也。三代圣贤之文，皆从此心写出，文便是道。

朱熹很明确地将文章的写作立意的出发点与道连接起来，当然他所指的“文”不止是文学，也包含了应用文体，但其基本立意仍然与“诗教”说有所联系，都是把体现为文字形式的文章或文学作品看作承担着某种社会功能的、有功利性用途的工具。从程朱理学对《诗经》的理解来看，“诗教”说不仅包含了诗歌教化民众、同时反映社会民情的功能，宋儒还注重从“诗教”观念中发掘诗歌吟咏情性的作用，这可以看作对“言志”“缘情”观念的发展，而并不局限于“美刺”的论断。

宋代蔚为大观的诗歌创作是以宋词的繁荣为代表的，当代学者通过考察宋代词论中隐含的“诗教”观念，认为宋代的儒家“诗教”观有逐渐多元化的趋势，并且该现象与宋词创作和宋代词论的发展有密切的关系。词本是产生于民间的文体，在宋代逐渐兴盛，宋代文人士大夫多参与宋词创作，关于词体的观念也随着创作主体的改变而发生了嬗变。最初词的写作以追求娱乐性为主，内容或为《花间集》一类艳丽精巧的作品，或为北宋词人抒发闲情逸致，书写男女恋情的小词；后随着文人填词的兴盛，以及南宋时国家动荡和政治格局的更替，宋词从内容到创作手法都经历了极大的拓展和创新，开始出现以诗为词、援诗入词的现象。词论中也出现了以诗论词的尝试。当代的研究者将儒家“诗教”观念与宋人对词的理解结合起来，开始关注宋代词论中渐渐融入的儒家“诗教”传统观念。如李清照《词论》虽然明言词“别是一家”，然而其文中关于词的审美标准的论述，如“铺叙”“典重”等观点，实际上是脱胎于传统诗歌理论的原则，而与词最初兴起时作为“艳科”的形态和美学趣味不符。南宋词论明显有了文人创作所带来的雅化倾向，如辛弃疾、刘克庄等人的词作，均有寄托忧国忧民、壮志未酬的情感，渗透了“诗言志”的观念；“诗教”观念强调文学作品“温柔敦厚”的风格，有利于政治教化的功利性目的，南宋词论中也出现了类似“雅正”“乐而不淫”等出自“诗教”说的用语。

也有学者专门研究了北宋后期黄庭坚等人提出的诗教观念，主要是强调“诗教”观念中温柔敦厚和怨而不怒的要求，结合北宋时期苏轼等人诗歌中由于过分直白的“怨刺”成分而遭遇“文字狱”的历史事实和时代语境，这些学者们分析了诗人的心理动机，认为此时对“诗教”观念的提倡是面对艰难的政治处境时诗人委婉表达心境的应对方法。总的来说，宋代“诗教”观念在文学创作中的地位比在唐代时显得更有影响力，应该是与理学昌明的思想史背景分不开的。

关于“诗教”观念在明代的流变，根据王运熙、顾易生主编的《中国文学批评史新编》中对明代诗歌理论的总结，明代初期宋濂、刘基、高启、方孝孺等人的理论中均有对诗歌“明道致用”功能的强调，这种对文学工具论的表达可以被看作对“诗教”传统的继承；明中期的“台阁体”倡导平和柔婉的“治世之音”，带来诗坛创作的萎靡，这一主张更符合对“温柔敦厚”和“美刺”的表达方式的传承；明中叶以后，前后七子的复古理论虽然取代了台阁体的地位，但也带来了拟古模仿甚至剽窃的弊病；明后期的公安派、竟陵派深受阳明心学的异端泰州学派李贽的影响，以“独抒性灵”的新诗风，涤荡拟古习气，出于对内容空洞的拟古习气的反拨，这些文人学者倡导在诗歌中抒发真实的情感、表达个性，仍可见出“诗缘情”“诗言志”的遗音。

一些学者认为明代后期文学注重心性、内省，不注重明道致用的政治教化功能，从而构成了对儒家“诗教”传统的反叛，如成复旺、蔡仲翔、黄保真的《中国文学理论史（三）》（明代卷），以及蔡镇楚的《中国古代文学批评史》即持此种看法；而另一些学者认为，在明代诗歌注重艺术形式审美的表象之下，仍然盛行着儒家诗教的传统思想，具体表现为诗坛的代表性诗人在其作品中和诗论中所流露出的对诗歌社会功能的关注，以及社会生活中表露的对诗歌教化作用的理解等。因此，有学者认为，明代人对诗歌的艺术形式上的技巧和对诗歌功能的双方面重视并未构成非此即彼的冲突，儒家思想仍然占据明代社会意识形态的主流地位，其诗教观念也是贯穿在明代文人的诗歌创作中的，甚至李贽这样表现出离经叛道精神的知识分子，所提倡的真性情，也与“诗教”观念的精神内核并不矛盾。有一些学者注意到了明代哲学思想领域的大家，如王夫之的思想中，有将儒家诗教观念与审美观念会合的观点，这也说明，明代学者对诗教观念的态度，并非从艺术或审美的角度出发，将诗歌的社会功能和“温柔敦厚”的诉求全然排除在外，而是做出了试图融合二者的努力。

宋明理学到陆王心学的变化使得明代后期的思想和学术倾向于谈论“心性”而流于空疏，再加上明清朝代更替的政治震荡，最终带来了清代儒学复兴的浪潮，清初学问倾向于“尊经复古”，在思想领域体现为儒家正统思想在经学研究中的复兴；在文学创作领域则体现为对《诗经》“雅正”传统所代表的儒家诗学观念的唤回，其中“诗教”观念作为儒家诗学理念的核心得到了大力的弘扬。张健在论著《清代诗学研究》中，将清代的诗学总结为审美追求与诗歌政治教化功能的综合统一。而蒋寅在《在传统的阐释与重构中展开——清初诗学基本观念的确立》一文中，则将清初诗坛风气的变化总结为诗学传统的复归，具体表现为对诗歌的伦理基础、审美标准和知识基础的重建。在复兴“诗教”的大趋势下，清代诗坛的创作观念更多体现出多元化和包容性，文人学者对诗歌传统的理解显得视野开阔，目光不再局限于宗派划分或仅限于对唐诗的推崇，而是认识到古典诗歌的传统有着极为丰富的内涵和多样的创作方式，因此而拓展了自身复古拟古的空间。可以说，清人对诗教的继承发展是出自复古的思潮，然而并非泥古，而是在有清醒的当代意识的前提下，首先对古典传统做出了适应当代思想文化需求的重新书写。蒋寅认为，清初诗坛重新树立了性情中心观，用以反拨明代诗风的空疏和褊狭。明代诗人也崇尚拟古，但清人认为明人的拟古带来的是虚伪矫饰的创作，且缺乏深厚的学养作为诗歌创作的根基，导致了明代学风和诗风均流于空疏。明清之际的文人如钱谦益、朱彝尊等人，都将学问看作诗歌创作的知识基础，认为拥有真性情并不能直接产生好诗，诗歌创作要避免流于俗套，就需要用求实尚真的学术修养来加工和引导真性情的书写。蒋寅总结清初诗风的变化，认为“诗学在清代不同于以往的最大特点，即它是被当作学问来做的”，也就是说，诗学在清代走向了学术化，清人的诗歌创作和理论建设，均以深厚的学术修养作为知识基础，对“诗教”观念的再度高扬，也伴随着从清代学术实际需求出发的再加工和再阐释。

第二节
诗教传统中的人文精神内涵解读

“诗教”思想从其源头和发展来看,其含义的拓展经历了几个阶段:

第一个阶段的含义是最初的狭义“诗教”,即先秦时期以《诗经》对贵族子弟进行礼乐文化教育。

第二个阶段的含义在最初的意义上有所拓展,变成了以孔子乃至汉儒为代表的知识分子对《诗经》的教化功能的重视。

第三个阶段的含义拓展更广,“诗”不再专指《诗经》这一部作品,而成为对诗歌、文章这些典雅的文类的泛称。“诗教”也就蕴含了对文学作品社会功能的期待,其代表可以与宋儒的“文以载道”观念相类比。在这个层次上,“诗教”还可以涵盖对文学创作原则的指导,即创作主体自觉将“载道”意识运用于创作实践中,从而让自己的作品具备“教”和“化”的具体社会功能。

第四个阶段是从当代文艺理论的视角出发,对“诗”所泛指的文学作品的功能有更多期待。从当代人们对文学的认识来看,“诗”或文学,不仅要有教育功能或教化人心的作用,更应该以其美学特性达到这些效果,对文学审美性质的期待与对其社会效用的期待联系在了一起。

这四个阶段的内涵变化都从属于“诗教”这个思想体系的发展嬗变过程,在历史的纵向梳理之外,我们还可以将“诗教”的传统拆解为几个组成部分来进行共时性的认识。“诗教”传统所包容的思想内涵构成了一个体系,既要求文学的政治教化色彩,又从形式上对文学表达做了“温柔敦厚”“美刺”的要求,同时还兼顾了诗歌传情达意的“言志”“缘情”功能。将“诗教”观念简单地归于功利主义文学观或文学工具论,是比较武断的。这一观念在传承发展的过程中,更多的是体系之中的各个维度的生发和地位的交替,如在文学自觉时代之前,“诗教”思想中已经包含了对文学审美功能和形式的重视，只不过在当时的认知中，政教功能仍然是第一性的；到了魏晋隋唐时期，审美功能和形式的维度成为更受重视的方面，而政教色彩下降到次要地位；在明清的诗歌传统中，“诗教”观念复归到了“雅正”的标准，在诗歌创作的具体主张和实践方面体现为审美追求和政教色彩的统一。

传统的“诗教”观念，从文学本质论和功能论的角度来看，似乎不注重文学独立的审美特性，然而对于文学现实价值的确认有基础性的意义。因此，在历朝历代对正统文学的认定中，“诗教”观念作为儒家思想体系的一个组成部分，始终起着基础性的作用，即使其部分内容和地位会受到不同的文学观的冲击，但基本都保持了或隐或显的在场。

在“诗教”说和后世的多种演绎中，我们也可以看出中国古代儒家思想中人文精神的渗透。

在当代语境中谈及“人文精神”，与西方“人文主义”的概念含义有很大关系。西方文艺复兴时期的“人文主义”，主要是打着复古的旗号进行的思想解放运动，是为了用世俗化的、人性化的自由生活理想将思想从宗教神学中解放出来，这种人文精神强调以人而非神为思想的中心和价值本位，以人的世俗生活而非宗教的彼岸想象作为追求的文化理想；中国古代已有“人文”一词，在近代“西学东渐”的背景下，才被用来翻译西学中意义近似的词汇。然而西方近现代的人文主义精神是在与宗教神学的对抗中发展起来的，而中国的传统文化中并没有与西方类似的一以贯之的宗教神学背景，从构成形式上来看，中国传统文化本身就有高度世俗化的特征，因此谈论中国的“诗教”传统中有何种人文精神的内涵，更多是从儒家思想对社会人生的思考角度谈论其在世俗文化层面上的精神内核。

中国传统的儒家思想是一种以人为本、以解决现世的、世俗的人和人生问题为中心的思想体系。从孔子开始，儒家思想就一直保持着面向人间事物和现实人生的态度和视野。《论语·先进》中孔子说“未能事人，焉能事鬼”和“未知生，焉知死”的话语，都表现出对人的现世生存的关注。在儒家思想中，作为个体的“人”的地位得到了充分的肯定，孟子认为“民贵君轻”，将民生问题看作国家社会治理的根本性问题；荀子言“人有气、有生、有知,亦且有义,故最为天下贵也”[1],董仲舒语“天、地、人,万物之本也”[2],不仅将人当作天地万物中最重要的,甚至把它当作万物之本。

儒家伦理本身就体现了中国人文精神的深厚传统,由于没有西方人文主义的反神学传统,儒家思想对“人”的设计塑造更具有现实的可操作性,所设计的理想人格形象也是现实中可达到的。其基本观念体系围绕以“人”为中心的“仁学”而展开,其中又发展出了一整套关于如何将个体的人培养、塑造成为具有“仁”的道德、“君子”的特质的方法和制度。孔子的儒家思想中重点关注的礼制问题,就是这样一套制度的代表:

> 传统中国的“人文”不单有其完备的观念智识系统,而且有其普泛而深厚的典制结构,许多方面都有着充分制度化的具体表现。如,近乎法规的或准法制化的道德法典(monal code)、家族伦理礼仪、教化方式、教育制度以及“人文化”(“成人”与“成仁”、文化德性教育与政治成才或达德与达官)程序……[3]

礼制中的一个重要组成部分就是教化手段和教育制度。通过有计划的教育和有目的的教化,才能有效地将一个社会最基本的伦理道德意识融入个人的观念深处。因此儒家一向注重教育,并且也注重以各种方式实现教化民众的目的。《论语》中关于“德行、言语、政事、文学”四科的表述,可以看作孔子为了将个体的人教育、塑造成为具有“仁”的道德特征的“君子”而设计的教育理论体系。“诗教”观念就是在这样一个完备的“人文”观念系统中体现为制度化的教化方式和“人文化”程序的一部分。在这样一个体系之中,对个体的人实行“诗教”是塑造理想道德人格的必要手段之一。

---

① [清]王先谦:《荀子集解》,中华书局1988年版,第164页。
② [汉]董仲舒:《春秋繁露》卷六,中华书局1975年版,第209页。
③ 万俊人:《儒家人文精神的传统本色与现代意义——试以先秦儒家伦理为例:一种比较阐释》,《浙江社会科学》1998年第1期。

儒家伦理中包含了对现实意识形态的关注和更为高远的乌托邦理想，这两个维度在“诗教”观念的传承和发展中也获得了自身的表述，影响了传统儒家知识分子的文学观念。李春青认为，儒家的文学观念是工具主义性质的，这种工具主义的文论观到唐代以后，尤其宋代时，内部出现了两种倾向：“一是要求诗文直接服务于现实政治，成为‘治教政令’的工具；二是要求诗文从属于某种超验的精神价值，成为载道之具。”①这两种倾向就分别代表了对现实政治、意识形态传播功能的要求，以及对更高意义的“道”的承载功能。不论是在现实层面还是超验的精神层面，“诗教”都是试图以诗歌的审美形式而诉诸个人观念层面的。从其精神价值来考察，“诗教”传统主要可以体现儒家思想中的人文精神、社会责任感以及对文学创作“真善美”的综合原则的确认。

首先，“诗教”观念体现了儒家思想“以人为本”的精神内涵。“诗教”观念主张以“美刺”的表现手法实现教化民众，维持社会观念中伦理道德的稳定性，其中蕴含的前提是儒家思想对人性的认识。只有认可人性的可塑性，相信人性或个体的人格可以通过外在的影响手段（如教育）变得更好，才会进一步去设计影响的方式和路径。“诗教”传统中关于人的“情”“志”“性”的各种阐释，无不立足于这一具有人文精神的前提。同时，以人为本也意味着将个体的人当作社会的基本组成元素，以个人生存状态的好坏衡量社会运行状态的好坏，凸显了对个体的人的关注和对个人价值的肯定。

其次，“诗教”传统包含着对文学社会责任的肯定。在传统的“诗教”观念中，文学是应当承担社会责任的，教化的功能不止体现于对个体的人的塑造，也体现在对群体的人的影响上。整个社会的风俗人情、伦理道德规范都可以通过文学作品反映出来，也可以在文学作品的教化之下变得更具稳定的秩序。

“诗教”的落脚点在于文学艺术作品对人格和道德的塑造功能，中国传统文学作品中的经典之作，大多蕴含着对社会、人生尤其是人的精神生

① 李春青等：《20世纪中国古代文论研究史》，山东教育出版社2008年版，第8页。

活的关怀，可以看作对“诗教”观念的实际履行。中国古代文论思想中也渗透了“注重人的精神道德取向，面向社会现实，提升人类灵魂”的价值追求①，也是儒家知识分子具有超越性的精神理想的表达，这些特征突出体现在古人对“诗教”观念的理论阐释和创作践行中。

最后，诗教观念中包含着文学的审美意识，使文学对美感的追求不流于形式的空泛，最终完善了“真、善、美”的综合原则。在“诗教”说中，关于文学艺术作品求真、求善、求美的理想是统一为一体的：合乎一定的道德原则或政治主张直观上看是符合社会稳定、进步、和谐发展的需要，也就是符合“善”的目的；符合事物发展的普遍规律和趋势则是把握了“真”的维度；对“真”和“善”的追求又统一于具有内在规律的“美”的文学形式之中。“诗教”思想立足于对人的道德境界的塑造，避免了因过度强调审美尤其是过度追求文学形式的美感而忽略其精神内涵和社会价值的弊病。

改革开放以来，中国的文学艺术实践遭遇了价值失范的危机，文学创作中出现了社会批判力度减弱，社会政治视野被空洞的个人情感、欲望表达所取代的现象，文学艺术中应有的对社会和人生的反思变得不受重视，受众减少，商业追求和消费欲望对文学创作构成了新的冲击和挑战。当代人的精神困惑和道德危机成为文艺作品作为精神产品所需要面对的问题，学界也将其作为亟待疗救的文化症状。如果说在传统文化复兴的今天，人们已经开始从中国古代文论挖掘当代文艺的病症的“药方”，那么“诗教”观念中对儒家理想人格的诉求和对精神生活、道德境界的规定，一定可以为当代文艺理论建设提供可资借鉴的宝贵资源。

① 蒋述卓：《论当代文论与中国古代文论的融合》，《文学评论》1997年第5期。

第三节
诗教传统的精神担当

根据马克思主义历史唯物论的思想,对改革开放以来的文学理论研究的反思可以采用历史化的眼光,将文论的历史放在经济、政治、文化的语境中分析其内在联系和特质。结合本章第一节的研究状况梳理,再结合改革开放以来文艺理论研究的具体语境考察关于中国古代文论思想中"诗教"传统的研究,可以看到在思想阐释和学术价值评判层面,学者们基本都是立足于当代文学本质论、功能论和价值论的思潮背景而进行思考和探讨的。

当代学界在经历了20世纪八九十年代的美学热潮之后,形成了对文学独立的审美价值的重视,在这一思路之下,"诗教"观念中流露的工具主义的文学观得到了不少的负面评价,对其流变过程的梳理,往往以审美价值和政教色彩构成的二元对立和此消彼长作为线索。有的学者将诗歌"言志"和"缘情"的传统切割开来,认为"言志"属于儒家诗教传统,集中体现了对文学的政治教化功能的强调;而"缘情"的传统来自道家思想对审美的重视。在做出了这种二元对立的区分之后,这些学者往往做出贬抑前者而张扬后者的价值评判。这是一种基于当代意识、当代立场的价值评判,反映了当代文论中强调文学审美功能、非功利化的文学观念。当代观念是否就一定比古代的文学观念先进呢?有些学者认为改革开放以来的文论建设应抛弃政治伦理色彩的理论体系,而建立审美化的理论体系,站在这一试图反拨社会历史批评的立场上贬抑"诗教"观念中的政教色彩,这显然既是对"诗教"思想的片面理解,也是对文学性质和功能的偏颇认识。

"诗教"说本身包含着符合文学艺术发展规律的合理性因素,不能一概而论地将其当作古代文论中的陈词滥调。"诗教"传统中对文学的政治、社会功能的重视，与对文学审美功能的诉求是联系在一起的，其中包含的文学价值观，体现了文学在社会价值层面的重要性。改革开放以来的文论中出现了较为极端地一味追求审美而剔除的文学社会历史意义的偏颇，如果说古代文论中有什么可以借鉴、转换成为当代话语的资源，那么“诗教”观念就是其中值得借鉴的重要资源。“诗教”观念要求文学作品有现实针对性，有对社会现实和人的生存状态的关怀，同时也对文学艺术的形式技巧有所要求，这些观念都是可以切合当代的文艺创作实际的。我们固然不能拘泥于儒家思想的陈腐之处，但汲取其文学观念中的积极面，结合当代的文艺创作和理论经验，仍然可以使传统文化的遗产焕发出新的生机与活力。

从五四运动至今建立的新文学传统，仍然将对社会、人生重大问题的表达和思考当作文学最重要的价值所在，也是作品得以成为正统和经典化所要具备的一个必要特性。马克思主义的科学研究应该注重对世界的改造功能，也契合了诗教传统对社会、人心的改造意识。改革开放以来的文学理论的发展是以马克思主义文学理论的中国化过程为主导倾向的，也就是在唯物史观的指导下，对中国古代文论中的传统资源进行挖掘，对西方文论资源进行反思借鉴，同时融合形成中国特色文学理论形态的过程。在这一过程中，古代文论的现代转化问题集中反映了中国学者对传统文化资源的深入挖掘和反思。

20 世纪 90 年代，学术界提出了中国古代文论的“失语症”问题以及古代文论的现代转换问题。其中的话语实践包含了如何将古代文论现代化、使传统文化能够参与到当代文论话语建设之中的问题，然而，有学者指出，当代文论的批评实践是与当代文学的创作实践紧密结合的，“失语”论者着眼点在于话语的原创性，表达了对“五四”以来的反传统和西化倾向的否定，还与全球化背景之下的民族身份认同、中国文化的发展战略有关，但是将当代文论的可贵成果否定性地称为“文化病态”和“失语”是失之偏颇的评价。“失语”论者认为当代文论使用的是西方的话语，而中国传统的古代文论话语在当代呈现“失语”状态，这一方面是希望古代文论在当代仍然能通过某种改造而获得新的阐释力，另一方面则是出于

20 世纪 90 年代引入中国的后殖民主义的影响,保持了对西方话语中心主义的警觉。由后殖民主义思想所带来的对西方话语的反思在讨论“失语症”问题的热潮过后依然持续,例如有学者认为中国现代化的过程实质上是西化的过程,向西方的现代化靠拢就意味着以西方的发展模式为我们未来的范本,然而这个范本从当代西方已经出现的各种负面现象来看,并不能代表着更好的未来。因此,我们的传统文化的价值开始被重新重视和发掘出来,现代化并不意味着西化,走出一条有中国特色的文化的道路,也可以意味着更加进步和发达的未来。当然,在这个过程中应当区分文化交流与话语殖民的界限,对于后殖民主义设定的西方与东方、自我与他者的二元对立关系,也应有所反思。

另外,当代文论的建设需要对当代文学实践具有有效的阐释和引导作用,才能具有生命力和接受度;寻回中国的声音的实践仅仅在文论领域开展是很片面的,理论和文艺创作实践相结合,与中国的国情相结合,进行全方位的探索,才更有可能走出中国的道路。

在对“诗教”传统的理解上,“诗教”观念确实有触及当代文学基本问题的论述,然而将其思想内涵全盘照搬显然是不合适的,正如我们对儒家思想等传统文化成就的吸收,在现代文化的话语体系已经整体变更的语境下,对传统的继承和发扬都要以适应当代思想文化体系的方式进行。正如卢盛江在其《新时期中国文学批评史研究之反思:学术思想的思考》一文中指出的:“关于传统,我们似应考虑其中更具精神实质的东西,而不仅仅是话语的利用或说转换。就说话语转换,或说失语,某些现象,某些规律性的东西,找不到恰当的词语来描述、概括,这样的‘失语’是文学理论发展的必然现象。”①

结合关于文学与政治关系的思考,也有很多的当代学者对“诗教”传统的解释并不囿于对封建时代重视文学教化功能和意识形态传播工具的批判,而是相对较多地发掘“诗教”在当代可能形成的正面价值。文学作为一种社会意识形式,与政治同样都是人们社会生活的基本内容和生活

① 卢盛江:《新时期中国文学批评史研究之反思:学术思想的思考》,《社会科学战线》2011 年第 1 期。

状态、精神状态的反映，在文学中合理地表现政治的内容，未必都会构成对文学审美性的排斥。因此，有些学者在理论建设方面已经做出了试图将“内部研究”和“外部研究”相结合的努力，以“美学的历史的观点”作为改革开放以来文论研究的切入视角，逐渐破除原有的“社会—政治”模式，推进新的“审美—历史”模式的创生。在这一视角的启发下，对“诗教”传统的理解结合了内部研究与外部研究的思路，将针对诗歌审美的批评与“教”背后的社会历史因素综合起来，形成关于改革开放以来文学观念的理论资源。

改革开放以来的一些学者在努力解决文学的内部研究和外部研究的二元对立问题，将文学的自律性和他律性看作一个矛盾统一的整体。例如，“诗教”中强调的政治教化功能固然有其陈腐的一面，然而作为对文学的社会意识形式特质的认识，诗歌中又必然带有社会意识的色彩，对美感的体验往往伴随道德价值的判断，这是与文学审美特质相结合而难以割裂的。出于整体性的理解而非二元对立的拆解式评判，更能有助于改革开放以来文艺理论建设汲取到传统的遗产。因此，改革开放以来的文艺理论仍然可以从诗教观念中汲取对社会人生的责任感，在文学价值的判定中保持社会功能这个维度的批判力。要认识到文学的美学功能与社会功能的有机整体性，而不是片面地强调文学的美学追求，从而将社会责任感弃之不顾。

总之，文学作为一个社会结构中的上层建筑部分，是由经济基础所决定的一种社会意识形式，如果要从“诗教”传统中完全将政教观念为中心的社会意识剔除出去，形成的多是浮艳或空疏的诗风和文风。我们当代人看待“诗教”观念，不仅要能够看到其各个组成部分的合理性，同时也要具备历史的眼光，结合其流变的历史过程来认识其内涵，不宜简单地做否定和批判。我们应当继承“诗教”传统中对文艺实践的精神担当的关注，吸收传统中有价值的思想，发现改革开放以来文学创作和研究中出现的新问题，推动改革开放以来文艺理论、批评和创作实践走向新的高度。

结　语

中国古代文艺思想的诗性特征及其现代意义

中国古代文艺思想是中华民族传统文化宝库中的一颗颗璀璨的明珠，它根植于民族传统文化的沃土里，同时又表征着中华先民的诗性文化心理与审美意识。中国古代文艺思想与中华民族传统文化有着互文共生的时空结构，这既体现了中国古代文艺思想生成的悠久历史，也表明它独具特色的存在生态。

可以说，渗透于整体传统文化氛围中的中国古代文艺思想体现为一种独特的"诗性智慧"①。这种"诗性智慧"是生理与心理的统一，是感性与理性的统一，是情感与理智的统一，它在无意中远离抽象思辨的玄理，痴迷于生命意识的洞达。所以，就本质而言，中国传统文化是一种诗性文化，中国传统文化的精神实质就是诗，"其精神方式是诗学。其文化基因库就是《诗经》，其精神峰顶是唐诗。总括起来说就是：中国文化是诗性文化。或者说诗这一精神方式渗透、积淀在传统社会的政治、经济、科学、

① 意大利哲学家维柯在著名的人类学著作《新科学》中，把早期人类的这种审美创造性思维形式称为"诗性智慧"。在维柯看来，这种诗性智慧是心灵和精气结合的产物。它是世界原始文化的精神核心，直到轴心时代，这种精神方式才受到巨大挑战并被新兴的理性思维所击溃。

艺术各个门类中，并影响、甚至是暗暗地决定了它们的历史命运”①。可以说，“诗魂美魄”已渗透于中国古典美学的文化时空中，并已构成了一条运行于中国文艺审美思维全程的精神血脉。

由于自然感性生命的物化表达方式，也由于复杂独特的精神文化传承机制，中国传统诗性文化的审美特质在中国古典艺术诸如文学、音乐、书法、绘画、雕塑、建筑、舞蹈和戏曲等众多门类中都有更为集中的体现。而这种审美特质是很难用抽象思辨的理性语言去加以精确描述的，而只能在身体主体在场的品味中有所体悟。不同于西方注重客观再现的实体性艺术，中国古典艺术有着鲜明独特的主体性精神取向，“上千年来，东方艺术一直具有强烈的精神性”，“那些不能被解释或者甚至不能完全描述的东西，就是作品的精神价值”②。这种富有民族特征的审美精神，恰恰就是中国古典美学的审美主体间性特质。我们所意指的中国古典美学的审美主体间性，就是指在文艺活动、审美活动中，审美主体与审美对象超越两元截然对立的主客体分立格局而进入物我冥合、身心一如的诗性境界，从而经由主体对象化与对象主体化的隐喻性话语或互文话语去指认浑融一体的审美体悟至境。在全球化思潮与反思现代性的双重语境中，注重直觉体悟、注重生命圆融化生的中国古典美学与超越主客体两元对立思维模式的西方主体间性美学的遇合是有其必然性的。恪守“体验”“直觉”“意向性”“视界融合”等思想方法的现象学美学与阐释学美学确实同中国古典美学有着较为切实的对话平台，中国美学完全可以有信心地说出古老中国的“经验之谈”，依靠自己富有民族特色的理论个性参与世界美学体系、文论体系的建构。

一、浑融直观的审美体验性

中国古典艺术、古典美学如同整个中国文化一样，都是由“天人合

① 刘士林：《中国诗哲论》，济南出版社1992年版，第2页。

② ［澳大利亚］德西迪里厄斯·奥班恩：《艺术的涵义》，孙浩良、林丽亚译，学林出版社1985年版，第70页。

一”的阴阳思维衍生而来的，这种阴阳观念可以说是个元范畴，它生化出诸如有无、虚实、动静、形神、言意、雅俗、曲直等诸多次级范畴。而就中国古典美学的命题来说，不论是宗炳的“澄怀味象”、刘勰的“神与物游”，还是张璪的“中得心源”、苏轼的“身与竹化”，或是郭熙的“身即山川”、石涛的“山川脱胎于予”等，都是身心结构的衍生物，它们必然在情景交融的诗意逻辑上拥有深广的生命体验内涵。中国古代原生态的阴阳思维性征本身决定了中国古典艺术、古典美学必然注重主客体之间互渗互融的同情共感，决定了天地万物有着同根流转的内在机理。这种浑融直观的审美体验性感知集中体现在“味”“游”和“通”三个关键词上，这三个关键词在很大程度上牵涉中国古典美学的思想精神核心，体现着审美存在的浑融直观的主体间性特质。

我们先重审一下“味”范畴及其延伸粘连而形成的衍生话语。在中国古代文艺思想中，我们不难捋出一条用味觉隐喻话语去指认文艺审美现象的线索：从孔子的“三月不知肉味”到老子的“味无味”，从宗炳的“澄怀味象”到刘勰的“余味”、钟嵘的“滋味”，从司空图的“味外之旨”、严羽的“真味”到苏轼的“至味”，再到王士祯的“三味”、袁枚的“味内味”等。这里所说的“味觉隐喻话语”是指基于味觉感官体认与审美活动在功能或结构方面的相似性、贯通性，以诸如“味”“滋味”“酸咸”“鲜”和“味外味”等具有生理自明性的味觉感官话语来指认和评价诗艺本体或审美体验的一种审美话语表达现象。由于味觉快感与审美快感的内在关联，精神性的审美与味觉体验有着生命原初意义上的通联之处，以味言美就有了内在的依据，李泽厚和刘纲纪所著的《中国美学史：先秦两汉编》指出：“中国的‘美’字……在比较纯粹意义上的‘美’的含义，已脱离了图腾巫术，而同味觉的快感相连了。”[①]“味”在中国传统文化的语境中已伸延扩展为中国古典美学特有的范畴，拥有了身心互渗、感性与理性浑融的审美主体间性的思想内涵，契合了“天人合一”、人与世界共在的审美理想。

① 李泽厚、刘纲纪：《中国美学史：先秦两汉编》，安徽文艺出版社 1999 年版，第 74—76 页。同样，日本学者笠原仲二也指出：“中国人原始审美意识一般直接起源于官能的味觉体验。”（笠原仲二：《古代中国人的美意识》，杨若薇译，生活·读书·新知三联书店 1988 年版，第 10 页。）此处可作互文阐释。

正是因为这种味觉隐喻话语切合“近取诸身”、以熟知定格未知的认知范式、认知逻辑，在注重浑融体验性、灵动生命性的中国古典美学时空中必然大量存在着。除大量“以味论诗”之外，“味”还被用于品评其他文艺样式，我们不妨胪列数例如下。“以味评乐”有《礼记·乐记》：“清庙之瑟，朱弦而疏越，一唱而三叹，有遗音者矣；大飨之礼，尚玄酒而俎腥鱼，大羹不和，有遗味者矣；是故先王之制，礼乐也，非以极口腹耳目之欲，而将以教平民好恶，而反人道之正也”；又有刘勰《文心雕龙·声律》：“声得盐梅，响滑榆槿。”“以味评词曲”有周德清《中原音韵》：“造语必俊，用字必熟。”“以味评剧”有徐渭《题〈昆仑奴〉杂剧后》：“点铁成金，越俗越雅，越淡越有滋味”；另有张岱《答袁箨庵》：“兄看《琵琶》《西厢》，有何怪异？布帛菽粟之中，自有许多滋味，咀嚼不尽。传之永远，愈久愈新，愈淡愈远”；等等。

在深层的学理意义上，生理之“味”与审美之“畅神”究竟是如何发生关联的呢？这里提供三点理由：首先，《国语·郑语》云：“声一无听，物一无文，味一无果”；《抱朴子·勖学》云：“虽云色白，非染弗丽；虽云味甘，非和弗美”；刘勰《文心雕龙·丽辞》则曰：“体植必两，辞动有配，左提右挈，精味兼载。”这种“味”的浑融中和性契合了儒家美学所倚重的“怨而不怒”“哀而不伤”的“中和”之美，并逐渐渗透进传统文人的精神理念中而成为一种品评文艺的内在尺度。其次，《吕氏春秋·本味篇》云：“精妙微纤，口弗能言，志弗能喻，若射御之微，阴阳之化，四时之数”；《老子·三十五章》则有以味明道的言论：“道之出口，淡乎其无味，视之不足见，听之不足闻，用之不足既”；提出“滋味”说的钟嵘在《诗品序》中明言：“使味之者无极，闻之者心动，是诗之至也。”这表明“味”是一种“超感官知觉”的理性直觉，即“心觉”，如此一来，“味”便有了同审美一致的精神直觉性。最后，司空图多次提及的“味外之旨”“妙在酸咸之外”“韵外之致”“象外之象”与“景外之景”等观念，正如袁枚所言“司空表圣论诗，贵得味外味。余谓今之作诗者味内味尚不能得，况味外味乎？”不论是“味外味”还是“味内味”，均指涉“味”之体验的超越性，这种超越性与审美经验的精神超越性在本质上是一致的，都隐约透露出人之生存的“澄明”或

“审美的形而上学”（海德格尔语）的意味。

接下来，我们再审视“游”的精神内涵。在中国古典美学中，“游”字出现频繁，如“游于艺”（孔子）、“逍遥游”与“内游”（庄子）、“卧以游之”（宗炳）、“神与物游”（刘勰）和“游心”（郭若虚）等。在文艺作品中，既有曹植的《游观赋》，又有陶渊明的《游斜川（并序）》，还有柳宗元的《始得西山宴游记》（文中提及“洋洋乎与造物者游，而不知其所穷”），另有王安石的《游褒禅山记》等。可以说，中国传统文人以一种“游”的生活方式、“游”的审美情趣以及“游”的创作方法，建构起属于自己的生活方式和美学之道。在“游于物”中，尤其是在精神的“逍遥游”中，中国文人实现了对人生和世界的诗性领悟，“游”的确成为一种审美的生存方式和理想的人生境界，“在中国古代美学思想中，对于存在的诗性之思的结晶，凝结为以‘游’为核心、由‘游’这样一个美学范畴所凝聚着的审美内涵和精神实质”①。“游观”与“游心”相互生成，正是在这种即景即心的审美体验中中国古典美学完成了自己的生命精神的诗性传达。文艺、审美活动中的精神之“游”既关乎具体的审美经验，又关乎深层的审美体验；既离不开身体的感官，又不排斥心灵的体悟。“游”是从具体物象的感性形态开始，经由人类主体的心灵感悟，最终上升到具有超越性的人生体悟的整个过程。

这里要再次强调，在中国古代文艺思想中，“游”体现一种审美化、艺术化的生存方式，也同时体现了一种超脱的人生态度。我们看到，儒家寻求“自在优游生活”的本真体验，道家向往“逍遥无碍精神”的深沉超验，释家追求“禅定释神”之“禅游”。魏晋人士“逍遥乎山川之阿”的玄远旷放，唐人“且从康乐寻山水”的疏放旷达，宋人“再寻桃源之游”的超然豪放，金元士人以“青山为屋水为邻”的惬适自安，明清士人“以身许之山水”的优雅从容，都不约而同地将“游”作为古人的一种审美生存方式。“游”所涵摄的审美化生存方式的旨趣，我们在郭熙的《林泉高致·山水训》中能清楚地看到：“观今山川，地占数百亩，可游可居之处，十无三四，

① 刘方：《中国美学的历史演进及其现代转型》，巴蜀书社2005年版，第70页。

而必取可居可游之品。君子之所以渴慕林泉者,正谓此佳处故也。故画者当以此意造,而鉴者又当以此意穷之。”在这种意义上,宗炳的“卧游”、宏智禅师的“游世应缘”与“优游”(《宏智禅师广录》),打通了人生与审美的界限,并保证后来儒道释进一步融合道路的畅通。在中国传统文化中,可以说,儒道释诸家都是借助精神之“游”的思想力量建构各自的“本体论情结”。

而之所以如此,最关键之处在于“游”之审美方式解答了人生根本问题,这就是精神生存的自由问题。审美之“游”是审美主体与审美对象的率性交流与自由对话,在这种对话中,中国传统文人审美地见证了理想的人生境界,获得了更多的诗性生存智慧。新儒家大师方东美指出:“对儒家言,超化之,成为道德宇宙;对道家言,超化之,成为艺术天地;对佛家言,超化之,成为宗教境界。”①这种把儒道释的精神超越划归于三种不同的文化区域可能有所不妥,但毫无疑问,“游”所体征的儒道释三家的自由超越精神体现了三者对理想人生境界的追慕,同时也表现出三者有别于世俗生活的审美精神境界。此外,中国传统文人之所以不约而同地热衷于“山水之游”“人生之游”,还有托于先秦之际就已渐成的整体生命化的大宇宙观。《周易·系辞》曰:“近取诸身,远取诸物”;《管子·五行》曰:“人与天地调,然后天地之美生”;《老子·四十二章》:曰:“万物负阴而抱阳,冲气以为和”;《庄子·知北游》则曰:“天地有大美而不言,四时有明法而不议,万物有成理而不说”;等等。正是这种气化的自然观、宇宙观培养了中国传统文人的整体意识、生命意识,也正是这种万物一体的“天人合一”观念才能保证“游”的精神通畅与“游”的审美品质。

在某种意义上,同“味”与“游”均密切相关的范畴是“通”。在中国古典文化典籍中,“通”出现的频率也很高。经以“通”字全文检索电子版《四库全书》,可以得知其涉及文献达74024卷,计547138条。在中国古典美学中,“通”所含带的审美观念势必同“游”“远”与“忘”相关。如果说,“坐忘”或“禅定”是实现“游”的主体条件,“远”则是实现“游”的外在

① 黄克剑、钟小霖编:《方东美集》,群言出版社1993年版,第378页。

对象保障，“通”则是“忘”与“游”达至审美境地的内在精神状态。此四者间的精神关联，可以从柳宗元所说的“气烦则虑乱，视壅则志滞。君子必有游息之物、高明之具，使之清宁平夷，恒若有余，然后理达而事成”（《零陵三亭记》）中，能够有较为深入的体悟。

这里还有几个关节点要作进一步的说明：首先，实体既然要在时空中存在，“通”就时空两方面都有所表现，“是故法象莫大乎天地，变通莫大乎四时”（《周易·系辞传》），而能效天地、合四时的是“大人”或“圣人”，许慎《说文解字》即云：“圣，通也。”这就是“圣人”能够“视通万里”“耳听八方”的神明境地。而对于一般凡夫俗子来说，则必须经由“坐忘”或“禅定”的修身方能“达道”。正如余英时所说的那样，“中国人相信价值之源内在于一己之心而外通于他人及天地万物……修养的理论并不限于儒家一派，道家（包括道教）的‘功过格’与佛家无不如此”[①]。其次，在魏晋玄学思潮中，“玄”“远”和“道”发生了本体性关联，而转化成一种标示趋于无限至境的美学范畴。耐人深思的是，后来王士祯的“神韵”说也与“远”有关，王士祯撰写《丙申诗序》时提出“典”“远”“谐音律”“丽以则”四个标准，有学者指出，“在这四字纲领中有一‘远’字，为王氏后来提出神韵说作了铺垫”，“照王士祯等看来，其基本特点之一是远”。[②]。最后，更重要的是，“通”“远”与“韵”最终成为美学范畴总是离不开审美主体的诗性感悟。也就是说，只有经由审美主体拥有精神超越性的诗性感悟，才能最终达成通脱、高远而富有神韵的审美境界。在中国古典艺术中，“视通万里”言明通过艺术主体的想象和联想，实现主体和外物的连接；“耳目内通”则言明于感物过程中主体内在感知，即主体对外物的感悟主要通过心灵来实现。“人禀七情，应物斯感，感物吟志，莫非自然”（刘勰《文心雕龙·明诗》），“灵心妙悟，感而遂通”，“气韵本乎游心”（郭若虚《图画见闻录》），文艺主体正是在“物感”“神感”“冥感”或“游心”的审美体验

① 余英时：《从价值系统看中国文化的现代意义》，见《文化：中国与世界》编委会编：《文化：中国与世界》第1辑，生活·读书·新知三联书店1987年版，第78页。

② 胡家祥：《气韵：艺术神态及其嬗变：中国传统的艺术风格学研究》，中国书籍出版社2013年版，第126—128页。

中见证“道之文”的感性显现。恰如宗白华所言:“空明的觉心,容纳着万境,万境浸入人的生命,染上了人的性灵……灵气往来是物象呈现着灵魂生命的时候,是美感诞生的时候。”①宗先生之言牵涉“通”“远”“韵”“味”等范畴所蕴含的文艺美学意义的诞生地。

行文至此,我们可以发现,这里所讨论的“忘”“通”“游”“远”与“韵”同中国古代文艺思想中的“味”均有内在的学理关联。上文提及的“味内味”与“味外味”不都牵涉拥有精神超越功能的审美感悟吗?具有模糊性、整体性与直觉性的诗思导致“此在存在的超越性”(海德格尔语)的生成。要补充的是,作为“味觉隐喻话语”的题中应有之义,文艺中的“通感”之“通”本身就表明文艺审美活动是交互主体性的而不是二元或多元对立的;而“听觉与视觉通连”也同样是基于由声音想见色状,“也不外‘听声类形’四字的原理罢了”②。“通感”不仅包括主体和外物之间的审美感知,而且还包括主体之间因艺术审美活动而发生的精神共鸣,这种生存性的“同感”与“共知”的精神关联就是因缘的“共在”。德国当代美学家韦尔施非常看重维特根斯坦提出的“家族相似性”的概念,认为具有多重用法的语词,其使用的连贯性不必归结到一个统一的意义上去,相反可以通过一种用法和另一用法的语义重叠,而见于不同方式。“家族相似性”其实并不导致模糊性,看似指向模糊性的“家族相似性”,其真正的意旨实际上在于强调概念间敞开的诗性关联及其边界的开放性。正是基于这一点,韦尔施意图找到破解当今美学被世俗化、平面化、商品化的困境的方法。值得注意的是,在中国古代文论中,“忘”“通”“游”“远”与“韵”“味”等概念,不正是由审美的“家族相似性”连接起来的吗?在此,我们看到,中国古代文论、古典美学参与西方文论、西方美学对话的思想潜能,像“游”“远”与“味”等范畴不是要“归结到一个统一的意义上”,而是彰显了意义的重叠性。

① 宗白华:《艺境》,商务印书馆2017年版,第214页。

② 钱钟书:《七缀集》,生活·读书·新知三联书店2002年版,第188页。经由对“庄子的美学思想”的研究,敏泽也证实了“通感”现象的存在,他说道:“在审美观照和鉴赏中,由于意志的专一集中,仿佛形神俱释,六根互通,或心理学所说的‘通感’,确确实实是存在的。庄子的这些意见中,无疑包含着对这一现象的朦胧的体会。”(敏泽:《中国美学思想史(上卷)》,湖南教育出版社2004年版,第248页。)

不论是“澄怀味象”还是“神与物游”，抑或“中得心源”，其精神旨趣都是在对自然万物进行审美观照的基础上，主张人的生命与自然交流融合，在自然生命的洪流中沉浮，从而享受到最本真的生命状态，获得舒畅、愉悦的生命体验，如王昌龄《诗格》所言：“感兴势者，人心至感，必有应说，物色万象，爽然有如感会。”正是在这里，我们再一次认识到，与现代思辨的理性主义美学相比，中国古典美学并不是从某种精神理念出发去推理、演绎出美学的范畴命题与思想体系，而是以“心性”直接面对文艺审美对象，在直观性的浑融体验中表达诗性之思。这种传统文化语境自然生成的文艺美学思想方法与现象学美学也有其融通之处，德国现象学美学家盖格尔指出：“现象学方法的一个特色：它既不是从某个第一原理推演出它的法则，也不是通过对那些特定的例子进行归纳积累而得出它的法则，而是通过在一个个别例子中从直观的角度观察普遍性本质，观察它与普遍法则的一致来得出它的法则。”[①]可见，与其将西方理性主义美学与中国古典美学生硬比附去研究，不如镜鉴这种现象学美学的思想方法来探究中国古典美学的思想精神，深度比较其异同关联。所以说，虽然像“味”“游”和“通”等古典美学范畴已有很多的研究，但仍值得我们在新的理论视域中进一步展开探讨，以合理地开掘其现代价值。中国古代文艺思想注重来自内心深处对人与自然本原性和谐的精神诉求，它以诗性之思应接自然、品评文艺，用文艺审美活动来谋求同宇宙（道）生命的顺应与融合，从而使人的生命进入澄明之境。显而易见，在中国传统文人的精神世界中，自然万物不是同人对立的存在物，而是审美主体间性的交融关系。所以，不论是中国古典艺术的审美创造还是审美鉴赏，都几乎无例外地祈求浑融圆润的生命体验之境，都以表达审美主体的诗性体验为主而不苛求模仿外物。

西方美学与艺术理论也注重“体验性”，“体验性”毕竟是艺术活动与审美活动的存在方式，但由于西方的“本体论承诺”（奎恩语），西方学者往往将“体验性”作理论化的提升，从而西方理性主义美学最终将其沉沦

① ［德］莫里茨·盖格尔：《艺术的意味》，艾彦译，华夏出版社1999年版，第10页。

为一种形而上学的魔障。伽达默尔认为，审美中的“体验”是“以两个方面的意义为根据的：一方面是直接性，这种直接性先于所有解释、处理或传达而存在，并且只是为解释提供线索、为创作提供素材；另一方面是由直接性中获得的收获，即直接性留存下来的结果。”①而“时间透视”（茵加登语）中“体验”的重要方式之一就是“回忆”。在西方现代审美主义思潮中，“回忆”已成为一个醒目的、高频率闪现的关键词，叔本华、维科、尼采和海德格尔以及马尔库塞等哲人都十分推崇“回忆”的诗性解放功能。海德格尔称“回忆”为“九缪斯之母”，戏剧、音乐、舞蹈、诗歌都源于回忆女神的孕育，“这就是为什么诗是各时代流回源头之水，是作为回过头来思的去思，是回忆”②。可以说，诉诸当下直觉的、非理性的“回忆”“体验”与“审美”是西方审美主义者开列出的救治现代性危机的药方。

与西方审美现代性中的体验有所不同，中国古典艺术中浑融感知的生命体验性有其自身的民族特色。西方现代审美主义语境中的“体验性话语”虽说有一种肉体性、非理性、怪异性的特征，试图以此拯救几近窒息的感性内涵，表现出反叛西方传统理性主义美学的激进态势，但同时它又难以摆脱西方文化传统中根深蒂固的“本体论情结”。阿多诺指责胡塞尔、海德格尔的学说是一种“解脱出来的心态”，其实质是“一针唯心主义的麻醉剂”，它是“古老的绝对哲学的第二次重演”：“胡塞尔的意向中——后来在《存在与时间》中被海德格尔变成‘存在的’——全面地预先推定从局部领域直到最高领域原本是什么。这是古老的绝对哲学的第二次重演。”③在阿多诺看来，现象学的意向性、浑整性体验都是“主体性暴君”的体现。而在中国古典文艺的创作与鉴赏中，文艺主体与艺术对

① [法]汉斯-格奥尔格·伽达默尔：《诠释学Ⅰ　真理与方法：哲学诠释学的基本特征》修订译本，洪汉鼎译，商务印书馆2017年版，第93页。

② [德]海德格尔著、孙周兴选编：《海德格尔选集》，生活·读书·新知上海三联书店1996年版，第1214页。

③ [德]阿多尔诺：《否定的辩证法》，张峰译，重庆出版社1993年版，第58页。此处阿多诺的思想观点有一个重要的佐证，即研究阿多诺的专家马丁·杰伊曾针对此相关思想观点评析说道：“对阿道尔诺来说，任何惋惜人类与世界的整体性起源的丧失或把乌托邦与它在未来的实现等同起来的哲学，都不只是步入了歧途，而且也潜在地是有害的。”（[美]马丁·杰：《阿道尔诺》，胡湘译，湖南人民出版社1988年版，第71页。）

象因某种生命机缘而瞬间融化一体，前者感应后者，后者触发前者，两者“互藏其宅”，渐入“物我两忘”的化境。这就是“人心之动，物使之然也，感于物而动故形于声”(《乐记》)所揭示的艺术生成机制，也就是“随物以宛转”“与心而徘徊”(刘勰《文心雕龙·物色》)这种心物交融的诗性机理。这里所说的“化境”与“机理”皆是“道之文”“自然之道”，而决非人为的话语运演与刻意的“诗性算计”。宗炳的“澄怀味象”(《画山水序》)、张璪的“外师造化，中得心源”(《绘境》)、严羽的“妙悟”以及王夫之的“现量”说等皆指认这种率性表意的艺术与审美的至境。有研究者指出：“感物”(“物感”)、“超物”、“神化”(“凝神”)是中国古代心与物之间互相作用、层层境深的艺术体验的三部曲，也是主客体由对立走向融一的过程。不过，仍要补充申明的是，艺术体验的过程并不是某种外力施压的精神苦旅，而是艺术主体的“自得”；这种体验过程也不是殚精竭虑的苦心营构，而是肉体与灵魂、感觉与思维或感性与理性等动态融合而形成的身心结构功能化的产物；更重要的是，在长期农耕文明的熏陶中，中国传统文人的审美体验与日常生活直接贯通，从而有别于西方的“审美唯心主义”。

所以说，从实质上看，浑融冥合的审美体验境界是主体对象化与对象主体化双向对流的妙合产物。审美主体与审美对象超越了二元对立的世俗功利格局而进入审美的澄明之境，并在学理意义上体现出身与心、情与景互生往返的辩证态势，由此而趋向融通浑整的审美高峰体验。

二、辩证对举的艺术张力性

正如上述所显示的那样，不论是艺术主体的“自得”还是“自得”所依凭的艺术主体的身心结构，对于艺术—审美活动来说，都存有一个两两相待、彼此制约而又贯通自如的“互反的同化”。中国古典文艺的范畴与命题往往以双向对举的语言形式呈现出来，它们几乎毫无例外地认同了一系列相反相成艺术结构之间彼此呼应、相互牵涉且又亲疏有度的辩证张力机制所形成的独特的艺术审美效应，中国古典文艺不会是审美精神的单极尊大，而是身心、心目的互融统摄。不难理解到，中国古典艺术倚重的物我互渗、情景交融的体验性认知模式是阴阳相对生成的诗性之思，它拥有自身特殊的动态生成机制。我们这里姑且把这种动态生成机制称之为经验视域中的辩证对举的张力性思维格局，这种思维格局在“后形而上学”时代尤为值得关注。

有意思的是，中国哲学、美学的范畴大多以两相对举的语言形式呈现出来，有许多体现身心如一观念的范畴，比如形神、文质、风骨、情景等，同时也有“应目会心”“心目为政”“适眼合心”“神与物游”等，这绝不是阴阳对立化合思维所能完全解释清楚的。我认为，具体到艺术思维、审美思维中，身心一体、情景交融涉及了艺术—审美之维极其复杂微妙的心理过程，这里我们完全可以借助郑板桥的“三竹”之说来表达：“江馆清秋，晨起看竹、烟光、日影、雾气，皆浮动于疏枝密叶之间。胸中勃勃，遂有画意。其实，胸中之竹，并不是眼中之竹也。因而磨墨、展纸、落笔、倏作变相，手中之竹，又不是胸中之竹也。总之，意在笔先者，定则也。趣在法外者，化机也。独画云乎哉！”这种是而非、非而是的诗性之思在根本意义上保证文学艺术的生命空间。中国古典艺术、古典美学呈现为一个从重“形似”到重“神似”、从重“浓”到重“淡”、从尚“物”到尚“意”的隐性嬗变过程。这个过程并不意味着取消“眼中之竹”，而只是说明艺术写意性的增强，它仍然运行在艺术诗性辩证法的思维中。这是中国传统文化孕育出来的艺术思维的经验总结。

所以说，中国古典艺术中辩证对举的审美范畴有别于西方自古希腊至德国古典美学中的辩证法原理。后者具有浓厚的抽象思辨色彩，“它从艺术或哲学的原理出发，运用概念进行抽象化，对艺术作整体性观照，是一种自上而下、自大而小、自外而内的逻辑推理过程和高屋建瓴式的抽象概括方式”[①]，这样，思辨理性必然会宰制诗性殊相，抽象普泛的语言形式必然会简约艺术本身的“充盈性”；而前者则属于注重直觉感悟的经验

① 姜耕玉：《艺术辩证法》，江苏教育出版社2002年版，第4页。

性体认范式，这种体认范式普遍地存在于中国古代诗文、绘画、戏曲、小说、音乐、舞蹈和书法等文本话语中，并且，“中国古代文论、画论表现出直观领悟高于推理思维的特征”①。发人深思的是，在应对现代性危机的西方审美主义思潮中，尼采的“酒神精神”、克罗齐的“艺术即直觉”、维科的“新科学”以及梅洛－庞蒂的“肉身化的辩证法”等，均表现出趋近中国古典艺术重浑融妙悟的思想旨趣。就梅洛－庞蒂的“肉身化的辩证法”来说，它认为，“心灵和身体的观念应该被相对化：存在着作为一堆相互作用的化学化合物的身体，存在着作为有生命之物和它的生物环境的辩证法的身体，存在着作为社会主体与他的群体的辩证法的身体，并且，甚至我们的全部习惯对于每一瞬间的自我来说都是一种触摸不着的身体。这些等级中的每一等级相对于它的前一等级是心灵，相对后一等级是身体”②。这同李颀《古今诗话》中所云“精神形骨从来一，移入青缣似两身”何其相似！这种“身体美学”“身体话语”正是中国古典艺术所标示的身心如一、心物交融的审美主体间性特质的表征。

明清小说评点家也十分关注小说文本中作者高超的辩证写法，认识到这种写法为文本带来的张力空间，“一声也而两歌，一手也而二牍”“注彼而写此，目送而手挥”（《戚蓼生序》）。双声同在，彼此在场，这正是复调小说的精彩之处，由此也带来了丰富广阔的审美想象空间。在评点人物塑造的方法上，金圣叹看重正反、顺逆、忙闲、隐显等辩证关系。比如，金圣叹推崇“忙笔闲写”的技巧，“每写急事，其笔愈宽，子弟读之，可救拘缩之病”（《第五才子书施耐庵水浒传》第六回夹批）。为此，他对鲁提辖拳打镇关西、李俊揭阳岭上救宋江等都作了精妙的批点。“目注彼处，手写此处”（《读第六才子书法》）是金圣叹对此类辩证技巧的很好注脚。对于此种写人的技巧，张竹坡在评点《金瓶梅》时也有很好的总结，“《金瓶梅》于西门庆，不作一文笔；于月娘，不作一显笔；于玉楼，则纯用俏笔；于金莲，不作一钝笔；于瓶儿，不作一深笔；于春梅，不作一傲笔……此所以

---

① 姜耕玉：《艺术辩证法》，江苏教育出版社2002年版，第6页。

② ［法］莫里斯·梅洛－庞蒂：《行为的结构》，杨大春、张尧均译，商务印书馆2005年版，第307页。

各各皆到也”(《读法》)。这表明正反、顺逆、文野、显隐等笔法在文本中是因“人”而异、契合情境的。

众所周知,自宋明以来,中国古典艺术发生了由注重耳目到注重灵府、由注重笔到注重墨、由注重能品到注重逸品的嬗变趋向,“自五代至宋朝初年,南画变成了观念性的绘画,中国人称之为胸中的丘壑……因此从这个时期开始,绘画并不是单纯为了说明事物,而是为了表现自己的精神世界”①。这表明中国文人更心仪“不似之似似之”(石涛语)以“独抒性灵”,“画为心印”(郭若虚语),凡艺皆为“心印”。所以说,中国古典艺术中辩证对举的范畴并不是“和稀泥”式的随意折衷,而是有其抒情写意的内在焦点的。而其中深刻的缘由则在于一阴一阳这种带有元范畴性质的“天机”中,正是阴阳的“天机”里衍生、孕育出有无、虚实、形神、骨韵、笔墨、密疏、文质和情景等次级诗性范畴。故有刘熙载《艺概》云:“画有阴阳”②;“书要兼备阴阳二气”③;“文,经纬天地者也,其道惟阴阳刚柔可以该之”④。溯其本源,远至《老子·四十二章》有云:“万物负阴而抱阳。”如果这句话可以理解为互文性话语表达,那么也可以说“万物负阳而抱阴”。但不论怎样,阴阳动态结构绝不是在寻取静态的中点,而是有着更为灵动的精神样态,从而昭示、对应着文艺书写的千姿万态。

虽然在根基意义上说,中国文化由阴阳之道铺展而来,但一阴一阳不是分庭对立的两厢,而是阴阳交感的化生,这在《庄子》中有集中的体现:“庄子以‘化’为美的最高境界,‘化’不是单纯的天和人之间的同一性,在‘天与人不相胜’的思想架构下,化是精神自由的差异性活动、精神自由的无限开展,这亦即此前所说的‘浑’,‘透过忘我而达到化’就是‘返虚入浑’,也就是说,依于自我虚无化的体验而回返于雄浑的本体,所呈现的是一种‘天地有大美而不言’(《庄子·知北游》)的‘大美’。”⑤正是基于这种“化”,我们看到中国古典美学命题的精要之所在,比如,虚实相生、

① [日]内藤湖南:《中国绘画史》,栾殿武译,中华书局2008年版,第181—182页。

② 刘熙载:《艺概》,上海古籍出版社1978年版,第163页。

③ 刘熙载:《艺概》,上海古籍出版社1978年版,第167页。

④ 刘熙载:《艺概》,上海古籍出版社1978年版,第182页。

⑤ 赖贤宗:《意境美学与诠释学》,台湾历史博物馆2003年版,第152页。

形神兼备、情景交融、物我冥合、文质彬彬、疏密相间、浓淡相宜、计白当黑和静动结合等。这其实也是“文”的原意之所在，许慎《说文解字》云：“错画也。象交文。凡文之属皆从文。”段玉裁《说文解字注》诠释曰：“依类象形，故谓之文。象交文。像两纹交互也。纹者，文之俗字。”在我看来，这里所说的“化”与“文”皆触及了中国传统文化、中国古典美学的原初语境。同时，在这里，我们也隐约见出学界已认同的中国传统文化“天人合一”的诗性特质，正如有研究者依据文化史料总结的那样：“几乎所有的理学家都用‘化’来概括‘天人合一’过程的性质及所达到的境界。”“邵雍说了许多‘化’，如：‘雨化物之走，风化物之飞，露化物之草，雷化物之木。……性应雨而化者，走之性也；应风而化者，飞之性也；应露而化者，草之性也；应雷而化者，木之性也……’程颐说：‘赞天地之化育’。朱熹、张载讲‘气化’。他们有一个基本观点：人是天地‘化’出来的，本为一体……”[①]这种万物一体、气化圆融的“天人合一”观念，在当代文化语境中仍有重大的思想启示意义。

我们不妨以“虚实”这对范畴为例去作进一步的具体说明。在诗性逻辑意义上，可以说“阴阳”经由“有无”或“形神”而达至“虚实”，进而形成“情景交融”“虚实相生”等诗学话语。在“万物负阴而抱阳”“静极复动，一动一静，互为其根，分阴分阳，两仪立焉”的“象思维”中，“虚”与“实”因此拥有了彼此相生相克、双方互参互证的神妙关联，实中有虚、虚中有实，以虚带实、以实照虚，虚实冥合而化成一片生机。笪重光在《画筌》中说：“虚实相生，无画处皆成妙境。”恽正叔在《南田论画》中说：“有处恰是无，无处恰是有，所以为逸。”这道出了中国古典艺术的深邃精神，中国古典美学中的“崇白”意识、“重虚”意识是有其内在的神理的。从老子的“味无味”到袁枚的“味内味”，从司空图的“象外之象”到刘勰的“隐秀”，从“物境”到“化境”，彰明了中国古典艺术、古典美学重浑融性直觉感悟、重“出水芙蓉”品格、重“逸气”书写的内在精神脉动。但这里有一个矛盾，在艺术中“太实”“太虚”均不可，而应虚实有度。明代哲学家王

① 陈望衡：《“天人合一”的美学意义》，《武汉大学学报（哲学社会科学版）》1998 年第 3 期。

廷相对此给出了真相:“言征实则寡余味也,情直致而难动物也,故示以意象。”虚实之间的张力当以营构出意象为准。这种审美主体间性的思想旨趣与内在的精神脉动不仅体现在中国古典艺术的形而上精蕴中,也体现在中国古典艺术的文本意识的独特性上。

清人笪重光在《画筌》中说:“空本难图,实景清而空景现;神无可绘,真境逼而神境生。位置相戾,有画处多属赘疣;虚实相生,无画处皆成妙境。”意思是说,在空间上虚实相生,就会使画的“有限”延伸出“无限”来。宗白华也讲:中国人于有限中见到无限,又于无限中回归有限。他的意趣不是一往不返,而是回旋往复的。唐代诗人王维的名句云:“行到水穷处,坐看云起时。”韦庄诗云:“去雁数行天际没,孤云一点静中生。”储光羲的诗句云:“落日登高屿,悠然望远山。溪流碧水去,云带清阴还。”以及杜甫的诗句:“水流心不竞,云在意俱迟。”这些都写出了“‘目既往还,心亦吐纳,情往似赠,兴来如答’的精神意趣”①。无疑,这种精神意趣是在言意、形神、虚实融合统一的艺术技巧中暗自生成的。

可以说,最终,恰恰是虚实相生的哲学理念衍生出对形神妙合的艺术理想的追求。北宋苏轼更从文人的立场出发,对绘画中的“形似”表示了明确的鄙视态度:“论画以形似,见与儿童邻。”为了突出“神韵”,中国传统还讲“不似之似”。据《世说新语·巧艺》记载:“顾长康画裴叔则,颊上益三毛。人问其故,顾曰:‘裴楷俊朗有识具,正此是其识具。’看画者寻之,定觉益三毛如有神明,殊胜未安时。”裴楷的面颊原本没有“三毛”,可是顾恺之为了“传神”,竟为其添了上去。这从形的角度说是“不似”,从神的角度说则是“似”。虚实相生、情景交融、形神兼备、不似之似等,均是中国古典美学对举相生艺术张力性的集中体现。

显然,中国古代文艺思想中的“有无相生”“气韵生动”和“境生象外”等命题均同虚实观念密切相关。宗白华指出,“以虚带实,以实带虚,虚中有实,实中有虚,虚实结合,这是中国美学思想中的一个重要问

① 宗白华:《美学散步》,上海人民出版社1981年版,第114页。

题”[①];不同于西方艺术中的“团块”“造型”,“中国古代艺术家要打破这团块,让它有虚有实,使它疏通”[②]。在叶朗看来,有无、虚实的统一就是“道”,而“道”内含“象”,但“象”是有限的,“就‘道’具有‘无’的性质来说,‘道’是‘妙’”[③]。或许正是因为如此,海德格尔对老子的“道”“无”“空”等观念表现出激赏,“老子的诗意运思的主导词语是‘道’(Tao),根本上意味着道路……‘道’或许就是产生一切道路的道路。我们由之而来才能去思考理性、精神、意义和逻各斯”[④]。这就是,海德格尔所谓由“存在者”出发对更为根本的“存在”的召唤。

总之,在中国古代文艺思想中,有无、虚实、身心、形神、文质、风骨、情景等范畴总是成对出现,即使一方“缺席”,也是“缺席的在场”。两两彼此互生互动而非彼此对峙,由此形成开阔玄远宏大的生命美学境界,借用王阳明的原话来描述这种生命境界就是:“天地鬼神万物离却我的灵明,便没有天地鬼神万物了,我的灵明离却天地鬼神万物,亦没有我的灵明,如此便是一气流通的,如何与他间隔得!”对于这种“天人合一”的文化精神境界,美国华裔学者杜维明指出:“中国哲学的基调之一,是把无生物、植物、动物、人类和灵魂统统视为在宇宙巨流中息息相关乃至相互交融的实体。这种可以用奔流不息的长江大河来譬喻的‘存有连续’的本体观,和以‘上帝创造万物’的信仰把‘存有界’割裂为神、凡二分的形而上学绝然不同。……这个提法虽在西方汉学界引起一些争议,但它在真切地反映中国文化的基本方向上,有一定的价值。”[⑤]中国哲学如此,中国古典美学更是如此。“以文载道”是中国传统文人著书立说的基本理念,既然“词与诗体格不同,其为摅写性情,标举景物,一也”,那么,诸文皆为写景抒情的统一体。不过,这种时空连续整体的文化观念在文艺文本中有另样的体现,特别是就文类、艺类来说,有着“趋同”与“变异”等复杂情形,这是中国传统文化语境的必然产物,自有其本身的文化逻辑。

---

① 宗白华:《美学散步》,上海人民出版社1981年版,第39页。
② 宗白华:《美学散步》,上海人民出版社1981年版,第48页。
③ 叶朗:《胸中之竹》,安徽教育出版社1998年版,第54页。
④ 海德格尔:*On the Way to Language*, Harper · Collins Publishers,1971, p. 72.
⑤ 杜维明:《试谈中国哲学中的三个基调》,《中国哲学史研究》1981年第1期。

三、艺类融合的文本互渗性

自古以来,文类、艺类表现出养成惯例与破除成法的张力关系,中西概莫能外。一方面,中国早就有"文笔之争",曹丕分"文"为四类八种,陆机分"文"为十体,刘勰的"论文叙笔"有三十三类,萧统则将其增至三十八类,而古希腊亚里士多德《诗学》同样有影响深远的诗作分类。这些文体如元人刘祁在《归潜志》中所言,"文章各有体,本不可相犯",它们皆判然各异,"如杂用之,非惟失体,且梗目难通"。另一方面,所谓"定体"并非实"定",刘勰《文心雕龙·通变》有云:"夫设文之体有常,变文之数有方。"既然文艺皆为"摅写性情",文艺家自然要"凭情以会通,负气以适变"。其中涉及的道理,在钱钟书对"名家名篇"的解读中有所回响:"名家名篇,往往破体,而文体亦因以恢宏焉。"①这两方面情形表明,像其他文化样式一样,美学的存在也有一个从"杂生共处"到"纯粹独在"而又偶有彼此关联的复杂演化过程。其实,这种文艺演化的史实也是符合文艺美学本身的存在逻辑的,文艺既有自身的文化独特性,同时又有同其他文化样式相贯通的精神共性,殊相与共相关系的哲学观念论争在美学领域必有所回应。

在文艺审美活动中,这种"遵体"与"破体"、"避"与"犯"的辩证关系,既带来文艺的繁荣也导致文艺的某些混乱。针对后者,国外有学者这样说道:"在英国文学批评术语中,人们找不到大家一致公认的类型的同义词——'种类'、'样式'、'形式'和'类型'在各不相同的意义上使用着,这一事实足以表明在类型理论的发展中存在着一些混乱。"②难道真的是"种类""样式""形式"和"类型"等不同称号造成了文类、艺类的"混乱"?就中国传统文化而言,像挚虞、曹丕和刘勰等人"因文立体""异中

① 钱钟书:《管锥编》,中华书局1979年版,第890页。

② [英]罗杰·福勒编:《现代西方文学批评术语辞典》,周永明、薛洲堂、李律译,春风文艺出版社1988年版,第129—130页。

求同”的分类策略确实导致了文体分类的模糊性、交叉性，“‘因文立体’是从文章到文体的归纳，‘异中求同’进而是从文体到文类的归纳。经过这种由个别到一般、由具体到抽象的生成过程，中国古代文章体系内的文体分类便形成了一个既开放又有序的整体。”[①]此外，与西方的类型理论的“混乱”有些相似，中国传统文人对文艺类型的体制、语体、体裁与体性各有侧重、各不雷同的把握也造成了分类问题的复杂性，道理其实很简单，因为“文体是指一定的话语秩序所形成的文本体式，它折射出作家、批评家独特的精神结构、体验方式、思维方式和其他社会历史、文化精神”[②]。应该指出，由于文艺家彼此之间的“异中有同”“同中有异”的“通变”策略，文体的这种“话语秩序”不是铁板一块而是有弹性的。

艺术的类型问题同样如此，在中国古典文艺实践中，有着颇具民族特色的艺类融合的现象。像韩愈的《山石》就是“以文入诗”的典范，它是一篇以诗的文体形式写的山水游记，记叙了游山寺的所见、所遇、所闻与所感。虽然它是诗的文体形式，但就创作的脉络、行文的特色与语言的运用来说，它的散文意味很是明显，特别是诗末的语句——“人生如此自可乐，岂必局束为人鞿；嗟哉吾党二三子，安得至老不更归”，更是如此。这种“以文入诗”的现象，或许是擅长、嗜好散文的作家创作诗歌时难以完全避免的。而欧阳修的《朝中措（送刘促原甫出塞出守维扬）》则是“以诗入词”的典范，词中“平山栏槛倚晴空，山色有无中”，直接借用王维《汉江临泛》诗中“江流天地外，山色有无中”的语句。而柳宗元的寓言体散文如《鹘说》《谪龙说》《三戒》《种树郭橐驼传》等，有着状物形象、叙事生动、寓意深厚的特点，使传统文献中的寓言故事得以成为独立的问题，特别是其中的传体寓言，行文借鉴了《史记》的章法，叙事写人或写物脉络分明。这些都是艺类问题中的“文本间交互性”的范例。“文本间交互性”即所谓的“文本间性”或“互文性”，它指认不同文本之间的某种相互影响、相互交融的交互关系。这种“文本间交互性”实质上反映出不同文

① 郭英德：《中国古代文体学论稿》，北京大学出版社2005年版，第58页。
② 童庆炳：《文体与文体的创造》，云南人民出版社1994年版，第1页。

本的作者之间的审美对话关系，或者换句话说，它是主体交互性（主体间性）在文本中的物化产物。而本书主要讨论同一文本中兼容多种艺术类型，即为了更好地“独抒性灵”“聊写逸气”，同一作者在审美文本中巧妙融合多种艺术因素、艺术语言。这种艺术形式的空间性架构能够加深艺术文本的审美意蕴，产生更恢宏幽远的审美想象空间。

在中国古代，与世界其他民族一样，诗乐舞都是三位一体的。而中国传统文人却有自己独特的文化使命，张载《西铭》有四句名言：“为天地立心，为生民立命，为往圣继绝学，为万世开太平。”（冯友兰称之为“横渠四句”）鉴于此，舞文弄墨是信奉“文以载道”的传统文人的基本素养，无人不通，琴棋书画也是很多文人抒情遣兴的手段，而创作和理论、评论鉴赏没有明显的分工，往往创作者本身也是理论家、批评家。苏轼颇为主张诸种艺术的兼通互融，《跋君谟飞白》中的一句话集中代表他的这种见解：“物一理也，通其意则无适而不可。分科而医，医之衰也；占色而画，画之陋也……如君谟，真、行、草、隶，无不如意，其遗力余意，变为飞白，可爱而不可学，非通其意，能如是乎？”值得我们注意的是，在中国传统文化的精神观念中，有“六经皆象”的说法：“盈天下而皆象矣。《诗》之比兴，《书》之政事，《春秋》之名分，《礼》之仪，《乐》之律，莫非象也，而《易》统会理。”（王夫之《周易外传》卷六）刘熙载《艺概·文概》则断言：“《六经》，文之范围也。”王夫之“六经皆象”的观念，意义十分重大，既然“六经皆象”，而“六经”又是中国传统文化的精神源头，中国古典艺术彼此间的融通与渗透就有了更为内在的历史依据与思想合法性。由此可见，对于耳闻目染于“六经”文化氛围中的传统文人来说，对于兼擅、通晓数门艺术的传统文人来说，在创作上相互借鉴、交融多种艺术类型，在文艺思想建构与文艺鉴赏、批评中联系、类比、打通诸种精神观念，便是很自然的事。

在农耕文化语境里，由于抽象思辨精神处于潜隐状态而“象思维”弥漫于文化机理中，中国传统文人没有经受疆界清晰的文化类属的限制，认为“至道宗极，理归乎一”（刘勰语），“道象”“形神”“兴味”“骨韵”和“情景”等概念故而成为涵括力很强的超艺类的本体性范畴。“得意忘言”“得意忘象”，只要能抒情写意、展现自我的“灵之舞”，就不必介意语言文本的艺类归属问题。在中国古典艺术中,跨媒介的文本现象是司空见惯的。这种现象始自魏晋南北朝,如曹植,既有《与杨德祖书》《与吴季重书》《前录自序》等文学理论及评论文章,又有《画赞序》这样的画论;萧纲既是文坛领袖,又是文学理论家、批评家,其《诫当阳公大心书》《答张缵谢示集书》《答新渝侯和诗书》《与湘东工书》中既有理论主张,又有对具体诗文的评论,同时,他也是书法家和书法评论家,其《答湘东王上王羲之书书》是对王羲之书法的评论,《答萧子云上飞白书屏风书》是对萧子云飞白书法的评论;萧绎《金楼子·立言》是文论,《上东宫古迹启》则是一篇论书体和书家的书法论文。唐代以后,这种现象非常普遍,举其著者,如李白、杜甫、白居易、韩愈、苏轼、黄庭坚、陆游、姜夔、赵孟頫、杨维桢、杨慎、董其昌、陈继儒、李日华、王世贞、李开先、王士桢、郑板桥、刘熙载、康有为等,他们既是文学家、文论家,又有对书法、绘画的精深研究和批评,在每一个领域都有较大的影响。

中国书画原属两个不同的体系,其绘画的原初形态偏于抽象、装饰性和图案化,而书法倒是指事象形的,旨在追摹物象。因而书比画更写实,画属于装饰性系统,而书属于代替记忆的实用系统。虽然到了唐代,始以书法伸张绘画的意味,但至少到了元代,这两个系统仍然各有各的价值评判体系,虽然有许多人书画兼善,但两者的成就并不能互证,其水平的高低并无因果关系。吴道子"学书不成,因工画",而倪瓒晚年"画益精诣而书法漫矣"。许多杰出的画家"恐书不精,有碍画局"而"不用款,款或隐之石隙"。由此可见,"书法入画"不是一个历史的必然,而是一种自觉的选择。这种违背历史客观的自觉意识不仅改变了中国绘画的历程,而且更深刻触动了书法的"绘画性"意识。这个问题同"字画同源""书画同源"的古老说法有关,就是说,文本的跨媒介现象同中国汉字的独特性相关。中国汉字字体由甲骨文、金文、篆文、籀文向隶书、楷书和草书的衍化,本身就表明了具象性的逐渐弱化、艺术性、表意性的渐次强化,"随手万变,任心所成"(唐李阳冰《上采访李大夫论古篆书》),这种此弱彼强的衍化近乎成为中国古典艺术由重形向重神、由重实向重虚、由重实境向重化境嬗变的缩影!

这种“语—图”互释互渗的文艺美学现象最为典型的文案就是宋明文人画所表征的诗书画印四位一体的“宝卷”。米芾、苏轼、赵孟頫、倪云林、朱耷、石涛和郑板桥等人都是诗书画兼工的，诗书画三者“虽语迹殊途，而妙理同归一致”（张彦远《历代名画记》卷六）。如果说，“画中之白”“乃为有情，否则画无生趣矣”（清华琳《南宗抉密》），那么，在画幅的“空白”合适之处书写与画匹配的“题画诗”或加盖自身已是艺术珍品的“印宝”，这样不但不会遮蔽“有情”之洋溢，而且诗书印三者既能保持各自相对的艺术领域又能相得益彰、相互发明。这就是说，在文人山水画作中，诗书画印天然妙合地统一在一起，彼此配合、补充，相互发明、升迁，共同营造出一个诗情画意的艺术世界。这种艺类互渗的文本样式恰能促成明代孔衍栻在《画诀》中所言及的境界：“实者虚之，虚者实之，满幅皆笔迹，到处却又不见笔痕，但觉一片灵气浮动于纸上。”美国学者高居翰（James Cahill）通过研究沈周、文徵明和陆治等文人画家的作品，高度评价了他们画作所达到的艺术成就，他这样指出：“他们的诗、书、画活动交相作用，涵括面深广：书法家的训练帮助他们掌握画家所需要的笔法和图案感，诗的想象力又为他们提供了合适的主题。”[①]在中国诗话、画论和书论中，我们经常看到，身心交融的独特结构促使身体话语转变为对“林泉之心”的体验，转变为对“化机”“生机”“天趣”的深刻感知，“自然山性即我性，山情即我情”（唐志契《绘事微言》），从而使艺术作品成为逸气吐纳的结晶体。特别是，诗、书、画、印四者通力协作使画作的形而上意蕴“自我发送”出来（海德格尔语），这种画作遂成为审美主体间性的另类样态。

对于“语—图”内在精神性的互文特征，苏轼早有明断：“味摩诘之诗，诗中有画；观摩诘之画，画中有诗。”[②]明代董其昌更将王维视为文人画的始作俑者。实际上，尽管王维画作同宋明以来的文人画有着诸多内在精神上的关联，但就创作技法及其文本质态而言，后者因更注重聊写“胸中逸气”（倪瓒语），诗、书、画、印均适意放达，缘意合体，遂使画作真

① ［美］高居翰：《图说中国绘画史》，栾殿武译，生活·读书·新知三联书店2014年版，第150页。

② “诗中有画”和“画中有诗”是诗、画两种艺术理论彼此打通的一个显例，前者从绘画的角度读诗，看到了诗与画的相通，后者从诗的角度观画，看到了画与诗的相通。

正成为“心印”。也就是说，宋明以来的文人画借助诗、书、画、印等多种艺类的有机融合而超越了单一艺术种类的时空局限与狭隘的鉴赏视听限制，从而更能书写性灵，表达古代文人的“锦心绣肠”。试想：如果徐渭《墨葡萄图》上没有“笔底明珠无处卖，闲抛闲掷野藤中”的题诗，画作蕴含的怀才不遇的孤寂、愁苦之“意趣”“本色”如何得以圆满的传达呢？画作是诗作的“道成肉身”，诗作是画作的“精神飞地”。朱良志对此评议道：“一生落魄，自喻明珠，而无人得识，只能闲抛闲掷，暗自吟咏。真是一曲何满子，全是断肠声。他的艺术就是他的‘啸’——他的生命的哀歌。”[①]如果缺少诗画的契合妙配，徐渭之“啸”不可能表达得如此哀婉凄美。正是诗、文、书、画、印的通力协作，画作的形而上意蕴才得到了完美的表达，外在的身体话语也归向了心灵的浅吟低唱。这同西方艺术注重客观写实、摹写外物是大异其趣的。

文本的艺类融合特质是由中国古典艺术的抒情本性决定的。中国抒情美学的理论汇集点就是“意境”，正是由于追寻“意象”“意境”，文本的各艺类融合被艺术创作主体与艺术受众所默许、接纳。文学理论有“诗言志”“诗缘情”“心声心画”说，认为诗歌、文章的本质是抒发情志。书画作为造型艺术，同样重视抒情功能。张怀瓘在《六体书论》中说：“书者，法象也。”但古人又认为书法具有抒情功能，传蔡邕《笔论》云：“书者，散也。”张怀瓘《书断》云：“书者，舒也。”孙过庭在《书谱》中评王羲之诸帖时说：“写《乐毅》则情多怫郁；书《画赞》则意涉瑰奇；《黄庭经》则怡怿虚无；《太史箴》又纵横争折；暨乎《兰亭》兴集，思逸神超；私门诫誓，情拘志惨。所谓涉乐方笑，言哀已叹。”迟至刘熙载在《书概》中也说：“笔性墨情，皆以其人之性情为本。”北宋郭若虚在《图画见闻志》中云：“依仁游艺，探赜钩深，高雅之情，一寄于画。”北宋李公麟《宣和画谱》中云：“吾为画，如骚人赋诗，吟咏性情而已。”元倪瓒在《清閟阁全集》中云：“余之竹，聊以写胸中臆气耳。”清沈总骞在《山水·避俗》中云：“画与诗皆士人陶写性情之事。”中国古典艺术中这样情况很多，再如建筑艺术，建筑是一

① 朱良志：《南画十六观》，北京大学出版社2013年版，第314页。

种实用与审美相结合，以形体、线条、色彩、质感、装饰、空间组合等为艺术语言，建构成实体形象的造型与空间艺术。其中，中国园林建筑体现了对自然美的崇尚，又将诗、书、画、工艺、雕塑等融为一体，创造出情景交融的和谐景观，蕴涵了创作者特有的思想情感和审美意趣。

中国古典小说同样不同于西方纯然叙事的小说。众所周知，中国古典小说与历史著作关系密切，正如有学者指出的那样："史著为小说的发生、发展发射了信息，输送了基本因子。具有某种惯性力的恒稳意识和传达手段一旦晶化，就必然在小说中富有韧力地表现出来。史传既给小说带来了生机，也使它在缓慢的文化历史条件中凝固成某种文化模式。只有在'五四'新文化运动小说浪潮掀起以后，才出现了发展中扬弃的文化嬗变现象。"①要补充的是，虽然小说与史著有一定的渊源和影响关系，但在历史发展中，中国古典小说仍初步形成自己的审美特征，而这种审美特征在明清小说评点中得到了密切的关注。叶朗指出："中国小说美学认为，小说不仅要创造艺术典型（典型人物），而且要有诗意，要有韵味，要创造艺术意境。这反映了中国古典小说的一个美学特色。中国古典小说富有中国古典诗词的意境和韵味，其中，艺术典型和艺术意境常常是互为条件，交融在一起的。"②或许正是因为与此相关，在明清小说评点中，金圣叹、毛宗刚、张竹坡和脂砚斋四大评点家往往借用书法术语、山水画术语以及戏曲术语等来批点《水浒传》《三国演义》《金瓶梅》和《红楼梦》等叙事作品。中国戏曲也非常重视"意境"（"艺境"）的营构，抒情化叙事的一个亮点就是"唱腔"与"唱词"的妙用，其中"唱词"本身就是情景交融、意溢象外的优美诗词。此外，明清戏曲文本，随着世俗文化的发展和印刷技艺的提高，插图也随之兴盛，并达到了相当高的艺术水平。插图者往往选择描写景物环境的意境和梦境，并融入人物的情感，达致"情""景"交融的意境，中国古典艺术的语—图互证有了典型的文本案例。

在学理意义上，文本的艺类融合特质除了上文所说，是由中国古典艺

① 吴功正：《中国文学美学》下卷，江苏教育出版社2001年版，第816页。

② 叶朗：《中国小说美学与明清小说评点》，《学术月刊》1982年第11期。

术的抒情本性决定的，它还同文艺审美创造行为本身难以条分缕析的灵动性有关。英国当代文艺理论家特里·伊格尔顿认为，被称为“文学”的东西其实是一个极不稳定的事物，极难对此给出一个明确的、一劳永逸的定义。他断言：“根本就不存在文学的‘本质’这回事”，“从这个意义上说，人们不大可能把文学看作是从《贝奥伍夫》到弗吉尼亚·伍尔夫的某些写作类型所展示出的某些内在特性或一系列特性，而很可能把文学看作是人们把他们自己与写作联系起来的一系列方式。”①特里·伊格尔顿的言论启示我们，单单是文艺本身很难完全呈现自身的“真容”，我们或许应该联系作家、艺术家的精神生命展开的方式去探究文艺的真理性问题。这一点对于中国古典文艺学来说更是如此，因为在中国传统文化语境中，文艺活动隶属于更为远大的生命活动，或者说，前者就是后者的一部分。

中国古代文学批评和书画批评都有生命化批评的倾向，即将作品看成活的生命体，因而用形容生命体的一些词语如气、筋、骨、血、肉、神来描述文学和书画作品，这些范畴也就成了文学和书画批评共用的范畴。这种身体主体间性话语构成了中国艺术批评的重要的民族特色，中国古典艺术所特有的艺类间性与中国哲学、中国诗学特别注重生命意识的总特征有关：中国艺术是节奏化了的自然，而自然本身就是生命化的艺术。宗白华针对中国书法的发言其实就触及中国艺术的生命意识、主体间性特质，他说道：“中国古代的书家要想使‘字’也表现生命，成为反映生命的艺术，就须用他具有的方法和工具在字里表现出一个生命体的骨、筋、肉、血的感觉来。但在这里不是完全像绘画，直接模示客观形体，而是通过较抽象的点、线、笔画，使我们从情感和想象里体会到客体形象里的骨、筋、肉、血，就像音乐和建筑也能通过诉之于我们情感及身体直感的形象来启

① [英]特里·伊格尔顿：《文学原理引论》，刘峰等译，文化艺术出版社1987年版，第11页。特里·伊格尔顿的这句话使我们想起文艺学界有关文艺“审美意识形态论”的争议。暂且不议“审美”与“意识形态”是否能组合起来去指认文艺的本质问题，只是“审美”与“意识形态”两者的内涵都是极其复杂的。从社会文化“涌溢”出来的文艺本身就是纷繁芜杂、变动不居的，它是与人的审美精神行为相关联的开放的文化体系，“文学性”“文艺本质”的问题本身，仍处在不断的探索之中，仍是一项“未竟的事业”。

示人类的生活内容和意义。"[①]在古人看来,"民吾同胞,物吾与也"(张载《西铭》),万物都是与人一样的生命体,生命意识与万事万物交互主体性的观念便很自然地融入文艺创作与文艺批评中。

总之,在中国古典文艺的发展中,虽然"六艺"(礼、乐、射、御、书、数)与"六义"(风、雅、颂、赋、比、兴)之说由来已久,但因受直观感悟整体思维方式的影响,艺术类型问题没有得到关注,从某种意义上说,艺术类型问题在一定程度上被艺术风格问题所取代,而艺术风格问题只在自然现象比附的形象描述意义上被关注而已,只是在魏晋时期"文的自觉时代",艺术种别才在理论文本中被有意识地区分。在中国传统文人的精神世界中,"文"是载道、传道、媚道的介质,是一种载道、传道、媚道的精神符号,且传统文人彼此间没有严格的"版权"意识、规范意识,各抒性灵,文类意识仅在创作与批评中依照自然惯例来处理。所以,在中国文艺批评史中出现诸多艺类互渗的"墨宝"是不足为奇的。

中国传统文化中阴阳思维衍生的"天人合一"观念是一种大宇宙观的生命模式,在这种生命模式中,天地万物处于同一个大生命系统里,它是一个不可分割的有机整体。中国哲学视"道"为万物之宗,"道生一,一生二,二生三,三生万物。万物负阴而抱阳,冲气以为和"。"道"分为阴阳二气,二气相生,生生不已,从而产生天地人万物。天地因气化氤氲,相感相生,和融共生,形成了一个以道为本体、以气为形态、以万物和谐为旨归的宇宙生命统一模式。宋代理学家张栻《南轩孟子说》云:"夫人与万物天地同体。其气本相与流通无间。天地万物相互沟通,相互渗透,圆融流动,本末相兼,整体关照,有机统一。"在这种文化语境中,艺术活动、审美活动自然就会在物我、心目、情景之间畅神勿滞,自然会在审美主体的超越性"玩味""游观"或"会通"中体悟万物乱而有序、充满生机的绚烂涌动,这就是中国古代文艺思想的独特魅力之所在。

同时,这种绚烂涌动的审美经验不是无厘头的即生即灭的心灵幻影,

① 宗白华:《中国书法里的美学思想》,见林同华主编:《宗白华全集》第3卷,安徽教育出版社1994年版,第402页。

而是暗合审美逻辑的诗意传达。正如杜夫海纳所说的那样，审美对象“绝非一种无组织、无意义的感性，而是按照严格的逻辑展开的、述说着自己的感性”①。审美对象的感性存在与审美对象的意义表达在审美主体的诗性经验中机缘巧成，因为审美主客体的融通交会毕竟要在审美观照中得以达成。“应目会心”是“眼与心”的应会，是“眼与心”的双向互证；“情景交融”既是“景生情”又是“情生景”，情景双方“互藏其宅”。从审美精神的实质上说，这正是审美意向性的体现。胡塞尔指出：“我们把意向性理解作一个体验的特性，即‘作为对某物的意识’。……在每一活动的我思中，一种从纯粹自我放射出的目光指向该意识相关物的‘对象’，指向物体，指向事态等等，而且实行着极其不同的对它的意识。”②

不难理解，“应目会心”与“情景”此类在中国古典美学中出现频率很高的命题范畴，同审美意向性理论有着交叉叠合的思想视域，不过，在中国传统文化语境中，如何回归原初的场域，去探究这种审美意向性的结构灵动、意义生成效应和实践特性等问题，有待我们后续多做努力。这里要补充的是，我们应该重视参照身体理论去探讨中国古典文艺美学课题。一者，中国古典美学是密切联系自然、人生和现实历史语境的生命美学，注重身心一如的审美精神统摄性是其审美经验表达的基本倾向；在前现代性文化语境中，而没有像西方理性主义美学那样营构“美学乌托邦”而陷入“理性的暴政”。再者，审美意义与审美感性紧密关联，审美问题无疑最初都是来自身体感官的审美信息的获取与处理，“心目为政”是一道不可逾越的铁门坎。

对于西方主体间性思想来说，它是西方近代以来主体性哲学盛极而衰的产物。起始，胡塞尔为避免早期现象学基于“先验自我”而造成的独断的唯我论困境，在认识论层面上通过“移情”和“结对”来建构起他的主体间性理论。随后，胡塞尔的认识论意义上的先验主义视野里的主体间性理论发生了一系列的理论置换。海德格尔在存在论意义上借重本真的

① ［法］米·杜夫海纳：《审美经验现象学》，韩树站译，文化艺术出版社1992年版，第38页。

② ［德］胡塞尔：《纯粹现象学通论》，李幼蒸译，商务印书馆1992年版，第210—211页。

"共在"概念重建主体间性理论,营构"天地神人"和谐共处的至境,以此呵护"存在的家"。伽达默尔在哲学解释学的立场上强调语言、对话及其理解的生存意义,本体论解释学的旨趣就在于确保对话主体双方达至"视域融合"。而马丁·布伯则用"我—你"范畴取代传统认识论意义上的"我—它"范畴,谋求一种理想的主体间对话模式,以弥合人与人、人与物之间所出现的缝隙、裂痕。如果说,"从客体性到主体性再到主体间性的范式转变,勾勒出西方美学体系的发展脉络"①,那么,在中国古老的农耕文明、礼乐文化的语境中,"天地人三才"被视为同一个生命系统,是一个不可分割的有机整体,天地万物相互沟通,相互渗透,圆融流动,本末相兼。这种有机整体的文化观自身拥有身心互渗、感性与理性浑融的审美主体间性的思想内涵,表达着期盼"天人合一"、人与世界共在的审美理想。不过,在前现代性的语境中,虽然说,注重直觉体悟、生命圆融性的中国古典文艺美学与超越主客两元对立思维模式的西方主体间性美学的遇合有其必然的趋势,但两者的比较仍要有细致深入的分析,避免牵强附会甚或削足适履。因此,全面考察这种遇合的文化语境、学术路径、复杂纠缠与未来前景等,深入探究双方对话的运行机制、可能模式与导引方向等,是当前学界面临的重大课题。

毋庸讳言,在独特的传统农耕文化语境中,中国古代文艺思想尚未形成精确的学术范畴与严密的理论体系,但总不能以西学为唯一的理论标准来苛求东方文艺,权衡其品级的高低。包括中国在内的东方美学仍是世界美学的一种理论样态,实际上,中国古代文艺思想既有自己特有的诗性隐喻概念,也有自己独特的隐性思想体系。英国美学家鲍桑葵基于"哲学见解只是审美意识或美感的清晰而有条理的形式",就把东方艺术排除在《美学史》之外,认为它不像欧洲的美感有"自相连贯的历史",并断言:"即令我有资格从事这一任务,也很难说我需要对这种审美意识加以阐述,因为就我所知,这种审美意识还没有达到上升为思辨理论的地

① 杨春时:《从客体性到主体性到主体间性——西方美学体系的历史演变》,《烟台大学学报(哲学社会科学版)》2004年第4期。

步。”[1]这种轻视东方美学的偏颇看法至今还是小有市场的，有待我们系统深入地展示更多的中国美学特质，以逐渐消解这种看法。我们颇有信心地指出，中国古典文艺在创作实践与批评实践中都表现出中华文化的古典主体间性特质，值得我们进一步加以具体的探析，以彰显其独特的思想魅力。正如有学者指出的那样，“东方充分地肯定个人与社会、人与自然应当是和谐统一的，而不是互相分裂和对抗的”[2]，这既是我们主张中西古今文艺思想对话的契机，也是我们坚持中西古今文艺思想对话的底气之所在。

① [英]鲍桑葵：《美学史·前言》，张今译，广西师范大学出版社2001年版，第2页。
② 刘纲纪：《传统文化、哲学与美学：新版》，武汉大学出版社2006年版，第276页。

参考资料

[1][美]刘若愚:《中国的文学理论》,田守真、饶曙光译,四川人民出版社1987年版。

[2][美]叶维廉:《中国诗学》,生活·读书·新知三联书店1992年版。

[3][日]青木正儿:《中国文学思想史》,孟庆文译,春风文艺出版社1985年版。

[4][日]铃木虎雄:《中国诗论史》,许总译,广西人民出版社1989年版。

[5][美]赫伯特·施皮格伯格:《现象学运动》,王炳文、张金言译,商务印书馆1995年版。

[6]钱钟书:《谈艺录》,中华书局1984年版。

[7]钱钟书:《管锥编》,中华书局1986年版。

[8]郭绍虞:《中国文学批评史》,百花文艺出版社1999年版。

[9]罗根泽:《中国文学批评史》,上海古籍出版社1984年版。

[10]顾易生、蒋凡:《先秦两汉文学批评史》,上海古籍出版社1990年版。

[11]王运熙、杨明:《魏晋南北朝文学批评史》,上海古籍出版社1989年版。

[12]王运熙、杨明:《隋唐五代文学批评史》,上海古籍出版社1994年版。

[13]敏泽主编:《中国文学思想史》,湖南教育出版社2004年版。

[14]蔡钟翔、黄保真、成复旺:《中国文学理论史》,北京出版社1987年版。

[15]罗宗强:《隋唐五代文学思想史》,上海古籍出版社1986年版。

[16]罗宗强:《魏晋南北朝文学思想史》,中华书局1996年版。

[17]张少康、刘三富:《中国文学理论批评发展史》,北京大学出版社1995年版。

[18]胡经之、李健:《中国古典文艺学》,光明日报出版社2006年版。

[19]宗白华:《美学散步》,上海人民出版社1981年版。

[20]宗白华:《美学与意境》,人民出版社 1987 年版。
[21]李泽厚:《美的历程》,安徽文艺出版社 1994 年版。
[22]李泽厚、刘纲纪主编:《中国美学史》,中国社会科学出版社 1984 年版。
[23]叶朗:《中国美学大纲》,上海人民出版社 1985 年版。
[24]叶朗:《中国小说美学》,北京大学出版社 1982 年版。
[25]敏泽:《中国美学思想史》第 1 卷,湖南教育出版社 2004 年版。
[26]陈望衡:《中国古典美学史》,湖南教育出版社 1998 年版。
[27]曾祖荫:《中国古代美学范畴》,华中工学院出版社 1986 年版。
[28]朱良志:《中国艺术的生命精神》,安徽教育出版社 1995 年版。
[29]姚文放:《中国戏剧美学的文化阐释》,中国人民大学出版社 1997 年版。
[30]朱自清:《诗言志辨》,华东师范大学出版社 1996 年版。
[31]朱光潜:《诗论》,生活·读书·新知三联书店 1984 年版。
[32]李壮鹰:《中国诗学六论》,齐鲁书社 1989 年版。
[33]陈良运:《中国诗学体系论》,中国社会科学出版社 1992 年版。
[34]陈良运:《中国诗学批评史》,江西人民出版社 1995 年版。
[35]萧华荣:《中国诗学思想史》,华东师范大学出版社 1996 年版。
[36]陈伯海、蒋哲伦主编:《中国诗学史》,鹭江出版社 2002 年版。
[37]袁行霈、孟二冬、丁放:《中国诗学通论》,安徽教育出版社 1994 年版。
[38]胡晓明:《中国诗学之精神》,江西人民出版社 1990 年版。
[39]蒋寅:《古典诗学的现代诠释》,中华书局 2003 年版。
[40]刘士林:《中国诗学原理》,海南出版社 2006 年版。
[41]陈谦豫:《中国小说理论批评史》,华东师范大学出版社 1989 年版。
[42]王先霈、周伟民:《明清小说理论批评史》,花城出版社 1988 年版。
[43]陈洪:《中国小说理论史》,安徽文艺出版社 1992 年版。
[44]方正耀:《中国小说批评史略》,中国社会科学出版社 1990 年版。
[45]宁宗一主编:《中国小说学通论》,安徽教育出版社 1995 年版。
[46]张海明:《回顾与反思:古代文论研究七十年》,北京师范大学出版社 1997 年版。
[47]汪涌豪:《中国古代文学理论体系:范畴论》,复旦大学出版社 1999 年版。

[48]黄霖、吴建民、吴兆路:《中国古代文学理论体系:原人论》,复旦大学出版社2000年版。
[49]黄霖、李桂奎、韩晓、邓百意:《中国古代小说叙事三维论》,上海书店出版社2009年版。
[50]张伯伟:《中国古代文学批评方法研究》,中华书局2002年版。
[51]王飚、钱竞:《中国20世纪文艺学学术史》第1部,上海文艺出版社2001年版。
[52]童庆炳:《中国古代文论的现代意义》,北京师范大学出版社2001年版。
[53]钱中文、杜书瀛、畅广元主编:《中国古代文论的现代转换》,陕西师范大学出版社1997年版。
[54]谭帆:《传统文艺思想的现代阐释》,上海社会科学院出版社1995年版。
[55]韩经太:《中国文学批评史研究》,福建人民出版社2006年版。
[56]黄念然:《中国古代文论研究的现代转型》,中国社会科学出版社2006年版。
[57]邓新华:《中国传统文论的现代观照》,巴蜀书社2004年版。
[58]古风:《中国传统文论话语存活论》,社会科学文献出版社2013年版。
[59]杨玉华:《文化转型与古代文论的嬗变》,巴蜀书社2000年版。
[60]冯宪光、傅其林、马睿、魏红姗、李姝:《全球化文化语境中的中西文艺美学比较研究》,四川出版集团巴蜀书社2010年版。
[61]李凤亮等:《移动的诗学:中国古典文论现代观照的海外视野》,暨南大学出版社2012年版。
[62]党圣元:《在传统与现代之间——古代文论的现代遭际》,山东教育出版社2009年版。
[63]蒋述卓、刘绍瑾:《古今对话中的中国古典文艺美学》,暨南大学出版社2012年版。
[64]李春青等:《20世纪中国古代文论研究史》,山东教育出版社2008年版。
[65]蒋述卓、刘绍瑾、程国赋、魏中林等:《二十世纪中国古代文论学术研究史》,北京大学出版社2005年版。
[66]伍蠡甫主编:《西方文论选》,上海译文出版社1979年版。
[67]伍蠡甫、胡经之主编:《西方文艺理论名著选编》上卷,北京大学出版社

1985 年版。
[68] 胡经之、张首映主编:《西方二十世纪文论选》,中国社会科学出版社 1989 年版。
[69] 蒋孔阳、朱立元主编:《西方美学通史》,上海文艺出版社 1999 年版。
[70] 朱立元主编:《现代西方美学史》,上海文艺出版社 1996 年版。
[71] 周宪:《20 世纪西方美学》,南京大学出版社 1999 年版。
[72] 张世英:《进入澄明之境:哲学的新方向》,商务印书馆 1999 年版。
[73] 叶秀山:《思·史·诗——现象学和存在哲学研究》,人民出版社 1988 年版。

后 记

《传承与弘扬——改革开放以来中国古代文论的现代价值》是国家社会科学基金重大项目的子课题成果之一。

在课题组首席专家马龙潜教授的悉心指导下，本书由子课题成员集体撰写，具体分工如下：绪论、第一章、第五章、第八章、结语由淮北师范大学陈士部教授执笔撰写；第二章由华南师范大学段吉方教授执笔撰写；第三章、第四章和第十一章由山东工艺美术学院高波博士执笔撰写；第六章和第七章由山东体育学院袁宏教授执笔撰写；第九章和第十章则由西安电子科技大学张静斐博士执笔撰写。全书由执行主编陈士部教授负责拟定写作纲要，并作最后的统筹、修改和定稿工作。由于学识有限，思虑不够成熟，本书难免有粗鄙、疏漏甚或谬误之处，请学界同仁批评指正。

陈士部

2018 年 7 月于淮北师范大学文学院